小说精粹
名家名品

奏响文学凯歌

年少不懂世间情

吴新财◎著

远方出版社

图书在版编目（C I P）数据

年少不懂世间情 / 吴新财著 . -- 呼和浩特 : 远方出版社 , 2020

ISBN 978-7-5555-1389-6

Ⅰ. ①年… Ⅱ. ①吴… Ⅲ. ①中篇小说—小说集—中国—当代②短篇小说—小说集—中国—当代 Ⅳ. ① I247.7

中国版本图书馆 CIP 数据核字 (2019) 第 242919 号

年少不懂世间情

NIANSHAO BUDONG SHIJIAN QING

著　　者	吴新财
责任编辑	云高娃　刘向武
责任校对	云高娃　刘向武
装帧设计	青岛金麦人文化传媒
出版发行	远方出版社
社　　址	呼和浩特市乌兰察布东路666号　邮编010010
电　　话	（0471）2236473 总编室　2236460 发行部
经　　销	新华书店
印　　刷	青岛国彩印刷股份有限公司
开　　本	170mm × 240mm　1/16
字　　数	331千
印　　张	19
版　　次	2020年3月第1版
印　　次	2020年3月第1次印刷
标准书号	ISBN 978-7-5555-1389-6
定　　价	69.80元

目　录

CONTENTS

伤 痛

1

林晓青随着人群匆匆从会议室大楼里走出来，在台阶上朝几个一起来学习的异地同行挥了挥手，做出了分别的样子。那几个异地同行也向她挥了挥手，做着回应的手势。她还没等他们把手放下，就已经转身迫不及待地朝黑鹤市长途公共汽车站快步走去。

她得乘坐长途客车回西岭金矿，可她不知道现在是否还有从黑鹤市开往西岭金矿的客车。她计算了一下，如果有车，也快要到发车时间了。因为她要赶时间，所以走得非常快，似乎要跑起来了。

手机响了，她也没有停下，而是一边接电话，一边朝前走。电话是她母亲张素俄从省城打来的。张素俄问她学习结束没有，如果能请下假来，想让她请假回省城一趟。她说学习刚结束，还没有回到金矿，不知道单位有没有其他工作方面的安排。张素俄又说在省城给她找了个工作，想让她去面试。她现在没有回省城的打算，也没有考虑要回省城，也就不想说下去了。她想打断母亲的话题，便提高了声音说："妈，我现在没有时间，在街上呢，说话也不方便，改天再说好吗？”

张素俄知道林晓青不想回省城，就想劝说林晓青改变想法，便坚持地说：“你回来看一下，这个单位不错，待遇也好……”

林晓青现在没有时间与母亲商讨这个话题，她对这个话题也没有兴趣，便不耐烦地说：“妈！现在别说这件事了好不好？我……”她还没有把话说完，手机就自动关机了。她一看，手机没有电了。她把手机放到包里，接着朝前方继续走去。

林晓青大步流星地走着，一边走一边抬头看了看天空中的太阳，心里判断着是否能赶上回西岭金矿的客车。她认为应该是能赶上的，可她还有一种担心，就是怕今天没有通车。因为连续下过好几天的瓢泼大雨，道路泥泞，山路不好走，她担心客车停运了。黑鹤市通往西岭金矿的路是一条泥土、沙石路面，路面被雨水冲泡后打滑，不好走，这是经常发生的事情。她不清楚今天客车是否因为路况不好而停运了。她心想，如果客车没有通，那可怎么办？她怎么才能回金矿去呢？

黑鹤市长途汽车站与林晓青学习的市财政局大楼相距只有两站地的距离，林晓青走得快，转眼工夫就到了。

当她气喘吁吁地走进客运大厅时，并没有看到西岭金矿客车的乘务员。从黑鹤市通往西岭金矿长途大客车的乘务人员，都是西岭金矿的本地人。他们每天都是在客运大厅里等候回西岭金矿的旅客。她站在大厅里四处张望着，希望能看到西岭金矿客车乘务人员的影子。

客运大厅里空荡荡的，没有等车的旅客，只有大厅里的几位工作人员来往经过。因为是下午快要下班的时间，发往市外的长途客车基本没有了。当然偶尔也会有那么几个旅客来询问发车时间与车次情况的，他们来到客运大厅，看没有车，在公告栏前停留片刻，便转身离开了。

林晓青走到旅客咨询办公室窗口时，工作人员刚关上了窗口。工作人员看她走过来，又把窗口打开了。她询问今天是否还有去西岭金矿的客车。工作人员告诉她因为连续下了好几天的大雨，山路不好走，为了安全，通往西岭金矿的客车停运一天，今天没有车。她叹息了一声，有些无奈和沮丧。工作人员回答完，便把窗口关上了。她迟疑了一下，才转身走出客运大厅。

夕阳斜斜地照在林晓青的身上，让她感觉到一天就要结束了，夜晚将要来临。她心情更急切了，急得都有点慌乱。因为她想马上回到西岭金矿去，她想立刻回到牛瓦林身边。

可她怎么才能回去呢?

她站在长途汽车站的台阶上，看着一辆又一辆从远方归来的客车，很是失望。从客车溅满泥水的车身上，她就能判断出市外的公路有多么难走，更何况从黑鹤市通往西岭金矿的路还是一条山路。如果用山路十八弯来描述这条路，确实是有点夸张了。可用崎岖不平来形容这条路，那就一点也不过分。

她心想，难道自己真的要在黑鹤市住一天?对她来说，在黑鹤市再多住十天开销上也没有损失。因为她是出公差，住宿费不仅可以全额报销，还有出差生活补助。这在许多人看来是件好事，可她真的不想住了。她一会儿都不想停留。因为她迫切地想回到西岭金矿，想见到梦中的恋人。她已经出来学习半个多月了，在这些天里，脑子里总想着恋人。其实她出来学习的日子并不算长，只是度日如年，觉着过得特别漫长。她真的想见到恋人。

她的恋人就是西岭金矿的牛瓦林。

她想起牛瓦林，心就想飞，便情不自禁起来，想马上回到西岭金矿。

西岭金矿地处大山深处，四周全都是连绵起伏的山脉。金矿只有一条通往山外的公路，相邻最近的城市也就是黑鹤市了。虽然金矿是个矿区，但这里有近万人的职工及家属，行政部门齐全，有着完全独立的行政运营机制，属于县一级行政单位。但在西岭金矿很少有从大城市来的年轻工作人员，更别说美貌如花的女孩了。而林晓青不仅是从城市来的女孩，还是从省城来的。她也是西岭金矿唯一来自省城的女孩。因为金矿地处偏远的大山深处，省城在人们的心中就如同北京首都一样遥远与神圣。金矿里的人纷纷猜测林晓青为什么会从繁华的省城来到这偏僻的矿区工作。

林晓青能引起西岭金矿职工家属的关注，不只是因为她来自省城，也因为她长得好。她细嫩的皮肤，好看的脸庞，黑黑而弯曲的双眉，还有那张紫色薄薄的嘴唇，都能让人过目不忘，给人留下深刻美好的记忆。

西岭金矿的人们在林晓青到来之后，便议论说那个从省城来的女孩长相真好看，就跟天上的仙女一样美。她这么好的长相，怎么会来到这么偏远的地方工作呢?

人们带着疑问与不解关注着。

也是从林晓青来到金矿上班的那天起，她身边就围着许多小伙子，如同蜜蜂围着鲜花一样，不肯离去。

林晓青确实是来自省城，家也在省城。她父亲是某机械厂的一名工程师，母亲是会计师，还有一个姐姐。可她不是什么大学毕业生，只是一个从财经学校毕业的中专生。中专生在西岭金矿这偏远的国有企业中还算是人才，能受到重视，引人瞩目，可在人才济济的省城，那就不行了。她在省城一时找不到比较适合的工作，又不想长期在家待着，为了增加一些工作经验与生活阅历，为今后求职打基础，便通过父亲在黑鹤市的一位同学的引荐，来到西岭金矿机关财务室当了一名会计助理。

西岭金矿属于省黄金管理局直管的正处级国有企业。因为金矿归省黄金管理局直管，林晓青调回省城工作的机会很大。当初她来西岭金矿工作的想法也是暂时的，没打算长待，只是在等机会，在寻找调离的机会。可她没有想到会在这里遇到牛瓦林这么个男人，还会与这个男人谈起恋爱来。她更没想到自己会在这么短的时间里，就草率地把一个女孩的全部交给牛瓦林。

林晓青过于相信牛瓦林了。

牛瓦林比林晓青大两岁，一米八几的大高个，相貌清秀，确实是许多女孩心目中的偶像。在西岭金矿这么个特殊的地方，他是小伙子中优秀的一员。正是因为自身的优秀，他才拒绝了许多女孩的求爱，但他把爱的丘比特神箭射向了林晓青。

林晓青之所以能这么快转变当初来西岭金矿的想法，除了因为牛瓦林长相好外，还因为牛瓦林的家境不错。牛瓦林是西岭金矿本地人。父亲是矿里的副矿长，母亲在银行工作，家里就他这么一个孩子。他是父母亲的最爱。虽然他现在只是金矿机关技术科的一名技术员，但发展前景是光明与无限的。金矿里的职工都私下议论说，这是暂时的，也是工作中的一个过渡，用不了多久，牛瓦林就会当上采石厂的厂长。在林晓青刚来金矿时，牛瓦林就看上了林晓青。他主动出击，追求林晓青。林晓青一方面被牛瓦林优越的家境吸引着，另一方面还被牛瓦林的发展前途笼罩住了。她的思想动摇了，理智被迷惑了。

林晓青的父母对这件事情的看法不同，各持己见。父亲同意她与牛瓦林建立恋爱关系。父亲说省城虽然好，可普通人的生活也未必幸福。如果在金矿有发展，经济条件充裕了，将来可以调回省城，也可以到省城买房子。这样也很好，生活质量也不错。可她的母亲张素俄强烈反对，不同意她留在金矿。张素俄说不能在金矿结婚，也不能在金矿谈恋爱，林晓青年龄这么小，人生的路还长着呢，生活在那么偏远的地方怎么行，那样就会失去大城市人的生活习惯与修养。张素俄让她尽快积累工作经验，尽快回省城，回省城找对象。

林晓青认为父母说的话都在理，可她还是没有听张素俄的，而是听从父亲的。更准确地说不是她听从父亲的，而是她没有抵制住牛瓦林对她求爱的进攻。那时牛瓦林每天都缠着她，追她已经到了疯狂的程度。牛瓦林让她少了孤独，多了快乐。

牛瓦林之所以能这么快就把林晓青追到手，也与林晓青身处这特殊的生活环境有关。她一个女孩，在人地两生，极为封闭的金矿非常寂寞与孤独，总想找个知心人做依靠，牛瓦林便轻而易举地获得了她的爱情。

热恋中的年轻男女，特别容易超越自我。

林晓青和牛瓦林很快坠入了爱河，他们跨越了道德底线，穿越了男女两性之间的禁区，偷吃了禁果。他们在品尝禁果之后，有了那种腾云驾雾般的感觉，回味无穷，快乐无比。可他们毕竟都是初次，没有经验，惴惴不安，生怕惹出事端。但在经过一段惊慌的日子之后，他们心里变得踏实许多，总想去触碰这种事情。触碰与回味能让他们心潮澎湃，更会让他们从身体内部发出冲动与激情。那种情感会超越理智与道德底线，让人难以克制。

在林晓青学习的这段时间里，他们彼此很是思念。牛瓦林也跑到黑鹤市去看过林晓青，可因时间匆忙和没有单独房间，就没有得到那种快乐。这就如同爱喝酒的人看到酒而又不能喝一样难受。

林晓青从台阶上走下来，决定去找从西岭金矿来黑鹤市拉货的卡车。如果能遇上拉货的卡车，她就可以搭车回金矿了。

林晓青心想应该打个电话给牛瓦林，问他金矿是不是有拉货的卡车来黑鹤市。可是真不巧，她的手机没有电，无法使用，这让她有些郁闷。这也怪她自己，出来时没有带备用电池。中午她还跟一位在省城的同学通了那么长时间的电话，如果中午不通电话，手机就不会没有电了。如果手机有电，母亲还会接着给她打电话，这也会让她心烦。总之手机有电也让她烦心，没电也让她烦心。此时她也说不上手机有电好，还是没有电好。她走到一个公用电话亭前，拨通了牛瓦林的电话，焦急地问："今天矿里有没有到黑鹤市拉货的车？"

牛瓦林说："我今天没去上班，不清楚。"

林晓青说："你问一下，看有没有，过一会儿我给你打电话。"

牛瓦林说：“我给你打吧。”

林晓青说：“我的手机没电了，还是我给你打吧。”

牛瓦林说：“早晨不还有电吗？”

林晓青说：“中午我接了一个在省城的同学的电话，她一聊就是两个多小时，把手机的电池用完了不说，我连午睡都错过了，弄得我现在头沉沉的，觉着很困。”

牛瓦林昨晚跟林晓青通了很长时间的电话，通完电话他还特意叮嘱林晓青要给手机充电，可没想到林晓青的手机还是没电了。

林晓青以为晚上就回金矿了，也没注意手机的电池状况。实际上她在与省城那位同学通过电话后，就忘记看手机是不是还有电。其实她的手机电池已经不储存电了，如果储存电，也不会这么快就没电。她准备换个新手机。

公用电话亭里面看摊儿的是个十七八岁的年轻女孩，她微笑着看着林晓青。女孩在林晓青挂断电话后，关心地说：“西岭金矿离这挺远的，天快黑了，你回不去了，还是找个地方住下，明天再回吧。”

林晓青从包里拿出一张十元钱递给女孩，然后说：“能回去的。我回去还有事呢。”

看电话亭的女孩接过钱，又找了些零钱递给林晓青，笑了笑，心想眼前这位大姐一定是想男朋友了，不然也不会这么急着回去。

林晓青接过零钱，转身离开公用电话亭，找车去了。她一边走一边抬头看了看天空，空中的太阳已经偏西了，正缓缓地朝西山落去，晚霞渐渐呈现在天宇中，天空开始变得多彩而朦胧起来。白天将要过去，夜晚将要来临。她的心情也如同这西落的太阳一样失去了激情，复杂起来。

她沿着大街朝前走着，眼睛不时地搜索着街道两边的车辆。因为她知道从西岭金矿来黑鹤市拉货的车一般都停放在市场或物资中转中心，还有街边。而从西岭金矿到黑鹤市办事的车一般都是停放在政府办公楼前，还有各种高档商场前。她就到这些地方去找。

虽然西岭金矿经常有来黑鹤市拉货的卡车，也有来办事的车，但不是每天都有，更何况在这刚刚连续下过好几天的大雨后。因为道路不好，客车都不通了，来办事的车不一定会有，那么来拉货的卡车就更不会有了。因为卡车比普通办事的轻型汽车重，更容易出事故。除非有急需物资要拉，不然矿里肯定不会派车来拉货。

在路况不好时，正常情况下西岭金矿是不会派车出矿的。因为有一次在大雨刚过，领导到黑鹤市开会，车在途中掉到山沟里了。那次事故造成了人员伤亡，事故发生后，矿领导有的被撤职了，有的被判了刑，新上任的领导对这种安全事情抓得非常严格。

林晓青对今天能找到拉货的卡车已经慢慢失去了信心，不抱希望了。

2

侯三从路边的小酒馆里摇摇晃晃地走出来后，没有直接走向停在街边的卡车，而是站在一棵大树下，解开腰带，掏出生殖器，旁若无人地哗哗尿起来。可能是喝的啤酒太多了吧，他尿的尿速急不说，还很猛，尿水落在地上还溅起了泡沫，并有尿液溅到他的鞋上。他一边尿尿，嘴里还一边打着饱嗝。他打着饱嗝，觉着很舒服。他尿完了尿，提了提裤子，系了系腰带，便踉踉跄跄地走向了卡车。

这是一辆东风牌旧卡车，卡车的车身上有好几处的油漆都脱落了。在侯三调到西岭金矿上班之前，已经很久没有人开这辆卡车了。虽然卡车旧了，但车况还可以，也没有到报废的年限。因为他才调到矿里当司机，正在使用的车辆中没有多余的，性能好的车都已经有了司机，加上近期采石厂拉货的工作任务重，矿里就把这辆旧卡车分给他开。

侯三酒喝得有点多，走到卡车跟前时，用手扶着车门，停了一会儿，稳了稳情绪，才费劲地爬进驾驶室。因为刚下过雨，又出了一天的太阳，天气闷热而潮湿。他吃饭时把车窗和车门都关上了，驾驶室里就更热了。他摇下了车窗的玻璃，想通一下风，可是没有风，不过驾驶室内的空气与外面的空气还是对流了，他觉着舒服多了。他伸手拿起放在车上的水杯，拧开盖，仰起脖，咕嘟咕嘟地喝了几口后，才发动了车。他觉着手出了汗，握不紧方向盘，便伸手捞过一条毛巾，擦了擦手，才缓缓地开动车。车还没加速呢，他便停下来，因为他看到正在马路对面行走的林晓青。他眼睛一亮，如同天空中飞翔的雄鹰看到了地上跳跃的兔子一般动情。他急忙跳下车，冲着马路对面喊：“林会计！林会计！”

林晓青听到有人喊她，转过脸，顺声看去，看到了朝她走来的侯三。她觉着这人面熟，也断定他是西岭金矿的人，但就是想不起来这人叫什么名字，在哪个部门上班。因为她才来金矿上班，而侯三也才到金矿，两个人来金矿的时间都很短，所以她对侯三印象不深。她在矿机关财务室工作，而侯三是在生产一线的采石厂，两个人在工作中接触的机会很少。虽然她不认识侯三，可侯三确认识她，因为她是矿里出了名的美女会计。

侯三刚到西岭金矿，就已经听说林晓青的名字了。他在去矿机关办事时，也曾留意过林晓青，多看了林晓青几眼。他认为林晓青确实漂亮，名不虚传。男人对漂亮的女人总会心动，这是男人的本性。他穿过马路，走到林晓青的面前说："林会计，怎么就你一个人在这里呢？"

林晓青看到侯三，就如同看到了希望一样，悬着的心终于落下了。她知道今天晚上可以回金矿了，也能见到牛瓦林了，或许还能偷吃一次禁果呢。她说："我是来市里学习的。"

侯三问："学多长时间？"

林晓青说："半个月。"

侯三羡慕地说："还是当会计好，可以经常到市里省里学习、开会。"

林晓青问："你什么时间回矿里？"

侯三说："现在就走。你有事吗？"

林晓青说："我想搭你的车回矿里，你看方便吗？"

侯三疑惑地说："你不是来学习的吗？怎么才来就走呢？"

林晓青微微一笑，解释说："我已经来半个月了，学习今天结束。今天矿里的客车没有通，我正在找车回去呢。"

侯三说："那可真巧，今天矿里就我的车来黑鹤市了。本来我也不想来，可这批货生产中急着用，不拉回去就得停工，我才来的。"

林晓青说："就你一个人开车来的吗？"

侯三说："路那么滑，谁愿意来。万一车滑到山沟里了，小命可就没了。"

林晓青说："你胡说些什么呀！开车的人在开车时，可不能胡说，这样不吉利。"

侯三满不在乎地说："看不出来你们有学问的人还讲迷信。我文化不高，是个粗人，不信那个。"

林晓青抬头看了一眼天色，然后催促地说："那咱们走吧。"

侯三提醒着说："我这可是拉货的车，车上可不太干净，你就不怕脏吗？"

林晓青说："衣服脏了回去洗一洗不就行了，哪来那么多讲究。今天能有车坐就不错了。幸亏遇到你了，要么我就回不去了。"

侯三调侃地说："这叫饥不择食。"

林晓青说："你不会是不想拉我吧？"

侯三急忙地说："你能搭坐我的车，这是我侯三爷的荣幸，高攀还来不及呢，哪能不拉呢。"

林晓青听到侯三这么说心里有点得意，她认为侯三说的也是实话，放在平时，她肯定不会坐卡车的，可今天情况特殊，她没有办法选择。

侯三接过林晓青手中的一个包，帮林晓青拿着。他们穿过马路，来到卡车前。

侯三打开车门，让林晓青先上去。因为卡车的车身高，林晓青往驾驶室上时，身体一弯，短裙向上移去，露出了紧贴皮肤的红色三角裤衩。林晓青穿的红色三角裤衩如同一道耀眼的光，在瞬间出现，又在瞬间逝去。但这道耀眼的光已经刺痛了侯三这个男人的眼睛，让他记在心中，产生幻想。

林晓青上了卡车，坐到副驾驶的座位上，侧过脸看着侯三粲然一笑。侯三被林晓青迷人的微笑吸引住了，表情不自然。他也对林晓青笑了一下，但林晓青觉着侯三的笑很别扭，不舒服。

侯三发动了车，朝前开去。他打着饱嗝说："矿里怎么没来车接你呢？"

林晓青说："我哪够级呀。"

侯三说："你们会计也是属于机关干部呀。你们天天摆弄钱，权力也不小。"

林晓青说："摆弄钱是不假，但那钱是公家的，可不是个人的。那只是工作。"

侯三说："你们天天摆弄钱，心里痒痒不？"

林晓青说："怎么会呢。"

侯三说："你们的素质真高，要是让我天天摆弄钱，那肯定不行。"

林晓青认为侯三是在开玩笑，轻轻地摇了一下头说："你总不会把公家的钱占为己有吧？"

侯三说："有这种可能。"

林晓青说："那是犯罪。"

侯三说："要么我说你们的素质高呢。要是让我当会计，真有可能会犯罪。”

林晓青看着侯三，觉着这人挺有意思，她长这么大，还没有遇到过说话这么直接的人呢。她闻到侯三喘出来的气中夹杂着浓浓的酒味，便说：“你喝酒了？开车是不能喝酒的，让警察抓住是不行的。”

侯三说：“现在已经到了吃晚饭的时间，警察早就下班回家吃饭去了。你以为警察都那么敬业，连饭也不吃站在马路上工作呀。如果那样，社会治安早就好了。警察只是抽查，被查到的都是笨蛋司机，也只能自认倒霉。我开车这么多年，酒也没少喝，可从来没有被警察查到过呢。”

林晓青说：“你可真不简单，能把警察的工作习惯了解得这么清楚。看来警察要想捉住像你这种违规司机，还得费些功夫呢。”

侯三脸上露出得意的表情，然后说：“你坐惯了轿车，坐这种卡车不习惯吧？”

林晓青说：“都一样，也没有什么不习惯的。”

侯三在出城前还到商场去买了些东西，又到菜市场买了些菜什么的。这些都是给采石厂里的同事捎的。因为西岭金矿与黑鹤市城区距离远，人们到市里一趟不容易，每次有熟人到市里办事，矿里总会有人让帮着买些物品。

此时林晓青的心情好多了，情绪也平稳了。因为她能顺利地回到矿里了，能看到多日不见的牛瓦林，还有可能享受男女之间的鱼水之欢。那是她与牛瓦林昨天通电话时的一个约定。因为有了这个约定，她才这么急迫地想回到矿里，才急着想见到牛瓦林。她本想给牛瓦林打个电话，告诉牛瓦林她已经坐上了回金矿的卡车，可她的手机没电了，侯三又没有手机，如果打电话，还得下车去找公用电话，那样太麻烦了。她又一想，不打也好，还可以给牛瓦林一个惊喜呢。

车已经驶出了黑鹤市的城区，开始进入空旷的山路。

3

牛瓦林斜躺在床上给矿机关车队的刘峰队长打了电话，询问今天矿机关是否有车去黑鹤市了。刘峰说矿机关今天没有车去黑鹤市，不过他听说采石厂有一辆车去拉物资了。牛瓦林接着又给采石厂的值班室打了电话，值班的人告诉他采石厂侯三开的卡车去黑鹤市拉货了。牛瓦林虽然知道侯三这个人，但不认识。因为侯三才来采石厂上班，加上两人之间没有私交，工作上没有联系，他没有侯三的手机号码，他问值班人员是否知道侯三的手机号码。值班人员说侯三根本就不使用手机。牛瓦林还是第一次听说矿里的司机不用手机，这都什么年代了，还没有通信工具，思想也太落后了吧。他一时跟侯三联系不上，就有点扫兴。因为侯三的车是今天矿里唯一去黑鹤市的车，也是林晓青唯一可以搭乘回金矿的方便车。

牛瓦林想给林晓青打电话，安慰林晓青一下，不让她着急，大不了在黑鹤市多住一个夜晚，明天再回来，可林晓青的手机没有电，处于关机状态，也联系不上。他心想，看来在这信息发展迅猛的时代，没有手机是不行的。

房门开了，牛瓦林的母亲郝爱兰走了进来，她问："晓青今天晚上回来吗？"

牛瓦林抬头看着郝爱兰不高兴地说："回不来了。"

郝爱兰问："为什么？因为没有车吗？"

牛瓦林说："对！就是因为没有车，没有车让她怎么回来？"

郝爱兰看出来牛瓦林还在生气，便说："那就晚一天回来嘛。"

牛瓦林责备地说："妈，你这人思想也太守旧了吧。我说让刘峰派个车去把晓青接回来，你就是不同意。全矿里就你怕影响？你看哪个领导不用权力为自己服务。晓青去学习也是矿里派的，又不是她私自去的，派个车接她回矿里，这有什么呀？再说，今天矿里没有车去，客车也没有通，这也是特殊情况嘛。"

郝爱兰说："其实影响是小事，安全第一。才下过大雨，路上不好走，万一发生点事故什么的，你爸这个矿领导还怎么开展工作。"

牛瓦林三天前就跟刘峰打过招呼了，在林晓青学习结束时，他们俩开车去黑鹤市，一是放松一下，二是接林晓青。可这事情被郝爱兰知道了，把这事给拦下来。虽然牛瓦林有点不痛快，但他认为母亲做得对。如果公车私用，万一出了事故，可真就不好办了。

郝爱兰说："还生妈的气呢？别生气了，妈也是为了你们好。今天回不来，就回不来吧，不就多住一个晚上嘛。一天才二十四小时，一晚上才十二小时，明天再回来也不迟。晓青是矿里派去学习的，多待一天还能多一天出差补助呢。"

牛瓦林看着母亲，知道事情已经无法改变，便连连点头，表示认可母亲的观点。他把话题一转说："妈，你应向矿里反映一下，司机不使用手机，就不能开车。你说不用手机，开车出去了，如果有事需要协调，都无法联系，多耽误事呀。"

郝爱兰说："哪个司机没有手机？这不可能吧。"

牛瓦林说："还不可能呢，可能的很。就那个叫侯三的司机，他今天开车去黑鹤市拉物资了。我想让晓青搭他的车回矿里呢，可侯三没有手机，谁都跟他联系不上，你说不气死人。你说这要是矿里有事找他，怎么联系？所以说没有手机的人，就不能让他们开车。"

郝爱兰听说过侯三这个人，但没有见过。虽然西岭金矿的职工家属不多，可侯三从外地调到矿里工作不久，她还真没有见到这个人。不过她听档案室的人私下跟她说，侯三这人政治思想有问题，好像是受到过法律处理。因为侯三是矿长调进来的，为了避免制造矛盾，只能私下说，不能公开。她说："你这观点不对，手机这东西是方便，可也有辐射呀，影响身体健康。可能有的人为了爱护身体，才不用的。再说，过去司机不都没有用手机嘛。就因为人家不用手机，就不让开车了，你这是什么逻辑？司机主要是看开车的技术，而不是用不用手机。"

牛瓦林说："妈，我的亲妈，现在不是过去，现在都是什么年代了，你看哪个人没有手机？别说是大人了，就连学校里的学生都用手机了。"

郝爱兰问："侯三很穷吗？"

牛瓦林说："再穷的司机也不能不用手机呀。"

郝爱兰说："人家会过日子吧，不像你一个月的手机费那么多。"

牛瓦林说："我看这人是有病。"

郝爱兰说："那个侯三没有手机就对了，你就高兴吧。你也真能想出来，这么远的山路，路又不好走，你让晓青坐侯三的卡车回矿里，能安全吗？万一出了事，你就后悔吧。"

牛瓦林愣愣地看着母亲，认为母亲说的在理，他怎么就没有想到呢。他知道母亲说的安全不只是车祸，还有人身安全。

郝爱兰说："不就晚回来一天嘛，这有什么。也不可能各个地方去学习的人，当天都能回到家吧。"

牛瓦林没有反应，好像有点被母亲说傻了，思想麻木了。他还真有点担心呢，怕林晓青受到人身攻击。不过还好，他没有跟林晓青联系上，可能林晓青没有搭乘侯三的车，那么这种危险就不存在了。

郝爱兰说：“我去做饭去了。明天晓青回来，你让她到家里来，我给她做红烧鲤鱼。她一个女孩子，从省城来到咱们这偏远的大山深处，也不容易，你要多关心她。”

牛瓦林调侃地说：“妈，能看出来，你对这个儿媳妇还是很满意的。”

郝爱兰说：“你别高兴得太早，人家可是从省城来的，她见过的世面比你多，说不上哪天就回省城了，到时候你可别哭。”

牛瓦林说：“省城的有什么了不起。”

郝爱兰说：“你可别嘴硬了。你要在工作中多努力，不断提高自己的业务水平才行。两个人的条件不能相差太大，相差太大了，感情上就容易出问题。”

牛瓦林的手机响了，电话是矿机关办公室主任李成云打来的。李成云约他吃过晚饭到办公室去打麻将。他一口答应下来，便挂断电话了，然后催促母亲说：“妈，快去做饭，我饿了。”

郝爱兰说：“你没上班，在家待一天，饿什么饿。我告诉你，玩就玩一会儿，别玩的时间太长了，麻将这东西会误事的。你要把精力用在事业上，男人没有事业是不行的。”

牛瓦林一边点头承认母亲说的话有理，一边挥手让母亲快点去做饭。郝爱兰去了厨房，他也开始打扮起自己来。他换了一件新衬衣，又用梳子梳了梳头发，往脸上涂抹了润肤露，然后对着镜子照了照，等待出发。

4

林晓青坐在卡车里，被疲劳缠绕着，感觉很累，没了精神，对车窗外迷人的景色也失去了兴致，渐渐地进入半睡半醒的状态。

侯三开着车，目不转睛地看着前方的山路。

黑鹤市通往西岭金矿的路是一条近两百公里的山路。如果放在平原上，这么长的距离也不算远，可这是条山路，不但转弯处多，路还狭窄，两车相遇，错车都非常麻烦。路的一边是高山，另一边是山沟，车只有紧靠山的一边行驶才会安全。

侯三看见前方有一辆卡车驶来，就把车停在一处稍微宽点的地方，跳下车，等对面的卡车开过去。他想放松一下，车里的空间太小，身子窝得难受。他一下车，正好一阵清凉的晚风吹来，浑身轻松多了，也感觉很舒服。

林晓青看车停了，提起了精神，动了动身体，也从车上下来。她看到侯三正站在路边撒尿，有点不好意思，心怦怦地跳。还好，这是在夜晚，他们彼此都看不清脸上的表情。

侯三没想到林晓青下车，所以就在车边撒尿。他看到林晓青也没有拘谨与尴尬，还是那么坦然地站着，直到把最后一滴尿尿尽，才提起裤子，转过身走到林晓青身前。

林晓青有点不知所措，装作没看见，转身急忙爬上了车。

侯三感觉到了林晓青的恐慌神情。他站在那儿，任晚风吹在身上。他觉着晚风真好，夜色真好，大山深处真好。

对面的那辆卡车已经缓缓地从侯三的车旁开过去了。这是他在这条路上遇到的很少的几辆车中的一辆。虽然今天没有下雨，天气也不错，但路还有点滑，车行驶在路上有点晃动，司机还是不愿意开车行驶在这条山路上。

侯三回到驾驶室里，借着暗暗的车灯光线，扫视了林晓青一眼，看到林晓青不自然的神情，已经猜测到了林晓青紧张的原因。

林晓青确实如同侯三猜测的那样有些担心和害怕，她是一个弱小女人，如果侯三攻击，又能怎么办呢？这时她才发现侯三是一个不可靠的男人。她不敢看侯三，把脸侧过去看着车外的夜色。

侯三已经开动了车，这辆破旧的东风牌卡在这崎岖的山路上继续艰难地行驶着。

林晓青的心在狂跳，她感觉车窗外的景色神秘而带着恐怖。卡车离黑鹤市越来越远了，而距金矿还有一段路。在这没有村庄的山路上，灯光也非常少见。她渴望能看到村庄与灯光。在这条山路上也有几个村庄，可那些村庄都位于离公路很远的山坡处，灯光也如同夜空的星星一样遥远，触及不到。她知道近距离接触的只有公路上行驶的车辆了，可在这个夜晚，公路上行驶的车真是太少了。在这宁静的山路上，她希望能有车辆从对面驶来，这样就会打破恐怖的宁静。

侯三的心也开始波动了。虽然他的酒劲已经过去，思维渐渐清晰，可那种男人对女的占有欲也更为强烈了。他听到林晓青的呼吸声，神经就如同被刺动一样，注意力也不集中了，为了安全起见，把车停到一个稍微宽点的地方，想稳定一下情绪。

林晓青看车又停下了，不解地转过头问："怎么停下了呢？"

侯三说："眼睛累了，看不清路了，要休息一下。"

林晓青觉着离金矿不太远了，便说："离矿里不远了吧！你再坚持一下，就到了，回去休息多好。"

侯三没有反应，他的心全被那种不安分的思想占有了。他不能再看林晓青了，林晓青如同摆在他眼前的一盘红烧肉或北京全聚德烤鸭，时时散发着香喷喷的气味，诱惑着他。他已经馋涎欲滴，难已克制了。他跳下车，想让狂跳的心平静一下。

林晓青心中在做着激烈斗争，她想小便。这种感觉已经产生好一会儿了，可她不好意思跟侯三说这事。她的小腹被尿液憋得胀痛，可她一直坚持着，想等回到金矿再解决。可侯三这么一停车，她就等不了了。她跳下车，想找个地方把体内的尿液排出去。

侯三没想到林晓青会下车。林晓青四处瞅了一眼，便朝他对面跑去。他正在想着，便听到了林晓青排尿的声音。夜太静了，大山深处太静了。因为四周太静了，才使林晓青排尿的声音特别大，如同涓涓流淌的山泉。这声音大大地刺激了侯三的神经，他难以控制心中的冲动，便不由自主地朝林晓青走了过去。

林晓青匆忙站起身，还没有来得及提上短裙，就已经被侯三推倒在地了。侯三如同饥饿的野兽遇到了食物一样凶猛，尽管林晓青在拼命反抗，可她的力量太小了，无法抵挡侯三。她想求救，但在这个夜晚，在这条山路上，在这前不着村后不着店的地方，也是徒劳，也是没有用的。

侯三如饿狼一样扑在林晓青的身上，急不可耐地扯开林晓青的上衣，拽掉短裤……林晓青的反抗不但没有起到保护作用，反而刺激了侯三的神经，让他有些恼羞成怒。他厉声厉色地警告说："你要再不老实，再不顺从，我就把你弄死，扔到山沟里喂狼。"

林晓青相信侯三说到做到。她想如果侯三真把自己弄死了，那还不容易，在这荒凉的山路上，也不会有人发现，就算是被人发现了，自己早就没命了，成为死尸，那还有什么用呢？求生的欲望使她渐渐放弃了反抗，也失去了反抗的力气。

夜空中游动的繁星还在眨着顽皮的眼睛，俯瞰天下，无论是美好的，还是丑恶的，只能记在星星的眼中。

山路还是那么的静，一辆经过的车也没有，更不用说是人了。在这样的夜晚，在这样的夜色中，在黑鹤市通往西岭金矿的山路间，只有林晓青与侯三一男一女两个人。他们两个人之间发生着不应该发生的事情。

侯三得到满足之后，缓慢地站起身，如同一条刚刚喝过酒的醉汉离开餐桌一样得意忘形。他提起裤子，喘着粗气，走到卡车前，身子斜依在车头前。

林晓青躺在地上好长时间没有动，如同死去的人一样。是的，在她的生命中，刚刚死过了一次。虽然她还活着，但她对人世间的观点与看法已经完全改变了，她不知怎么面对眼前的世界。

侯三依靠在卡车头前，点燃一支烟，有滋有味地吸着，烟头燃烧的亮光在夜色中显得格外明亮。他吸着烟，看着林晓青。

林晓青慢慢地从地上爬起来，用手理了理凌乱的长发，把内裤和裙子穿好，才上了车。她的这种从容与镇静是侯三没有想到的。

侯三把手中的烟头扔到地上，用脚踩着，在上面来回碾了碾，然后也上了车。可他没有关驾驶室的车门，也没有要马上开车的意思。

林晓青侧过脸看着侯三说："你的欲望已经满足了，还等什么？开车吧。"

侯三虽然看不清楚林晓青脸上的表情，但他能感觉到林晓青的愤怒。他做出满不在乎的样子说："其实你不必太在意这种事情，哪个成年人没有这种事情呢。"

林晓青把脸转了过去，看着车外的夜色，在想怎么面对牛瓦林。

侯三咧了咧嘴说："在此之前，你就已经不是处女了吧？虽然我不知道你这是第几次了，但我敢断定你这不是第一次。既然不是第一次，那你还在意什么呢？你就当我是你的心上人好了，这么想，就会平静的。"

林晓青猛地转过头说："无耻！"

侯三用手撸了一下脸，做出无赖的样子说："我无耻？那你跟别的男人做这种事情就不无耻了？你又没有结婚，那个跟你做这种事情的男人又不是你丈夫，你说你这是什么行为？"

林晓青无话可说，侯三的话确实说中了她的要害之处。她确实不是第一次，她的第一次是与牛瓦林发生的。虽然是牛瓦林主动的，可她从心里也是愿意接受的。而侯三就不同了，她不愿意，也非常抵触。侯三与牛瓦林是不可以相提并论的，牛瓦林是她的恋人，她是想嫁给他的，她与牛瓦林早晚都要发生这种事情的，而侯三呢？她说：“你真让人恶心。”

侯三感觉到林晓青的唾沫喷到了他的脸上，可他没有恼怒，而是有点庆幸地说：“恶心也好，开心也好，只有你心里知道。不过，我提醒你，你不要把这件事说出去，我无所谓，你就不同了，你可能这辈子都嫁不出去了。”

林晓青觉着下身疼痛，心情很不好，揣摩着该怎么办。

侯三是在瓦解林晓青的意志，让林晓青接受这个事实，不要张扬出去，更不要告发他。他说：“你就当我是你的爱人，就当同你爱的人发生了这种事情好了。”

林晓青说：“你真不要脸！”

侯三说：“你不要告诉牛瓦林，你告诉他，他可能就会跟你断绝关系。你不告诉他，他也不会知道。他不知道你跟我发生了这种事情，还会认为你是过去的你呢。”

林晓青咬着嘴唇。

侯三说：“你要是想嫁给我，我不会介意你过去跟别的男人发生过这种事情的，因为你太漂亮了。”

林晓青说：“你不是人，你是畜生。”

侯三说：“畜生也会做这种事情的。这是世界上所有动物生理上的本能。”

林晓青说：“快开车！”

侯三说：“你别报案，你报案也没用。因为这地方就咱们两个人，我会说你是自愿的。我还可以说我给你钱了，你是为了钱与我发生关系的。”

林晓青的心里如同翻江倒海一般难受。

侯三认为林晓青的态度在发生微妙变化，她好像认同了这件事情的发生。他不想激怒林晓青，便开动了车。不过，他把车开得比较慢。他认为时间是能改变人的看法，所以他就想延长回矿里的时间。

林晓青心想：回去怎么跟牛瓦林说呢？

5

谭梅刚洗完衣服，林晓青就进屋了。林晓青看了她一眼，没说话，走到床前，把身上的背包往旁边一扔，就躺到床上了。谭梅觉着林晓青的心情很不好，看上去比较疲倦，表情也反常，便关心地问：“晓青，你怎么了？生病了吗？”

林晓青没说话，只是摇了一下头。

谭梅说：“今天矿里的客车没有去黑鹤市，你是怎么回来的？”

林晓青还是没有回答，她不想回答，也不想提起这件事，提起来她就如同掉进痛苦的深渊中。这件事太让她痛苦和难忘了。

谭梅要出去找刘峰，明天是星期六，她和刘峰都休息。他们已经约好了，一起到黑鹤市的姑姑家玩。

刘峰和牛瓦林几个人正在打麻将，谭梅就进来了。刘峰看了一眼谭梅急忙说：“就玩一会儿，马上就不玩了。”

谭梅说：“这句话你都说过多少遍了，如果我还相信，那我就连小孩子都不如。”

刘峰说：“打完这一局，就不玩了。”

谭梅是非常反对刘峰打麻将的。在她看来，打麻将不是好事。可在这偏远的山沟里，让人们娱乐的东西太少了。人们的生活寂寞，思想也空虚，就用打麻将来消遣打发时间。她对牛瓦林说：“晓青回来了，你怎么没有去看她呢？”

牛瓦林一怔，吃惊地说：“晓青回来了？什么时间回来的？”

谭梅听牛瓦林这么一说，觉着不可思议，不满地说：“你是真不知道，还是假不知道？”

牛瓦林抓了一张牌说：“我真不知道。”

谭梅说：“这可是你的不对了，你有时间打牌，就没有时间去接晓青呀！晓青在你心中还不如打麻将重要吗？”

牛瓦林说：“不是你想的这样，我真是不知道她今天能回来。”

谭梅说：“她没打电话告诉你？”

牛瓦林说：“她的手机没电了，我跟她没联系上。”

谭梅说：“那你现在知道了，还不快去。”

牛瓦林说：“马上，就打完这一局。”

谭梅说：“我跟你说，晓青的表情一点都不好，像是生病了。”

牛瓦林说：“你别骗我，下午她给我打电话时还好好的呢。”

谭梅说：“你这人是怎么回事，你不是说她的手机没电了，那怎么还能通电话呢？”

牛瓦林解释说："她用公用电话给我打的，打完就离开了，再就没有打。"

谭梅猜测着说："晓青就算是没有生病，也是遇到了不开心的事情，反正她的心情不好，你快去看看吧。"

牛瓦林听谭梅说林晓青已经回来了，就没心打下去了，借这个理由就不打了，转身离开，去找林晓青去了。

西岭金矿机关办公室离林晓青住的宿舍有二里多的路，牛瓦林走得很快，不一会儿就到了。他推门而入，看着躺在床上的林晓青开口便说："不是没有车吗？你是怎么回来的？我还以为你今天晚上回不来了呢。"

林晓青没有想到牛瓦林这么快就来找她了。她和谭梅住在同一个宿舍，这间宿舍里就有她们两个人。谭梅来自吉林榆树，在采石厂当仓库保管员。她们关系不错。林晓青刚才本想叮嘱谭梅别把她回来的事告诉给牛瓦林，可她也没有想到这么晚了，谭梅还能遇到牛瓦林。她面对牛瓦林表情很不自然，神情有点惊慌，想逃避，可在这狭小的屋中，她无处可逃。

牛瓦林坐在林晓青的床前，伸手去摸林晓青的脸，还把自己的身体倾了过去，想吻林晓青。

林晓青有意地避开了，起身洗脸去了。

牛瓦林在林晓青起身的一瞬间，突然觉着林晓青情绪反常，好像有什么事情发生过了。他在想林晓青为什么会这样呢?

林晓青在卫生间里，把水龙头开得很大，对着镜子照着自己，细细端详着。她洗过脸发现身上的衣服也得换，不然肯定会被牛瓦林发现的。

牛瓦林在林晓青拿衣服时，一把抓住她说："你怎么了？我做错什么了，让你这么不开心？"

林晓青质问地说："你怎么不找车去接我呢？"

牛瓦林说："电话中我不是跟你说过了嘛，我跟刘峰都说好了，可我妈不让。"

林晓青认为自己问了一句多余的话。这件事在两天前学习还没有结束时，牛瓦林就在电话中跟她说过了，现在她怎么又重提这件事了呢？看来她真的是被气糊涂了，理智错乱了。

牛瓦林想了一下，凝视着说："你是搭侯三拉货的卡车回来的吧？"

林晓青一惊，然后说："你怎么知道？"

牛瓦林说："今天矿里就侯三的车去黑鹤市，你不搭他的车还能搭谁的车呢。”

林晓青此时不想听到侯三这个人的名字，听到头就要炸开了。

牛瓦林伸出另一只手搂住林晓青的腰说：“你是不是很想我？”

林晓青把脸侧了过去，努力挣扎着。

牛瓦林把林晓青紧紧搂在怀中，就如同一只雄鹰捕捉到一只鸡一样，他说：“你不是想完成咱们今晚的约定吗？”

林晓青和牛瓦林是有个约定。她原本是想兑现的，可现在她不能兑现。她还没调整好情绪，如果此时兑现承诺，牛瓦林就会知道侯三对她的伤害了。她还没有想好是否把这件事告诉牛瓦林，因为她不知道牛瓦林知道这件事情后会是怎么个态度。她有点激动地说：“你放开！我去换衣服。”

牛瓦林看林晓青真心拒绝，也没了心情，放开手。

林晓青喘着轻微的粗气，走到衣柜前，找出干净衣服，到卫生间去换衣服了。

虽然牛瓦林跟林晓青热恋的时间不算太长，可他们之间早就发生了两性之间的事情，并且不止一次。只要他们心情好，环境适合时，就会做那种事情。他们之间在身体上已经没有隐私可言了。此前，林晓青换衣服也从不背着他，总是当着他的面，可今晚，这是怎么了呢？

林晓青走到卫生间，怕牛瓦林进来，还把门反锁上了。她脱掉内裤，发现上面有很多从身体内排出的液体，这液体有侯三的，也有自己的。她用水把身子洗净，穿上干净衣服后，又把脏了的内裤连同外衣及短裙卷在一起，藏了起来，不想让牛瓦林看到。

牛瓦林看林晓青把卫生间的门反锁上，心里咯噔一下，好像林晓青对他关闭了很多不应该关闭的东西。他已经猜测到林晓青有事在隐瞒着他，疑心重重。

林晓青没有去洗脏衣服，她怕引起牛瓦林更多的猜测。她从卫生间走出来，想放松一下表情，可她做出的微笑不自然，带着痛苦。

牛瓦林说：“发生什么事情了吗？”

林晓青摇了摇头说：“没有。”

牛瓦林说：“那你怎么不开心呢？”

林晓青否认地说：“没有啊！”

牛瓦林说：“你认为我看不出来吗？”

林晓青还想辩解，可她从内心深处已经没有辩解的力量和勇气了。她站在窗前，看着室外的茫茫夜色，精神要崩溃了。

牛瓦林看林晓青就像看着被浓雾笼罩着的鲜花一样模糊不清，再好看的鲜花在浓雾笼罩下，也会失去原有的色彩。

夜更深了，谭梅还没有回来。林晓青知道谭梅今晚不会回来了。谭梅和刘峰虽然没有正式结婚，但他们几乎同居了。林晓青希望谭梅能回来，这样牛瓦林也就不会留在这里了。

牛瓦林拿着手机，看了看时间，就把手机关了，做出不走的意思。

林晓青说："你回去吧，我今天有点不舒服。"

牛瓦林说："谭梅今天晚上肯定是不回来了，你身体不舒服，一个人睡，我就更不放心了，我留下来陪你吧。"

林晓青不想让牛瓦林留下来，可牛瓦林不走，她也没办法。她真的困倦了，躺到床上，本想拒绝牛瓦林，可当两个人的身体接触时，便不自觉地相融在一起了。

人性的本能，生理的需求，还有年轻人的激情一时间全都呈现出来。

林晓青稍稍平静时，突然有着强烈的愧疚感，再也克制不住心中的悲伤，痛哭起来，泪水漫过脸庞，浸湿了牛瓦林的胸膛。

牛瓦林断定发生了重大事情，追问说："发生了什么事情？你说呀！"

林晓青还在哭泣。

牛瓦林说："你说！"

林晓青缓缓地把侯三在路上伤害她的事情讲述出来。牛瓦林听着林晓青的讲述，傻了，好长时间没有反应。林晓青说："你说，我该怎么办？"

牛瓦林没有说话，因为这完全是他没有想到的事情。这件事如同五雷轰顶，让他没有一点心理准备。

林晓青说："我想报案，可报了案，又能怎么样？把侯三抓起来了，我的名声也就全完了。你还会娶我吗？"

牛瓦林也想到了名声。他是不可能娶一个被别的男人糟蹋过的女人的，那样他这一辈子都不会开心。虽然他已经决定不娶林晓青了，但他也不希望把事情张扬出去。因为他爸是副矿长，副矿长儿子的女朋友被人糟蹋了，张扬出去影响多不好。他想息事宁人，不了了之，可这事得林晓青做决定。

林晓青毕竟是一个涉世不深的年轻女孩，对这种突发事情没有太多主意。

她敏感地观察牛瓦林的表情，她担心牛瓦林会跟她一刀两断，分道扬镳。从前是牛瓦林担心她远走高飞，而现在事情反过来了，生活路上真是此一时彼一时，人间的事情真是变幻莫测。

牛瓦林不想跟林晓青躺在一起了，躺在一起他有种被侮辱的感觉，他从床上爬起来，穿上衣服，想要离开。

林晓青轻声说："你要走吗？"

牛瓦林说："这事情发生的太突然了，你得让我好好想一想。"

林晓青说："天亮了，我就去报案。"

牛瓦林说："你不要冲动，报案对你没有好处。就算侯三被抓起来了，被判刑了，那你又能得到什么呢？你只能是一个被强奸了的女人。你要知道这个名义对你今后的生活有多大的负面影响！"

林晓青说："那你说怎么办？"

牛瓦林说："反正你不能报案。"

林晓青说："那你会离开我吗？"

牛瓦林说："你不报案，咱们还有可能在一起。你如果报了案，就没有可能了。"

林晓青如同掉进了云里雾里，不解地问："为什么？"

牛瓦林沉默了。

林晓青说："我是无辜的，我是受害者。你如果找车去接我，我还会受到伤害吗？"

牛瓦林没有多说什么，也没有与林晓青辩驳，辩驳也改变不了林晓青被侯三强奸的事实。他不想正视林晓青，拉开门走了出去，走向夜色中。

林晓青看着牛瓦林离去的身影，茫然了，心空落落的，好像什么都没有了。

6

这一夜，侯三也没有睡好，他不清楚林晓青是否会报案。他心想如果林晓青报了案，那他就不划算了，为这种事情去坐牢，不值。可事情已经发生了，后悔也没有用。

天亮时，他忐忑不安地去上班了。他才到班上，牛瓦林就开着车，领着好几个血气方刚的小青年来找他了。牛瓦林冲到他跟前，挥起拳头，对着他的额头就是狠狠一拳。接着其他几个小青年，也一起上前围攻他。他没有还手，他已经猜测到牛瓦林知道这件事了。

因为是刚上班，工人都比较集中聚集在厂房门前，等着领导分配工作任务。众人一看打架了，就围笼过来，看热闹。

侯三才来西岭金矿不久，同工友的关系一般，没有私交太密切的，加上牛瓦林是副矿长的儿子，就没有人劝架。

采石厂领导从办公室里出来，上前拉架，但被牛瓦林领来的一个年轻小伙子一把扯到一边去，还差点摔倒。其实采石厂领导也只是做个样子，因为牛瓦林的父亲是副矿长，如果出了大事，也用不着他负责。

侯三是打不还手，骂不还口。在场的工人不知道牛瓦林为什么会打侯三，还打得这么凶，认为侯三太没男人气了。别说牛瓦林的父亲只是个副矿长，就算是矿长又能怎么样呢？也得还手呀！打不过归打不过，可这是骨气问题。一个男人没有骨气怎么行呢。其实侯三自知理亏，才没有还手。他强奸了人家的女朋友，还有什么理由还手呢。

牛瓦林他们把侯三打倒在地，还用脚踹。侯三双手护着头，缩着身子，侧躺着，从鼻子里淌出来的鲜血溅了满身。过了好一会儿，牛瓦林他们才停手。他往侯三的身上又使劲儿踩了一脚，骂着："你也不睁开眼看一看她是谁！"

侯三在牛瓦林领着人离开后，过了好一会儿，才慢慢爬起来，站都站不稳了，只好靠在墙边，恢复体力。

采石厂的领导上前问侯三他与牛瓦林之间发生了什么事情，让牛瓦林这么恼怒。侯三摇了一下头，没有说。采石厂领导看侯三不想说，也不想多问。采石厂的领导根本就不想了解，像这种事情知道的多了，麻烦也会多，又不是工作中的事情，没必要掺和进去。采石厂领导安排工人们去干活了。

侯三被牛瓦林打得遍体鳞伤，领导就没有安排他出车，当然也没有让他回去休息。因为这是打架受的伤，如果让他回去休息影响不好。

侯三到卫生间，用水洗去脸上的血迹，然后一个人坐在墙角处，想着心事。他猜测林晓青不会报案，如果林晓青想去报案，牛瓦林就不会领着人来打他了。

这时一辆警车开进了采石厂的大院，侯三是第一个看到警车的人。他看到警车开进来心里发慌，情绪紧张，如同惊弓之鸟，心想这回算完了。他想逃走，可采石在山上，从山上到山下有好几里路的距离，每天都是坐车上班下班，现在没有下山车，他怎么下山呢？就算下了山，又能逃出多远呢？怎么才能逃到山外呢？他只有等着警察来抓他了。

警车开到采石厂的办公室门前，从车上跳下来三位穿制服的警察。他们走进屋，不一会儿采石厂办公室主任就出来了。办公室主任朝着正在院子里打扫卫生的两名工人招了一下手，示意让他们过去。那两名打扫卫生的工人放下手中的工具，走向办公室主任。主任对那两名工人说了些什么，两名工人就进了办公室。

侯三坐在远处没有听到办公室主任说的话，只是猜测着。

办公室主任在院子里走着，突然看到坐在墙角的侯三，就向他招手，让他过去。侯三的心突突地跳，都要从喉咙里蹦出来了。他站起身，慢慢地走向办公室主任。办公室主任说："你进去，警察找你了解一下情况。"

侯三问："啥情况？"

办公室主任说："你进去就知道了。"

侯三云里雾里。那两名工人从屋里走出来，侯三仔细地观察他们的表情，判断着。他心想一定要沉住气，不到万不得已，绝对不能吐露真情。

警察看到侯三的眼眶肿了，脸也青了，就问："你脸怎么了？"

侯三没有回答。他本想说是摔的，可采石厂的领导在场，他不能说谎。

采石厂的领导说："刚才被牛瓦林打的。"

警察问："牛瓦林为什么打他？"

采石厂领导说："这不清楚，你得问他。"

警察盯着侯三说："牛瓦林为什么打你？"

侯三没有回答。

警察跟牛瓦林的个人关系不错，看侯三不想说，也不想多问，反正两个人打架也没有打出事情来，双方又没有报案，也就不想主动去管了。

侯三不敢正视警察，便侧着脸。

警察问："昨天晚上你干什么了？"

侯三心一慌说："在宿舍睡觉呢。"

警察问："几点睡的？"

侯三想了一下说："十点左右吧。"

警察说："有证人吗？"

侯三说："我们宿舍的人都在。"

警察问："那十点之前你干什么了？"

侯三说："我出车去黑鹤市了，回来就快十点了。"

警察说："有证人吗？"

侯三把目光投向坐在旁边的采石厂领导说："厂领导派我出的车。"

警察把目光转向采石厂领导。

采石厂领导说："他是出车到黑鹤市拉货去了，但几点回来的我不清楚。"

警察说："你一个人去的吗？"

侯三说："就我自己。"

警察看侯三没有作案时间，也就不多问了，让他出去，接着又有工人进来。

这时侯三才觉着轻松起来。他认为林晓青没有报案，警察也不是冲着他来的。快下班的时候，他从一位工友口中得知金矿机关财务室昨晚被盗了，丢失了大量现金不说，还被盗走了不少黄金，案件已经上报黑鹤市了。侯三心想可别把盗窃案与自己的事联系起来，那样他就彻底完了。

西岭金矿的人们一时议论纷纷，猜测盗贼是何许人，如此胆大，敢盗窃机关财务室。这是西岭金矿建矿以来发生的最大一起盗窃案件。

7

牛瓦林打了侯三之后，还觉着不够解气。他认为侯三让他丢尽了脸面，也毁掉了他一段美好的恋情。他不可能与林晓青继续保持恋爱关系了，因为他不可能娶一个被别的男人强奸过的女人相伴终生。晚上他又去找侯三，让侯三赔偿他的精神损失。

侯三没想到牛瓦林还会来找他要钱。他说没有这么多钱，牛瓦林让他写了一张两万元的欠条。他后悔了，花这么多钱玩一次女人，也太不值了。他知道在黑鹤市找一个三陪小姐，一次，也就三百二百的，可这又是找小姐的多少倍呀。林晓青别说已经不是处女了，就算是处女也不值这么多钱。

牛瓦林手拿着欠条对侯三说："你什么时候把钱给我，咱们之间的事就什么时候了解，不然我会随时来找你，警察也可能随时会把你带走。"

侯三心想这么一大笔，到哪去弄呢？他不是不想付钱，实在是他没有钱。他这回放心了，因为牛瓦林想要钱，那就表明林晓青不会报案。如果报案，他就会控告牛瓦林讹诈他。到时他会坐牢，牛瓦林也跑不了。牛瓦林来要钱不可能不跟林晓青商议的，如果商议了，他还会说林晓青是为了钱自愿跟他发生两性关系的，那样他或许就不会受到法律的制裁。

牛瓦林并不缺钱，只是为了出心中的怨气。他拿着欠条才走到金矿的生活区，就看到林晓青在等他。他不想理睬林晓青，避开了那条路，而走向另外一条路。

林晓青看牛瓦林有意避开她，心就凉了，感到了绝望。她回到宿舍，躺在那里。这时房门开了，谭梅走进来了。

谭梅说："你没去牛瓦林家呀？"

林晓青说："我为什么要去他家呢？"

谭梅说："你这人真有意思，你不去他家，难道去别人家吗？"

林晓青沉默了，心想牛瓦林家真就不能再去了，也不再是她去的地方了。

谭梅说："我下午去菜市场时，还遇到牛瓦林的母亲了呢。她问我你今天回来了没，我说你昨晚上就回来了。她还不相信呢，责备牛瓦林没回家说你回来，还说让牛瓦林叫你过去吃饭呢。"

林晓青说："我回来的那么晚，怎么好麻烦人家呢。"

谭梅说："现在不麻烦什么时间麻烦，等把你娶到家了，你想麻烦人家，人家都不想理你了。"

林晓青断定牛瓦林不会娶她了。

谭梅到卫生间洗了个苹果，然后给了林晓青一个，转身就出去了。

林晓青的手机响了，电话是省城的母亲打来的。她一听到母亲的声音，觉着很委屈，再也控制不住心中压抑的情绪了，哇一下大哭起来。

张素俄一时也不知道怎么才好，一句接着一句地问："怎么了？发生什么事情了？"

林晓青不回答，就是一个劲儿地哭，越哭越伤心。

张素俄追问说："发生什么事情了，你快说呀！"

林晓青仍然没说，她怎么好开口把这事告诉母亲呢。无论张素俄怎么追问，林晓青就是不说。最后她挂断了电话，张素俄再打，她就不接了。

张素俄的心不能平静，女儿的哭声纠缠着她。她连夜坐火车赶到了黑鹤市，第二天一早，就乘出租车来到了西岭金矿。

刚上班，林晓青拿着水壶正要去打开水，就看到了迎面走来的张素俄。

她做梦也没想到母亲会来，还来得这么快，没有思想准备，手中的水壶掉到地上摔碎了。水壶的声音引来同事的观望。她一时说不出话来，眼泪一个劲儿地流，有两位同事过来帮她打扫。

有一个同事说：“不就是碎了个水壶嘛，有什么呀！别哭了。”

另一个说：“可能是看见妈来看她了，高兴的吧。”

张素俄断定这两种说法都不对，肯定有更大的事发生了。不过她没有问，因为这不是询问的地方。

林晓青回到办公室，收拾了一下办公桌上的东西，便陪着张素俄走出了机关办公楼。

张素俄一出办公楼就追问发生什么事情了。林晓青便吞吞吐吐地把被侯三强奸的事情说了。张素俄一听头都要炸开了，愣愣地停在那儿，咬着牙说：“你都是二十多岁的人了，怎么连这点自我保护意识都没有呢？”

林晓青不敢正视母亲，怕与母亲的目光相遇。她能感受到母亲的痛心与愤怒。她知道母亲是关爱她的。她把脸侧了过去，一阵风吹来，吹动了她的长发，她的心也好像被这微微轻风吹动了，在人世间的空中飘荡。

张素俄说：“女孩一定要成熟，要自重，一定要学会保护自己。社会多复杂呀，什么事情都有可能发生。你还是在省城长大的呢，怎么连这点防范思想都没有呢？”

林晓青面对母亲的责备无话可说。母亲不但在她离开家的时候千叮咛万嘱咐，还在日常的电话中再三提醒她，可她没有听从母亲的，而是由着性子来。现在悲剧发生了，她又能说什么呢。

张素俄说：“那个男人只是个司机吗？”

林晓青点下头。

张素俄说：“他结婚了吗？”

林晓青摇了摇头，意思是不清楚。

张素俄理解为是没有结婚，便说：“他能娶你吗？如果可以，那你就嫁给他算了。然后他到省城找个开车的工作，你们的生活也还可以过。”

林晓青没想到母亲会产生这种想法。她是不可能嫁给侯三的。她坚决地说：“那可不行。”

张素俄说：“为什么？”

林晓青说：“他长得太难看了。”

张素俄为女儿难过，女儿让这么难看的男人给强暴了，要承受多么大的精神压力与痛苦呀。她说：“好看有什么用。你长得好看，走到哪都引起男人的注意，连个安全感都没有。人活着不是长得好看就会幸福的。生活就是生活，非常真实，来不得虚伪。”

林晓青知道母亲是在说气话。

张素俄只是说一说而已，这是一种责备，更是一种警告。她怎么会让女儿嫁给一个强奸犯呢，这是不可能的事情。她说：“你跟小牛的关系怎么样了？”

林晓青没有回答母亲，她不知道牛瓦林的想法，也就不知道怎么来回答。

张素俄说：“小牛知道这件事情了吗？”

林晓青点点头。

张素俄说：“他对这件事的看法呢？”

林晓青说：“他可能接受不了。”

张素俄说：“别说他接受不了，就连我都接受不了。他的心情可以理解，男人是非常在意这种事情的。男人都想找个处女，一辈子也可能就结一次婚，结果娶个不是处女的女人，男人会窝囊一辈子。你们这代人思想比较开放，在观念上还相对要好接纳一些，我们那个年代的人就不行了，如果这事发生在我们这代人身上，可能一辈子都没有男人娶了。”

林晓青带着一丝天真地说：“可我把第一次给他了呀。”

张素俄再次惊愕，好一会儿说不出话来。她不相信这话是出自女儿的口中，怎么也没有想到女儿会做出这种事情。在林晓青离开家时，她最担心的就是怕发生这种事情，尤其是在得知林晓青与牛瓦林谈恋爱后，就更担心了。她隔三岔五就打电话叮嘱，可这事还是发生了，真是孩子大了不由娘管了，管也管不住了。

林晓青看母亲发呆，有些担心。她知道母亲爱她，关心她，她也知道母亲是非常在意这种事情的。她伸手扶着母亲的肩膀说：“妈！你没事吧？”

张素俄猛然挥起手，狠狠地打了林晓青一巴掌。

林晓青被这突如其来的一巴掌打得侧过脸去，眼冒金星，火辣辣地疼。她怎么也没有想到母亲会打她，打得这么狠。她知道母亲是恨铁不成钢。在她的记忆中，母亲还真就没有这么打过她呢。她不生母亲的气，因自己做错了事。她真是一个不听话的孩子，让母亲操了这么多的心。她做的事情确实触犯了母亲要求的道德底线，不可原谅，母亲打她也理所当然，天经地义。

张素俄说："你就要把我气死了。"

林晓青哭了，眼泪从眼角流下来说："妈，我知道你心里难受，你打吧，打过了，就会好受些。"

张素俄被女儿的话感动了，也流下了泪，她都多少年没有哭过了。她真的难受，为女儿难受。她说："你知道这种事对女孩子有多重要吗？你下半生可怎么办呀？你今后的生活还能幸福吗？"

林晓青不知道接下来的生活会怎样，更别说以后了。她的视线被泪水遮挡住了，看这世界模糊不清。

张素俄虽然心痛，但很快就镇静下来。她知道自己是女儿的支撑点，如果自己支撑不住，那女儿就更不行了。她必须振作起来，引领女儿走出人生的低谷，走出艰难，战胜困苦，治愈伤口。她说："好了，别难受，事情既然已经发生了，后悔与自责都没有用，一切都会过去。人生就如同这天空一样，不能总是阳光明媚，也不会总是阴雨缠绵，阳光也好，风雨也罢，总会过去的。人要学会面对未来生活。"

林晓青用手抹了一下眼睛，然后看着母亲。她认为自己不如母亲，所以很敬佩母亲的人格魅力。

张素俄说："你打算怎么办？"

林晓青没有说话，因为她不知道怎么办。

张素俄说："咱们去报案吧。"

林晓青说："牛瓦林不同意报案。"

张素俄说："为什么？"

林晓青说："他没有说，可能是怕报了案影响不好吧。他爸是矿领导，如果报案了，这事张扬开，对他们家多少会有影响的。"

张素俄说："那你跟他之间的事呢？"

林晓青说："可能也不行了。"

张素俄说："这样不行。你不报案，他也不娶你，对他没什么，可对你就不同了，咱们不能听他的。你去找他谈一下，如果不行，那就得报案。"

林晓青把母亲送到宿舍后，便去找牛瓦林。

8

牛瓦林和同事小邱正在办公室里聊着什么，林晓青走了进来。牛瓦林不想与林晓青见面，见到林晓青他就会想起侯三强奸的事情。虽然林晓青是受害者，可还是让他觉着恶心，不能接受。

小邱对林晓青说："美女来会情郎了，我就不妨碍你们了。"

林晓青没有说话，看着小邱离开，直视牛瓦林。牛瓦林不敢正视林晓青，怕与林晓青的目光相遇。他想回避，可无处回避，只是把脸侧到窗前。林晓青说："咱们出去走走吧。"

牛瓦林本不想出去，可又找不到推脱的借口，也怕林晓青在办公室说出什么难听的话，便跟林晓青一起来到外面的树林边。

林晓青已经感觉到牛瓦林感情上的变化了。她在等牛瓦林说话，可牛瓦林就像个哑巴，一句话也不说。林晓青说："你说我该怎么办？"

牛瓦林装作不清楚的样子说："什么怎么办？"

林晓青说："你装什么糊涂呀。"

牛瓦林抬头看着天，叹了口气。

林晓青说："我想报案。"

牛瓦林说："事情已经发生了，你报案能挽回吗？"

林晓青说："难道说就这么悄无声息地算了吗？"

牛瓦林说："那你还想怎么样呢？"

林晓青说："你是怕丢人吗？"

牛瓦林说："你当时就不应该搭乘侯三的卡车。你一个女的，侯三一个男的，又这么远的路，还是晚上，有多危险？你不会连这点自我保护意识都没有吧！"

林晓青说："我还不是为了早点见到你。如果不是为了你，别说晚回来一天了，就算是晚回来十天，又能怎么样呢！"

牛瓦林说："晚一天就晚一天，还能怎么着呢！一天不过二十四小时，睡一觉醒了，就过去了。"

林晓青看牛瓦林把责任都推给了她，就更生气了，她说："你当时怎么不这么说呢？你如果这么说，我也就不会这么急着回来了，事情也就不会发生了。事情发生了，你又这么说，你还有点责任感吗？你还是个男人吗？”

牛瓦林心虚，当时是他催促林晓青尽快回来的，因为这事，郝爱兰还批评他了。可他不想承认错误，他说：“我怎么不是男人了？”

林晓青说：“我的第一次是被你占有了，而不是侯三。”

牛瓦林说：“可你现在是个被强奸过的女人。”

林晓青怎么也没想到牛瓦林会这么说，这话如同一把利刃刺痛着她。她怔怔地看着牛瓦林，好一会儿没说出话。她真是对牛瓦林太不了解了，怎么能把第一次给这么个男人呢？她太不成熟了，也太轻率了吧！她开始恨自己。

牛瓦林说：“世界上有哪个男人愿意娶一个被强奸过的女人呢。”

林晓青说：“牛瓦林，我不用你娶，你娶我，我还不嫁了呢。像你这种男人，也不值得我去爱。我报案去了。”

牛瓦林说：“报案简单，可报了案后呢？人们都知道你被强奸了，你怎么面对他们？你还有脸在这里生活吗？”

林晓青说：“我怎么没脸生活了？我是个受害者，我是无辜的。”

牛瓦林说：“别人不会这么看，只有你会这么看。别人只会认为你是个被强奸的女人，会冷眼看你，让你的生活带着色彩。”

林晓青没想到牛瓦林会这么想，很是生气地说：“那些人也包括你？”

牛瓦林说：“即使不包括我，但会影响我的正常生活。”

林晓青嘲讽地说：“你真不是男人，我看走眼了。”

牛瓦林强调地说：“我无法接受这样的事。”

林晓青后悔当初没有听母亲的话。现在她懂得了母亲的担心，可太晚了，不应该发生的事情都已经发生了，无法挽回。她只有小心谨慎地往前走，避免再次发生这种事情。她说：“我不会放过侯三。他是社会的败类，一定要受到法律的惩罚。”

牛瓦林看出林晓青报案的决心。他认为林晓青太不成熟了，没有处事的经验。他想说服林晓青，让林晓青改变决定。他说：“报案对你没有任何好处。就算是把侯三判刑了，你什么也得不到。你还不如息事宁人，回省城，那样神不知鬼不觉，可以重新开始。”

林晓青这才发现牛瓦林是那么的自私。她讨厌这种自私。她说：“我就算是什么也得不到，也要报案。我一定要让侯三受到应有的惩罚，不然他还会危害社会。”

牛瓦林无可奈何地看着林晓青。

林晓青说：“你太不值得我爱了。”

牛瓦林说：“这事超过了我的承受能力。”

林晓青不想继续谈论下去，因为她已经得到了答案，所以没必要去修改，修改也会有痕迹的。在她的生命中，这痕迹非常难忘。她转身离开了。

牛瓦林看着林晓青远去的背影，心中也不是滋味，他毕竟是真心喜欢林晓青的。他看已经到中午下班时间了，便回家了。

郝爱兰看牛瓦林不高兴就问：“你怎么了？身体不舒服吗？”

牛瓦林没有回答，心里乱乱的。

郝爱兰说：“你怎么没有让晓青来家里吃饭呢？我遇到谭梅了，她说晓青昨晚就回来了。晓青不会没有告诉你吧？”

牛瓦林说：“妈，你能不能不提她呀。你要是没话，就请闭嘴。”

郝爱兰怎么也没有想到牛瓦林会这么跟她说话。她一愣，然后说：“你疯了吗？好坏都不懂。你要不是我儿子，我才不会说呢。”

牛瓦林说：“妈，我真的要疯了。”

郝爱兰接着责备地说：“你真不懂事，好坏不分。我怎么生了个你这样的儿子。”

牛瓦林没心情说话，沉默了。

郝爱兰发现牛瓦林情绪反常，便没有继续责备，而是改变了话题，语气也柔和下来，她说：“发生什么事情了，还是你们吵架了？”

牛瓦林虽然是个男人，但也被这件事弄得精神快要崩溃了，他长这么大，还从没遇到过这么痛心的事情。他便把这事告诉了郝爱兰。

郝爱兰也愣住了，没了主意，因为这件事太特殊了，她也是第一次遇到。

9

张素俄陪林晓青去矿机关办理了离职手续，又去公安局报了案。

警察做了笔录，还让林晓青提供侯三犯罪时的证据。林晓青还保留着那天晚上的内裤。她回到宿舍，在床下面找出还没有洗的内裤，内裤散发着刺鼻的腥臭味。她把内裤装在一个塑料袋中，送到了公安局。警察立刻抓捕了侯三。

侯三已经给牛瓦林打了欠条，认为林晓青不会报案，没想到警察还会来抓他。他对强奸林晓青的犯罪行为供认不讳，但也举报了牛瓦林朝他要钱的事情。

警察也把牛瓦林带到了公安局。

牛瓦林认为自己没有错，警察不应该抓他。他辩解说："我逼侯三写欠条，是想让侯三得到惩罚。"

警察严厉地说："你这种逼迫他人的行为已经构成犯罪。"

牛瓦林面对林晓青说不上是爱还是恨，神情麻木。

林晓青的情绪很平静，如同碗中的水，没有一丝波动。她知道牛瓦林的想法，可她怎么也没有想到牛瓦林会敲诈侯三。她思想太单纯了，还看不透人世间的复杂事物。她彻底对牛瓦林失望了，也死心了。她从心底放弃了这份感情，觉着轻松起来。她不想在这里停留，停留会让她持续心痛。她租了一辆出租车，在张素俄的陪同下，朝山外而去。她离开了西岭金矿，离开了这个让她多情而伤心的地方。

张素俄颇有感触地轻声说："年轻人做事一定要稳重，成熟，不能草率，不然就会做出后悔一辈子的事情。"

林晓青知道在被侯三伤害的事上自己也有责任，如果她能成熟一点，考虑得多一些，在黑鹤市多住一个晚上，也许就不会发生这种事了。如果她能听从公用电话亭小女孩的劝告，也许不会发生这种事情了。她自问自己难道还不如看公用电话亭的小女孩成熟吗？她后悔了。可她想如果不发生这件事，她还真就看不清牛瓦林的内心，更不能识破牛瓦林的本性。如果她真的嫁给牛瓦林了，说不定在今后的人生路上还会发生什么更不幸的事情呢，那样她就更后悔了。此时，她后悔当初没有听母亲的劝告，如果听从母亲的不在金矿谈恋爱，这件事根本就不会发生。

张素俄好像感觉到了什么，安慰地说："事情已经过去了，就别去想了，你看，出了这座山，路不是更宽阔了吗？"

林晓青觉着身上的重担已经放下了，侧过脸看了一眼母亲，然后把头轻轻靠在母亲的肩膀上。她的心还在隐隐作痛，如同一只受伤的羔羊，享受着母亲的关怀。

母亲在为她疗伤。

《麒麟文学》2016 年第 2 期

《丰泽文学》2016 年第 2 期

移民街的故事

1

这是东海市里的一条老街。

至于老街有多少年的历史，老街究竟存在了多少年，生活在老街上的人都不能完整地讲述。它在人们心中是个谜。每当提起老街时，老街上的人就会自豪地说：“在很久很久以前，就有人生活在这里了。”

据街上一百零二岁的老寿星王氏讲，她是在老街出生的。她记事起老街就住着许多人家。王氏这一生都没有离开过老街。在父母的包办下，成人后她嫁给了开杂货店的王麻子。后来，她又为王麻子一连气地生下四个儿子和三个闺女。漫漫一个世纪过去了，王氏由一个粉嫩端庄的年轻女子变成白发苍苍的老妪。她男人在三十年前一个冬天的早晨闭上了双眼，永远离开了老街。她的儿子和女儿也一个个先后离开了人世，只有孙子或重孙辈分的人还活着。这些年轻人已经离开老街，到新城区生活了。他们也让王氏到新区生活，可王氏舍不得离开老街，因为老街记录了她的人生往事，这里留下了她太多的情感。偌大的老院里，因为很少有人光顾，早已长满了杂草……王氏一个人孤单地度过残余岁月。

据王氏讲，她太爷是从云南大理搬到老街居住的。王氏是老街上唯一活到百岁的老人，老街的变迁如同王氏经历过的岁月一样有过繁华、富有，但现在只有衰败、苍老。

老街上的建筑物确实很老，一排排青色方砖砌成的老式院落使空间显得极为狭窄，院落连着院落，参差不齐，黑色的屋顶、斑驳脱落的墙皮都显得凄凉和残破，砖与石之间偶尔会长出红蒿绿草。这样的院子大多是空着的，主人早已经搬出了老街。

当年老街的繁华都埋藏在岁月中。

年轻人住在老街上的不多，留在这里的大都是上了年岁的人。他们住惯了祖辈们留下的老屋，他们在这里出生、长大，生儿育女，又慢慢老去。老屋包容了他们整个人生，他们对它有着割舍不断的情结。

老街很窄，瘦得像是被人扭了几节的鸡肠子。它被新城区矗立的楼宇抛在东海市区的东南角。虽然路面上铺了许多沙石，可仍有车轮留下的痕迹，一场雨过后，坑洼处还会存有积水。如果有车开过时，积水就会在车轮下四溅，在街上玩耍的孩童会被惊得四处躲闪。如果行人来不及躲闪，身上就会被溅上污水，他们会愤愤地朝开车的司机骂："不会慢点开呀！开这么快，找死去呀！"

空出的老屋并没有因为陈旧而闲置起来，因为这是东海市的老生活区，房价要比新生活区便宜很多，有许多从外地到东海市谋生的人聚集在这里，这使老街再次繁华起来。

当然这种繁华与时代是有反差的。

老街上古老的建筑物，加上新时代的城市移民，让这里成为一道独特的风景线。这些带着梦想到东海市淘金的外乡人，有的在老街摆个水果摊，有的开个杂货店，用不同的生存方式聚集在这里。他们有的白天到新城区建筑工地上盖高楼，修马路、打扫卫生，晚上像回巢的鸟儿，从四面八方回到老街过夜。这些蜂拥而入的外地人，让原本寂静多年的老街变得热闹拥挤起来。

精明的外地人在老街开满了各种店铺。几乎每一个店铺的主人，不论是酒馆、饭庄，还是杂货店，都操着不同的乡音。他们经营的店铺也因来自不同的省份，打出了很有地方特色的牌子，什么兰州牛肉拉面、四川麻辣火锅、东北酒楼、新疆手扒羊肉馆等等。

说来也挺有意思，竟然有一个潮州年轻人在老街开了间门面不是很大的读者书屋。这是老街上仅有的一家书屋。

据说那个姓胡的潮州人是个业余作家，还写过电影剧本，不过人们没有看过刘姓作家写的电影。老街的人觉着这位刘姓潮州小伙子很怪，整天捧着书坐在门口像个呆子。老街上的人很少有谁走进他的书屋，只有在周六或周日的时候，才会有几个学生模样的年轻人来他的书屋。

老街上住着的人，就算到工厂上班，下班后也会忙活些小生意，只有这样他们才觉着日子过得踏实，生活不空虚。

至于潮州小伙叫什么，也没人去打听。他在老街上住了半年多，竟然没有人知道他的名字叫刘小哲。

在老街上做生意的外地人中，有的不知是通过什么方式把户口从四川、河北、湖南老家迁到了东海市。他们有的还买下了老街的旧屋，又把旧屋翻新，顺理成章成为老街的新主人。时间久了，东海市的当地人就把老街称为移民街。可真正让老街出名的还是刘小哲，还是这位默默无闻的读者书屋小老板。

人们知道了他的名字，才知道移民街。

那天东海市电视台《风景一线》栏目组的编导们开车满城转了好长时间，也没有找到感觉，不知道什么新闻才会吸引观众。当他们来到老街时，无意中看到了读者书屋，顿时来了灵感。主持人小姐在刘小哲没有丝毫准备的情况下，上前问："你为什么开书屋呢？"

刘小哲看了看主持人，不慌不忙地说："东海是座新兴城市，有很多从外地来这里寻求发展的人。一个城市也好，一个人也罢，要想发展与进步，没有文化是不行的。人不读书，思想会封闭，没有超前意识，就算一时得到了一些物质收获，那也是暂时的，不会久远。"

主持人问："你是什么学历？"

刘小哲用手扶了一下近视镜，缓慢地说："硕士。"

主持人有点惊喜地说："你有这么高的学历，完全可以找到一个好工作，为什么没去找工作，而选择开书屋呢？"

刘小哲说："人活着不能总为自己想，还要为更多人服务才行。我想为更多人做点事。"

主持人问："你怎么看老街呢？"

刘小哲说："老街实际上就是移民街。在这里生活的人，很少有东海市的本地人，大部分都是外来人。这些外来人群中，又是年轻人居多。所以，我希望政府能关注移民街的发展与建设。”

电视台以《一个硕士生看老街》为题，在“城市新观察”版块中，做了对老街的报道。这档节目播出后，东海市委、政府非常重视，给刘小哲送来一万元钱，把这作为扶持资金，鼓励他把读者书屋办下去。

在二十世纪九十年代初，政府奖励个人一万元钱可不是小事，这成为热点事件。刘小哲是城市移民，又是硕士，这也是少有的学历，无疑成为新闻人物，几家报纸同时在显著位置报道了这件事情。

人们知道了硕士刘小哲，更对他在电视中谈到的移民街感兴趣。这是个新话题，很快便在市民中流传开来。后来，人们也就把老街称为移民街了。

2

兰英今年刚好二十岁，在蓝月亮酒楼做小姐。她本来不是到酒楼做小姐的。她从湖北红安老家到东海市后，先是在一家鱼片厂做工，工作是洗鱼。这种工作看起来简单而轻松，实际上不是那么回事。她早晨七点开始工作，把手伸进冰凉的鱼池里不停地洗着，中午工厂只给他们半个小时的吃饭时间，吃过饭，接着干活。她如同机器一样，加上油就不停地转动，直到晚上六点才能下班。

兰英的双手被水浸得粗糙不平，手指一动就疼痛。一天工作结束后，四肢无力，腰酸腿痛。虽然她是在贫穷的革命老区长大，家中的生活条件也不是太好，可从来没有受过这种苦呀。她受不了了，暗暗骂给她介绍工作的人不是好东西，拿了介绍费而不负责任，不得好死。

兰英想去找那个给她介绍工作的老女人，想换个工作。她跟鱼片厂老板说身体不舒服，想到医院去看一看。老板用审视的目光看了看她，同意了。她走出鱼片厂，就如同鸟儿出了笼子，获得自由一样。她没有去医院，而是去了职业介绍所。

那个职业介绍所的老女人早就想不起兰英是谁了，在兰英说出想换工作的想法后，老女人傲视一切地说：“一个打工妹，找工作还挑挑拣拣的，你也不看看自己能做什么。”

兰英气愤地说："打工妹怎么了，打工妹就不是人了，就没有选择工作的权利了。"

那个中介老女人没想到眼前这个打工妹说话口气这么硬，藐视地质问："你会干什么？你能干什么？"

兰英一时没有回答上来。她并不知道在东海这座沿海城市中，有哪种工作适合她。她说："只要不洗鱼就行。"

中介老女人说："有个打扫厕所的活儿，你去不去干？"

兰英说："留着给你干吧。"

中介老女人说："还有一个陪老板睡觉的活儿，你接吗？"

兰英说："那活儿适合你，不适合我，你去干还行。"她说完转身走了。她看找中介换工作是无门，便回鱼片厂了。

中介老女人看着兰英的背影，吐了一口唾沫，骂着说："小不正经的。"

兰英心里滋生了想离开鱼片厂的念头，并且这种念头越来越强烈。一天，她把心中的想法跟好友潘晓玲说了。

潘晓玲惊讶地看着兰英问："你要去哪里？"

兰英叹息地说："不知道，反正我是不想在这里干了。"

潘晓玲倚着墙，泪水从脸上慢慢流下来，缓缓地说："我不像你有文化，可以找个好一点的工作。我小学都没毕业，就算离开了鱼片厂，又能找个什么样的工作呢？"

兰英惶惑地看着潘晓玲，没有想到潘晓玲会这么脆弱。潘晓玲用手抹了下眼泪，委屈地说："想家了。"兰英认为潘晓玲缺少承受打压能力，不想说下去了。她决心离开，觉着这样没完没了地干活真没意思，鼻子一酸，嘴唇上出现了牙印。她没出来打工时，一心想出来，羡慕那些比自己早出来的打工女孩，自己出来后才知道在外面打工的艰辛与无助。

女孩心中有许多梦想，对生活期望也比较高，兰英希望有鲜花的生活，想有花不完的钱。

《东海晚报》上天天都有招聘的消息。兰英只上过高中，又没有外语知识和别的特长，很少有适合她的工作。虽然她的长相不错，可除了这个，一无所有。她没有心思工作，有好几次把鱼和内脏一起扔到了烤箱里，直到鱼被烘得臭气熏天，才发现出了错，被老板骂得狗血喷头。

老板骂兰英时不留情面，兰英委屈得都不想活了，长这么大父母都没这么骂过她，眼泪从她脸上掉下来。老板看她哭了，不但没有停止责骂，反而更生气了，声音也更大了：“你还哭，你哭什么？你知道这样的产品出了厂，会造成什么样的后果吗？”

兰英也火了说：“有什么大不了的，退货，我赔是了。”

老板看兰英反驳，吼着说：“你赔得起吗？就你挣的那点钱，还不够我喂狗的呢。”

兰英说：“你才是狗呢。”

老板没有想到眼前这个打工妹敢骂他，就说：“你不干就滚！别他妈的在我这里瞎混。”

兰英说：“走就走，本来就干够了。”

老板说：“滚，现在就滚！”

兰英满腔怨气，把手中的鱼扔到脚下，还觉着不解气，就用脚狠狠地踩了几下，转身离去。

老板说：“你踩吧！一分工钱也不给你。”

兰英转过身来说：“你心黑着呢，坏透了，不得好死。”

这时有很多工人围了过来。他们没想到兰英竟然敢骂老板，老板在他们眼中就跟皇帝一样，兰英的怒骂让他们解了心头之恨。

看门的那个高大的老保安走过来对着工人喊：“看什么看！快去干活去，再不去干活，就扣工资了。”

工人们这才缓缓地散开。

老板向保安交代了几句什么，开着黑色轿车出了鱼片厂的大门。老保安把大门关上后，便来到兰英的宿舍。

兰英正在收拾东西。

潘晓玲和几个同乡小姐妹也帮着往包里装着物品。她们这些没有社会经验的年轻女孩，不知道怎么来安慰兰英。

老保安像一条训练有素的警犬看着兰英。兰英刚走出鱼片厂大院，老保安就把大门关上，并在里面上了锁。兰英在鱼片厂铁门外，潘晓玲在院里，两个人隔着铁门，不舍得分开。从此兰英不再是鱼片厂的工人了，食宿也没了着落，成为城市中没有根基的浮萍。

潘晓玲关心地说：“兰英姐，你准备去哪里呢？”

兰英看了看天色，果断地说：“不用为我担心，没事。这么大的城市，还能饿死吗？你回去干活吧。我有了安身的地方，就来找你。”

潘晓玲说：“兰英姐，如果你没有饭吃，就来找我，我会想办法的。”

兰英眼里再次出现了泪花，使劲点了点头，说了句：“放心吧，肯定饿不死。”她转身毅然离开了。

潘晓玲看兰英吃力地拎着两个大提包，渐渐远去的背影，心都好像要被揪起来了。她不知道兰英在这个陌生的城市里会去哪里，又能去哪里。

兰英一口气走了很远，才停下来。她喘着粗气，四处张望着。她在东海市一个人都不熟悉，现在去哪里呢？今后的生活怎么办？她心想还是先到移民街碰碰运气吧。

太阳已经落到西山深处，天黑了下来，移民街也热闹起来。兰英对移民街还是比较熟悉的，在鱼片厂工作时，如果有时间，她们会来移民街转一转。因为这里大都是外地人，不欺负打工者，东西也比新区便宜。

兰英本想找个旅馆住下，可一想到要花钱，就没有住。她肚子咕咕地叫了，饥饿感涌上来，想吃东西了。她看看这，瞅瞅那，然后在一个人力三轮车前止住步。人力三轮车前有个小伙正在做鸡蛋饼，这种食品很对兰英的口味，并且价钱还便宜。兰英买了两张鸡蛋饼，津津有味地吃起来。小伙子看兰英没有走开的意思，就让兰英往旁边站一站，别挡他的生意。兰英有点不好意思，急忙拎着东西走开了。

兰英找了个空地方停住了，她口渴了，想喝水，四处看了看，找不到水，就走到一个小店前，想找店主要点水喝。

店主是个中年胖女人，她不屑一顾地扫了兰英一眼，没好气地说：“想喝水，去买呀。”

兰英被羞辱了，瞪了胖女人一眼，没有说话，但胖女人感觉到了她的愤怒。

胖女人是本地人，不会把打工妹放在眼里的，说：“让你买水，你不满意呀！不舍得花钱吧？地沟里有水，不用花钱，你去喝吧。”

兰英生气地走到另一个摊位前买了一瓶崂山矿泉水，拧开盖喝了一口，拎起东西走开了。

经过一阵喧闹后，移民街上的人渐渐少了，夜也深了，可兰英还没有找到住处。她在一个大院前停下，心想就这么睡一夜算了。

此时正是沿海的夏季，天气暖和，蚊子不少，兰英几乎一夜没有合眼，天亮时才睡着，又被嘈杂声扰醒了，她又开始新一天没有目标的生活。

3

在移民街开酒店的不少，但最有名气的还属于蓝月亮酒楼。蓝月亮酒楼这名字就特别，与众不同，因为多数名为酒店，很少有称酒楼的。正因为特别，所以酒楼的生意才兴隆，发展得快。老板许依林比酒楼的名气还大，男人们一提到他，就嫉妒得直咬牙。财神爷特别关照这条湖北汉子，他不但赚钱赚得疯狂，人长得也英俊洒脱。在蓝月亮酒楼工作过的年轻女孩，都说许依林长得像台湾演员秦汉。也可能是许依林有明星般的气质，所以才能把蓝月亮酒楼开得极有特色。

到蓝月亮酒楼消费的客人中不是老板，就是政府官员，都是有钱有地位的人。因为他们给的小费多，便成为小姐们的最爱。蓝月亮酒楼生意红火，引起那些门庭冷落小酒店的妒忌。蓝月亮酒楼附近还有几家小酒店，小酒店的老板干脆让服务小姐站在路边招揽客人，用这种方法与蓝月亮酒楼争夺生意。可这种方式并不能吸引消费者的目光，也阻挡不了客人前行的路，客人在扫视一眼她们后，仍然直奔蓝月亮酒楼。

蓝月亮酒楼的菜系分为南、北两大风味。

酒楼里的小姐无论是从服饰上，还是礼节方面做得都到位。小姐身穿翠绿色旗袍，走着端正的模特步子。旗袍把小姐们的玲珑身段展现得十分明显，模特步又让小姐们身姿摇曳，给酒楼增色不少。

许依林夹着公文包从房间出来，看魏美丽正在吧台前收拾账本，想说话又没有说，便走向门口。

魏美丽看了一眼许依林的背影，心情依然是那么沉重。这个曾经让她心动的男人，现在却如此陌生。她与许依林之间的距离越来越远，已经到了无法挽回的地步，可她并不想轻易放弃。

许依林站在蓝月亮酒楼门口，抬头看了看天空，感觉不错。这是个晴朗的上午，太阳正冉冉升起，还没有上升到应有的高度。他走下台阶，拉开车门，正要上车，看见经过的兰英。他认定这是个才到东海市来的打工妹，或许是在找熟悉的人和工作，也可能是独自一人来闯荡的。他一只手扶着车门，另一只手拿着包喊："姑娘，你是在找工作吗？"

兰英慢慢转过头，看着眼前这个陌生男人，带着警觉，点了一下头。许依林朝兰英招了招手，让兰英走近点说话。兰英吃力地朝许依林身前移了移，心想眼前这个男人能否给她带来好运气。

许依林认为兰英的长相还不错，就是乡村气息太浓。他断定兰英是第一次进城打工的女孩，没有见过世面。他问："你做过什么工作？"

兰英怯生生地回答："前些天在鱼片厂洗鱼呢。"

许依林一听是洗鱼，就知道兰英是干不了才离开的。他太清楚东海市的鱼片厂了，那是最不好干的活儿，有一点办法的人都不会去干。他问："你在酒楼里做过吗？"

兰英摇了摇头。

许依林心想女孩不知道酒楼是怎么回事，谁知道酒楼是干什么的，就补充说："在饭店有工作经验没？"

兰英赶忙说："做过，我姨妈家开面条馆，在家时我去洗过盘子，洗过菜，也在门口招呼过客人。"

许依林一听笑了，那不属于服务工作经验。兰英从许依林的表情中明白了什么，紧接着说："我可以学，我学得快。"

许依林心想没有工作经验的打工妹，能干的时间相对要长一些，有经验的说走就走，留不住。最近蓝月亮酒楼接二连三走了好几个女孩，正缺人手呢。他问："你干的了吗？"

兰英有些兴奋地回答："能，肯定能。"

许依林朝兰英招了一下手，转身走进蓝月亮酒楼。兰英跟在许依林的身后，拎着大包，吃力地走进去。屋里很凉爽，兰英觉着很舒服。许依林走到吧台前对魏美丽说："新来的，你先安排一下。"

魏美丽抬头看了一眼许依林，四目相视，有着无法表达的情感。许依林收回目光，转身匆忙走了。魏美丽把目光落在兰英身上，没有说话，继续做着自己的事，每个动作都有节奏，不紧不慢。

兰英站在旁边，把包放在地上，此时她不知应该做什么。她觉着魏美丽真漂亮，穿的衣服真好。昨天晚上她在街边睡的，没休息好，加上没有吃饱，全身没力，精神憔悴，站都有点站不稳。

魏美丽忙完自己的事，随口说了声"你过来吧"，就朝酒楼里面走去。

兰英急忙拎起包，小跑着跟着往里走。她发现酒楼里没有吃饭的客人，也没有几个员工，屋子挺大，也干净。她长这么大还是第一次看见这么好的房子呢。她在东海市的大街上看见过，只是远远地看，没有走进去过，那不算数，现在才算开了眼界呢。

魏美丽在一间屋门口停下，打开门，转过脸对兰英说："你先住下，过一会儿去办入职手续。"

兰英冲着魏美丽使劲儿点一下头，还没等她开口说话，魏美丽已经转身离开了。兰英走进房间，高兴得不得了，心想这不是做梦吧？昨晚还住在大街上呢，现在就住进了这么好的房间。

房间里放着两张单人床，一张床上有行李，还有些衣物，看上去有人住了，另一张床上放着些零七八碎的东西，还有几张报纸，看上去没有人住。

兰英把空床上的东西拿下去，又找来毛巾擦了擦，铺上被子，就去找魏美丽办理入职手续。

魏美丽在前厅，正教几个亭亭玉立的小姐走步。她看见兰英，转身走进办公室里，拿出一张入职申请表，让兰英填写。

兰英弯着腰，按照表格的要求，把每一栏都填写好，然后递给魏美丽。魏美丽看了一眼表格说："你的字写得不错，没上大学可惜了。"兰英听魏美丽表扬她，脸上露出笑容说："上到高中就不想上了。"

魏美丽让兰英去办健康证。兰英说她身体肯定没有问题，在鱼片厂时她办健康证了，只是走得急，忘了拿。魏美丽说："那你去拿吧。我们做酒店行业的，没有健康证是不行的。"兰英还想解释，但魏美丽不想听，也不想说下去，又回到大厅中。

兰英见没有健康证不行，就去办健康证。她本想回鱼片厂找老板要回健康证，可走着走着想法就变了。她去找老板要，如果老板不给怎么办？如果老板找麻烦怎么办？这么一想，还是不去了，到医院再重新办一个是了。

兰英去过东海市医院，下午到医院看病的人不多，很快就办好了。当她把健康证交给魏美丽时，魏美丽说："吃早餐是不能体检的，医生没有问你吗？"兰英说："医生问我了，可我没有吃早餐。"

魏美丽看了一下手机上的时间，不相信地说："都下午了，你还没有吃早餐？"兰英说："我不但没有吃早餐，到现在我连口水还没有喝呢。"魏美丽认为兰英没有说谎，她也经历过初到城里打工的艰苦，有着同样感受，便不再追问了。她对周云云说："你带兰英到仓库领一套工作服。"

周云云转身朝大厅里面走去，兰英跟在后面。她们穿过了整个大厅，又走过了一个十几米远的院子，在另一个屋门前停下。屋子挺大，里面全是物品，有个看上去四十多岁的中年女人在里边。周云云对那个女人说："耿姐，给她领一套工装。"

耿姐走到办公桌前，拿出登记单，让兰英在上面签字。兰英签字时，耿姐问她穿什么型号的衣服。兰英不好意思地笑了笑说："不清楚。"耿姐打量一下兰英的身材，然后说："你穿中号的差不多。你先拿回去，如果穿得不合身，再来换。"

兰英抱着工作服来找魏美丽。魏美丽让兰英回房间洗个澡，休息一会儿，再过来上班。兰英应了声"好"，就回房间去了。她把工作服放到床上，走进卫生间，打开水笼头，水哗哗地流下来。她没有用过太阳能，不会调温度，不是热了，就是凉了，过了好一会儿，才把水温调好。

卫生间里有不少洗浴用的东西，兰英没有用，她怕人家说她手脚不干净，私自动人家的东西。她在县城读中学时，住的是集体宿舍，有的同学就私自用别人的东西，为这种事同学之间总吵架。她用随身带的香皂洗着已经散发酸气的身体。

兰英洗过澡没敢休息，就去大厅了。虽然她入职了，可什么都不会，要学的东西太多。她要努力学习，努力工作，不断提高自身素质，才能适应新环境。她已经知道在东海这个地方不会有谁同情谁，只有靠自己。

魏美丽发现兰英跟许多刚来酒楼的女孩一样，犯了同样的错误，那就是没有用洗发水和洗澡液洗身体，更没有喷香水。她对兰英说："你没有喷香水吧？这不好，你要喷些香水，遮一下因身体出汗散发出的难闻气味。客人是来消费的，身体有难闻气味，他们是不喜欢的。再说，你要用吹风机把头发吹干后再过来，不要湿湿地乱跑。"

兰英觉着好没面子，脸一下红了，像苹果似的。她回房间去了，先用吹风机把头发吹干，然后看了看香水，心想不用白不用，那就多用点，就不停地往身上喷，香水喷得多了，香味太浓，有些刺鼻子。

魏美丽生气地说："虽然香水是免费给你们提供的，可也没有必要喷这么多，不花钱怎么着！这么香还不把客人熏跑了。"

兰英才来这里，不了解情况，没敢还嘴。她站到服务小姐的队伍中，开始学习走路的动作。接下来还有许多工作，她要尽快适应。

4

许依林刚上车，手机就响了，电话是韩国商人打来的。韩国商人问许依林怎么还没到。许依林解释说，车出了点问题，一会儿就到。韩国商人挂断电话。许依林有点着急，想把车速开得快点，可移民街的路窄，速度快不起来，在转弯处又堵车了。当他赶到西班牙咖啡厅时，那里已经没有韩国商人的影子了。他走到吧台前问服生。

年轻的服务生回想了一下说："是有一个韩国人来过，已经离开好一会儿了。"

许依林急忙给韩国商人打电话，但没有人接。他心想糟了，韩国商人肯定认为他不守时，生气了。他不想丢掉这笔生意，想给招商局的林局长打电话，又一想，还是去一趟为好，便开车去了招商局。

林局长正同一个德国公司老板谈事情。德国老外说的话，许依林一句也听不懂，而林局长不但能听得懂，还用外语同德国人交谈，对答如流。许依林很是佩服，要不人家能当局长，人有真本事，自己也就能做生意，挣些钱而已。林局长让许依林到接待室等他。

许依林坐在那里很拘谨，就走到办公室外面，拿出烟点着，悠闲地抽起来。他一连抽了三支烟，林局长还没有结束谈话，有点着急了。他想离开，可离开会造成更大的误会，恐怕无法弥补，只有耐心等下去。

那个德国老外终于从办公室走出来，许依林走进去。林局长刚拿起一瓶崂山矿泉水，拧开盖边喝边走进接待室，许依林跟着走进去，随手把门关上。许依林说："局长大人，您看这事怎么办呢？"

林局长坐在沙发上，歪着头，看了一眼许依林说："许大老板，你让我说你什么好！你以为你很有钱是不是，我跟你说，在东海市比你有钱的人多了，就刚才来找我的那个德国老外，就有好几个亿，你行吗？能跟人家相比吗？"

许依林知道林局长在跟他打官腔。他说："这我知道，可事情已经发生了，总得想办法解决吧？"

林局长说："你以为老外都买我这个局长的账？我们是政府服务部门，我们是为大家服务的，没有特权。"

许依林说："这我明白，可您是一局之长，老外还是在意您的。"

林局长沉默了。

许依林讨好地说："我那又来了好几个年轻女孩，还不错，你看什么时间，过去放松放松吧。"

林局长的手机响了，他看了一眼，正是那个韩国商人打来的。他没有马上接，让许依林看。许依林伸过头，看到这是韩国商人给林局长打的第二个电话。林局长让许依林先回去，然后接通了电话，用韩语说着什么。韩国商人约林局长到巴黎春天吃饭，林局长爽快地答应了。

许依林不好再说下去，就说"这事拜托了"，便离开了。他郁闷地回到蓝月亮酒楼，在办公室坐了一会儿，突然想起早晨才招进来的那个女孩。他还不知道女孩的名字，今天他没有准时赴约，跟那女孩有一定关系。他让人把兰英叫到他的办公室。

兰英正在打扫卫生，有个女孩过来说老板叫她。她停下手中的活儿，走进许依林的办公室。许依林坐在老板桌后面，嘴里嚼着口香糖，看着兰英没说话。兰英说："老板，您找我。"

许依林问："来这里习惯吗？"

兰英回答："还行。"

许依林说："今天为了你，我丢掉了一笔生意。你知道这笔生意有多重要吗？"

兰英说："您是想让我赔吗？可我没有钱。"

许依林说："你是赔不起的，你只要好好地工作就行了。"

兰英说："您放心，我一定好好工作。"

许依林仔细地看着兰英，觉着这个打工妹长得真不错，有点像影星张曼玉，只是没见过世面，有点土气，这跟初到城市有关。在城市生活久了，转变会很快，特别是女孩。早晨《东海早报》还发表了一篇打工妹未婚把孩子生到厕所的事情。如果女孩在老家，肯定不会发生这种事情。

兰英看许依林不说话，只是注视着她，心里没了底，她摸不清许依林在想什么，她不想再丢掉工作了。

许依林挥了一下手，让兰英退出去。兰英走到门口，把门关上。许依林办公桌上的电话响了，他拿起来跟电话中的女人吵了起来。打电话的是他在湖北老家的妻子。他妻子要到东海看他，他不同意。

门开了，魏美丽走进来，许依林急忙挂断电话。魏美丽说："又是你老婆打来的？”

许依林没有回答，也不知道怎么回答，因为回答与不回答都是同样的结果，都不能让魏美丽满意。

魏美丽紧盯着许依林的脸，想找出答案，可这是不可能的，因为许依林太会遮掩了。许依林做事跟演员演戏似的那么好，不然怎么会让她迷上这个有家室的男人呢。

许依林不敢正视魏美丽灼灼逼人的目光，站起身，走到办公桌的一侧，面朝窗户，两只手背在后面，看着远处，想着心事。

魏美丽问：“她是带孩子来吗？”

许依林说：“我尽量不让她来。”

魏美丽说：“这也不能解决问题。”

许依林沉默了。

魏美丽说：“你还是不能跟她离婚？”

许依林说：“除了这个要求，我什么都可以答应你。这种做法对孩子太不公平了。三个孩子从小就得不到父母的关爱，这能行吗？你提的这个要求是不是太自私了？”

魏美丽没想到许依林会说她自私，委屈的泪水夺眶而出，她说：“你不自私，当初你不告诉我！你不自私，你欺骗我！那你说，我怎么办？难道说让我给你当二奶、做小三吗！告诉你！那不是我魏美丽做的事。”

许依林了解魏美丽的性格，没有多说话，错在他，他有什么好说的，他连辩解的力气都没有。魏美丽转身摔门出去了。桌上的电话又响了，还没等许依林发火，对方就把他骂个狗血喷头。这个电话是他父亲打来的，他父亲说孩子病了，让他回去。如果他没时间回老家，他们就从老家到东海来，二者选一。许依林的妻子跟他说孩子病了，他不信，他想这或许是妻子使用的计策。面对父亲的责备，他无话可说。

父亲骂了好一阵子，见许依林不说话，语气就不那么强硬，缓和多了。到最后老人都没有心情说下去，自己挂断了电话。

许依林放下电话，想该怎么处理这种事情。这件事到了必须了结的地步。虽然他亏欠魏美丽不少，但他绝对不会答应和妻子离婚，这是他的底线。

5

晚上下班后林局长还没走出办公室，韩国商人的司机已经来接他了。他来到巴黎春天时，韩国商人迎上前，两人握了一下手，客气地说了几句什么就坐下了。

服务小生走过来问他们吃什么，许依林简单地点了两个菜，韩国商人点了韩国料理。

巴黎春天是东海市新城区最好的一家酒店，它是东海市服务行业的一个标志，城市的品牌。它跟移民街上的酒店是两回事。

林局长不太喜欢来巴黎春天吃饭，可能他来这里吃饭的次数太多，厌倦了吧！也许在巴黎春天这地方用餐太平淡，他还是比较喜欢在蓝月亮酒楼那种地方吃饭。

韩国商人不但是一家电子公司的老板，还是韩国商会在东海市的会长，是韩资企业在东海市的领头人。他主动提起今天跟许依林的事情，没有责备的意思，只是解释。他知道林局长跟许依林个人关系比较好。他说他临时去了一趟机场，接一位到东海考察投资的朋友，没有时间等许依林。

林局长装成不知道，没有提许依林找他。他听韩国商人把事情说完，一笑说："小事，不用往心里去。"

韩国商人很在意林局长的态度。他在东海市开公司，有许多与地方政府打交道的事情，都要请林局长帮助协调，关系处得不好，就非常难办。他看林局长没往心里去，放松地一笑。

林局长有些日子没去蓝月亮酒楼，还真想去玩一玩。何况许依林来找他，有求于他呢。现在他同韩国商人一起去蓝月亮酒楼，许依林不但高兴，还会非常佩服他的能力。他说："要不咱们到许老板哪里去吧？"

韩国商人明白林局长的用意，没有拒绝。虽然他在意林局长的态度，但绝对不会把许依林放在眼里。林局长见韩国商人没有反对，立马叫来服务小生，做出要结账的样子。韩国商人拦住林局长，拿出会员卡。林局长给许依林打电话，通知他准备一下，韩国商人马上就到。

许依林有点兴奋，心想还是局长的面子大，自己就是个小老板、暴发户，没有社会地位。他在前厅转了一圈，没有找到魏美丽，有些生气。他让周云云到门口迎接林局长和韩国商人。

周云云看韩国商人的车开过来，迎上去，把他们让到包房里。

许依林在厨房里看了一下，就急忙来到包房。他没想到林局长和韩国商人是吃过饭来的。他问：“再吃点什么？”林局长看着韩国商人。韩国商人说他什么都不想吃了。许依林说：“这怎么好呢？”他让人端来水果，拿来青岛啤酒、法国红酒，还让周云云把酒楼里有姿色的小姐叫来，让林局长和韩国商人挑选。

这群小姐有十好几个，几乎占蓝月亮酒楼的一半。这些小姐中，新来的不少。

韩国商人在吃的方面不是太讲究，但在选小姐上是挑剔的，从不客气。他一眼就看到兰英了，指着兰英说：“你过来。”

兰英今天才到蓝月亮酒楼工作，不明白韩国商人让她做什么，站在那里没有动。周云云伸手拉了一下她，让她过去。她把目光投向许依林。

许依林对兰英迟缓的反应有点不满意。他说：“过去陪客人呀！”

兰英不情愿地走向韩国商人。

许依林对林局长说：“林局长选一个吧。”

林局长也看好兰英了，可兰英已经被韩国商人点了，就没兴趣了。他推辞说：“不用点了，今天没有心情，改天再说。”

许依林说：“这怎么好，点一个。”

林局长指了一下周云云。周云云常陪林局长，可今天魏美丽不在，她负责酒楼里的服务安排，不能专门服务一位客人。她看了一眼许依林，征求许依林的意见，许依林默许地点了下头，她便走过去坐到林局长身边。

其他小姐都退了出去，许依林也出去了。正是酒楼迎客的高峰时间，平时魏美丽不在，就由周云云安排，现在周云云陪林局长了，就得由他安排了。

这晚来蓝月亮酒楼消费的客人很多，许依林一会儿在前台接待客人，一会儿到后面看厨师做的菜能否跟上，还要时不时地到包房里陪林局长和韩国商人。林局长对许依林这种来去匆匆的陪客方式有些不满意，认为不重视他。他说：“许老板，你要是忙就不用陪我们了。”这话听起来没有什么，可细分析，不是那么回事了，许依林没有再离开包房。

韩国商人偶尔会拥抱一下兰英，兰英长这么大还是第一次遇到这种事情，有些惊慌，手足无措。韩国商人知道兰英是个没有经验的新人。他对新人格外感兴趣，总想把兰英揽在怀中，兰英不从，他只能像斗鸡似的一次次地接近。

兰英精神高度紧张，脸涨得通红，心跳也如同打鼓一样。她从没有接触过这种生活，云里雾里。她不想喝酒，可韩国商人总跟她碰杯。她不小心把一瓶酒碰倒，接着几个空瓶也噼里啪啦地从茶桌滚到地上，酒还洒到了韩国商人的衣服上。

韩国商人本来玩得就不尽兴，这样一来就借题发挥生气了。虽然他中文说得不错，可一激动说不上来，用韩语叽里呱啦地说着什么。

林局长正拿着麦唱歌，听到韩国商人骂人，转过头来。

许依林不懂韩语，听不懂韩国商人说什么，但他能看出来韩国商人是生气了，他急忙拿起餐巾纸擦桌上的酒。

周云云走过来把倒了的酒瓶扶起来，用韩语向韩国商人说对不起。

韩国商人还在骂，林局长关掉音响说："算了，不小心碰倒的，发火也没意义，让她多陪你喝几杯酒好了。"韩国商人听林局长这么一说，火消了不少。

兰英不知怎么办才好，像一只受到惊吓的小鸟，看着许依林。

许依林没有过多理会兰英，他对韩国商人说："会长先生，要么给你换一位小姐？"

韩国商人一边抖着被酒弄湿了的衣服，一边说："不用了，我尽兴了，林局长如果尽兴，就不玩了。"

林局长见发生了这种不愉快的事情，玩下去也没劲儿，就说："我也尽兴了，咱们走吧。"

许依林说："改天再来。"

韩国商人走到门口时，转过脸对许依林说："你这里的小姐不好，这么野的性格怎么陪客人呢？你要好好训练才行。"

许依林连连点头说："那是，那是。"

林局长笑着说："野味才好吃呢，这叫特色。"

6

早晨上班许依林在酒楼里转了好一会儿，像是有什么心事。他回到办公室，坐到椅子上，伸手翻了翻台历，下周日东海市的韩国商会在蓝月亮酒楼举办活动。这是比较重要的一次生意，招待得好，会有更多的韩国商人到这里来消费，增加客源。如果不好，就会影响一片，酒楼名声扫地。可眼下魏美丽在闹情绪，一时不可能改变她的想法。他萌生了放弃魏美丽的念头，这个想法他思考了好久，拿起电话把周云云叫到办公室。

周云云在酒楼门口和服务生朱东明正说着什么，一看是许依林办公室的电话，说了声“老板找我”，便转身朝里面走。

朱东明开玩笑地在背后喊：“慢点，别滑倒了。”

许依林看着周云云若有索思地问：“你来多久了？”

周云云没有弄明白许依林问话的用意，迟疑地回答说：“有一年多了吧。”

许依林问：“感觉怎么样？”

周云云有点晕了，不知道许依林想表达什么。她说：“老板，什么事，你就直说吧。”

许依林笑着说：“你的性格总是这么急，改变不了了吧？”

周云云说：“难。”

许依林说：“从今天开始，你就是前厅经理了，你要把事做好，别让我失望。”

周云云高兴得不得了。她来酒楼工作一年多了，一直努力做事，可魏美丽看不上她，总跟她过不去，打压她，让她灰心。现在魏美丽跟许依林之间出现了感情问题，正是她施展才干的最好机会。她说：“没问题。”

许依林说：“要是真没有问题就好了，可现在问题还真不少，像昨晚发生的事情，你也看到了。那种事情不能再发生了，影响不好，幸亏林局长是熟人，不然不闹起来才怪呢。”

周云云解释说：“这也不能完全怪兰英，她才来，从前没有接触过这种行业，一下子让她去陪客人喝酒，出点小事也正常。”

许依林说：“这事就算了，但你要尽快把她和新来的带出来，要不还会有麻烦。再有麻烦我不找她们，就找你。你是她们的经理，你懂吗？”

周云云说：“当官也不容易，才上来，你就给我下这么重的任务。”

许依林说：“你把兰英叫来。”

兰英昨晚一夜没有睡好，眼睛有点肿。她正在打扫卫生，周云云说许依林让她到总经理办公室去，她心都要跳出来了。她认为准没好事，好事绝对不会降落到她的头上。她怕许依林因为昨天晚上的事辞退她，如果辞退她怎么办？一想到这，她腿都发软了，没有行走的力气。

许依林看着兰英，把到嘴边的话咽了回去，沉默着。他目不转睛地看着兰英，越看越觉着她像影星张曼玉。他心想，眼前这个女孩如果用好了，或许有钱可赚。

兰英看许依林没说话，心里就更没底了。她很紧张，吞吞吐吐地解释说："老板，对不起，昨晚的事我没做好，你怎么处罚都行。"

许依林摆了一下手，做出无所畏的样子说："没事，刚接触一个新行业，做错事也是难免的，今后注意就可以了。你才来酒楼，要多向老员工学习。这一行业与其他行业不同，面对形形色色的客人，要做好不容易。我可以给你一段时间，让你适应，如果你适应不了，就没有办法了，只好走人了。"

兰英看许依林对昨晚的事没有放在心上，也没有处罚她的意思，心情好了很多。她觉着许依林说得合情合理，说："我肯定能行。"

许依林点一下头说："我看你也行。你如果有不懂的事，就找周云云，她会告诉你的。你去做事吧。"

兰英朝许依林弯腰行了个礼，转身走出许依林的办公室。

许依林的手机响了，电话是他妻子打来的。他有些不耐烦了，问她有什么事。他妻子说要从湖北来东海看他。他无奈地说来就来吧，不要一遍遍地总打电话。他说他一个人在外面也不容易，少烦他为好。他妻子一听他同意了，便没有说什么，挂了电话。

许依林在屋里来回踱着步子，烦躁不安。他要出去办件事，就往酒楼外走。他来到门口时，看周云云站在门口，就说："你已经是经理了，不应该站在这里，这地方你找别人站好了。"

周云云说："许总，你不宣布，我怎么开展工作呢？我总不能自己说自己是经理吧。"

许依林马上召集酒楼员工开了会，任命周云云为前厅经理。许依林说他任命周云云为前厅经理的理由有两个，其一是酒楼业务增多，魏美丽忙不开，为了减轻魏美丽的工作负担，把工作做得更细、更好；其二是周云云会说韩语，最近酒楼要举办韩国商会活动，要提周云云，这样才有利于工作的开展。

蓝月亮酒楼里的员工都认为许依林说的这两个理由很合乎情理，但还是觉着有些诧异。这个变故对周云云来说不一定是好事，大家都知道这个位置一直是魏美丽的，魏美丽就是老板娘。虽然许依林跟魏美丽有分歧，但魏美丽没有走，周云云怎么工作呢？最关键的是这个位置不是魏美丽主动让出来的。

周云云也有这方面的压力，可她又不想放弃这个升职的机会，升职不但是工作能力的体现，地位的提高，重要的是能拿到更多的薪酬。她从遥远的东北跑到东海，不就是为了挣钱吗？所以，她只好走一步看一步，听天由命了。

散会后许依林叮嘱周云云要带领服务小姐做行走练习，新来的员工对酒楼中的很多礼节都不懂，闹出不少笑话，必须加强培养。

周云云兴奋地展开新的工作，她让女孩们站好，开始做姿势练习。

虽然兰英是第一次接触，但进步很快，可周云云就是看不上，不留情面地说："你这也叫走路，像在农田里锄地似的，也难怪那天客人看见你就不满意。"

兰英不明白周云云为什么跟她过不去，她并没有惹着周云云。她才来，不敢反驳。看来在酒楼做小姐也不容易，不比在鱼片厂做洗鱼工轻松，也要经过一番厮杀才行。

吃过晚饭，天已经黑了，兰英虽然感到累，还是一个人走出酒楼，来到大街上。移民街已经静下来了，没有喧闹，相隔很远的路灯散发着暗淡的光亮，伴随着偶尔经过的行人。从街两边的窗户射出的灯光洒在兰英的身上，让她感受到点点温情。这一天她没少受周云云的白眼，觉着挺郁闷。她在大街上忧心忡忡地走着，不觉中她已经走出了移民街，来到了新区。新区马路宽阔，路灯也亮。突然从远处传来了悠扬的音乐声，旋律那么美，让她忘记了烦恼，随着音乐跳起舞来。

许依林开车经过这里，看兰英在跳舞，把车停在不远处看着，直到兰英停下来，才缓缓地把车开到兰英身前说："上车吧。"

兰英看到许依林，有些惊慌地说："老板。"

许依林说："上车吧，不早了。"

兰英说："您开车走吧，我走着回去就可以了。"

许依林说："让你上车你就上车，哪来那么多废话。"

兰英看许依林不高兴，就去拉车门。她没有坐过轿车，拉了几下没拉动，许依林把车门打开。许依林开了几米远，发现车门没关紧，让兰英把车门关紧。

兰英心想，还是有钱好，坐在轿车里的心情跟走着就是不一样。

7

魏美丽一天没有走出房间，可这天蓝月亮酒楼里发生的一切，她都一清二楚。有几个小姐会不时地到她的房间，这些人把发生的事告诉她。她没有生周云云的气，周云云在她眼里就是个打工妹，无论怎么努力都不会影响到她。她有能力决定周云云在蓝月亮酒楼打工的命运，这是本质上的区别。应该说她生许依林的气，许依林应该来看她，给她心灵的安慰，但是许依林没有来，一天都没有出现。她猜测可能许依林真的不在乎她了，她真的没有让许依林动心过，也可能许依林曾经爱过她，感情也是真心的，但现在不是。现在的许依林事业有成，最容易移情别恋。她想可能许依林太忙了，忙得没有时间来看她。她知道最近东海市的韩国商会要在蓝月亮酒楼举办活动，许依林一直在为这件事做准备。这一天，她想了很多，情绪非常不好。

夜深人静的时候，她走出房间，站在楼顶看着星星。这个夜晚很静，她已经好久没有欣赏到这么美丽的景色了。面对淡淡的月光，她的心情好多了。

值夜班的保安看楼顶站着人，爬上楼，看是魏美丽站在那里，怕出什么事，就上前说："魏姐，不早了，回去休息吧。"魏美丽说："我一会儿就回去，你先下去吧。"保安走到楼下把魏美丽站在楼上的事告诉给周云云。

周云云正在检查各包房中的物品，她听保安这么说，停下手中的活儿，朝楼上走去。魏美丽没想到周云云会来找她。周云云说："魏姐，赏月呢？"

魏美丽说："你看这夜色多美。"

周云云没有想到魏美丽的情绪会这么平静，看上去不是想不开的样子。如果知道魏美丽的精神状态这么好，她就不用上来了，她不想面对魏美丽。

魏美丽关心地问："新岗位还习惯吧？"

周云云说："挺累人的。"

魏美丽说："你才知道？过些日子，习惯就好了。"

周云云解释说："魏姐，我只是服从许老板的安排，不会影响你的，如果影响到你，我就离职。我绝对不会为了那点薪金不讲姐妹情义的。"

魏美丽没有想到周云云会向她解释。这对她来说是没有意义，她的心胸要比这大得多，如果没有宽广的心胸，她也不会有今天。

周云云想开导魏美丽，又不知道怎么说才合适。

起风了，月光虽好，但也不能陪着月亮过夜。周云云有些累了，说：“下去吧。”魏美丽和周云云从楼顶走下来，走到院子里时，发现许依林开车进来了，从车里一起出来的还有兰英。这让魏美丽和周云云都吃了一惊，她们怎么也没有想到兰英会坐在许依林的车里。兰英才到蓝月亮酒楼工作，就跟许依林混得这么熟，今后那还得了？

兰英没有想那么多，主动向魏美丽和周云云打招呼。魏美丽做了个回应的手势，而周云云没有反应，周云云想兰英会不会说她的坏话。兰英觉着周云云一脸的不高兴，不清楚原因。她朝许依林说了句“谢谢”，就匆匆回自己房间去了。

许依林看了看周云云，又看了看魏美丽，不明白这两个女人怎么会同时站在这里。他断定这两个女人没有发生冲突，说：“你们不回去休息，站在这里干什么？”

周云云说：“正准备回去呢。”说完跟魏美丽打了个招呼，转身离开了。她明白魏美丽和许依林还有话要说。

许依林说：“回去休息吧。”魏美丽没有说话，跟着许依林走进房间。他们两个人有各自单独的卧室，都很大，住哪间都可以。许依林关上房门，往床上一坐，叹息了一声。

魏美丽问：“你说怎么办吧？”

许依林看了一眼魏美丽没有说话。

魏美丽从许依林的表情中找到了答案，生气地说：“为什么不离婚？你一个默默无闻的小老百姓怕什么呢？”

许依林说：“那是两回事。”

魏美丽质问：“怎么是两回事呢？难道说你比名人还有知名度，还是有事业心、影响力？”

许依林不想跟魏美丽争吵下去，他认为吵下去，也没有什么意义，深更半夜，让不了解情况的人听到，还以为发生什么事了。

魏美丽知道改变不了许依林的做法，那么，她只有改变自己。看来在这件事上她没有什么好说的了，转身回自己的房间去了。许依林看着魏美丽离去的背影心在颤抖，觉得对不起魏美丽。

魏美丽回到自己的房间收拾物品，装了整整两箱子。这一夜，她躺在床上翻来覆去地睡不着。

天放亮的时候，她叫来酒楼的保安帮她拿东西，离开了蓝月亮酒楼，来到了移民街25号。她敲了敲门，门开了。

顾海涛吃惊地说："姐，你这是怎么了？"

魏美丽没有回答，直接走了进去。两个保安把两只皮箱放到屋里说："魏姐，我们先回酒楼去了。"魏美丽说："谢谢你们。"看着保安离开。

移民街25号是魏美丽最初租住的地方，后来她对老屋有感情，有了钱，就把这间老屋买了下来。

顾海涛是魏美丽的表弟，今年大学毕业后到东海工作，暂住在这里。他想安慰魏美丽，可不知道怎么说才恰当。他到街上买回早餐让魏美丽吃，魏美丽哪有胃口。顾海涛说单位有集体宿舍，他可以搬到宿舍去住。魏美丽说她不会在这里久住，没再多说下去。顾海涛上班去了，屋里就留下魏美丽一个人，屋子很静。

魏美丽从老家到东海打工时，就住在移民街25号。当时她在新区一家服装店当服务员，每天早晨去新区上班，晚上回移民街。她发现移民街做大排档生意不错，便萌生了想法。可她不会做，便一直想找一个合伙人，偶然中遇到了许依林。当时许依林在移民街开了一家饺子馆，生意不好，马上要关门停业了，魏美丽便鼓励许依林开大排档。正如魏美丽想的那样，大排档的生意果然不错，很快发达起来，后来他们开了这家极有特色的蓝月亮酒楼。

移民街的人都知道许依林，也都知道魏美丽。大家都说没有魏美丽，就不会有许依林的发达。

虽然许依林嘴上不承认，心里却认可这种说法。可他不能离婚，因为他还有三个孩子。他可以不要老婆，但不能不要孩子。他是从农村走出来的人，骨子里还存有农村人的思想观念，农民那种传宗接代的思想在他身上非常严重。

魏美丽忘不掉当初同许依林艰苦创业的日子。她更记得在那个阴雨天，许依林来她小屋中的情景。那天雨下得很大，她感冒了，许依林来看她，他们就在一起了。她太寂寞了，不然也不会这么做，孤独与寂寞让这种事情发生得那么自然。从此，她认为自己就是许依林的女人了。

当初在工商部门注册蓝月亮酒楼时，用了他们两个人的名字。他们在酒楼有同等的管理权，在利润分配上也划分得比较清楚，每个月酒店的利润除了三分之一用于再发展外，其余的两人平分。

魏美丽总会从自己的那部分中分出一些给许依林，让许依林感受到男人的自尊。他们在一起像夫妻，也像入股做生意的合伙人。因为一直在忙碌中，谁都没有谈到婚姻的问题。直到许依林在老家的老婆打来电话，他们才意识到这是挡在他们中间很最重要的问题，也是必须解决的。

魏美丽同许依林谈过好多次，两个人观点不同，分歧比较大，一时找不到圆满的解决方案，她只好退让一步，让自己冷静。她认为许依林离不开她，许依林离开她将一事无成，所以她才没有跟许依林大吵大闹。她在期待重回过去，等待许依林来找她的那一天。

8

兰英下决心要在蓝月亮酒楼站住脚，她认为这里比工厂的生活环境好，工作也舒服，但是她压力很大，这是服务行业，需要有一定经验。她认为经验可以学，可以积累，周云云也不是天生就懂就会，也是后来学到的。她比周云云差什么呢？周云云是初中毕业，而她是高中毕业，这就证明她比周云云强。

周云云当上前厅经理后，感觉工作有了压力，比过去当服务小姐操心多了。她怕因能力不行而重新去当服务小姐，那样就没脸面在这里工作了。当她看到兰英没来几天，就有好几位固定客人了，就更妒忌了。

兰英热情大放，也爽快，客人都喜欢点她陪酒，唱歌，这让她有了成就感与自信心。她想，总有一天自己会当上前厅经理的。

周云云是个心细而又小心眼的人。她看到兰英的进步，就觉着兰英要抢她的位置。兰英才来，现在对她够不上威胁，可这不等于以后没有威胁。为了解除后顾之忧，养虎为患，她想趁兰英还没有站稳脚时，把兰英排挤出去。

那天排练时周云云让兰英给小姐们做示范。兰英才走没几步，鞋跟突然断了，摔倒了。周云云嘲笑地说：“你又是买的劣质鞋，就不能多花点钱，买好一点的吗？如果让客人遇到了，还不笑掉大牙。”

兰英知道周云云是故意在众人面前让她难堪，生气地说：“我哪有你大经理那么有钱？我要是当经理，当然不会穿这种劣质鞋了。”

周云云说：“就你这样，一辈子也当不上经理。”

兰英不服气地说：“你得意什么呀！我来晚了，要是早来，可能就没你的事了，今天的经理还不知道是谁呢。”

周云云看兰英一点面子都不给她，更气愤了，她说：“人生没有如果。如果你妈把你生到市长、省长家，你当然不会来这里了。可惜呀，你妈是农妇，也只能把你生在贫穷的地方，你也只能认命了。”

兰英说：“你好，你还用干这种工作？你清高什么呀！不就是工钱比我们多点吗？你看着，老娘肯定比你有钱，到时候气死你。”

周云云想不出更好的办法阻止兰英还嘴，这么多人看着，觉着没面子，便说：“你别干了，从哪来回哪去吧。”

兰英这下没话可说了，她没想到周云云会辞退她。虽然她认为许依林对她不错，可周云云毕竟是酒楼的前厅经理，许依林会向着谁呢？

周云云作为前厅经理本不应该说这些话，可她是个初中毕业生，没有当领导的经验，不具备这方面的能力。她能当上前厅经理，也是矮子里拔将军，幸运而已。

服务小姐们看她们两个人吵架，没有上前劝架的，只是你看我，我看你，没有主意，有点晕头。

此时，服务生朱东明和保安走过来把她们劝开了。

兰英脚很疼，没心情跟周云云吵下去，回宿舍了。她心情很复杂，怕被辞退，周云云在众人面前已经把话说出去了，她该怎么办呢？

许依林得知周云云与兰英吵架的事，在办公室里没有出来，因为他批评其中哪一个都不好。兰英来的时间不长，已经有回头客人了，给酒楼带来可观收入。周云云虽然做得不对，可毕竟是前厅经理，又是才上任，威信还没树立起来，如果批评她，众人就会不服管，今后她就没法开展工作了。所以，他就想不了了之。

晚上韩国商人来时，点名让兰英陪酒。有人说兰英被辞退了，韩国商人一听，拿起电话就给许依林打电话，许依林急忙赶过来陪韩国商人。韩国商人说：“许老板，听说你把兰英小姐辞退了，她在哪里？我请她到我的公司工作。”

许依林否认地说：“没有的事。”

韩国商人不相信地说：“那她人呢？”

许依林对旁边一位服务小姐说：“快去把兰英找来。”

服务小姐说：“兰英脚扭伤了，可能在房间休息呢。”

许依林说：“那也让她来。”

韩国商人有些着急地说：“怎么会这样呢？兰小姐人在哪里，带我去看她。”

许依林急忙劝说：“你去不好，我让人把她找来。”

那个服务小姐匆忙地朝酒楼宿舍走去。兰英脚已经肿了，疼痛阵阵涌上心头。可更让她难受的还不是脚上的伤，而是怎么面对周云云。她不想被辞退，在寻找能挽回局面与留下来的办法。这时房门被猛地推开了，来找她的那个服务小姐没有敲门就闯了进来，把她吓了一跳。那个服务小姐喘着粗气说：“许总找你。”

兰英心里一颤，真的要被开除吗？她不想去，可不去不行呀。她说：“你先过去，我一会儿就到。”

那个服务小姐说：“你可要快点，许总等着呢。”

兰英看这么急，就更没底了，感觉她是必须离开这里了。她没再说什么，也没有多问，就跟着那个服务小姐往外走。

韩国商人用生硬的汉语说：“兰小姐，你受伤了？怎么没有去医院呢？”

兰英看到韩国商人，如同看到了救星一样，脸上顿时露出笑容，她说：“没事，不是很重。”

许依林听兰英这么一说，有些不满意地说：“不重怎么不上班呢？还让人去请你？”

兰英反驳地说：“不是我不来上班，是周云云想辞退我。她想辞退我，你不会不知道吧？辞退我，还让我来上班，这不是矛盾吗？”

许依林并不知道周云云辞退兰英的事情。他说：“我怎么不知道。”

韩国商人对许依林不满地说：“许老板，这么好的员工你都想辞退，那你就太不会做生意了。”

许依林是不会辞退兰英的，他看到兰英的潜能了。因为有了兰英，韩国商人来蓝月亮酒楼的次数比从前多了，对他的态度也有改变。他说：“我不但不会辞退她，在适当的时候还会重用呢。”

韩国商人的及时出现解除了兰英的烦恼，她相信周云云是辞退不了她的。她想借机打周云云的小报告，她说："就她那样，还当经理呢。"

许依林不想让她在韩国商人面前多说，毕竟是内部事情，外人看了会笑话他管理上有问题。他说："兰英，不要在客人面前说这些无聊的事，有什么想法回头到我办公室里说。"

兰英说："你还是护着周云云。"

许依林说："你不用多想，好好陪客人吧，我还有事情。"他说完就走出了包房。

韩国商人问兰英愿意不愿意到韩国公司工作，她没有直接回答。她才到东海市不久，对外资企业不了解。她认为到外资公司工作，不如在本国公司工作好。她知道韩国商人对她不错，但不敢保证韩国商人永远这样。

兰英来蓝月亮酒楼的时间不长，许依林已经很重用她了，因为她能让客人来这里消费，能让酒楼赚到钱。员工只要能给老板赚到钱，就会得到老板的重用。兰英从心里挺感谢韩国商人的，也就跟他拉近了感情上的距离，她对韩国商人的态度转变了许多。

韩国商人帮了她一个大忙。

9

许依林把周云云叫到总经理办公司，大发脾气，"你怎么能随便辞退员工呢？你有什么想法，也要跟我请示一下吧。再说，你辞退员工，也要看一看员工的能力吧？也要看员工能否为酒楼做事吧？"

周云云想到许依林不会同意辞退兰英，她想来个先斩后奏，可没办成，她进退两难。她把话说出去了，怎么好收回呢？她认为现在不让兰英走人，将来走的人就一定是自己。她坚持地说："兰英才来几天，就不服从工作安排，时间久了，还不上天，我不信离开她酒楼就关门了。"

许依林不愿意听这种话，这种话只有他才可以说，周云云是没有资格说的，他批评地说："你怎么能这么说呢？这种想法与做法都是错误的。"

周云云说："她不走，我走，行了吧。"

许依林知道周云云是在拿把儿，眼下酒楼里的工作，真就离不开她。其实许依林不欣赏周云云的工作能力，可没有办法，没有更合适的人，也只能这么安排。他沉默了，不表态，心烦要命。他想，如果魏美丽在就好了，这些事都不用他管，那省多少心。

周云云不是真心辞职，只是表明态度，让许依林在偏向兰英的同时，也要考虑到她的感受。她看许依林不说话，没有多说什么，就出去做事了。

许依林有些烦躁，觉着眼前的事让他头痛。这些事从前都没有发生过，如果发生了，也不用他来处理，魏美丽就处理了。更让他头痛的不是员工之间的矛盾，而是每天的经营，大事小情都要一一过问，让他有些无处着手。他是个粗心大意之人，做这种事情有点力不从心，这时他就更想魏美丽了。

夜晚，客人都离去的时候，许依林便来到移民街25号。屋里的灯没有亮，小街上也没有路灯，黑黑的，他看着屋里好一会儿。他相信魏美丽不是真心离开，相信魏美丽还会出现在他的生活中，至于是什么时候，就说不清了。他站在那里，有个下夜班的女子经过这里。那女子走到跟前，才发现墙跟前有个男人，吓得大叫一声，跑了过去。他这才意识到这个时间站在这里不合适，如果遇到巡逻的警察，还不把他当成坏人抓到派出所里吗？这么一想，他真就有点怕了，便匆忙地离开。

有一辆警车停在小巷的出口处，看有人走过来，才亮了车灯。从车上下来两个警察，他们走上前，拦住许依林问他是干什么的。许依林说他是蓝月亮酒楼的总经理。警察上下打量着，不相信他的回答，哪有总经理半夜在小巷中瞎转的。警察问他刚才干什么去了，他说去看一位朋友。警察还是不相信，让他上车，到派出所核实情况。

许依林不想去，可他是移民，底气不足，不想惹怒警察，没说什么，顺从地上了警车。警车拉着他离开移民街，去了新城区。

近日派出所接到多次报案，下夜班女工在移民街遭人拦截的事件，便在移民街加强了夜间巡逻警力。警察把许依林带到派出所后，认真做了询问，才放他回去。

许依林想找出租车，东海市是才开发的新城，人员稀少，出租车在夜间很少能揽到活儿，出车的少，他只好走着回去了。

从新城区到移民街有好几里的路程，这让他有更多的时间欣赏夜景。他好多年没有在夜间走这么远的路了，走着走着，他心情反而好了起来。在路上他又遇到两个巡逻的警察。他们问他干什么去了，他说才从派出所出来。那两个警察看了一眼他，没有再问，向前走去。许依林回到蓝月亮酒楼时，感到疲倦，很快就入睡了。

当他被电话吵醒时，忙开车去火车站，他忘去接站了。

许依林到火车站，看到父亲、妻子，还有孩子等一群人在那里等他，怎么也高兴不起来，心情反而沉重了。他的车拉不了这么多人，只好又找了一辆出租车。

许依林的父亲坐在他的车上。虽然老人只有五十多岁，可跟城里人是没法比，农民那种无知与淳朴处处体现在他的一举一动上。他责怪许依林不回老家，更责备许依林不让妻儿来东海。许依林一边开车，一边解释，老人不听，认为那是借口。

酒楼里的人看到许依林拉回这么多乡下人，对他的看法有了些改变，原来他的家境并不比他们好到哪里。员工们突然觉着他们与许依林之间的距离拉近了许多，认为许依林没什么特别之处，只是遇到了魏美丽这样一个聪明的女子，才发达起来，不然，现在可能还是开饺子馆的小生意人。

许依林最怕员工了解他的家境，这会让他在员工面前失去威信。他想应该买一处房子，让家人住到那里，不住在酒楼。他认为这件事早就应该准备，可他没有，所以只能马上行动了。

东海市是新兴的城市。在新区，有许多建筑工地正在紧张地施工，也有许多盖好了的房子在销售。许依林一直没有买，因为他的流动资金不是很多，想等钱多一些再置办房产。从乡下来的亲人让他不得不重新做决定，所以他买了一套房子。

那是处在地段比较好的一套三室一厅的房子，价格不便宜。许依林买了房子后，就让老父亲和妻儿搬了过去，理由是装修要让家人看着，而他没有时间。这样暂时把来自乡下的亲人推开了，解了他一时的烦恼。

10

兰英接过韩国商人给她买的手机，心中很高兴，可脸上露出不高兴的样子。她说：“谁稀罕这东西。”韩国商人心想兰英怎么会这么想呢，手机才开始在中国市场上出现，拥有者也都是些政府官员和商人，普通打工者和市民还很少有人用手机，兰英怎么会不喜欢呢？兰英说：“你要帮我办一件事，这比手机重要，一定得办。”

韩国商人看着兰英，不知道要让他办什么事，就说：“你说吧。”

兰英说：“你跟许老板说，让我当蓝月亮酒楼前厅的经理，你看行不？”

韩国商人一听是这事，胸有成竹地说：“这没有问题。”

兰英说：“你一定要办成，如果办不成，我就不理你了。”

韩国商人说：“前厅经理有什么好的，我多给你点钱不就行了。”

兰英说：“那是两回事。”

韩国商人不明白地看着兰英。他来中国好多年了，对中国女人还是不了解。他认为中国女人不像韩国女人那样容易得到满足，韩国女人一般只是在意丈夫的事业与发展，而很少在意自己。可中国女人不是这样，正好相反，中国女人特别在意自己的工作成绩。

兰英想把周云云排挤出去，不然她就不死心。如果周云云不管她也行，周云云管着她，她就不舒服。她让韩国商人找许依林说这事，她清楚许依林不会轻易回绝韩国商人。她觉得韩国商人应该为她办这事，因为她把自己的身体都给了韩国商人，韩国商人没有理由推脱。

韩国商人认为这不是什么大事情，爽快地答应了。

许依林没想到韩国商人会提出这样的要求，但他能理解。因为兰英与韩国商人交往得这么好，韩国商人为兰英争取些利益，这是可以理解的。他不能辞退周云云，也不能不让周云云不当前厅经理。虽然周云云做的不能让他满意，但能看出来周云云是在尽力做。目前酒楼里周云云还是最适合的，没有第二个人选。他承认兰英的能力，这么短的时间，就有这么好的工作成绩，这是其他人从未有过的。他更清楚兰英与周云云之间的矛盾，让她们两个在同在一个部门工作，确实不行，必须解决。他想了一下说：“你放心，这件事没有问题，我来安排。”

韩国商人满意地离开了。

许依林送走韩国商人，有些头痛，没有空缺的职位，还真不好办。这时有一个电话打来，是一家餐具消毒公司小姐打来的，这位小姐自称是公关部经理，找许依林好多次了，想让蓝月亮酒楼让他们公司消毒。许依林来了灵感，有点兴奋，打电话找兰英。

兰英拿着手机来到许依林的办公室。

许依林说：“你的手机不错，哪个客人送的？”

兰英说："反正不是你许老板。"

许依林说："我想送都排不上号。"

兰英在许依林面前没有拘束，因为许依林非常在意她，他们的上下级关系不是太明显。她说："许老板，今天找我来不是想送我礼物吧。"

许依林说："比礼物还重要。"

兰英不相信地看了许依林一眼笑了，她不相信还有这种事情，猜测可能与工作有关。韩国商人告诉她许依林答应升职的事情了。

许依林说："你的能力是普通员工无法相比的，根据你的能力，让你在前厅有点大材小用了。我想成立个公关部，让你当经理，你看怎么样？"

兰英听说过公关部，但不清楚公关部主要做什么。她问："公关部是做什么的？"

许依林也不是太清楚，可他比兰英了解得多。他说："就是与客人联系方面的事情，其实你现在做的就是，只是不太清晰。"

兰英问："这个部门几个人？"

许依林说："暂时就你自己，等有更合适的人再说。"

兰英有点扫兴地说："就我一个人呀。"

许依林说："一个人不好吗？你看我这个总经理不也是一个人吗？你看市长不也是一个人吗？一个人最好。"

兰英说："那我是经理了。"

许依林说："当然。"

兰英说："你让周云云到公关部，我到前厅不就行了。"

许依林说："你们是两种类型的人，各有所长，让你们各自发挥长处才行。你不要总把前厅看得那么好，你没干，干了就会知道没那么简单。"

兰英说："那我什么时候到公关部工作？"

许依林说："现在就可以。"

兰英说："我总得有个办公室吧？"

许依林说："就在 8 号房间。"

兰英对这个办公室的位置还满意，因为 10 号房间是周云云的。蓝月亮酒楼办公室的房间是双与单对号排列的，她跟周云云的办公室相邻，证明她职位提高了。兰英说："工作上还有什么要安排的吗？"

许依林说："你与林局长搞好关系，不要总倾向韩国商人，要知道林局长是地方官，韩国商人毕竟是外国人，没准哪天就回韩国去了，在交往中要知道哪个重哪个轻。”

兰英一听笑了说：“我知道了。没有其他事，我去打扫办公室了。”

许依林点下头，看着兰英离开的背影，想着什么。

周云云让兰英到前厅打扫卫生，兰英说她已经不是前厅的服务小姐了，没理会周云云。她去找保安帮着整理8号办公室。兰英的态度是那么傲慢与不屑一顾，这让周云云无法接受，周云云气冲冲地找许依林去了。

11

许依林解释成立公关部的原因。他说如果不成立公关部，兰英就没地方安排，让兰英在前厅，会影响两个人的情绪，不利于工作。

周云云一心想把兰英挤出蓝月亮酒楼，可她不是老板，只是个打工的。虽然她职位比兰英高，也知道许依林对她还比较满意，可不能全部按照自己的意愿做事。她认为许依林这么安排，也是给她面子了，只是许依林应该跟她沟通一下，别让她变得这么被动。

许依林说：“大家都是出来工作的，相互之间没有什么过不去的事，能让一步就让一步，还能怎么着呢。”

周云云也这么想，但做起来难得要命。她离开了许依林的办公室。

会计走进许依林的办公室说：“供货商要账要得急，没法推脱，得想个办法才行。”

许依林把眼睛睁得很大说：“怎么会这样呢？从来没有听你提起过呀！”

会计说：“这些事从前都是魏美丽经手办的，她不是一下子把付款单签完，而是有选择的签，再去找客户收款，不耽误资金周转。她走了后，人家找你，你就签，供货商就到财务室要钱。”

许依林没想到会有这事，现在不太好办，他把流动资金用于买房子了，手中没有钱。他问：“外面还有多少资金没有收回来？”

会计说：“还有三十八万。最多的是招商局，招商局欠十八万。”

许依林说：“我知道了，你去忙吧。”会计离开后，许依林拿起电话把兰英叫到办公室来。

兰英兴高采烈地走进来说："老板，有什么安排吗？"

许依林说："这回心情好了吧。"

兰英说："我不是非要当什么经理，只要不在云彩手下做事就行。"

许依林一怔说："你给起的外号？这不好。"

兰英说："她见到我就没有笑样，我只好把她当成天空中的阴云了。这也是没有办法的事情。"

许依林批评她说："现在你不在前厅了，你们之间摩擦就少了，尽量团结为好。都是同事，有什么过不去的，让一下就没事了。我对小周也说了。"

兰英说："她是不是来找你了？又说我的坏话了吧？"

许依林说："没有的事。你小小的年纪，疑心还挺重的呢。我找她来谈工作上的事情。我不也找你来了吗？"

兰英说："老板就是老板，比我们想得多，让我干什么？"

许依林说："你跟我去找林局长吧！"

兰英说："你是老板，你让找谁就找谁。"

许依林说："你可要记住，林局长要你做什么，你可不能不做呀。你要让他高兴才行，你懂吗？"

兰英说："我不懂。我妈、我爸让我做什么，还不百依百顺呢，外人就更不行了。"

许依林说："你是公关部经理了，这是你的工作。"

兰英说："这么个工作呀，那你找别人做吧，我还是回到前厅算了。"

许依林说："这工作只有你适合，林局长对你比对别人好。别人要是能做，要是能有这本领，还能显出你兰英吗？"

兰英说："老板，你真会说话。"

许依林看了看时间，认为政府机关快要下班了，便开车拉着兰英去找林局长。林局长对许依林不感兴趣，他对兰英有好感。从他第一次见到兰英时起，他就注意到了这个女孩。他不明白许依林有什么事情。许依林说："今天晚上酒楼客人不多，出来陪林局长玩一玩。"

林局长做出局长的样子说："有个日本商人要请吃饭，不能跟你们在一起吃饭了，改天吧。"

许依林说："那就让兰英陪你吧，这样在日本人面前也好看一点。"

林局长故作迟疑地说："这好吗？"

许依林说："怎么不好。这年头哪个领导赴宴不领个女秘，不领女秘人家就看不起，认为没有能力。"

林局长对兰英说："今晚兰小姐就辛苦了。"

兰英说："日本人好，还是韩国人好？"

林局长笑了说："这些外国商人都一样，人家漂洋过海来挣钱的。"

许依林说："林局长，你看能不能把局里的账给结一下，也不少了。"

林局长问："多少了？"

许依林说："近二十万了。"

林局长说："有这么多了吗？"

许依林说："一年多没结了。"

林局长说："找个时间我问一问办公室的人吧。"

许依林还想说，被林局长的话挡了回去。林局长说时间到了，不能晚点，外国人很重视时间，开车拉着兰英走了。许依林把车停在路边，头靠在背椅上，轻轻地舒了口气，觉着轻松了许多。他想魏美丽不在怎么会有这么多事情呢，他想起和魏美丽在一起的日子。他想去看一看魏美丽，看能否找一个解决的好办法。

移民街25号的灯亮着，顾海涛一个人在屋中。他看许依林来了，虽然心中不高兴，还是礼貌地把许依林让到屋里。

许依林问了一些顾海涛工作和生活上的事情。顾海涛上过大学，知道怎么回答。许依林看到这屋，就想起了曾经创业时的经历。

顾海涛说："我表姐回老家去了，她没有说什么时间回来。"

许依林说："她是该回去看看了，这几年一直忙，没能回去。"

顾海涛说："酒楼的生意还好吧？"

许依林说："还行。"

顾海涛说："现在酒店多了，越来越难做了，做起来就做起来了，如果从头开始，就不容易了。"

许依林说："上过大学与没上过大学就是不一样，咱们出去喝两杯吧。"

顾海涛说："不了，我还有图纸没画完呢，明天上班就要用，今晚可能要工作一个通宵了，改天咱们喝吧。"

许依林离开后有点失落，他没想到魏美丽会回老家，他不清楚魏美丽是否还能回东海市。

12

兰英坐在林局长的车里，透过车窗看着街边的景色，想着心事。她怎么也不会想到在这么短的时间，生活中有这么大的变化。她发现车路过鱼片厂，想起了在鱼片厂工作的潘晓玲，还有同乡的小姐妹们。她答应过她们，等自己生活稳定了，就来找她们。她让林局长停车，下去找个熟人。

林局长没有在鱼片厂门口停，而是过了二十多米远才停下。他怕被认出来是政府的车，产生负面影响。他做事比较谨慎。

兰英跑下车，来到鱼片厂门口，没有看到高个子的老保安，也没有看到其他打工妹，院子里有一群建筑工人。她问："这里的人呢？"

建筑工人告诉她这地方要被拆了，其他什么事情都不清楚。

兰英愣了一会儿就上车了，心情不好起来，她后悔没有及时来找潘晓玲。可这些日子她很忙，根本没有时间。她们到哪里去了呢？

林局长把兰英介绍给日本商人。日本商人对兰英的热情是她没有想到的，让她很快忘记心头的不快。兰英玩得非常开心，玩到深夜。晚上她没有回蓝月亮酒楼，而是去了林局长家。林局长的妻子去美国送孩子读书。家中就他一人，所以他们两人特别放松。

一夜过去，当黎明来临的时候，一缕朝阳斜照进来，他们还懒懒地躺在松软的床上不想起来。林局长的手机响了，他急忙起来。上午有个招商会议，主管招商工作的副市长参加，他是主持人，必须到场。

昨晚兰英有些累了，可因为年轻，体力恢复得快。她看林局长起来了，不好睡下去。

林局长看时间来不及了，没有开车送兰英，随手把几张一百元面值的钞票递给兰英，让她坐出租车回去。兰英接过钱，看了一眼说："这么点，你这个局长也太小气了吧。"林局长知道这是兰英的口头禅，不管给她多少，她都会说这种话。林局长说："我没时间跟你说了。"开车走了。

阳光不错，太阳升起，兰英走在路上，少有的随意，有种幸福感。她没有回蓝月亮酒楼，而是到韩国商人那里。当她出现在韩国商人面前时，韩国商人很意外，没想到她会来。兰英看着韩国商人，微微一笑说："意外吗？"

韩国商人说："当然了。"

兰英坐到韩国商人对面的椅子上，看韩国商人面色不好，便问："怎么了？"

韩国商人说："明天要回国一趟，可能要过些日子才能回来。"

兰英感觉韩商人情绪不对，关心地说："怎么没有听你说起过要回韩国的事呢？这么急吗？"她话中带着关心。她对韩国商人是有感情的，韩国商人不仅是她的客人，还有恩于她。如果没有韩国商人的力捧，她很难在蓝月亮酒楼站住脚。

韩国商人对兰英好的主要原因不仅是她把女人的第一次给了他，还因为兰英涉世不深，没有那么圆滑。他在兰英身上能找到人性的天真，这对韩国商人来说，就是种精神享受。他缓缓地说："韩国总公司出了点问题，要回去处理。"

兰英感觉到韩国商人不想多谈这件事情。她说："什么时间的飞机，我送你。"

韩国商人说："不用，又不是第一次坐飞机。"

兰英说："今天我陪你吧。"

韩国商人高兴地说："今天你没有事情吗？"

兰英耸了一下肩，做出轻松的样子说："这也是我的工作呀，你忘记了，我是公关部经理呀。"

韩国商人笑着用手指了指兰英。韩国商人是晚上的飞机，兰英这一天就陪着韩国商人，韩国商人去哪里，她就跟到哪里，如同韩国商人的秘书。她重新认识了韩国商人，对外国人重新做了评价，她认为外国人比中国人要好。她对韩国商人说想到韩国公司工作，韩国商人迟疑了一下，没有回答。

兰英说："你不是希望我到你的公司工作吗？"

韩国商人不想重提这件，便说："那是过去的事了。"

兰英没有想到韩国商人会这么说，过去没几天，怎么就变成过去了呢。她说："你的意思是拒绝了？"

韩国商人说："我从韩国回来再说吧，现在决定不了。"

兰英把韩国商人送到机场，目送韩国商人走向里面，转身正要离开，一眼看到了熟悉的身影。她惊喊："晓玲！"

潘晓玲转过身，看到了兰英，两个人在机场意外相遇了。潘晓玲说："你走后，怎么没回来找我呢？一直为你担心呢。"

兰英说："我昨天去找你了，可那地方没有人了。"

潘晓玲说："鱼片厂拆了，我们都离开了。"

韩国商人的司机让兰英快上车，兰英让他先走，自己和潘晓玲一起回去。潘晓玲是与公司的部长一起来机场的，她向部长请了假，晚点回公司，她想同兰英好好聊聊。潘晓玲和兰英走出机场，上了一辆出租车。潘晓玲问："你在哪上班？"

兰英说："在蓝月亮酒楼。"

潘晓玲说："就是移民街上的那个蓝月亮酒楼吗？"

兰英点了下头。

潘晓玲说："在酒楼做什么？"

兰英说："公关部经理。"

潘晓玲仔细地看着兰英说："你当经理了？公关部多少人？很大吗？"

兰英笑着说："就我一个人。"

潘晓玲说："工资高吧？"

兰英说："还可以。"

潘晓玲羡慕地说："兰英姐，你真不简单，能当上经理，我就不行。"

兰英说："你来机场干什么？"

潘晓玲说起这段时间的生活。她离开鱼片厂后，到一家韩国电子公司工作，现在是生产班长。公司总长回韩国，部长让她跟着来送。

兰英说："真巧，不然还遇不到呢。我看韩国人回去的不少，韩国发生什么事情了吗？"

潘晓玲说："韩国发生经济危机了，这些人都回去处理生意上的事情。"

兰英听潘晓玲这么一说，想起什么来了。她知道经济危机这件事情，但没有想到会这么严重。她说："这么厉害吗？"

潘晓玲说："可严重了，我们公司原来订单可多了，都生产不出来。现在没有了，工人都闲着呢。"

两个人回到东海市区，兰英付了出租车费，还请潘晓玲到沂蒙烤肉店去吃了烤肉。沂蒙烤肉店是东海市最有名的烤肉店，她刚到东海市时，就希望有一天能好好地坐在这里，美美地吃顿烤肉。

吃过烤肉，她们又逛了几家商场，这时天快黑了，她们也玩累了，兰英用出租车把潘晓玲送回电子公司。潘晓玲让兰英到宿舍坐一会儿，兰英说改天有时间再来，直接回了蓝月亮酒楼。

许依林正在等兰英。兰英回来被他叫到办公室，他问兰英林局长答应什么时间来结账。兰英玩得高兴，把要账的事给忘了，没跟林局长提。她心想林局长是那么大的局长，还差这点饭钱。她撒谎说：“林局长说了，过几天来结账。”

现在许依林急等着用这笔钱，不知道林局长哪天能来结账。

13

许依林正在想着什么，卫生局和电视台、报社的一群人来了。这些人中除了卫生局的他认识，其他人都不认识，因为卫生局的人常来检查酒楼的卫生。电视台和报社的记者在做现场报道。这次卫生局发了一份宣传单，说东海市医院血库库存不足，希望社会各界能参加献血活动。许依林爽快地说：“这没有问题，我们酒楼的工作人员一定都去。”

许依林愿意参加公益活动，这是他与移民街上其他生意人的区别。他认为参加活动能提高酒楼的知名度，这是无形广告。

蓝月亮酒楼的员工对许依林这么做不感兴趣，但工作中还要听老板的安排。许依林会做员工的思想工作，他说献血能为他们检查身体，又没有损失。献血者的血不是都能进入血库的，都要经过仔细检测后，才决定是否可以用。

兰英才来蓝月亮酒楼不久，积极性比较高，第一个走向献血车。

许依林对兰英的表现非常满意。几天后检测的结果出来时，蓝月亮酒楼如同发生了地震一样人心慌慌。去医院拿结果的是才来不久没有工作经验的女孩，她拿回结果时，许多人都围拢过来，关心自己的健康。这时有人发现兰英的检测单上有问题，惊呼起来：“艾滋病！”

兰英有艾滋病这件事像一股风吹来。当时兰英在外面陪客人，不知道这件事。她回来后发现大家都躲着她，她不明白是为什么，便去找许依林。

许依林也得知了这件事，他不知道怎么跟兰英说，选择了沉默与回避。兰英说了几句，许依林只是点头，要么就没有反应，使话题没法继续下去。

兰英在宿舍里躺了一会儿，认为有事情发生了。她从房间里出来，到了前厅。在前台，她看到那张写着她名字的化验单。她看上面写着艾滋病，头就晕了。在来东海市之前，她并不知道艾滋病是什么，现在她知道。她认为她从事的这些事，就是传播艾滋病的途径。

这一夜，蓝月亮酒楼的员工睡得都很晚，他们被兰英得艾滋病的事搅乱了心。他们在思考同一个问题，就是能否继续在这里工作。在那个年代，人们对艾滋病不了解，缺少这方面知识，对其有无限惊恐，像遇到了一场瘟疫，唯恐自己被传染。他们找许依林，提出集体辞职，说不想同艾滋病人一起工作。

许依林没有料到会有这么多员工辞职。他也理解，在生命中任何事情都无法与健康相比，所以他只好让兰英离开。

兰英来到许依林的办公室，没了原有的精神。她不想说话，也没有什么好说的。她恨许依林，如果许依林不留她在这里工作，不引导她从事这种出卖肉体与灵魂的服务，她肯定得不了这病。

许依林怕惹怒兰英，本不想直接跟她说，可没有找到传话的人。那些要求离职的员工在等他的答复。他说："没想到会发生这种事。"

兰英看着许依林没有接话，也没表态，只是静静地注视着。她的目光是那么静，静得出奇，好像一把利剑直指许依林。

许依林说："如果你不走，员工都要离职。如果他们集体辞职了，酒楼就得关门。"

兰英明白许依林的意思。

许依林希望兰英能说话，哪怕反驳也好，可兰英什么也不说，只是静静地倾听，那样子让他说下去。他不清楚兰英的想法，叹息道："这事让我很为难。"

兰英语气平稳地说："你不用为难，我离开好了。"

许依林没想到兰英会提出离开，这是他希望得到的答案。他说："我也是没有办法，你知道我对你的期待。"

兰英说："那些都不用说了，没有意义，还是面对现实吧。"

许依林说："你准备什么时间离开呢？"

兰英冷冷一笑说："不必这么着急吧，总得给我点准备的时间吧。"

许依林说："我不是那个意思。从现在起你就不用工作了，专门做准备。如果需要什么，你就说，尽量让你满意。"

兰英说："不需要。我一个人来，还是一个人离开为好。如果没有什么事，那我先走了。"

现在许依林最大的心愿，就是让兰英离开。

兰英回到自己的屋中，找出银行卡去了银行，把上面的存款全部汇给老家的父母。她才从银行出来，手机就响了，电话是林局长打来的。林局长问她晚上有没有时间，她爽快地答应了林局长的邀请。

林局长所有的要求，兰英都满足了，玩得很尽兴。可夜深时兰英要回蓝月亮酒楼，她让林局长开车送她。林局长留她也没能留住，只好开车把她送回去。

兰英下车后，转过身在林局长的脸上来个漫长的深吻，然后走进酒楼。她的这个举动让林局长觉着意外，更让他回味无穷。

蓝月亮酒楼的保安在半睡半醒之间看到兰英有些生气，他们知道兰英离职的事情，对兰英更加冷淡了。兰英对保安说了句："打扰了。"两个保安没有一个人回答。他们在躲避这个艾滋病患者，生怕被传染上。

兰英回到宿舍，把灯打开，坐了一会儿，便找出四条长筒袜，用手使劲儿拽了拽，认为力度够了，便走到阳台的过道上，又拿过一把椅子，把袜子套到脖子上，把另一头挂到棚顶的一个暖气管道上。

14

潘晓玲回到电子公司的集体宿舍里，余兴未消，把见到兰英的事跟同乡的几个女孩讲述了一遍。那几个女孩也高兴起来，她们在寻找兰英，可一直没有兰英的消息。当她们得知兰英都用上了手机，还当上了公关部经理，羡慕得不得了。她们想去找兰英，看兰英此时的风采。她们约好星期天去移民街。

星期天移民街上做生意的人比平常多，临时摆摊的也加入其中，他们都想占个好位置，所以出摊也早。

许依林还在睡梦中，被周云云的电话惊醒了，电话中的周云云语无伦次。许依林得知兰英上吊的消息，脑子嗡一下炸开了，好一会儿没有出声。周云云喂了好几声，他才缓过神来，挂断电话，穿上外衣跑过去。

兰英吊在上面，舌头吐在嘴唇外，好吓人。

许依林忙打电话报了警。

几辆警车闪着警灯从街上开过，停在蓝月亮酒楼门前，把本来就拥挤的移民街弄得更拥挤了。大批警察的出现吸引了人们好奇的目光，人们猜测蓝月亮酒楼肯定出大事了，不然不会来这么多警察。

警察把兰英的尸体放下来，人已经死了，没有抢救的必要，开始在现场勘察取证。他们在兰英的衣兜中找到了那份艾滋病检测报告，认为死因可能与这份报告有关。警察找许依林和其他员工做调查，了解情况。

许依林如实把兰英得艾滋病的事情从头至尾说了一遍。警察认为死者是承受不了因得艾滋病的压力而产生自杀的。许依林不用承担刑事责任，但要承担对死者家属的赔偿。警察发现蓝月亮酒楼在经营过程中有性交易问题，当场做出了对许依林治安拘留的决定。

警察刚把许依林押上警车，潘晓玲她们就来了。她们看到兰英的尸体，就放声大哭起来。她们不会想到开朗的兰英就这么死了。警察上前劝她们，又从她们那要到兰英家人的联系方式，并叮嘱她们不要告诉兰英的家人，通知兰英家人的事由警方来做。

15

魏美丽在老家省城的大街上行走着，随手在路边报亭前买了一份《法制与品行》报纸，看到了兰英吊死的报道。她看文章署名是刘小哲，就相信是真的。她心急，决定马上返回东海市。

当她一路风尘来到蓝月亮酒楼时，空无一人，大门紧锁着。她已经接到警方的通知，让她配合警方对蓝月亮酒楼的调查。

警察问：“你知道蓝月亮酒楼在经营中有非法性交易的现象吗？”

魏美丽回答：“知道。”

警察问：“你是经营者之一，参与了吗？”

魏美丽回答：“没有。”

两个负责审问的警察相互交换了眼色，认为这个回答与许依林的回答是相同的。警察说：“那你也没有制止过。”

魏美丽说：“我是反对的，因为我是女人，可女人与女人也不同，有的女人为了钱不在意这个。在蓝月亮酒楼里发生的这种事情，都是当事人双方自愿的，不存在强迫行为。”

警察说："自愿也不允许。我们是社会主义国家，不是资本主义国家，我们国家不提倡性解放。"

魏美丽不说话了，她无话可说。她劝过许依林别做这种事情，可许依林认为能挣钱，可以招揽生意。

警察认为魏美丽是个守法者，并且已经离开蓝月亮酒楼，责任不大，对她进行批评教育后就让她回去了。

魏美丽才回到移民街25号，刘小哲就来找她了。刘小哲递给她一张名片，上面写着：东海市社会发展中心调研员。刘小哲不开读者书屋了，被东海市政府招聘为工作人员了，现在是试用期。魏美丽说："移民街已经不适应城市现代化建设了，该拆掉了。"

刘小哲也这么认为。他经过几个月调查，走访数百人后，写了一份关于移民街发展的报告。东海市委、政府在多方论证后，认为有价值，实施可能性大，做了工作计划。

人们纷纷议论移民街要被拆迁的事情。

《当代小说》2012年第6期下
《新安江》2019年第2期

春恸

1

夕阳西下，彩霞很快漫过树木、房屋、牛栏，漫过村舍和一切晃动的光线。何土生站在自家破陋不堪的土房窗前，目光落在远处的山坡上，落在散乱而嘈杂的窑场上，缕缕浓烟腾空而起，窑场被浓稠的黑色粉尘包围着，粉尘四处弥漫，四处飞舞。这热烘烘红砖红瓦的气息，让何土生喘不过气来，心里有些悲愤。

窑场上搅拌机的嘈杂声很大，人与人说话的声音很难听得清。操着异乡口音的男人几乎都是一个打扮，头上戴着不同颜色、不同形状的帽子，脖子上搭着一条毛巾，推着独轮车，弓着身体吃力地向前走。

窑场是余有发开的。人们说余有发交了好运，是能人，包下村集体的窑场，把将要倒闭的窑场搞得兴旺起来。他用泥巴烧成的砖、瓦换来厚厚的钞票，让人们对他投来仰慕的神色。余有发有了钱就神气十足，成为县里、乡里的公众人物，地位飙升，有不少人来参观，其中不少多情好财的女人跟他眉来眼去，有了风流韵事。

这种男欢女爱的事情就像爆炸性新闻一样让十里八村无人不知无人不晓。有人说余有发人品不好，不道德。可更有人说这叫本事，你不服你咋挣不来钱呢！没有钱哪个女人会跟你。

余有发确实有本事，就连远在数十里外的县城建筑公司都到窑场来拉砖。虽然窑场不大，但设了公关部，余有发说这是窑场发展需要。按照这种势头发展下去，用不上几年余氏集团公司就将诞生了。到那时不但有公关部，还要有总经理助理、专职司机。一想到将来事业上的辉煌，余有发就更加气宇轩昂。

余有发是谁？恐怕整个县城也没有人不知道！他是金石村不到百户人家的首富，是整个县城的首富。

乡长是他家的常客，县长是他的朋友。乡长和县长都说余有发目光敏锐，看得准、看得远、有魄力、有能力，如今社会就缺少像他这种有实干的能人。他一个人静下来时琢磨县长和乡长的话，心想什么魄力，什么能力，说来说去还不是他有钱，如果他没钱，县长会理他？鬼才相信呢。他不会忘记当初他去找乡长办承包窑场事时的情形，第一次乡长没见他，第二次也没有……也不知他是往乡政府跑了第几次，才在门口堵住乡长。他清楚记得乡长当时说的话，这话让他这辈子也忘不了。乡长用质问而又不屑一顾的口气问：“你能行吗？你要赔了咋办？你赔得起吗？”余有发想如果真赔钱了，他还会是现在的他吗？县长、乡长还会像现在这么对他吗？鬼才信呢。他们对他好就是因为他有钱。没钱时老婆都骂他是瘪三，瘪三的日子不好过。有钱了老婆还敢骂他吗？不敢！不骂他都想休了她呢，真是此一时彼一时。老婆的笑脸让他看起来都不舒服，那是讨好样，不自然。余有发不住地说了句：“有钱真好。”停了片刻，他又说了句：“有钱要几个女人都有，女人呀……腊腊。”

王腊腊是在今年春天被余有发聘为公关部经理的。王腊腊成了余有发的公关部经理后，何土生大吃一惊。他被刺激了，心在疼。何土生对余有发不感冒。他想余有发不就是有钱，除去钱还有什么，还会什么，字不识几个，写的字东一笔西一笔，歪歪扭扭，难看死了。而他何土生就不同了，他有对教书事业的痴迷，有对知识的热爱，有远大理想，有对未来生活美好的憧憬。他家有好几书柜的书，有哲学方面的，有心理学方面的，还有国内外的诗歌、小说，几乎全是名作。他的知识含量可要比十个几十个余有发都多。何土生从心底没把余有发放在眼里，他看不起余有发一副大款样。他闹不明白王腊腊怎么会跟了余有发呢？面对王腊腊的选择，何土生真就搞不懂，想不通。

想不通也得想呀！他不能让王腊腊离开自己。王腊腊是他的女友，他不能让自己的女友跟余有发。

王腊腊看不起何土生的清高是在当上余有发的公关部经理后。王腊腊经常陪余有发同县长、乡长有头有脸的人物打交道，不但吃得好，玩得好，余有发还给她买华丽的衣服。在物质生活与理想之间，她选择了物质生活。在余有发与何土生之间，她倾向余有发。她渐渐地认为何土生只会张口知识，闭口知识，讲大道理，空空而谈。她想：知识能顶饭吃吗？能顶衣穿吗？不能，既然不能还说那么多干什么。她想生活得好，就要有钱，可她挣不到钱，就只能跟余有发这个大款了。余有发带她到省城下一次饭店就能花掉何土生一年教书挣的工资，余有发给她买一件衣服就好几百，这些物质生活何土生能给她吗？显然不能，所以她犹豫不决。

何土生反对王腊腊去窑场打工，可王腊腊非要去。他扭不过，只好任王腊腊去。他担心王腊腊去窑场感情会变。果然不出他所料，王腊腊到窑场没多久，就有风言风语刮起，说王腊腊和余有发好上了。他多次让王腊腊离开窑场，王腊腊根本不理。他每次去找王腊腊，两个人都会大吵。他不死心，这天他又去找王腊腊。

何土生在小村的街上匆匆而过，有人跟他打招呼，平时他都会热情回应，今天只是随口应了一声，便继续往前走。村里人都很敬仰何土生，金石村就出了何土生这么一个高中生，就这一个教师。人们都认为他是有出息的年轻人，他几乎成了村里教育子女的榜样。从前他认为自己在村里很有地位，自从王腊腊跟余有发传出绯闻之后，心情一落千丈，失落感骤增，不想见人，没有心情，更觉着没有脸面。

出了村庄，他拐上了通往窑场的那条羊肠小道。这条小路从村庄里弯弯曲曲伸出，直通山坡上的窑场。这里本来没有路，只是一片杂草丛生的野草地，村里人去窑场干活，走大路远，为了抄近路，便你走一次，他走一趟，在这野草地里踩出了这条小路。

走到半上坡上时，何土生感觉有点累，喘息声粗了。他停住脚步，转过身回头看着山坡下的村庄。此时正是夕阳西下时，整个村庄都被迷人的晚霞笼罩着，有着包罗万象的感觉，缕缕炊烟开始升起，飘向遥远的天宇。如果放在往日，何土生会触景生情地说出几句诗，而现在他有一种感叹。他很久没有跟王腊腊来山坡上欣赏大自然风光了。这里虽然风光旖旎，可他被生活的担子、感情的挫折弄得如同掉进万丈深渊，不能自救。

这段路何土生走得很累，心力不支。

王腊腊看见何土生走进办公室，不自主地站起身，把脸侧过去，连看都懒得看何土生。何土生来找她，她会产生压力。她不耐烦地脱口而出：“你来干什么？”

何土生愤怒地重复那句说了不知说过多少次的话：“腊腊，余有发是什么德性？他除了有几个臭钱还有什么？”

王腊腊说：“仅有钱还不够吗？如果你活着不为了钱，那你教书就别要工资，不要工资多高尚。算了吧，土生，你别清高了，人是不能空想的，空想也行，但不能空做。”王腊腊接着又说：“土生，你可千万别妒忌人家有钱，你认为穷困潦倒很高尚吗？国家都提倡发家致富呢。你也别小肚鸡肠了，你也别劝我了，我是不会离开窑场的！”

何土生气得两只手发抖，真想冲上前给王腊腊一耳光，让她那被金钱冲晕的头脑清醒清醒。他不甘示弱地质问：“你早咋不这么说呢！你只要回心转意，我什么都不计较，我还会像从前一样对你。”

王腊腊看了何土生一眼，从前她眼中温文尔雅的何土生此刻好像成了窝囊废。她不想再多说下去，想用最短的话来结束没有意义的争执，她说：“现在说晚了吗？是耽误你结婚了，还是耽误你生孩子了？”

何土生并没有被王腊腊严厉的话语震住，反而被激怒了，他说：“腊腊，我这辈子非娶你不可，你要把我逼急了，你看着……狗急了还跳墙呢！”

这时门开了，余有发站在门口，王腊腊与何土生不约而同地把目光转向门口。

余有发没有进屋，更没有理睬何土生。他认为何土生太不成熟，太幼稚了。他只是对王腊腊说：“腊腊，咱们去县城，县长找我。”

王腊腊看了一眼何土生，让何土生离开。

何土生知道不能再对王腊腊说硬话了，说了也没用。他是有文化的人，脑子灵活，转弯快，对王腊腊说：“腊腊，办完工作上的事早点回来，晚上到我家吃饭。”王腊腊怎么也没想到何土生会这么说，可还没等她完全反应过来，何土生已经朝门口走去。

余有发侧了侧身体，给何土生让出路。

何土生没有余有发的块头大，更没有他结实，不敢轻易来窑场找王腊腊。

他是在观察了好长时间后，看余有发没在才来的。现在余有发回来了，他就必须快点离开。他急走几步，转身对余有发说了句："姓余的，你等着。"还没等余有发说什么，何土生已经走远了。

王腊腊叹了口气，转身走了几步，顺手摘下挂在墙上的女式皮包说："都到下班时间了，县长还找你？"

余有发说："今天不找县长了，找县长我还得花钱请他吃饭，明天再说吧。"王腊腊一听不去县城了，显出生气的样子说："你骗我。"余有发忙解释说："不找县长并不等于不去县城，县城还是要去的，并且今天晚上不回来了。"

王腊腊这才露出笑容，挎起余有发的胳膊往外走。

门外停着一辆韩国大宇牌轿车。这辆闪闪放光的银灰色轿车停在窑场上不协调，停在金石村里也不配。晴天车驶过土路，便飘起一道尘灰。雨天，两条深深的车轮印在路上，车身会溅满泥浆。余有发当初买车时有人劝他别买轿车，建议他买越野吉普车，越野吉普车比较适合乡村用。余有发解释说吉普车虽然适合这里，比较实用，但不上档次。有人说："县长还没坐上韩国大宇呢，你买大宇县长看了不生气吗？"他一摇头说："就因为县长没有，我才买呢。"别人不明白，他也没多解释。他想全县城就他的车好，县长出去办事用车还不来找他？他开上大宇拉着县长在县城一转，会有人不认识他吗？他跟县长的关系近了，谁还敢不给他开绿灯。果然正如他想的一样。自从他买了新车后，县长常用他的车。他开车拉着县长去过省城，也去过市里，认识了不少有权力的人。

余有发一摁遥控器，解除报警器，拉开车门，先让王腊腊钻进去，自己才上车，朝村口开去。

落日时的霞光把天际照得格外美丽。他沿着窑场通向村里不是很宽的土路开着。村头有几个妇人领着孩子坐在树下聊家长，余有发的老婆也在。她们看见远处驶来的轿车，就有人对余有发的老婆说："你家有发又去哪里？快让他拉上你。"余有发的老婆说："他去办事，我去干什么。"轿车没有直着开过来，而是转向另一个方向。余有发看见他老婆在那，虽然老婆不管他，但他不想惹出不愉快的事情，就绕过去了。

王腊腊对余有发说："你怕你老婆看见跟我在一起？"

余有发满不在乎地说："怕什么，她早就知道了。"

2

何土生离开窑场，站在远处的山坡上眼睁睁看着王腊腊上了余有发的车，目送他们开车远去，心如刀剜一样疼痛，他的思想开始动摇了。

从前何土生不相信钱能买到人的灵魂，现在他信了。他认为钱不但能买到灵魂，还能买到人格、肉体、爱情。人为了享受而堕落。他在煎熬中等待王腊腊回心转意，他认为人是会变的，会从幼稚走向成熟，会在成熟中慢慢堕落。爱情上的失意改变了何土生的世界观、人生观、金钱观，打碎了他对理想的执着、对生活的憧憬。他那书中自有颜如玉，书中自有黄金屋的观点破灭了。他心情很糟糕，突然顿悟，认为教书的收入与他的付出无法成正比。他第一次意识到自己生命的价值就仅仅是那几百元钱。他自言自语地说："我何土生真就是个窝囊废？真就不能挣钱吗？"他的心就像波动的潮水不能平静。他下决心去挣钱，决心超过余有发，非要给王腊腊看看，他绝不是烂柿子。他要让王腊腊后悔，让王腊腊把肠子悔青了。他对着空旷的原野大吼一声："我要挣钱！"

远处传来回声。这回声在原野上回荡，在金石村上空回荡。这声音在何土生的周围一遍遍地回响，久久不肯离去。

太阳已经沉入西山深处，夜的脚步渐渐走来，村落在夜色笼罩下变得越来越模糊，如同何土生的思维一样不清晰。他在半山坡上的一块石头旁停下，慢慢地坐下，看着村落发呆。他的思路没有头绪，如同一团乱麻。

他认为王腊腊说得对，那个书不教了，再教下去，没有出头之日，连个女人都养不起。养不起女人这话不对，准确地说是养不起好女人，养不起心爱的女人。如果他不找王腊腊，而是随便找个女人，是能找上。他不是那种不识字，没有文化，没有智慧，对生活很随便的男人。他不但有文化，有智慧，还有远大的理想和抱负。他干吗守着智慧的大脑受穷呢？原来他不去挣钱是为了金石村未来的发展着想，认为教书育人很高尚，认为村子要发展，下一代人没有知识是不行的。现在他不这么认为了。他心爱的姑娘都被像余有发这种暴发户抢走了，还教什么书，还育什么人。他为别人着想，谁为他着想呢！不但没有人为他去找王腊腊说情，而且没人责怪余有发。让他更为恼火的是村里人都在嘲笑他。他没本事留住自己心爱的女人，在村里人面前抬不起头，失去自尊，他决定不教书了。

何土生的头脑开窍了，他开始想办法挣钱了。他要成为比余有发还有钱的大款，但他绝对不会像余有发那么无知，有了钱就去睡别人家的女人，他有了钱会捐助希望工程。

他想了很多，全是围绕钱的。谁不想挣钱，可能挣到钱的又有几人，又有几个像余有发那么幸运的。假如他挣不到钱怎么办？假如他过了很多年才挣到钱怎么办？到那时他还能让王腊腊回心转意吗？到那时王腊腊成了孩子妈，再回心转意还有什么用呢！虽然现在王腊腊和余有发传出绯闻，但是否到了上床的地步还不确定，这种地步他还是可以原谅和接受的。如果真是到了那个地步，他是绝对不能接受的。他必须先制止王腊腊和余有发感情进一步发展。必须，别无选择。可他与王腊腊谈不到一起，无论他说什么，王腊腊都认为是多此一举。他想去找王腊腊的母亲说一说，或许能有点希望。

王腊腊家在村子的东北角，去她家要穿过整个村庄。何土生从山坡上下来时，天已经完全黑了，正是万家灯火的时候。这时他的心情好了一些，路上没有行人，没有人会问他干什么去。他把王腊腊成为余有发公关部经理当成最没脸面见人的事情。他走在路上，经过住户院前，偶尔会传出几声狗叫，狗叫声打破了宁静的夜晚。他来到王腊腊家门前时，犹豫了下，便推开房门走进去。

王腊腊的母亲郝桂琴弯着腰正在灶前忙着，听到开门声，扭过头朝门口看去，见来人是何土生，心就往下一沉。何土生有相当长一段日子没有来他们家了，郝桂琴感觉女儿与何土生之间出现了问题。她发觉女儿自从去了余有发的窑场后，变了很多。母亲对女儿的变化最敏感。她知道余有发很有钱，可从年龄上、从外表上讲，这都无法与年轻英俊的何土生相比。最要命的是余有发有老婆，还有三个孩子，这让一般女人无法接受。郝桂琴反对女儿成为余有发的女人，赞同女儿同何土生继续交往。她认为女儿放弃何土生，跟余有发好上，这是人生中走的一步险棋，如同走在悬崖峭壁之上。她试图说服女儿，可她的话刚一出口，就被王腊腊挡了回去，把话题岔开。她也无奈，女儿大了不由娘。作为母亲，她能做的就是担心。她看着何土生的表情很不自然。

何土生看出来郝桂琴对他没有恶意。他声音很低地说：“郝姨，你忙着呢？”

郝桂琴直了直身子，两只沾满面的手交叉搓了搓说：“土生，你来有事吗？”

何土生慢吞吞地说：“郝姨，想让你帮我劝劝腊腊。”

郝桂琴叹息了一声，显出无奈。何土生感觉到郝桂琴内心深处的不安。郝桂琴缓缓地问：“土生，你和腊腊之间怎么了？我问腊腊，她什么也不说。”

何土生从郝桂琴的表情中找到了一丝希望，他认为郝桂琴会劝说王腊腊的。不管结果怎么样，最少郝桂琴没有伤害他的意思。他没有直接说出王腊腊和余有发的事情。目前来说，他们两个人还是老板与员工的关系，就算两个人的感情发展到了上床睡觉的地步，可有证据吗？抓奸抓双，抓贼抓赃的道理他还是知道的。他也不想用那么充满恶意的话来伤害王腊腊。王腊腊在他心目中的地位是那么重要，不然，怎么会让他牵肠挂肚，神不守舍呢。如果他心中没有王腊腊，也就不会在意她跟谁相好了。他说：“郝姨，没什么。我就是想让你帮我做一下腊腊的思想工作，别让她在余有发那了……郝姨，余有发那人你也知道……”

郝桂琴沉思了一下说：“土生，你说不让腊腊去窑场上班，那让她干什么呢？开始腊腊也没想去窑场，更别说做什么公关部经理了。可她下学之后没事做，就在家待着。人没事做心就会空得慌，日子久了情绪就会烦躁。我又不忍心让她下地里干庄稼活，脸朝黑土背朝天，那根本不是女孩干的活……咱这地方太偏僻，太落后了。”

何土生承认郝桂琴说的是事实，这是王腊腊思想转变的根本原因之一，那也不能说落后，所有的女孩都找大款吧，还要因人而异。他咬了咬牙说：“郝姨，书我不想教了。”

郝桂琴听何土生说出这种话，简直不相信自己的耳朵。从前何土生每次来她家都夸夸其谈说教书育人的道理，现在怎么不想教了呢？在金石村教书就是好活了，放弃这个好活不是在做傻事吗？莫非何土生因感情上受挫折，神经受刺激了。她不解地问：“土生，你不教书，想干什么？”

何土生说：“我要挣钱。我要让腊腊和你们都过上好日子。”

郝桂琴长叹口气，语重心长地说：“土生，谁都想挣钱，可钱是那么好挣的吗？你爸妈不想挣钱吗？我们这些人也想，努力了大半辈子，不还是穷。你觉着余有发有钱是不是，可在咱村有几个，在咱乡里又有几个，县城有几个？余有发能挣到钱是机会好，胆子大，心黑。咱本地人他给工资，外地人他又有多少没给的……你书生气这么浓，斯斯文文的，不适合做生意，还是好好教书吧。等腊腊回来，我说一说她。”

何土生说：“郝姨，书我肯定不教，我一定要挣钱。你告诉腊腊，无论她过去做错了什么事，我都会原谅她。”他说完转身走了。

郝桂琴看着何土生离去的背影，耳边回响着何土生最后说的那句话，这句话如同一把利刃绞痛她的心。她明白何土生话的用意，也知道严重性。这一夜她没有睡好，灯也没关，在等女儿回家，可是等到天亮，女儿也没有回来。天刚刚放亮，她就穿衣起床去窑场找王腊腊了。

村庄被浓浓的晨雾罩着，空气很潮湿，觉着凉飕飕的，郝桂琴缓慢地朝窑场走去。窑场在雾气中变得朦胧，多了几分色彩，从那里传出机器的声音。远处有人出了村庄朝田野走去，开始一天辛勤的劳动。在离窑场不远处，郝桂琴止住，看着那里。她知道女儿此时是不会在窑场的，她来这里是找不到女儿的。可她除了这里不知道女儿会去哪里。其实她也不想知道，感觉已经告诉她女儿这一夜跟余有发在一起，这一夜会发生什么，她也能判断出来。

她往回走时，遇见几个人，相互打了招呼，匆匆而过，不想多说一句话，她觉着女儿做了丢人事，让她抬不起头来。

王腊腊回来时天近晌午了。她一进屋，小屋顿时被化妆品的香味占领了，这也让郝桂琴体验到女儿的变化。王腊腊看郝桂琴斜躺在炕上，身体依在卷起的被子上，忧伤地看着她发呆，走过去问：“妈，你怎么了？”

郝桂琴动了动侧卧的身体说：“你以后晚上要回家，别在外面住。”

王腊腊说：“妈，我都是成年人了，这事你就别管了。”

郝桂琴翕动着嘴唇说：“腊腊，咱家祖祖辈辈都是本分人，没有做出什么不好的事情，到你这也别打破这规矩。我看窑场的工作，你就别干了。我看你和土生挺好的……你说呢？”

王腊腊听郝桂琴这样一说，猜想可能何土生来找过母亲。她说：“妈，难怪你受穷一辈子，像你这种思想能不受穷吗？我跟何土生的事你就不用管了，我知道怎么做。”

郝桂琴说：“腊腊，你知道人家背后说你什么吗？你这么年轻，何苦呢，你的路还长着呢。余有发除了有钱之外还有什么？再说他还有孩子。”

王腊腊不想让她再说下去，打断郝桂琴的话说：“妈，有钱还不够吗？这世上还有嫌钱多的人吗？嘴长在别人的头上，我管不住，爱咋说就咋说吧。

妈，你放心，我不可能永远同余有发在一起……余有发想和我长期在一起也是在做梦。”

郝桂琴听王腊腊这么一说就更蒙了，搞不清楚女儿心里在想什么。她想如果女儿不想嫁给余有发，就不应该和余有发在外面过夜。一个女人和男人在一起过了夜，就应该嫁给这个男人，过了夜又不想嫁给人家，这成了什么事？她真想狠狠骂女儿一顿，可又一想，骂能解决问题吗？肯定不能。如果女儿不听跑了，不回家怎么办？她沉住气，看着王腊腊，神情如同雾里看花一般。

王腊腊从包里拿出一条纱巾，走到郝桂琴跟前说：“妈，你戴上看好不好看。”

郝桂琴对王腊腊的不满被这一举动完全打消了，女儿不对还是女儿。她说：“你别买这个，我不戴。”

王腊腊把纱巾戴在郝桂琴的脖子上，看了一下说：“妈，别说还真挺好看的。”

郝桂琴说：“纱巾我不要，你能让我少操点心，比什么都强。”

王腊腊打个哈欠，站直了身子，转身朝自己的房间走去。她说：“我累了，得睡一会儿。别人找我，你就说我不在家。”

郝桂琴说：“腊腊，土生不想教书了，你知道不？”

王腊腊说：“他不教书还能干什么，别天天拿不教书来找我，我又不是校长。”

郝桂琴说：“土生说是为你才决定不教书的，他说要挣钱。你劝劝他千万别把教书的活儿弄丢了。”

王腊腊说了声“妈，你就别操心了”，然后进了房间。

郝桂琴起身想出去，房门开了，何土生的母亲李秀云站在了门口。两个女人，四目相对，双方都显出无奈。金石村不大，在何土生与王腊腊感情危机出现之前，李秀云与郝桂琴几乎天天在一起。现在她们有好长一段时间没见了，都在有意回避对方，见面会尴尬，没有话题。郝桂琴说：“来了。”

李秀云说：“我来想请你家腊腊帮忙的，也不知道腊腊能不能答应。”

郝桂琴看着李秀云，没明白话中的意思。

李秀云接着说：“土生说他不教书了，要辞掉教书的活儿。你说咱这里除了这活儿，还有什么好活儿可干的。土生口口声声说他要挣钱，可钱哪是说句话就能挣来的。我们劝了他好长时间，他一句子也听不进去。我想腊腊说的话也许他会听。”

王腊腊在房间里听得一清二楚。何土生跟她说过好多次不想教书，她没有往心里去。她认为何土生是在说气话，不相信他会真这么做。她不相信何土生辞去教书的活儿，就能赚到钱。她认为何土生教书是明智的，如果不教书再挣不到钱，这辈子不就毁了吗？她不能眼看何土生走下坡路，自断前程。她从屋里出来跟李秀云打了个招呼，朝外走，去找何土生。

3

何土生没有去学校给学生上课，学生像放羊似的在破屋子里玩耍，偶尔有几个调皮的小男孩还追逐着冲出屋，跑到外面。他们那天真烂漫的笑声搅乱了宁静的天空。过了好久，他们玩累了，看何老师还没有来给他们上课，心中有些茫然，有几个稍大点的学生结伴去找何土生。

金石村通往乡政府的路不是很宽，路两边是笔直的白杨树，树叶在晨风中沙沙响，何土生骑着他那辆破旧的凤凰牌自行车赶路。这条路上留下了他许多美好的记忆。上初中时他每天早晚要走两趟，那时他还会带上王腊腊。王腊腊坐在自行车的后座上，会说对理想、对未来、对生活的憧憬。这段美好的生活持续了三年。初中毕业后，王腊腊没有读高中。因为乡里没有高中班，何土生到县城上学。县城离家远，他住了校，每周回家一次。因为没有考上大学，他从县城回到村里成了民办教师。

村里只有一二年级两个班十几个学生，老师也只有何土生一人。何土生的工资是家家户户凑的。村里不富裕，所以人们给的工资也不多。学校统一归乡教育科管。

教育科老黄见何土生来了，热情地打招呼。老黄对何土生很好，虽然何土生没有考上大学，但有培养前程。那年头能考上大学的实在是太少了，全指望上大学来培养人才是不行的。他倒了杯水递给何土生。

何土生接过水杯放在桌上，一言不发。老黄看平时开朗的何土生这次一言不发，想这个年轻人一定有想不开的心事。何土生是来辞职的，话到嘴边又咽了回去，不好张口。他清楚辞职后没有人会到金石村教书，可王腊腊跟余有发好上了，对他的打击实在太大了。他不想为谁背负起培养人才的重任，决心把神圣的教育事业让给别人。

到了中午下班时间，老黄把何土生让到家里。他怕这个年轻人想不开，想开导开导何土生。老黄的爱人周玉在乡农办工作，也是个热心肠，对何土生也很好。何土生称她为周姨。周玉炒了两盘菜，又拿出过年时的酒，让老黄跟何土生喝。

何土生每次来老黄家都会带上自己家养的鸡下的蛋或小公鸡。何土生会来事，这也是他招人喜欢的原因之一。这次他两手空空，又得到人家的盛情款待，有些不好意思。

老黄劝导何土生继续教书，何土生说什么也不肯教书了。他说女朋友都跟人跑了，还有什么脸面教书，再教书这辈子连个媳妇都娶不上，还不得打一辈子光棍。

门开了，黄莹莹走进来，屋里人不约而同地把目光投过来。周玉说："你不是今天不回来嘛。"

黄莹莹调皮地说："计划是这样，可计划没有变化快，学习班提前半天结束了，局长说让我休息一下。"她接着对何土生说："高才生，是哪阵风把你吹来的？"

何土生说："你可别笑话我了，我连大专都没考上，还高什么才生。"

黄莹莹说："不但你没考上，你们那一届又有几个考上的？不就三个。听说你们复习偏题了。"

何土生认为黄莹莹说的是实情，他那一届确实都没有考好。

黄莹莹比何土生低一届，在县城上高中时两个人认识，又是一个乡的，有过接触。离开学校后，两个人还是第一次遇见。

老黄不同意何土生辞去教师的工作，就算是何土生为个人着想，也不应该辞去这个工作。他认为首先没有比这更好的工作让何土生干，其次虽然这是民办教师，如果有机会还是可以转为公办的。

何土生说他是一天也不想等了，如果让他等一天，他的心就会多被伤害一天，没有脸见乡亲们。他作为一个血气方刚的男人，眼看着女朋友跟别人，能受得了吗？

黄莹莹接过话说："就是那个余有发把王腊腊……王腊腊可真是见钱眼开，像这种人还值得你留恋？让我看你也够没出息的了，世上就没有女人了吗？"

何土生知道黄莹莹说话伶牙俐齿，没敢接话，脸绯红。

老黄看何土生下决心不教书了，也就不劝了。他问起何土生今后的打算，何土生说他想去深圳闯荡，从报纸和广播中得知国家成立深圳特区，那一定有发展的机会和空间。老黄对何土生这个想法没有表态，因为他弄不清楚外面的世界。虽然他有到外地开会的机会，可也就是到县城和省城，南方一次也没去过。

周玉说："土生，你可要慎重，到外面闯世界可不像你想的那么简单。"

黄莹莹没有像他父母那么婉转，而是直截了当反对。她说："外面的世界虽然很精彩，可外面的世界也很无奈。你如果真有出去闯荡的勇气和决心，还不如在家努力。咱这虽然落后、贫穷，但资源丰富，人熟也好办事。"

何土生觉着黄莹莹说的话有道理，可干什么呢？

黄莹莹口无遮拦地说："你可以搞养殖。你看猪肉的价格多高，并且还在往上涨。"何土生郁闷的心被黄莹莹的话说亮了，可他不懂养猪技术。黄莹莹说她可以为何土生提供技术帮助。黄莹莹高中毕业后去畜牧学校进修了，今年刚分配到县畜牧局工作。

何土生这次来黄家收获不小，使他对生活充满希望。他下决心一定要发家致富，一定要超过余有发，一定让王腊腊看到他不是窝囊废。他要让王腊腊对这段偏离轨道的爱情而后悔。

黄昏的天际是迷人的，包罗万象的霞光让何土生幸福无比，他的心带着几分醉意。他回到家时已经是灯火点燃的时候了。他一进屋有些吃惊，见王腊腊坐在屋里。

王腊腊来了好几趟，但都没有找到何土生。她认为何土生辞去教书的工作是因为生气，她认为何土生这么做没有意义，她是不会因为何土生这么做离开余有发的。但她认为有必要来劝何土生，让他别做傻事。她等得有些急躁了，看到何土生问："你去哪里了？"

何土生没有太在意地说："我去乡里了，我不教书了，我要挣好多好多钱……你看着。"

王腊腊说："你还是好好教你的书吧。咱这穷山恶水的地方咋挣钱？教书挺适合你的。"

何土生看了一眼王腊腊说："你瞧不起我？你等着看吧。"

王腊腊看一时无法说服何土生，也就不想多说了，往外走。晚上她还要陪余有发出去办事，她怕在这儿待久了会引起余有发的不满。

何土生忙上前拦住她说："腊腊，你现在离开窑场，我既往不咎，如果你还去余有发的窑场上班，还当那个公关小姐，咱俩的事情就算了，各奔东西。"

王腊腊最烦何土生提这件事。她火了说："随便！"她冲出了屋，消失在茫茫夜色中。

何土生气愤地骂："不要脸的王腊腊，你可别后悔，到时候可别说我无情无义。"

4

余有发的大宇牌轿车就停在离王腊腊家不远处的夜色中。他们约好了时间，可王腊腊迟迟没有出来。他有手机，王腊腊没有。手机一万多一部，县长还没有手机呢，只是用 BB 机。王腊腊朝余有发要了好多次手机，余有发答应给她买，可一直推脱。他认为还没有到必须给王腊腊买手机的时候，第一，他认为王腊腊心里还有何土生；第二，手机价格降得太快，几乎是天天降；第三，他对王腊腊并非特别用心。

王腊腊走到车旁边拉开门钻进去，不自然地说："你早来了。"

余有发不高兴地直接说："怎么，你还没跟何土生说够？要么你继续？"

王腊腊故作轻松地说："你吃醋了？他不想教书了，我去劝劝。他听就听，不听就算了。这也值得你吃醋。"

余有发开动车说："何土生不教书了？他有毛病怎么着，他是在吓唬你。"

王腊腊把头靠在椅背上，眼睛微闭，觉着从没有过的累。她努力克制着，不想让这件事干扰她，但没有用，何土生还是不时浮现在她眼前。她不是想跟何土生断绝关系嘛，那还有必要再为这事发愁吗？她不想……她无法表达这种感觉。她发愣，六神无主。

余有发几次转过头看王腊腊，可光线太暗，看不清脸上的表情，但他能感觉到她的不开心和失落。在一个转弯处，他把车的喇叭摁得很响，同时猛打了一下方向盘，车身的晃动才使王腊腊惊醒。王腊腊随着车体的晃动倒向了余有发的怀里，不自主地问了句怎么了。余有发回答说有块石头。

车开进县城。县城的大街不是很宽，从路两边折射过来的灯光透过车窗洒落在他们身上。

日落歌舞厅位于县城不是很起眼的地方。这是县城最好的歌舞厅，有几辆没挂牌照的轿车已经停在那儿，有保安在那里站岗。值班保安认出余有发，车还没停稳就小跑过来，站在旁边，等车停下来，保安上前拉开车门。余有发从车里钻出来，说了声“你的班”，然后从兜里拿出一张二十元的钞票递给保安。保安接过钱，笑着说：“里头给您留着地方呢。”余有发看起来是个粗心人，实际上心细着呢。他每次来都会给看车保安小费。他想小费才几个钱，如果车损坏了，那要多少钱。他在县城名声不小，还是少点麻烦为好。他走进去有服务生迎上前，引领他来到包房。

刘德龙和秦君坐在那里。秦君对余有发说：“来晚了，今天你买单。”

刘德龙补充说：“只是买单不行，还得受罚。”

余有发连连回答说：“好好，你们说咋的就咋的。”

秦君接过话说：“这话当真？”

余有发认真地说：“君子一言，驷马难追。”

秦君说：“我看你们交换女朋友怎么样？我是从报纸上看到的，报纸上说的是换老婆，不是女朋友。我看这事挺刺激。”

刘德龙没有提出反对意见，只是说：“凤凤没来，我看这事不行，总不能让老余白把女人送给我吧。”

余有发豪气冲天地说：“这有什么，没问题，不就女人嘛。”

秦君在旁边说：“好，现在举行交换仪式吧。”

余有发把脸转向王腊腊。王腊腊在跟余有发出去吃饭的时候知道，他们说这种下流话是常事。她明白交换意味着什么。她陪余有发还算可以，如果让她去跟刘德龙，就无法接受了。那她成了什么？她还是人吗？还有尊严吗？她用憎恨的目光瞪着余有发。余有发装成没看出来的样子，想让王腊腊接受这件事。王腊腊不肯，转身跑了出去。余有发笑呵呵地说：“我还没调教好她，等调教好了，就把她送给刘总。”

秦君接过话说：“老余，你能调教好那匹小母马吗？可千万别等她肚子大了再给老刘，那样老刘肯定不会要，还会把你骂个狗血喷头。”

余有发做出信心十足的样子说：“等着看吧。”

王腊腊从日落歌舞厅出来被迎面扑来的一股冷风吹得打了个冷战。夜色中透着忽暗忽明的灯光，她向前走着，不知去哪里。在县城，她没有亲人，可有熟人。她有几个要好的同学家在县城，可这么晚了，她怎么好打扰人家呢。如果她们问她晚上来县城干什么，她怎么回答。她走了一段路，停下来想打车回家。在路口处，没有机动出租车，只有几辆人力三轮车。有一个三轮车夫跑过来问她去哪里，用不用送。她心里发凉，忙摇头说不用。她跟余有发去省城，省城的出租车很多。现在县城还没有出租车，她多么希望县城能有啊，这样她就可以回家了，并且可以找个女司机，这样更安全。她心中有着一种希望，希望改革开放的脚步再大一点，再快些。她没有回家，也没有等到余有发，她的BB机已经没有电自动关机了。夜更深了，她在一家旅店住下。

余有发没有马上离开，刘德龙是他的重要客户。前段时间建筑公司领导班子调整，原总经理调离，由刘德龙接任。刘德龙和余有发不熟悉，所以感情还要慢慢培养。余有发明白个人感情培养不好，生意就无法做，在这节骨眼上，他怎么会一走了之呢。他把王腊腊送给刘德龙也是真的。他离开歌舞厅时，王腊腊早就没影儿了。

5

何土生辞去教书工作在金石村确实引起争议，流言四起。在村民眼里，没有谁比他更适合教书了。好多人劝他，他没听。他没再去学校，而是经常往东山坡上跑，而后又去找村长，说他要在山坡上盖猪圈，他要养猪。

何家一片反对声，一认为他没养过猪，二是没有养猪技术，三是没钱买小猪。一个教书的一夜之间想搞养猪发家致富，这可能吗？不是异想天开吗？这不是白日做梦吗？

金石村的老村长对何土生印象不错，认为何土生是有出息的年轻人。虽然他无法确定何土生养猪的能力与成败，但这种勇气和想法是难得的。他同意何土生在东山坡上盖猪圈，答应让何土生使用三年，三年内村里不向何土生收取任何费用，算是村里对何土生的支持，三年后村里收回。何土生没有同意老村长的建议，他要承包十五年，每年交给村里五百元钱使用费。村长同意了，与他签订了合同。这事像一股旋风刮起，村人们都说何土生办了傻事，那山坡一点庄稼不长，白给都不要呢，更何况还要给村里钱。也有人说他拿什么给，穷折腾，说大话而已。

何土生没黑没白地在山坡上忙他的猪圈。这时给他最大信心的就是那些还不懂事理的小学生了。他们并没有因为何土生不教他们而生气，他们认为何老师在做大事情。在他们心里，何土生是他们的偶像。放学后他们一出教室就直接跑到山坡上帮何土生干活，何土生让他们回去，他们也不走。他们回到家总是会受到父母的责怪。

山坡上很快建起了猪圈。这座猪圈跟村里平常人家的不同，像小房子似的一样漂亮。村民们说谁家还不养几头猪，有必要盖得那么好吗？何土生瞎胡闹。

何土生被流言蜚语包围着，他想走自己的路让别人去说吧，不然一点事也做不了。不管他做什么，还没开始呢，就迎来阻挠。猪圈是盖好了，让他更为头痛的事也就来，小猪到哪里弄呢？他让父母帮他借钱，话刚说出口，父亲就说："别想。"他强烈反对何土生养猪。他把教书看得很神圣。儿子大了，不听管了，他就采取什么事情都不管的做法。何土生守着空空的猪圈发呆。他几次想去找王腊腊借钱，又没有去。他清楚王腊腊有钱，可他不知道王腊腊能否借给他。再说王腊腊的钱也是余有发给的，他如果找王腊腊借钱不等于去找余有发借钱吗。他绝对不会用余有发的钱。

王腊腊对何土生的做法感到吃惊，她没有想到一向看去温情脉脉，长相白静如水的何土生会对养猪的事这么坚定不移。她怀疑何土生是受不了失恋的打击精神出现了问题，那样一来她就成了罪人。村里指责她的人已经不少了，她不希望何土生出现意外。那天她从窑场往村里走遇见何土生，两个人擦肩而过，谁都没说话。可走过几步，何土生回过头说："你有钱吗？如果有借我，我给你利息。"她回答说："用在养猪上不行，用在教书上可以。"何土生就是不想听到让他教书，好像除了教书他什么也不能做，成了废物，所以扬长而去。王腊腊真搞不懂她的好心怎么会惹火何土生，难道说她成为何土生的对头了？

何土生本没想朝王腊腊借钱，但他没办法，人穷志短，想试试，这回他死心了。出乎何土生意料的是余有发开车来到他的猪圈，主动借钱给何土生，这不仅让何土生怀疑起余有发的目的和动机。

余有发关注着何土生的变化，开始他和其他人一样认为何土生不应该辞去教书的工作。渐渐地，他不这么认为，毕竟他经历的事情比其他村民多，眼光远一些，觉着何土生选择创业有意义。他曾经也想承包村里那块荒地，因为没想出来这荒山坡能干什么用，才没承包。现在何土生承包了，并且猪圈都盖好了。他认为从这步棋上看，何土生比自己高一招。何土生还没有资金呢，而自己有钱都没干。他也希望金石村多几个富人，摆脱困境，所以真心借钱给何土生。

何土生没有弄明白余有发的真正用意，恶言恶语地回绝了。

余有发知道何土生还在为王腊腊的事生气，他不想跟何土生解释，因为解释也解释不清楚。他不认为是自己的错，王腊腊跟他是王腊腊自己的选择，他没有强迫王腊腊做什么。王腊腊看他有钱，这是根本原因。这也证明像王腊腊这种女人不值得爱。假若有一天他没有了钱，负债累累，王腊腊还会跟他吗？余有发从心底没有真正爱过王腊腊。

王腊腊把何土生向她借钱的事告诉余有发，余有发半信半疑。他觉着王腊腊无情无义，更看不上王腊腊了。他认为王腊腊除去一张漂亮的脸之外什么都没有。他是用钱换取王腊腊美丽的容貌和青春，两个人谁都不欠谁的，各取所需罢了。

这是春天，一年的开始，如果不抓紧，年终是没有收获的。

何土生急得嘴唇起泡，直流脓血。他去赊欠人家的小猪，人家让村里出证明或找担保人。村里人都反对他，谁还肯给他当保人。他去找老村长，老村长说这是村里的大事，一个人不能决定，要开村委会讨论。会议在老村长的要求下是开了，但多数村委员不同意为何土生做担保。一天比一天热，春天的脚步正朝夏季狂奔，何土生的心一天比一天急躁，人瘦削了很多。那天他再次到县城寻找机会时，偶然遇见了黄莹莹。

黄莹莹知道何土生办养猪场的事情，本想去看看，因县里有几个重点扶持养殖专业户需要技术指导，没有抽出时间。何土生把遇到资金困难的事告诉黄莹莹，她说她负责技术帮助的专业户就有小猪，她能为何土生担保，还说遇到资金问题可向银行贷款。她说现在是改革开放的初期，许多人都持观望的态度，这是最好的发展机会，谁能把握好，谁有魄力，谁有智慧，谁就能挣到钱。

何土生紧锁着的眉头绽开了，心头上的乌云散去。何土生在黄莹莹的帮助下抓来了二十头小猪，又在黄莹莹的帮助下从银行贷了两千元，这样他的养猪场正常运转了。

6

季节在人们的忙碌中转换着。在金石村数何土生的变化大，如今何土生已经成为比余有发还受关注的人。他的资金虽然没有余有发雄厚，可他比余有发年轻，比余有发更有朝气、活力。他一个人养了二十头猪，没黑没白地到庄稼地弄猪菜。他父亲一次都没去过养猪场，只有母亲帮他。母亲心细，心疼儿子。她也感受到了发生在儿子身上的变化，这种变化似乎让她看到了致富的希望，尽管她说不出希望所在，但她相信儿子的选择并不像最初他们担心的那么糟糕。

李秀云觉着儿子选择的是另一种生活，这种生活她还没有完全理解，可她已经渐渐接受了。

黄莹莹来金石村的次数不是很多，但她已经成为村民茶余饭后不可缺少的话题。村民说那么漂亮的县城姑娘，能跑到这穷山村里，肯定对何土生有意思。村民说何土生行，那片荒山坡从来没人用过，他能建起猪场，除去他谁行？这就叫眼光，这叫魄力。从何土生身上，村民们看到了脱贫的希望。何土生与黄莹莹的交往更是给村民们带来了新鲜的气息，让尘封多年的传统观念渐渐退去。

何土生非常感谢黄莹莹，没有黄莹莹的鼎力帮助，他养猪的想法是无法实现的。村民们对他看法的改变，主要还是他把养猪场建起来了，所以这功劳有相当一部分应该记在黄莹莹身上。黄莹莹为什么这么帮自己呢？何土生不知想过多少次，没找到理由。他发现自己见不到黄莹莹就会想她，那种焦躁感特别强烈。他感觉自己的生活中离不开黄莹莹，他爱上了她。当他发现自己有这个想法时不知所措。这现实吗？自己是不是做白日梦呢？自己有什么可同黄莹莹相比的，她是城里人，国家干部，家境也好，自己是个农民，从前还算民办教师，现在成了地地道道的农民，两个人差距如同天地之间那么大，谈恋爱可能吗？可是黄莹莹如果对他没有好感，为什么会帮他？这是她的工作？她不也在帮助县里其他的养殖户吗？

黄莹莹每过十多天来一次何土生的养猪场，帮何土生配一下饲料或给猪打针，做些技术上的指导。对何土生的养猪场来说，配好的饲料还没起什么作用。因为何土生喂养的饲料大都是挖来的野菜和不好的粮食，谈不上科学。

黄莹莹告诉何土生如果想让猪长得快，上膘，还得买些饲料加进去。何土生明白这个道理，他想等来年资金缓过来时再做。在黄莹莹的技术指导下，何土生养的猪除了长得慢点外，没有发生病情之类的事。

一场小雪预示着冬天来了。黄莹莹告诉何土生该给猪追肥了，春节前要把猪卖了，如果春节前卖不掉，过了年猪价落了，就要赔本。

何土生觉着今年肥猪价格并不乐观，小猪价格高，成猪出栏价格低，他想怎么也赔不了。要给猪追肥，没有饲料怎么行，可他很少买饲料，于是他拿家里的粮食去喂猪。

何土生的父母把何土生的努力看在眼里，观念改变了许多。从不去猪场的父亲，也会在闲时过去看看，但他坚决反对把人吃的粮食拿去喂猪。前年家里还缺粮呢，只是去年村里包产到户后，产量提高了，才有些剩余，被饥饿与贫穷困扰多年的老人怎么会同意把人吃的粮食用来喂猪呢。

何土生给家人讲如果猪能卖好价钱，再用钱买更好的粮食，如果猪卖不上价，损失会更大。无论他怎么讲老人就是不听，接受不了，后来黄莹莹出面才说服老人。

何土生的父母在王腊腊去窑场上班后，就好像比别人矮了半截，抬不起头来。他们家没有留住王腊腊这只村里的凤凰，觉着丢人。黄莹莹的出现让他们挽回了面子和自尊，但他们还没弄清楚黄莹莹的真实想法，能否攀上高枝。

黄莹莹认为何土生有志向，在这穷乡僻壤，这种人不多，如果想改变家乡贫穷落后的面貌，缺少这样的人是不行的。她又是一个刚出校门的人，一腔热血，带着青春的激情来做事情，所以毅然决然地帮助何土生。她的行动逐渐遭到父母的反对，开始他们帮助何土生是出于普通的友情，可渐渐地有点担心了，怕女儿喜欢上何土生。尽管何土生在他们眼里是个很不错的年轻人，可就算把他招为女婿，他们还是不能接受。黄莹莹是城里人，吃供营粮，国家发工资，而何土生家境贫穷不说，还是个农民，两人之间现实差距太大。黄莹莹的思想正向她父母所担心的方向发展。她要把何土生从人生的低谷带出来。她认为何土生要想进步，就要不断提高文化水平。她让何土生参加乡、县举办的养殖学习班，提高养殖专业知识。何土生的知名度提高了，交际范围扩大了，县、乡领导都知道在金石村有一个养猪青年何土生。

正当何土生抱着发家致富的梦想朝着现实迈进时，一场猪蹄疫袭来，人们不敢吃猪肉，一时间猪肉无人问，猪价大落。眼看着能卖上好价钱的猪没人买了，何土生发愁了。

新年将到，眼下猪的膘长得非常慢，喂养的饲料也多，成本过大，假如错过了春节，价格再落怎么办?

何土生看着这群猪发愁了。

黄莹莹主张卖掉，何土生想不出更好的办法，最后以低于当初买小猪的价格把肥猪卖了。除去买小猪、饲料、药等费用，何土生没有挣到钱。

何土生琢磨着向村里交的五百元钱到哪里弄。

这时村里人对何土生有许多不同观点，有的说这小子行，第一年没有大赔；有的说他不干教书的工作，养什么猪呀，一年的时间白白荒废了，不然还能挣个工资钱。

何土生再次成为人们议论的焦点，同时成为被议论的对象还有王腊腊，有细眼人发现王腊腊的肚子比从前大了，怀疑她怀孕了。如果怀孕了，这孩子是何土生的呢，还是余有发的?这时村民们对王腊腊的兴致远比何土生辞去教书工作的兴趣大。

7

王腊腊正吃着饭，一股酸水从胃里涌上来，她忙用手捂嘴，不让酸水脱口而出，站起身往屋外跑，还没跑到门口，就吐了出来。她觉得眼前模糊，如同她此时此刻的思维，她担心的事情发生了。

郝桂琴跟着出来，站在王腊腊的身后，作为过来人一见便知。她脸火热，如同被烧了一样。她没有责怪女儿，也没有追问，只是用手轻轻为女儿捶着背，以减轻女儿的痛苦。

王腊腊是很注意这种事的。开始她不懂，余有发教她。余有发跟她在一起时，总会采取措施。他这个年龄的人对这种事不外行，因为国家对计划生育要求很严，他不想越雷池一步。他和王腊腊在一起逃避不掉男欢女爱的事。王腊腊身上处处散发着青春女人的香味。男女在一起是本性，无论伟人，还是凡人，不然也就不会有子孙后代了。他不能把事做得过于露骨，每次和王腊腊在一起时，都有准备，王腊腊也就明白了。

王腊腊想不起是什么时候出的意外。这次意外，让她产生无比恐慌，就如同她第一次和余有发在一起那样害怕。她是青春女人，有着这种渴望，理智没有战胜情感，便沉迷其中。严格说她第一次应该是勉强的，而随后就不完全是了。她也有这种生理要求。只是主动和被动的关系罢了。她想下一步怎么办。还没等她做决定，郝桂琴就已经沉不住气了。

郝桂琴没有责怪女儿，事情已经发生了，责怪没有用，只能增加痛苦，目前要解决的是女儿肚子里的小生命，让女儿把她生出来是绝对不行的，那么就要处理掉，做流产手术。

王腊腊把怀孕的事情告诉余有发，寻求帮助。余有发前些日子就发现王腊腊怀孕的事情，只是没有主动把窗户纸捅破。他是三个孩子的父亲，不会连女人怀孕的事情也不懂。他不想让王腊腊怀孕，尽量避免，可还是出了差错。既然事情发生了，就要冷静处理，他的想法和郝桂琴一样，让王腊腊做流产。

王腊腊怕做手术，她想一定很疼痛，可能要比第一次同余有发做爱还要疼。当时她和余有发在一起时，下身流了血，现在要把肚子里一个活着的小生命拿掉，能不疼吗?

郝桂琴看出女儿的胆怯，鼓励着说："没事，哪个女人不流几回产呢。"余有发说："不疼，医生会在手术时打麻醉药的，打上麻醉药，人就什么都不知道了，跟睡觉一样。"无论是余有发还是郝桂琴，都想让王腊腊早点做流产。王腊腊的肚子一天比一天大了，招人耳目，流言四起。

虽然王腊腊害怕做手术，可她想不出更好的办法，只能去做。郝桂琴知道如果做不好会影响生育的，那可是一辈子的大事。

郝桂琴让余有发找县城最好的妇科医生，余有发一口应承下来，这对他来说是小菜一碟，他领女人做这种手术不是第一次了。他开上车拉着王腊腊和郝桂琴去省城了，在县城他怕惹起熟人的注意，再说省城也比较开放。

省城医院对做这种手术要求不严，只要交了钱就给做。余有发办完手续，想回车上等着，郝桂琴没让，郝桂琴说："腊腊为了你才遭这种罪的，你在这等着，看要不要帮忙。"余有发不情愿地站在一旁。他拿出烟正要抽，被经过穿白大褂的高个医生喊住了。

王腊腊从手术室出来时脸色苍白，身体无力。郝桂琴没有让余有发扶女儿，她认为余有发做了伤天害理的事。她也没让女儿直接回家，而是让余有发找个宾馆，让女儿休息一段时间再回家。余有发本不想这么做，可又怕不按照要求做会惹到郝桂琴，就答应了。

郝桂琴一个人乘公共汽车回到家，不想出门，觉着丢人。女儿以后怎么见人？一个还没结婚的女孩就怀孕了，谁还能娶？余有发也不可能娶她，余有发有老婆孩子。她认为女儿做了一件最傻的事情。

金石村的人把王腊腊怀孕的事识破了。本来村里的生活就单调，正好多了个话题，一时间王腊腊怀孕的事情传得沸沸扬扬。村人们说这话时回避王家与何家，可何家还是知道了。何家人的耳朵也被这风言风语灌满了。何土生的父母对他下了死命令，坚决反对何土生再与王腊腊交往。

何土生听到这个消息如同五雷轰顶，脑瓜像要炸开了。他想不明白为何王腊腊要做这种事。他不敢相信这是真的，假若是真的，王腊腊这一生就毁了，有哪个男人愿意娶这种女人。虽然王腊腊不跟自己……毕竟两个人有过一段美好的初恋，那是留在生命中的青春往事，无法抹去。他希望王腊腊生活好。他想不通，也想不明白，难道说是因为钱吗？钱真的对一个人那么重要？他想不全是，因人而异。他想找王腊腊谈谈。

王腊腊从省城回来没有马上去窑场上班。她怀孕后，思想改变很大，认为这班上与不上无所谓。她认为余有发欠她的感情太多，所以她把工作看淡了，想去窑场就去一趟，不想去就待在家里。何土生来找她，她避而不见。出了这种事，她无脸见何土生，应该说他们之间真的画上句号了。

8

冬天来了，春天就不会太远。在许多农家人正在猫冬时，何土生开始做下一年的计划。他不能再白忙活了，时间对他来说太重要了。应该说他上一年也没有白忙活，最少村长对他的做法是肯定的。村长想聘他为助理，他推辞了，他只想把自己的事情做好。村长想培养他当村干部，因为干部要年轻化，思想观念要跟上改革开放步子才行。他认为自己没干出成绩，村民也不服气，当上干部也心虚，不踏实。他想兼职做村兽医，村长答应了。何土生当兽医是想找机会学习。前几次他去学习都是黄莹莹帮忙联系的，当时参加学习的都是各村的兽医，只有他不是。金石村没有兽医，这个职位比较适合他。这个冬天就在何土生的筹划中过去了。

何土生借了五百元钱交给村里，诚信给他带来了更好的名誉。

春风吹来，万物吐绿，生机盎然。何土生用百倍激情投入火热的生活中，他要扩大养殖规模，从事多种经营，而摆在面前的困难同样是资金问题。王莹莹帮他争取到了县扶贫贷款。他在山坡上栽种果树，又买来几百只小鸡，又买来母猪，套种套养的经营方式是村民们没见过的。

他一个人忙不过来，让父母来帮他，母亲来了，父亲却不来。父亲说还要种家里的地呢，农民不种地吃什么。何土生本想从外乡招个人来，又一想肥水别流外人田，金石村离县城远，除了种地再没其他收入，钱还是让村里人挣吧。他想在本村招个帮工，本村没人愿意干，他们说帮忙可以，要是雇不行。他们认为这样没面子，帮忙是个人感情。

黄莹莹来何土生的养殖场不再是骑自行车了，而是骑摩托车。现在，她那辆红色的女式摩托车一出现，就会让何土生激动。

何土生明白他越来越离不开黄莹莹了，就像果树开花离不开春天。在这美好的季节里他忘掉了所有的不快。那个春雨绵绵的一天，何土生在小屋向黄莹莹表白了，黄莹莹只笑不答，她用行动和心来做回答。何土生完全沉醉在幸福之中。

9

余有发窑场的砖积压了很多，看着一排排的砖，他发愁了。他再次去找刘德龙。刘德龙坐在办公室里吸着烟，喝茶，跟几个人在聊天。他看见余有发进来，还算热情地向余有发招了招手，示意进来坐，余有发笑嘻嘻走进去。

屋里人都是刘德龙的下属，认识余有发，起身打招呼。

刘德龙不冷不热地说是什么风把余老板吹来了。余有发说是旋风。刘德龙说现在是风平浪静，能有旋风倒好了。余有发知道刘德龙对他有看法。他并没有做错什么，他给刘德龙的钱并不比前一任经理少，可刘德龙怎么还难为他呢？他在寻找病因，要对病下药。刘德龙做事从不表明态度，总让他去猜测。

屋里人想余有发来找刘德龙肯定有事，说了几句话便离开了。这时秦君来了。秦君一进来就说：“余老板是不是该请客了？”余有发知道在官场人眼中自己的地位置。当然他并不是把所有当官的人都放在眼里，但他在乎秦君和刘德龙，还要像伺候老爷一样伺候他们。秦君是工商局长，刘德龙虽然只是建筑公司经理，官不大，但实权在握。县官不如现管，秦君和刘德龙都知道他跟县长熟悉，他们在乎吗？显然是不在乎。他们也跟县长熟悉，县长不会为他去批评他们，所以他要用心来跟他们周旋。

余有发认为人活着就是跟人周旋，周旋好了，活得就逍遥。

窗外是春雨蒙蒙，这时，是放松的好时刻。刘德龙说：“在县城没有意思，还是去省城玩吧。上次在省城玩那才过瘾呢，十八岁的女孩，火辣辣的。”秦君说：“别去折腾了，省城不是咱的地盘，如果弄出点麻烦不好办，万一摆不平，就坏事了。”秦君比刘德龙稳，想得也多。他是从给领导当秘书起步的，混到这个位置也不易，处处小心。刘德龙嘲讽秦君胆小。

余有发对去哪里玩没发表意见，他清楚无论到什么地方玩都是他出钱。他要不把他们伺候好，事就没法办。他的砖就卖不出去，就没有钱赚。

秦君提供了一个信息，他说公安局长的弟弟开了一个酒店，不如去捧捧场，也算是送个人情。刘德龙觉着这个主意不错，连连点头。刘德龙也知道公安局长弟弟开酒店的事，但还没去过。两个人上了余有发的车。

这家名为避暑山庄的酒店不在繁华的大街上，而是在县城的郊区，景色不错，绿树环抱，鸟语花香，幽静。他们来时，没有看到停车场上有车，车才停稳，就有保安跑过来，让他们把车开到车库里。这时他们才明白这家酒店的高明之处，显然这是为高层服务的。

公安局长正同几个人喝酒，出来上卫生间时，遇上他们打了招呼，说八折，然后让人把他们引入单间。过了一会儿，公安局长来给他们敬酒，说谢谢来捧场。公安局长喝得有点多了，稍坐一会儿说：“上面来人了，没办法舍命陪君子了。”就走了。

秦君感叹地说：“还是改革好啊！都想法挣钱了。”

余有发看刘德龙喝得高兴，便说：“我的砖刘经理多用点，也好让兄弟我多赚点酒钱。”

还没等刘德龙说话，秦君就把话题接过去了，他说：“老余，你这话说得有点不好，不用你的砖就不能在一起喝酒了？你也不好好想一想，你不让刘经理喝好了，你能赚到钱吗？”

刘德龙做出为难的样子说：“现在窑场多，谁的砖质量好我就用谁的。用你的已经不少了，恐怕以后没法保证了。”

余有发知道刘德龙在跟他打官腔。他说：“啥好啥坏的，盖上屋子不都一样，好坏只是你刘经理一句话。”

刘德龙把两只牛眼一瞪说：“你说得轻松，如果出现工程事故，我是要负责的。”

秦君说：“老余，你真笨到家了，这世界让我看就属你笨了。你也不想一想，你答应把你的公关小姐送给老刘，可是人呢？现在你来找他办事，他能答应吗？跟你直说吧，那个叫腊腊的老刘看上了。”

刘德龙反驳，烦躁地说：“我就没见过小姐？别说什么腊腊了，就是……算了！”

余有发觉着自己不应该失信，他答应把王腊腊送给刘德龙做情人，没有做到，反过来求刘德龙办事，能给他办吗？他并不是没去做。他对王腊腊就是图个新鲜，玩过了也就没有感觉，没有可留恋的。他感觉王腊腊缺少内在气质，这可能跟读书多少有关。他做过王腊腊的思想工作，让王腊腊跟刘德龙。但他一提这事王腊腊就火了，所以才拖到这个地步。这回他下决心把这事办成，再办不成他清楚结果是什么。如果刘德龙真不用他窑场的砖，他的损失可就大了。他要对王腊腊来个先礼后兵，同意也得同意，不同意也得同意。

王腊腊流过产后，对余有发的态度转变很多，工作上也不上心了。她的工作就是那么回事，没有标准，没有什么具体的事情做，本就是余有发为了同她好安排的一个虚职。她想到县城学会计，余有发没答应。现在她想去窑场就去一趟，不想去就在家待着，静下心时会觉着空虚。她也会想到何土生，虽然她克制自己不去想何土生，可她还是会去想，她有点怀疑自己的选择是否正确。

余有发是在同王腊腊出席一个朋友的婚礼后，再次提起刘德龙的事。当时王腊腊也喝了酒，余有发喝得高了点。王腊腊试探着对余有发说：“你打算娶我吗？”余有发毫无顾虑地说：“我娶你，我老婆孩子怎么办？”王腊腊知道余有发根本没有想娶她，她也从来没想要嫁给他，他们之间只是各取所需罢了。王腊腊料到他们的结局会是怎样。余有发说：“刘德龙有权又有钱，又刚离了婚，你跟他会更有希望。”

王腊腊很果断地质问：“你想把我往外推？你对我厌烦了？我不是妓女，也不是三陪小姐，不是哪个男人想要就要得着的，算你余有发幸运。”

余有发说：“腊腊，你别那么固执好不好？”

王腊腊说："余有发，你什么意思？你让我跟哪个男人我就跟？那我成了什么？你想得美。你想清楚了，我不是你赚钱的工具。"

余有发也火了："你王腊腊有本事，今后别再来找我。"

王腊腊说："你把答应给我买的楼房给买了！"

余有发说："你去做梦吧！"

王腊腊说："你还算是男人吗？说话不算数。"

余有发说："我就没有见过像你这样不要脸的女人。"

王腊腊说："你才不要脸呢！我为你流产，你不讲良心。"

余有发说："下三烂女人都像你这样。"

王腊腊说："姓余的，你听好了，你要不给我钱，你看着，我饶不了你。"

余有发说："你能怎么样？我老婆孩子都有了，我怕什么？你听我劝，别瞎闹，瞎胡闹对你一点好处没有，老实点或许还能嫁出去，你要一闹，就没人要了。"

王腊腊说："你别吓唬我，我王腊腊才不在乎呢。"

余有发说："你下车！下车！"

王腊腊说："你要不给我钱，我就把你车砸了！"

余有发说："你敢！"

王腊腊从车上下来，弯腰捡起路边拳头般大小的土块，朝着余有发的车掷去，余有发见状赶紧开车就跑，车轮扬起的灰尘把王腊腊的视线遮住了。王腊腊站在山坡上被冷冷的春风吹着，心发寒。山坡下的金石村就在她眼前，可她一步也不想往前走。她不想回家，不想见家人，更不想见村人。自尊心如锤子在敲打着她的心灵，她的心在流血，今后该怎么办？

村民们对村里发生的细微变化也能观察到，有人发现王腊腊不跟余有发在一起了，发现余有发车上拉着不是王腊腊，而是县城里的另一位漂亮女子，从而人们推算出王腊腊同余有发之间出了问题。

王腊腊苦苦想了几天做出惊人的决定，准备到外地打工。她陪同余有发与县城、省城的人时，听说沿海城市改革的步子大，思想也开放，钱好赚。她想到深圳或青岛去。她有了这种思想，就摁不住跳动的心，经过简单准备，就迎着春风上路了。

10

何土生和黄莹莹从乡里办事回来，在村口遇到了往村外走的王腊腊。黄莹莹没有停住摩托车，从王腊腊身边开了过去。王腊腊回头看了一眼，便继续往前走，步子走得很快，她不想见到任何熟人。何土生坐在摩托上回头看着王腊腊觉着不对，担心王腊腊想不开，忙让黄莹莹停车，他从摩托车上跳下来朝王腊腊追去。

王腊腊听到脚步声回过头，静静看着跑过来的何土生。

何土生跑到王腊腊面前，喘着粗气问："你这是去哪里？"

王腊腊说："你是怕我出事？我没那么傻，放心，我不会有事的。"

何土生说："你能这样想最好。"

王腊腊不想提起自己的事，把话题岔开说："你的养殖场怎么样？还顺利吧。"

何土生说："还可以。"

王腊腊不想多说，她没什么可说的，接着说："我还要赶路，你回去吧。她还等着你呢。"她把目光投向不远处的黄莹莹。

何土生顺着王腊腊的目光望去，见黄莹莹坐在摩托车上看着他和王腊腊。他本想安慰王腊腊几句，可找不到合适的话题。

王腊腊说："放心，我会自爱，我会努力工作挣钱。"

何土生听出王腊腊话中的意思。他问："你出去打工？"

王腊腊说："打工有什么不好，谢谢你的关心。我走了，不然就赶不上车了。"她转过身朝着前方走去。

何土生目送王腊腊远去的背影，感觉世界在发生着变化，这变化才开始，还处在萌动中。这表明人们在向往美好富裕的生活。

黄莹莹把摩托车开到何土生跟前说："喂！别痴情了，舍不得老情人怎么着？人都走了，还愣着干什么？"

何土生把目光转向黄莹莹。

黄莹莹说："你别用这种目光看着我好不好。她去哪？"

何土生说："出去打工，没说去哪里。"

黄莹莹说："打工是好事，总比在这里好。如果你恋恋不舍，也可以跟着去。”

何土生以为黄莹莹吃醋了，忙解释说：“你可别多想，我只是觉着她的变化太大，也太突然。”

黄莹莹听何土生这么解释笑了，她是在同何土生开玩笑。她对何土生这么做是赞同的，从这件事情上能体现出何土生的责任心。她认为没有责任心的男人是不值得女人爱的。

何土生的养殖场这一年赢利一万多元，轰动了村里、乡里、县里，他一时成了新闻人物。这年，他和黄莹莹正式确定了恋人关系。他为村学校买了新桌椅，还被县、乡评为致富带头人。

村里再次提起王腊腊的人是村长。那天村长在村委办公会议上重点提到两个问题，第一是县纪委来村里调查余有发贿赂刘德龙的问题，因为县建筑公司盖的一座楼质量不合格倒塌了，有关部门正在追查砖的来源；第二是村长收到一张汇款单。他说：“虽然只有两千元钱，但这是一个心意。这钱是王腊腊从深圳寄来的。她在深圳一家韩国电子公司做一线生产工人。她把钱捐助给村里，让给孩子们买课本。”

贫穷的金石村让人们看到了希望。

《文学港》2012 年第 4 期

一剪梅

——昌五街纪事之一

郭梅花醒了，揉了揉眼睛，扭过脸朝窗户望去。阳光从落地窗射进来，屋里暖暖的。她伸手拿起放在枕头旁边的手机，开了机。平时她二十四小时开机，是不关机的，昨天夜里回来太晚，满身疲惫，为了能睡个安稳觉，不被打扰，才关了手机。她看有几个未接电话，没去查看电话是谁打来的，急忙起床。已经九点钟了，她比往日晚起床一个小时，往日早晨八点钟她会准时走出家门的。多年来她如同钟表的指针那么有规律，准时，从没改变过，这是她第一次起得这么晚，睡得这么踏实。虽然她睡过了时间，睡的时间比往日长，可依然感觉疲惫，身体发懒，不想动。她想继续睡，产生了恋床的念头，可她不能继续睡了，也不能赖在床上，还有许多事情等着她做呢。她强迫自己打起精神，掀开被子，打着哈欠，下了床。

屋里只有她一个人，静静的，似乎能听见脉搏的跳动。昨晚，她在回家的路上就已经跟丈夫刘爱强商议好了今天早晨的安排。早晨刘爱强送小女儿去学校，然后先去刘爱强父亲家。刘爱强的父亲去世了，今天办丧事。她太累了，体力透支，想多睡一会儿，休息休息，晚点去。

她去了一趟卫生间，没有洗漱，穿上衣服，拎起棕色背包，锁上家门，快步朝楼下走去。三月初的东北虽然冰雪开始消融，天气渐暖，但寒气依然很浓。她刚推开楼道的防盗门，一股冷气迎面扑来，打了个寒噤，觉得冷，把衣服扣子全部扣上，把两只手揣在羽绒服兜里，小心翼翼缓慢地朝小区外的街道走去。

她没有直接去刘爱强父亲家，而是朝那迪雅克人服装专卖店走去。她不想去刘爱强父亲家那么早，去早了烦心事会更多，故意晚点去。

从她家到那迪雅克人服装专卖店，夏季步行十分钟左右，冬季街上有冰雪，路滑，身上穿着厚厚的棉衣，行走笨拙，担心摔倒，走路的速度比夏季慢，需要十三四分钟。

她经营的那迪雅克人服装专卖店处在昌五街中心地段，这里是昌五街最繁华的商业区，交通便利，人来人往，商铺密集，服装生意竞争激烈。她经营的那迪雅克人服装专卖店是二层小楼，楼上是仓库，楼下是营业厅，上下两层总共一百四十平方米。这种服装专卖店从外观看比较普通，没有什么特别之处，不算起眼，很难引起人们的注意，可她的经营方式与人生经历却不普通，与众不同，这就好像她的生活与感情世界那么复杂多变一样。

她不是昌五街土生土长的本地人，是后来移民到昌五街上的。虽然她是移居到昌五街，但已经在昌五街站稳了脚，经济实力远远超出许多祖祖辈辈生活在昌五街上的人。这是她的骄傲，也是她出生村庄的骄傲，更是家族的骄傲。

她出生在离昌五街三十里路远的金山村。金山村行政管辖权不归昌五街，而是归明久乡。明久乡管辖的行政自然村庄中只有金山村有满族人生活。她是满族人的后代。

她对自己是满族后代很感兴致，也对家族为什么生活在这里有过初步了解。

黑龙江省的满族大体是由土著满族、屯垦满族、驻防满族三大部分构成。土著满族是从肃慎、挹娄、勿吉、女真一脉相传而来的东海女真人；屯垦满族是从京城、辽宁、吉林迁徙而来的八旗闲散人；驻防满族是为保卫边疆，从全国各地征调而来的满洲八旗军及其家属。

她听父辈们说她家是属于驻防满族的后代。

黑龙江省的驻防满族始于顺治十年(1653 年)，全省共有七处八旗满洲驻防军。宁古塔城（今宁安）驻防设兵额一千名，匠役人员二十四名。官庄领催一名，共一千零二十五名。顺治十年（1653 年）初设满洲兵四百三十名。顺治十八年（1661 年）增兵五百名。康熙三年（1664 年）增兵六十六名。康熙十年（1671 年）拨兵七百名。康熙十七年（1678 年）增兵二百九十名。康熙二十九年（1690 年）拨兵二百名，移驻黑龙江。

她的祖辈是去黑龙江驻防的二百名官兵中的一人，因为不想去更偏远的黑龙江荒原当兵，在行军途中私自跑了，当了逃兵，来到明久乡下更名改姓，娶妻生子，过起了贫民生活。她是这个家族在明久乡生活的第五代人。

虽然她身体里流淌着满族人的血液，但她母亲是汉族人。她感觉自己既是汉族，又是满族，为自己有这样独特的身份而自豪。

她在肇东县城读高中时认识了刘爱强，刘爱强比她高一届。她读高三时，刘爱强已经不读书了。她跟刘爱强本不相识，没有交往的可能性，但在袁敏洁的介绍下相识，并且恋爱，成为恋人。

袁敏洁是郭梅花高中时的同班同学，两个人关系好，无话不说。袁敏洁家住在昌五街上，刘爱强家住在昌五街的乡下。他跟袁敏洁在昌五街读中学时在同一个年级。读初三时袁敏洁为了能考上肇东县中学主动留了一级，这么着就比刘爱强低了一年级，跟郭梅花在同一年级读书了。

袁敏洁和刘爱强在肇东县城读高中时，经常坐同一趟客车回家或去学校。他们在路上聊着校里校外的事情，袁敏洁经常说起郭梅花。

刘爱强听的次数多了，就把郭梅花这个名字记在了心里，如同种在黑土地里的种子渐渐发芽了。

郭梅花也听袁敏洁说起过刘爱强，她对刘爱强这个校友产生了兴趣。她在没见到刘爱强之前推测着这是个什么样的人。

刘爱强和郭梅花还没见面就有心心相连的感觉。

郭梅花第一次见到刘爱强是在袁敏洁的生日晚会上。那时她和袁敏洁在读高三，面临高考，而刘爱强已经高中毕业，高考落榜，名落孙山，回家务农了。

刘爱强接到袁敏洁办生日晚会的通知，骑着破旧的大金鹿牌自行车早早来到昌五街，买了一个精装日记本和一支英雄牌钢笔送给了袁敏洁。

袁敏洁高兴得不得了。这小小礼物在二十世纪八十年代末期，在学生心中是很贵重的。那时同学过生日时要么送一个日记本，要么送一支钢笔，很少有两样一起送的。这是袁敏洁在那个生日中收到的最贵重的礼物。

刘爱强心想自己不是学生，送的礼物应该比在校读书同学多一些。他来得早了点，参加袁敏洁生日晚会的同学只有郭梅花到了。

郭梅花是和袁敏洁一起从肇东学校来昌五街的。第二天是周六，她晚上不回学校，也不回家，准备住在袁敏洁家里，周一早晨跟袁敏洁一起去学校。她跟刘爱强帮助袁敏洁忙活着生日晚会的事。

袁敏洁问刘爱强说："你找对象了吗？"

"我家经济条件不好，没女孩子跟呢。"刘爱强失落地说。

袁敏洁说："也不是所有女孩子都看重家里经济条件的。"

"虽然不是百分之百，也是百分之九十多，我哪有那么幸运。"刘爱强说。

袁敏洁说："我给你介绍一个不看重钱的女孩呗！"

"好啊，太感谢了。"刘爱强以为袁敏洁在开玩笑呢，回答得爽快，没有顾虑。

袁敏洁说："那你得答应我一个条件。"

"行，什么条件？你说吧。"刘爱强说。

袁敏洁说："你得对她好，不能见异思迁，得爱她一辈子。"

"你把我当成什么人了。这是谈恋爱，娶媳妇，不是做生意，怎么可以见利忘义呢。"刘爱强说。

袁敏洁说："人是会变的，陈世美太多了。"

"我可以向你保证，我绝对不见异思迁，我肯定不是陈世美。"刘爱强承诺地说。

袁敏洁说："如果你真成为陈世美，我是不会放过你的。"

"行。如果我变成陈世美，你怎么处理我都行。"刘爱强说。

袁敏洁看了一眼身旁的郭梅花说："你看郭梅花怎么样？"

"袁敏洁，你说什么呢！你怎么把话题指向我了。"郭梅花没想到袁敏洁能当着刘爱强的面说这种话。袁敏洁从来没有说要给她介绍对象，并且介绍的是刘爱强。这件事来得太突然，猝不及防，她一点心理准备也没有。她的心在狂跳，脸色羞红，如同红纸被微风吹动忽闪忽闪的。

袁敏洁说："咱们俩聊天时，你不是说想认识刘爱强吗？"

"认识跟谈对象一样吗？两者没有关系吧！"郭梅花没想到袁敏洁能这么理解。袁敏洁经常说刘爱强，所以郭梅花想看刘爱强是什么样的人。

袁敏洁问："你是什么意思？"

“我没意思。”郭梅花了解袁敏洁的性格，袁敏洁平时说话就是大大咧咧，不拘小节，快言快语的。

袁敏洁单刀直入地问：“你不同意呀？”

郭梅花当着刘爱强的面怎么能说不同意的话呢，那样就伤了刘爱强的面子和自尊心。她不能那么说，可一时又想不起来适合敷衍的话题，左右为难，吞吞吐吐，不知道怎么回答了。

袁敏洁趁热打铁地说：“既然你不拒绝，就是同意交往了呗？”

“你呀……”郭梅花看了袁敏洁一眼显得很无奈。

袁敏洁看出郭梅花没有拒绝的意思，把话锋转向了刘爱强，她说：“梅花没有意见，那你是怎么想的？”

“明天你们去我家吃饭吧。”刘爱强思想成熟，在家务农一年的时间里，更为老成稳重，他没有直接回答，而是婉转接受了。

袁敏洁说：“是订婚宴，还是答谢宴？”

“两者都谈不上，算是请你们去我家玩吧。”刘爱强话中给自己留有余地。

袁敏洁说：“你备上酒，做好饭，沏上茶，我们准时赴约。”

“袁敏洁，你今天是怎么了？”郭梅花不反对去男同学家作客，但不应该提要求，虽然袁敏洁是在开玩笑，但有点过格了，不妥当。

袁敏洁说：“我很正常。”

“我看不正常。”郭梅花说。

袁敏洁对刘爱强说：“我在开玩笑，你别当真。我们去，你什么都不用准备。”

“我在家等你们。”刘爱强话到此为止，多一句也不说。

刘爱强兄妹六个，上面有两个姐姐和两个哥哥，男孩中他排行老三，熟人都叫他刘三。他母亲身体不好，父亲喜欢打麻将、喝酒，不愿意干活，好吃懒做，不务正业，家中经济条件不好，家风差，两个哥哥年近三十了还没有媒人给提亲。虽然他人长得帅气，比哥哥开朗，又是高中毕业，算是村里读书比较多的人，可乡下姑娘找对象不完全看长相，读书多少也不看重，主要是看家中经济实力。女方认为读书和相貌不能当钱花，不能当饭吃，不能顶日子过。女人嫁男人不就是生孩子，过日子吗？过日子没钱怎么可以呢？东北乡下农村，基本上是男方的经济实力决定娶媳妇的成功率。他担心会像两个哥哥那样难娶媳妇，打光棍，心想能有姑娘嫁给自己就算祖坟烧高香了，他哪还有理由拒绝或挑三拣四呢。他必须把握好机会，娶到媳妇，不能错过。

他回到家里跟家人说明天有同学来玩。家里人心想同学来就来呗，又不是第一次有同学来，没当回事。他杀了一只鸡，又去昌五街买了新鲜蔬菜。在那个年月，经济落后，交通不便，物资流通不畅，新鲜蔬菜价格贵，人们购买力不足，昌五街上只有寥寥可数的几家蔬菜店。在黑龙江省的黑土地上，三月初的季节里还是冰封地冻之时，乡下新鲜蔬菜品种更是极少。他转遍了昌五街上的蔬菜店，只买到了四五种新鲜蔬菜。

他的家人看他买回这么多新鲜蔬菜很是不解，有些生气，过春节时家里也没买过这么多新鲜蔬菜。他的家人不反对同学来家里玩，认为没必要这么隆重，花这么多钱招待同学有些浪费，显得不会过日子了，也超出了学生之间交往的限度。他是成年人了，家人虽然反对，也没过多说什么。

他没跟家人解释，也没法解释，解释了家人也未必能理解。他按照自己的想法准备着接待郭梅花和袁敏洁的事情，还找来一位懂厨艺的朋友帮助炒菜。

这位朋友在肇东县城大酒店当过大厨。大厨问刘爱强宴请谁，刘爱强说请重要客人。大厨使出了全部手艺，把新鲜菜，还有白菜、土豆、萝卜等冬储菜放在一起，凉拌、爆炒、蒸煮，变着花样搭配做，做了十多盘子，把饭桌摆满了。刘爱强在大厨炒过菜后抱歉地说："兄弟，我今天有事，就不留你喝酒了，改天一定好好请你。"大厨说："咱们哥们儿如果想在一起喝酒，随时都可以。"

刘爱强对家人说今天都得脸带笑容，高兴起来。家人看他这么忙活，精心准备，心想来的客人肯定不是一般同学，可同学之间还有这么大的区别吗？家人不解。既然问不出来是什么同学，也就不问了，等待客人到来。他想家里虽然不富裕，但尽量准备，心到佛知，结果就听天由命吧。

郭梅花和袁敏洁没想到刘爱强家能准备这么丰盛的饭菜。她们是土生土长的本地人，对这里的生活了解，这应该是刘爱强家尽最大努力准备的饭菜了。刘爱强家人看来了两位姑娘，马上明白刘爱强忙里忙外的原因了，脸绽笑容，热情照顾客人。郭梅花和袁敏洁感觉很舒心，这顿饭她们吃得开心，聊得投缘，时间悄悄过去，日落黄昏的时候才骑着自行车返回昌五街。

昌五街由清末放荒排序得名。1901 年，黑龙江省铁路交涉局总办周冕到此地放荒时，由南到北划段，由东向西分井，此地排列为"昌字五井"。由于是划井垦荒，人口骤增，为了便于行政管理，周冕选择“昌字五井”修筑城池，命名为“昌五城”。

1912年11月，在肇东设治局，驻地昌五城。1914年7月，肇东设治局改为肇东县，昌五城成为县城。日本进攻中国，东北沦陷，1937年12月，伪县公署由昌五城迁至满沟站(今肇东镇)，昌五城改为县属昌五街。1948年春，改为昌五城区。1951年9月，设置昌五镇，隶属第五区。1956年3月，改由县直辖。1958年9月，改为昌五人民公社。1984年3月，改为昌五镇。

昌五镇曾是肇东旧县城，处在松嫩平原腹地，是大庆采油十一厂的驻地，是肇东县西部区域性中心强镇，西距肇东县城32公里，南距哈尔滨市90公里，北距大庆市75公里，有哈大、绥源、昌同、肇昌、昌朝等五条国道经过。

土生土长的当地人一直把昌五镇叫昌五街。

人们叫昌五街顺口，有着亲切感。四周的乡下人都希望能在昌五街生活，他们羡慕昌五街，就如同昌五街上的居民羡慕住在哈尔滨、上海、北京生活的人似的。

郭梅花羡慕袁敏洁的生活，袁敏洁家不只住在昌五街上，家里还开了旅馆，日子比普通人家好得多。袁敏洁找了一个没客人住的空房间给郭梅花住。郭梅花回到昌五街袁敏洁的家里感触地说：“如果我能住在昌五街上就好了。”

“你现在不就住在昌五街上吗？”袁敏洁说。

郭梅花说：“这是你家，不是我家，我只是客居者。”

“你不是准备考大学吗？如果你考上了大学，去北京、上海、哈尔滨等大城市读书了，就不会这么看重昌五街了，也许还会瞧不起昌五街呢。”袁敏洁说。

郭梅花说：“你知道我想考大学，还给我介绍对象。”

“我觉得你考不上大学。”袁敏洁说。

郭梅花说：“你是乌鸦嘴吗？你就不会说我能考上吗？”

“大学太难考了，去年咱们全校才考上六个，六个人中只有一个是考上了大学本科，另外几个人考上的是中专、大专。”袁敏洁说。

郭梅花说：“难考我也要考。”

“你有多大把握？”袁敏洁问。

郭梅花说：“不知道。”

“凭你现在的学习成绩连中专都考不上。”袁敏洁说。

郭梅花说："你没看我在努力学习嘛。"

"努力也不行。"袁敏洁说。

郭梅花说："你能不能不说这种扫兴话，说点开心的事情。"

"你觉得刘爱强家今天的表现怎么样？"袁敏洁问。

郭梅花说："相当不错，可这不是对我，而是对你，你太有面子了。"

"我自己去不会有这种高规格待遇，主要还是你。咱们这儿只有订婚才能吃到这么好的饭菜。"袁敏洁笑着说。

郭梅花说："今天没人跟刘爱强订婚。"

"他想用热情打动你。"袁敏洁说。

郭梅花说："你可算了吧，他是想感动你吧。"

"你喜欢刘爱强吗？"袁敏洁问。

郭梅花说："你是怎么了？话题怎么总围绕着刘爱强转呢？"

"我觉得你跟刘爱强挺般配的。"袁敏洁说。

郭梅花说："如果我考上大学了，就不跟他了。"

"你的意思是如果考不上大学就嫁给刘爱强呗？"袁敏洁说。

郭梅花说："你总说这种话讨厌不讨厌呢！"

"害羞了？"袁敏洁笑了。

郭梅花说："你自己怎么不找对象呢？"

"我已经有目标了。"袁敏洁干脆地说。

郭梅花惊奇地问："谁？"

"现在不告诉你，告诉你，你也不认识。"袁敏洁说。

郭梅花问："肇东的，还是昌五街的？"

"昌五街的。"袁敏洁说。

郭梅花点了点头，佩服地说："看不出来，你一个没心没肺的人，在谈恋爱方面行动会这么迅速、超前。"

"女孩子早晚都得嫁人，有合适的就找呗，找对象找晚了选择目标少，不一定能有满意的。"袁敏洁说。

郭梅花说："你家这么好的条件，还怕剩在家里嫁不出去呀！"

"不是怕，是担心找不到好的，所以早做准备。"袁敏洁说。

郭梅花说："咱们高中还没毕业呢，就谈婚论嫁，太早了吧。"

"时间过得这么快，转眼就毕业了。"袁敏洁说。

郭梅花心里在做着高考后的打算。她感觉考上大学的可能性微乎其微，太渺茫了，考不上怎么办呢？她想如果考不上就复读一年，明年接着再考，读大学是她的梦想。可她从初一到高二一直没有认真读书，时间被浪费了，高三时想读书了，基础差，悟性不高，许多课本知识弄不明白，跟不上学习进度。她是那么想考大学，这种想法随着高考的临近越来越强烈，好像每时每刻都在增加。她想学习历史，成为历史学家，研究自己家族及满族人在黑龙江省的变迁过程。

这年，她高考落榜了，伤心了好多天，郁闷了很长时间。父母开导她说："女孩子考不上大学就考不上吧，过两年找个条件好的男人嫁出去，结婚生子，安心过日子吧。"可她不这么想，这种想法是农民的想法，这种生活是农家妇女的生活。她不想当农民，更不想过这种农民生活，她想过城里人的生活。在肇东县城读书的几年里，她深深感受到乡下生活与城里生活的差距，城里人与乡下人思想的不同。她想让自己成为城市人，可这需要途径，最便捷的途径就是读大学。她想复读，继续参加高考，又无法向父母开口。她思来想去，考虑好多天，煎熬好多天，终于开口把复读的想法讲了出来。

在她没说出心中的想法时，父母已经看出了她的心思，只是没有直接说，也不希望她说出来。父母不同意她继续读书，她重读一年会给家里增加经济负担，少挣钱。家中五个孩子，她是读书最多的，姐姐和妹妹初中毕业就不读书了。当然她的弟弟郭梅雄在读高一，学习比她好。她是女孩子，是要嫁人的。在东北乡下，嫁出去的姑娘如同泼出去的水，泼出去的水肯定是无法收回来的，父母没指望收回来。男孩就不同了，男孩是传宗接代，延续香火的，家家户户都看重男孩，男孩是父母的掌上明珠。她父母没指望她能放光，而是把光宗耀祖、振兴家族的希望寄托在了她弟弟身上。父母坚决不同意她重读高三。

郭梅花没有听从父母的意见，没有争论，也没朝父母要钱，而是私下去找出嫁多年的大姐借了钱。她大姐家生活也不富裕，没有多余的钱。这年她大姐刚从乡下到昌五街摆地摊，卖些零散日用品，虽然天天有收入，但不多。她大姐希望郭梅花能考上大学，改变生活，改变人生，支持她复读，在经济上尽量帮助她。她背着书包去了肇东县城，回到学校复读了。

这一年，她很努力，废寝忘食地学习，一年下来她瘦了十多斤。可她第二次参加高考仍然名落孙山，不过她的分数比第一年高考提升了许多，已经接近高考分数线，如果答题时仔细点，发挥更好点，或许就考上中专了。那时中专也包分配，也属于国家正式干部。她想如果再复读一年，非常有可能考上梦寐以求的大学，那样她的生活就会发生翻天覆地的变化，人生履历就会被改写，她的身份会从农民变成知识分子。她找亲友借了钱，开始了第二次复读，为迎接第三次高考做准备。

光阴在郭梅花紧张的学习中悄然溜走了。她记不清是怎么迎来第三次高考的，可她万万没有想到第三次高考时，迎来了沉重的打击，她第三次高考的成绩还不如第一次高考的成绩呢。她弄不明白为什么会出现这种反常情况，她不只是灰心丧气，更是没脸见父母家人。

她知道在乡下像她这样重读两年高三，参加过三次高考的女孩子几乎是没有。高考落榜，让她没法跟家人解释。

她是在绝望的心情下离开学校，她没有回家，在肇东县城租了一间不足十平方米的小屋，足不出户，疗养着内心的伤痛，思考着今后的生活和人生方向。

她迷迷糊糊，想这想那，精神萎靡，如同进入冰天雪地的季节，看不见太阳，没有温暖，将要被冻死。她不想就这么失败，她在挣扎，在寻找走出困境的动力与勇气。她如同算卦似的琢磨着自己的名字，想从名字中得到答案，看是否可以生活下去或得到生存方式的启发。父母给她起了郭梅花这个名字，意味着她具有战胜困难的力量与决心。

她想起了《警世贤文》：

有田不耕仓廪虚，有书不读子孙愚。
宝剑锋从磨砺出，梅花香自苦寒来。
少壮不经勤学苦，老来方悔读书迟。
书到用时方恨少，事非经过不知难。
板凳要坐十年冷，文章不写一句空。
智慧源于勤奋，伟大出自平凡。
书山有路勤为径，学海无涯苦作舟。
少时不努力，老大徒伤悲。
欲求生富贵，须下死功夫。

古人对年华、对生活、对人生都能有这种感受，何况她呢。梅花在寒冷的冬季里绽放，傲风立雪，尽展英姿，这是它独有的品质。她的名字如果跟梅花意义相同，或许她就是一个独特的人。

她应该在生活中有独特的人生，生活方式也应该与亲友不同，可不同之处又在哪呢？如果有不同，那就是她参加三次高考全部以失败结束，其他再没有什么不同了。她不想在失败的漩涡里转圈，迷失方向，她在寻找脱身的希望。

她在屋里躺到第四天时，门突然开了，阳光射进屋里，刘爱强走进来，带着光。她没想到刘爱强会来，这是出乎她意料的，她先是一愣，不知道是感动，还是伤心，眼泪止不住流下来。

刘爱强在袁敏洁和郭梅花去过他家后，虽然跟郭梅花有过几次短暂交谈，但感情上原地踏步，进展不大。他知道郭梅花想考大学的决心，如果郭梅花真的考上大学了，两个人是不可能建立爱情关系的，就算建立恋爱关系，也会因为郭梅花考上大学分道扬镳，各奔前程。假如郭梅花考不上大学，他还有可能把郭梅花娶回家当媳妇。在郭梅花复读的两年时间里，虽然刘爱强没有过多接触郭梅花，但一直在关注郭梅花，了解郭梅花的生活。在高考成绩揭榜，公布分数时，他更是特别留心。当郭梅花第三次高考落榜时，刘爱强心里踏实了许多。他是从袁敏洁那得到郭梅花在肇东县城的住址。

郭梅花处在生活的低谷期，情感脆弱，刘爱强如同雪中送炭。女人在悲伤的时候是最容易被感动的。她问："你怎么来了？"

"想你了，来看你。"刘爱强毫不掩饰地说。

郭梅花说："我失败了。"

"咱们出去吃饭吧。"刘爱强拉起躺在床上的郭梅花朝小屋外走去。屋外的阳光那么灿烂，郭梅花这几天没见阳光，有点不适应，睁不开眼睛。刘爱强把郭梅花领进一家街边小饭店，要了几个郭梅花爱吃的炒菜，还要了啤酒。

郭梅花从高考分数公布后就精神不振，没有食欲，几天来没吃过一顿像样的饭。她看见这么可口的饭菜食欲顿生，不拘小节，狼吞虎咽地吃了起来。

刘爱强端起酒杯说："喝杯酒吧。"

"你来是为了庆祝我高考落榜吗？"郭梅花说。

刘爱强说："我是庆祝能有机会跟你在一起吃饭。"

"你如果想请我吃饭，在我复读的这两年时间里有许多机会，没必要等到今天。”郭梅花说。

刘爱强说：“你那么执着考大学，我不敢打扰你。”

“这是你的真实想法吗？”郭梅花不相信地看着刘爱强。

这两年刘爱强之所以不远不近地接触郭梅花，一是郭梅花对他的态度不明确，二是担心郭梅花考上大学走远了，他的钱白花了。他不想浪费钱，他家一年种地的收入仅够全家人穿衣吃饭的，根本没有剩余钱。现在他心中悬着的石头算是落下了，无论从精力上，还是时间上，郭梅花都不可能第四次参加高考的。他说：“你把读大学看得太重了。”

“这辈子我跟大学是无缘了。”郭梅花泄气地说。

刘爱强说：“不读大学也会生活得不错，毕竟能读大学的人是极少数。”

“因为少才难考呢，如果容易考大学，还能吸引那么多人去考吗？如果高中毕业都能读大学，国家就不会给分配工作了。”郭梅花说得很坦诚。她读大学的目的就是想分配到好工作，不想回乡下过农村人的生活。关于能不能学历史，能否有机会研究自己的家族，那些都是次要的。

刘爱强真不希望郭梅花读大学，如果郭梅花考上大学，就会像天空飞翔的燕子，他只能观望。他想娶郭梅花当媳妇，让她为自己生儿育女，传宗接代，不想让郭梅花离开自己的生活，所以郭梅花和他之间的距离越近越好。他说：“听说深圳、广州那边的许多大学毕业生嫌弃分配的工作，都不要了，而是自己去找工作。”

“我也看过这些新闻，那是因为南方外资企业多，选择工作的机会多，工作好找，并且外资企业里的待遇比政府机关待遇好。咱们整个肇东才有机家外资企业！”郭梅花说。

刘爱强说：“哈尔滨外资企业也不多。”

“外国人看不上咱们这儿。”郭梅花说。

刘爱强说：“东北的自然环境不如南方沿海地区更适合外资发展，外资来中国是挣钱的，哪里适合企业发展就进驻哪里。”

“进外资企业工作也需要高学历，低学历只能在一线当生产工人，只有高学历才有可能从事管理工作，而且薪酬也会比没有学历的高出很多。”郭梅花说。

刘爱强说：“你就别为没考上大学纠结了。”

“不提这事了，提起来头痛。”郭梅花说。

刘爱强说："你多吃菜，多喝酒，吃饱了，喝足了，烦恼就没了。"

郭梅花吃得确实很投入，也心安理得，比在自己家吃饭还随意。

吃过饭，刘爱强又陪郭梅花去逛了商场。他给郭梅花买了一件淡黄色的确良衬衣，郭梅花没有推辞，她在商场把旧衬衣脱下来，穿上新衬衣。他陪郭梅花逛完商场天就黑了，此时已经没有回昌五街的客车了，他把郭梅花送回住处，没有马上离开，也不想离开，情窦初开的年龄，情意缠绵，说着彼此开心的话题。到了晚上十点多钟，有点困意，有点疲倦，也到了睡觉时间，他想离开。

郭梅花问他去哪里。他说去找旅馆，如果再晚了，旅馆就关门了。郭梅花说："今晚你就住在这儿吧。"

刘爱强很意外，没想到郭梅花能这么说。一个刚出校门的女孩子能做出这种决定意味着什么，刘爱强是清楚的。他心跳的速度加快了，脸色渐红。虽然他产生过跟郭梅花住在一起的念头，有过这种感情冲动与幻想，但很快克制住了。他还没有想好怎么度过这个特别的夜晚。

郭梅花在刘爱强出现的那一刻，就决定嫁给刘爱强，与他共度岁月，相守一生。她没有理由拒绝刘爱强，她家兄妹五个，家境不好不说，她还得过小儿麻痹症，走路时有点轻微跛脚，而且她相貌也一般，不俊俏，更谈不上花容月貌。刘爱强长相如同刘德华那么帅气，如果不是家境差，没有挣钱能力，他是不会看上郭梅花的。郭梅花是能看清自己的人，她知道如果嫁给刘爱强，就必须承担起挣钱养家的责任。

一夜过后，他们结束了人生的一段路程，开始了新的生活。他们成为真正的男人和女人，这个转变是从身体到思想上的，如同脱胎换骨。

思想决定人生的成功与失败。

郭梅花没有让刘爱强回昌五，如同主动让刘爱强住下来一样果断。她让刘爱强跟她在肇东县城摆地摊，倒卖服装和日用品，开始了经商生涯。

她的经商想法，一是来源于几年来在肇东县城读书时的感受，二是从大姐在昌五街摆地摊中得到的启发。她大姐在昌五街的收入虽然不是太多，但比在乡下种地收入多，更主要的是大姐离开了村庄，过上了半农民半城里人的生活。她大姐有着跟她相同的愿望，只是读的书少，思想没她这么成熟、坚定，思维没她这么清晰。她大姐不是商人，是摆地摊维持生活的人，而她想当商人，不是摆地摊。

从前她是看不起摆地摊的，她认为摆地摊不是正经职业，没发展前景，瞎混日子。现在她为了生活，为了不回乡下种地，必须从摆地摊做起。

肇东虽然是县城，但是经济萧条，人们生活水平普遍不是很高，商场衣服价钱高，许多人很难承受高价位消费，都在街边买低价衣服、生活用品。

郭梅花和刘爱强每天都有钱进账。时间在忙碌中过去，钱在忙碌中增多，他们第一年的收入就比两家人种地的收入还多。年终，他们准备举办婚礼。

刘爱强的父母看儿子领着媳妇从县城回到村里，走进自家的土屋里，非常高兴。刘爱强没花父母的钱就娶到了媳妇，这在村里是少有的，为家人赚足了面子。当刘爱强说出准备办婚礼时，他的父母既高兴又犯愁。

这年他家兄弟三个都要结婚，他的两个哥哥是用姐姐的彩礼钱找的媳妇。刘爱强的父母感触地对郭梅花和刘爱强说："你哥哥没挣钱本事，在家种地，能娶上媳妇真不容易，家里的钱都给你两个哥哥用了，你们结婚的钱自己准备行吗？"

虽然刘爱强对父母这么做不满意，也理解父母的难处，可他还是觉得委屈了郭梅花。他把目光落在了郭梅花的脸上。

郭梅花觉得老人偏心了，同样是儿媳妇，给老大和老二媳妇彩礼钱了，却没给她，没给彩礼也就算了，可结婚钱还得自己准备，这哪能说得过去呢？在农村，女孩子相互比谁得到的彩礼钱多，谁的彩礼钱多，谁脸上就有光，娘家人才有地位。在那个年代，刘爱强家做的事太让她丢脸面了，可她又不能把这些生气话说出来给刘爱强父母听。虽然刘爱强的父母是在用商量的口气跟她说，但她看出来老人已经决定这么做了。她把心中的怨气说出来不但改变不了老人的决定，还会影响家人的团结和感情。她大度而爽快地说："爸、妈，我们结婚的事就不用你们操心了。"

刘爱强的父母听郭梅花这么说相互交换了眼色，以为郭梅花生气了，有点为难。虽然郭梅花心里不痛快，可接受了这件事。她没被这件事影响心情，而是风风火火筹备着婚礼。她的婚礼比刘爱强的二哥和大哥办得都好，不过也欠下了不少债务。结婚后刘爱强跟父母分了家，郭梅花没分到财产，而是分到了外债。

郭梅花相信自己有能力挣到钱，还上外债，过上富裕生活。在她的生活中，除了考大学这件事上失误外，别的事情基本上全是正确的，没有任何闪失。

她婚后第一年挣钱在肇东买了套楼房，第二年生了孩子，还存了一万多元钱。那是喊万元户口号的年代，能在生孩子当年还存了一万多元钱，可以说是了不得的事情。这跟她的勤劳有关，也跟她的商业头脑有关。

她在分娩前三天还挺着大肚子在街边摆摊做生意呢，在孩子刚满三个月就出去卖货了。她对金钱的追求到了疯狂地步。最关键的是她进的货能顺利卖出去。她在肇东县城街边摆地摊到第五年时，有了一定积蓄，可以在商场里租摊位了。她正在思考在哪个商场租摊位时，正好回昌五街看望生病的大姐，走在街上，偶然看见街边新盖的二层小楼，楼房刚开始对外销售。她认为这是做生意的好位置，决定卖掉在肇东县城的楼房，回昌五街开服装专卖店。

她的这个决定不但亲友不理解，就连刘爱强也想不通，不接受。他们在肇东县城已经买了楼房，生活稳定，扎了根，怎么还要回昌五街呢？昌五街再好也只是个乡镇级别，乡镇怎么能跟肇东县城比呢？她说在肇东卖服装不如在昌五街开服装专卖店挣钱多，发展快。

刘爱强和亲友听她这么说更糊涂了，做服装生意人越多越好，没有人哪来的顾客呢？肇东县城比昌五街人多，卖服装怎么就不如昌五街好卖呢？刘爱强和亲友还在不解时，郭梅花已经把二层小楼装修好了。

郭梅花挂出了那迪雅克人服装专卖店的牌子，这是昌五街上开的第一家高档服装专卖店。昌五街上虽然卖服装的店铺不少，但高档服装品牌专卖店却没有。开高档品牌服装专卖店成本高，风险大，如果经营不好会血本无归，没人敢干。她的钱不够开那迪雅克人服装专卖店的，为了开店，她借了二十多万外债。亲友们说她胆子太大了，敢借这么多钱，如果生意不好，怎么还呢？她认为高风险才会有高收入。

这几年人们收入明显增加了，手中有了些钱，在着装上也开始转变观念，从原来的保暖性、低价位，朝着既保暖又好看、高品质方向发展。她经营的那迪雅克人服装专卖店成为昌五街上讲究服装品质、新款式多的人的首选。

她在昌五街开的那迪雅克人服装专卖店营业第一年，就破天荒地挣了十多万。她的收入连年递增，几年下来，就成为昌五街上的有钱人了。

她大姐羡慕地说："我做生意比你早，受累比你多，也没挣你这么多钱。"她说："你别忘了我高三复读了两年，参加过三次高考，这在昌五街上是没有过的。"她大姐纳闷了，不明白地说："做生意跟学习有什么关系？"

她说："知识能提高远见，远见能提高做生意的准确判断性。"虽然她说的话不完全正确，但有一定道理。

她的生活跟挣钱一样顺畅。她有两个女儿，她没能实现读大学的梦想，决定让女儿去实现。时间过去二十年了，社会在发展，时代发生了变化，考大学已经不像她上学时那么难考了。大女儿只差几分考入大学本科，不过可以顺利读专科。她没让大女儿读专科，而是自费去哈尔滨读了大学本科。二女儿还在读小学，学习成绩中等，大学录取人数连年增加，读大学应该是稳操胜券的事，她只要给女儿准备好读大学的费用就行了。

女儿读大学的费用对她来说不是问题。

她为了女儿，为了这个家，把全部心思都用在了服装店上。这时服装店的生意不像从前那么红火了，近年来在昌五街上陆续又开了李宁、百斯盾、鄂尔多斯等高端品牌服装专卖店，顾客选择空间大，服装店相互压价，利润小，竞争空前激烈。

她面对的局面如同当年第三次高考落榜，大女儿出生时那么严峻。生意难做，她会感觉不安、彷徨，可她总能找到应对困难的办法。

她一次又一次冲破阻碍，达到了目的。

袁敏洁有一次问她面对困难怎么会那么自信。她调侃地说："你别忘了我身体里流淌着的血液。"袁敏洁听她这么说更不解了，"什么意思？"

她说："满族人生存力强。"袁敏洁笑着说："你妈可是汉族。"她说："你没听说过这样的人更聪明吗？"

袁敏洁开玩笑地说："你怎么不早说，如果你早说，我就嫁给俄罗斯男人，那样生的孩子更聪明。"她笑着说："你儿子不是在读大学嘛。"袁敏洁说："现在的孩子比咱们聪明。"

郭梅花说："现在是什么读书环境，咱们上学时是什么环境，两代人，两个世纪，根本没法比。"袁敏洁说："为了让孩子们生活得好，咱们还得努力挣钱。"郭梅花说："我受过的苦不能再让孩子去受了。"

郭梅花在拼命挣钱，尽可能为孩子创造优越的生活环境。今天她本不想去店里，可不去瞅一眼会觉得有件事没做，会牵挂着，放心不下。自从开了那迪雅克人服装专卖店后，过春节时她只在正月初一休业一天，正月初二就开门了。虽然正月初二是走亲友拜年的日子，很少有顾客来买衣服，但她不会错过挣钱的机会，尽最大可能不错过任何卖货机会。她知道如果没了这个服装店，全家的生活来源就没了。当然她现在不挣钱也可以生活一辈子，并且生活得不错，可不挣钱怎么行呢？她得为孩子和家庭挣更多钱，所以兢兢业业经营着服装店。

她来到服装店时李桢正在向一个男顾客介绍衣服的面料、价位。李桢是她聘用的店员，小姑娘二十出头，伶牙俐齿，会推销，在店里干了好几年。她从李桢身边经过，走到收款台前，打开电脑，查看销售记录，还有库存情况。

李桢顺利卖掉了那件衣服，转过身说："郭姐，你不说今天有事，不过来了吗？"

"时间还来得及，我过来看用不用补货，如果断了号，就影响销售了。"郭梅花昨天跟李桢说今天不来店里了。

李桢问："家里的事处理完了吗？"

"还没有。"郭梅花说。

李桢说："你安心处理家中的事吧，如果店里有事，我处理不了，就给你打电话。"

"我不在店里时，你仔细点，多留心。"郭梅花叮嘱地说。

李桢点着头，朝刚走进店里的两位年轻女顾客走过去。

郭梅花的手机响了，电话是刘爱强打来的。刘爱强说家里人都到了，在等她呢。她说这就过去。她给袁敏洁打了电话，问袁敏洁在哪里。袁敏洁说在街口。她让袁敏洁开车过来。

袁敏洁高中毕业后回到昌五街，嫁给了李思成。李思成的祖辈生活在昌五街，是昌五街上的大家族。他讲哥们儿义气，算是江湖中人。他和袁敏洁各自开一辆面包车跑客运不说，还招聘了一名司机，三辆面包车一起跑客运。路线是从昌五街到乡下各村庄。

袁敏洁的儿子大学毕业后在哈尔滨谈了女朋友，准备在哈尔滨结婚，安家。袁敏洁花了一百多万给儿子在哈尔滨繁华地段买了楼房。为了给儿子办婚礼，为了给儿子提供更多的物质支持，她开着面包车风雨无阻地行驶在昌五街与各村镇路上。

这几天只要她在昌五街上，郭梅花用车找她，手机一响，随叫随到。她开车来到那迪雅克人服装专卖店门前，摁响了喇叭。

郭梅花从屋中走出来，上了车。

袁敏洁开着车问："今天出殡吗？"

"还是先解决丧葬费的事吧！"郭梅花说。

袁敏洁问："是平摊吗？"

“怎么可能呢！我就是个受欺负的命，结婚时老公公老婆婆一分钱没给，还有外债，自己白手起家，公婆去世了，我还得一个人出钱办丧事……你说我窝囊不！”郭梅花叹息地说。

袁敏洁说：“这怎么能是窝囊呢，这是你心好，通情达理，会从大局处理事情。”

“你可别这么夸奖我，心好是拿钱换来的。当时我多难，日子多苦，你还不知道嘛。”郭梅花说。

袁敏洁说：“如果你不是白手起家，或许你还挣不到这么多钱呢。挣来钱了，就得花。”

“你说得有道理，我家算是亲戚中经济条件最好的。”郭梅花说。

袁敏洁说：“你记着，不花钱的人是挣不到钱的，那些抠门儿的人是很难挣到大钱的。”

“我也这么认为。我家亲戚中能帮的我都帮了。”郭梅花说。

袁敏洁说：“你的日子这不越过越好嘛，也没穷了。”

“这些天真把我累坏了。”郭梅花说。

袁敏洁问：“用我帮忙吗？”

“他家那么多人，不用你。你把我送到地方，别下车，开车走就行了。”郭梅花说。

袁敏洁说：“刘爱强不会有想法吧？”

“他能有什么想法。”郭梅花说。

袁敏洁说：“用我帮忙你就吱声。”

“你以为我会跟你客气。”郭梅花说。

刘爱强的哥哥和嫂子、姐姐和姐夫及家族人员坐了一屋子，他们都在等郭梅花，郭梅花在他们心中的地位是举足轻重的。郭梅花一来，屋里人就你一句，他一言地说起了丧葬费的事。他们说这话好像是在让郭梅花评判，做决定。

郭梅花静静地听着，沉默了一会儿说：“你们别吵了，费用我出，你们只要把事情做好就行了。”

屋里鸦雀无声，安静得能听到彼此的喘气声，谁都没想到郭梅花能说这种话。刘爱强没想到郭梅花能做这个决定。郭梅花同意承担办丧事的全部费用，他肯定没意见。

郭梅花说："老人已经离世了，你们还吵什么！钱我出，让老人走得安心点。"

"让你一个人花钱不好吧？"刘爱强的大姐说。

刘爱强的二哥说："还是大家分摊吧。"

"如果想分摊，还吵什么！出钱行了，这么吵下去，老人能闭上眼睛吗？"郭梅花认为这些人根本没有想出钱的意思，只是谦让，讨个面子。如果她把刘爱强父亲的丧葬费平均分摊给他们，不只会闹矛盾，还难落到实处。三年前刘爱强母亲去世时丧葬费就是兄弟们分摊的，当时产生的矛盾到目前还没有化解，她不想再因为这种事造成亲人们的不和睦。

刘爱强大哥生活条件不好，不想平均分摊，催促地说："天不早了，快去肇东吧，要么今天就弄不完了。"

屋中人朝外面走去，上了车，准备去肇东县城。

郭梅花把一张银行卡递给刘爱强低声叮嘱说："这是你家最后一个老人，该花的钱一定花，让老爷子走得安静点。"

"你不去吗？"刘爱强没想到郭梅花会把银行卡交给他。

郭梅花说："去的人够多了，我去就多余了。你家人也不在乎我去不去，而是在乎我是否出钱。"

"你别忘了去学校开家长会。"刘爱强把银行卡揣在衣兜里上了车。

郭梅花在他们离开后乘车回了昌五街，下午她得去学校参加小女儿的家长会。小女儿十一岁，在读小学。她回到家已经是中午了。她没吃早饭，又忙活了一上午，饿了，肚子响个不停。她没心情做饭，找出饼干吃了几块，喝了杯开水，觉得累了，打不起精神，为了下午能有精神，躺在床上睡觉了。

她刚入睡，手机响了。袁敏洁打来电话问她有没有事需要帮忙的。她懒洋洋地责备说："你帮倒忙了，我刚睡着，就被你的电话搅醒了。"袁敏洁听她说在睡觉，笑了说："你这个大忙人，挣钱都挣疯了，怎么还会有睡午觉的时间呢？"她说："这得感谢我老公公，如果他不去世，我哪有这个机会。"

袁敏洁问："你怎么没去肇东呢？"郭梅花说："那么多人，用不上我。"袁敏洁说："你只要出钞票就行了。"

郭梅花说："真让你说对了。"袁敏洁说："谁让你是富婆呢。"郭梅花说："我的钱也不是大风刮来的，也是辛辛苦苦挣来的。"

袁敏洁说："你不是能挣嘛，挣来钱就得花。"郭梅花说："我的钱怎么挣来的，别人不清楚，你还不清楚吗？”袁敏洁说：“每个人挣钱都很辛苦。”

郭梅花说：“你开车挣钱就比我容易。”袁敏洁说：“算了吧，每天都在街上跑，我都跑出职业病了。”郭梅花说：“咱们同病相怜。”

袁敏洁说：“知足吧，咱们辛苦还能挣到钱，许多人辛苦还挣不到钱呢。”郭梅花说：“我也是这么想的。”袁敏洁说：“只要活着，就得围绕钱转，要么死了，都没钱安葬。”

郭梅花说：“不跟你说了，过一会儿我还得去学校参加我家小崽子的家长会呢。”袁敏洁说：“你是老板，去了会给孩子脸上增光的。”郭梅花说：“可算了吧，我是什么老板呢，只是个卖衣服的。”

袁敏洁说：“卖衣服能卖到你这个份上，已经是相当不错了。”郭梅花说：“老师是知识分子，清高，看不起卖衣服的小商贩，我在老师眼里什么都不是。”袁敏洁开玩笑地说：“如果老师瞧不起你，你就拿钱砸她。”

郭梅花相信袁敏洁说的这句话，钱虽然不能完全代表人的职业和地位，但可以得到自尊，买来荣耀，争来脸面与自信。两个女儿的老师她都请过饭，送过礼。她是在昌五街上最好的饭店请女儿的老师吃饭，送的礼品也贵重。老师见到她非常客气，和颜悦色，并没有清高的姿态。

她跟袁敏洁通过电话后，看了一眼时间，开始打扮自己了。每次去参加女儿的家长会，她都会精心把自己打扮一番，这比当年她嫁给刘爱强还费事，用心。她想在学生家长中有一定地位，增加女儿的自信心。她拿出最好的化妆品涂在脸上，找出最好的衣服穿在身上，又把一个大钻戒戴在手上，打扮利落，去了学校。

小女儿每天中午不回家，在学校吃午饭。她来到学校时，许多学生家长已经到了，熟人之间相互打着招呼，聊着孩子的学习情况及在家的表现。她站在那儿看着老师。

小女儿的班主任经过她身边时打招呼说：“来了。”她笑着说：“还没来晚。”小女儿的班主任说：“你这么支持我们的工作，怎么可能来晚呢。”

她请小女儿的班主任吃过饭，也送过礼，用钱拉近了两人的感情。家长会结束后，班主任跟她单独聊了一会儿。

班主任告诉她孩子的学习成绩下降了。她不愿意听到这样的消息，她希望女儿的学习成绩能一步一个台阶，如同登山似的往上走，而不是往下滑。大女儿虽然读大学了，但成绩不理想，还是自费，她不想让小女儿再去读自费生。她不是怕花钱，而是怕实现不了真正的心愿。她希望小女儿能取得好成绩，真正考入好的大学。

她从学校回到家里狠狠地批评了小女儿。

小女儿脸通红，有些恼怒，反驳地说："你们两个人，一个是嫁不出去，一个是娶不到媳妇，两个不怎么样的人能生下我这么聪明的孩子，算是不错了。"

"谁说我嫁不出去了！"郭梅花没想到小女儿能说出这种惊人的话，她根本没有跟女儿说起过自己年轻时恋爱的事情。她不明白女儿这么小的年纪，怎么会产生这种想法。

小女儿没有回答她，转身去了另一个房间。

郭梅花心想遗传基因很重要，但女儿不像自己这么笨，女儿比她聪明多了。她生了一会儿闷气，不想在家待了，去了服装店。她走到服装店门前时，刘爱强骑着崭新的运动自行车也到了店门前。她看是新自行车，知道是刚买的。刘爱强跟她说过买自行车的想法，她同意了。她问："多少钱？"

"五百五。"刘爱强从自行车上下来。

郭梅花感觉花五百五买一辆自行车有点贵了，可目前这种品牌自行车没有便宜的，差不多就在这个价位。因为自行车价高，在昌五街上很少看见骑这种品牌自行车的。她没说什么进了服装店。

刘爱强在服装店门口停了一会儿，东看看，西望望，没进店里，而是回了家。他回到家开始包饺子。郭梅花爱吃酸菜馅饺子，可家中没有酸菜了。酸菜虽然是东北乡下人家冬季的储藏菜，可春节后，几乎家中很少有了。他给几个朋友打电话，一家一家问，看谁家还有酸菜。他问了好几家，才找到一家有酸菜的。他骑自行车去朋友家要了酸菜，回来剁馅、和面……一直包到天黑还没包完。郭梅花回到家，看他包了好几盖帘饺子，不解地问："怎么包这么多饺子？"刘爱强说："我出去这些天，得让你在家有饺子吃。"

郭梅花说："你爸刚去世，你还出去旅行呀？"刘爱强说："人活着是为了活得幸福，不是怀念死去的人，也不是在悲痛中生活。"郭梅花责备地说："你爸养你这种儿子真没用。"

刘爱强反驳地说："怎么没用了，办丧事的钱不是咱们花的吗？"郭梅花说："钱是我花的。"刘爱强说："没有我，你能花这个钱吗？"

郭梅花认为刘爱强说的话有道理，没有儿子，哪会有儿媳妇呢。她问："什么时间走？”刘爱强说：“差不多下周吧。”郭梅花说：“等你爸七天的祭日过去吧。”

刘爱强说：“这是肯定的。”

郭梅花没有什么爱好，只是一心想着挣钱，如同守财奴似的把钱积攒起来。刘爱强不但喜欢旅行，还爱好摄影，花钱大手大脚，似乎有点败家。他们俩的爱好和性情如同相貌反差那么大。在肇东县城做生意时，刘爱强跟郭梅花一起忙里忙外，经营生意上的事。自从郭梅花回昌五街开了那迪雅克人服装专卖店后，刘爱强就不插手生意方面上的事情，完全承担起了家务活，做好家中的后勤工作，成了地地道道的家庭妇男。为了能让郭梅花吃上可口的饭菜，他还专门去哈尔滨的技校学习了烹饪厨艺。他厨艺相当不错，有一定专业水准。郭梅花对刘爱强没有过多要求，只要真心过日子，不跟她分心就行了。这些年来，她在经商中遇见过各种各样貌合神离的夫妻和解体的家庭。她不想让家庭解体这种事发生在自己身上，也不想过同床异梦的生活。她认为女人无论多么强势、多么有钱、多么有地位，如果没有一个爱自己的男人，没有完整的家，都是失败的。她认为婚姻的完整性与幸福感如同做生意，需要用心经营，耐心磨合，精心呵护。她感觉中年之后自己迅速老了，而刘爱强更年轻、更有男人魅力了，在相貌上她跟刘爱强的差距越来越大。为防止婚姻出现变故，她把钱看管得更紧了。

钱虽然不能完全决定生活的幸福感，可生活是离不开钱的。没有钱吃不上饭，没有钱不能买衣服，没钱就活不下去。

刘爱强只有几百元钱的支配权，也就是零用钱，多了就得找郭梅花要。郭梅花在花钱上对刘爱强管得不是很严，只要认为他不胡来，一般情况下都会同意的。

郭梅花问刘爱强这次出去旅行需要多少钱。刘爱强说：“我带着银行卡，不够了找你要。”郭梅花说：“等你回来，自行车也就差不多坏了。”

刘爱强说：“买自行车就是为了骑的，不骑也就不买了。”郭梅花说：“现在东西真贵，一辆自行车都五百多元钱。”刘爱强说：“你卖的衣服也不便宜，哪件低于一百元钱。”

不知为什么，郭梅花忐忑不安。

刘爱强骑着自行车去街上办事的时候，突然被一辆三轮摩托车撞倒了。三轮车方向盘失灵，事故责任在三轮车。交警给郭梅花打电话，让她到事故现场协助处理问题。郭梅花看是一辆旧三轮车，车主五十多岁，穿着露棉花的黄大衣，满脸皱纹，衣衫褴褛，知道生活不是太好，产生了同情，心想没伤着人，把自行车钱赔了算了。交警让刘爱强拿出购买自行车时的发票，照价赔偿。刘爱强看着郭梅花没有反应，好像发票在郭梅花手里似的。

这时郭梅花才想起来自己还没看过自行车发票呢。她说："你看我干什么？自行车发票不是在你那吗？"刘爱强把购买自行车的发票递给交警。交警跟三轮摩托车主说着赔偿价钱。郭梅花在旁边听着吃惊，不相信交警说的价钱，拿过交警手中的发票，仔细看着发票，这时才知道自行车不是五百五十元钱买来的，而是五千五百元钱。刘爱强少告诉她一个零，一个零，就是原价的十倍。她没想到刘爱强会说谎，能欺骗她。在昌五街，五千五百买一辆自行车确实是太贵了。虽然她接受不了这个价位，但更接受不了的是刘爱强没跟她说实话，她有被欺骗的感觉。她如梦初醒，伤心、懊恼，什么也没说，失落地离开了。

她不是因为刘爱强花了五千五百元钱买了自行车伤心，而是刘爱强对她说了谎话。她给刘爱强花钱不心疼，刘爱强喜欢照相机，前不久她花两万多元钱买了一部日本原装品牌佳能照相机；刘爱强身上穿的都是品牌衣服……可刘爱强不对她说实话，跟她说谎……

她认为夫妻之间不应该说谎话，谎话意味着感情出现了问题，正朝着背叛方向发展。

郭梅花回到那迪雅克人服装专卖店时，那个姓高的城管员朝她走来。高姓城管员三十出头的年龄，一米八的个子，神态傲慢。高姓城管员让郭梅花把摆放在门口的服装撤回店里。郭梅花知道高姓城管员是对她前些天的做法不满意，在进行打击报复。她质问地说："我在自己的服装店门前摆放服装怎么了？"

"影响街道环境。"高姓城管员说。

郭梅花说："我是卖服装的，在店门口摆放服装怎么就影响街道环境了？我又没有挂羊头卖狗肉。"

"你说话别这么难听！"高姓城管员说。

郭梅花说："谁规定服装店不让摆放服装了？哪条法律规定的？"

"可以摆，但在屋里摆，不能摆在门口，摆在店外就违反规定了。"高姓城管员如同宣布文件似的说。

郭梅花说："这年头违反规定的事情多了，何止我一个卖服装的呢？你们城管违反规定的还少吗？"

"我们城管在依法工作。"高姓城管员说。

郭梅花冷冷一笑，一针见血地说："你们还依法工作呢，哪条法律规定你们穿商家的衣服不用花钱了？"

高姓城管员没想到郭梅花针锋相对，他哑口无言，被问住了。

郭梅花说："你们穿不花钱的衣服穿习惯了吧，一次不让你们穿心里就难受。告诉你，从此以后，在我这儿穿衣服，任何人都不能低了进价。我可以不挣钱你们的钱，但也不能赔钱。"

"你如果要钱，我现在就把身上的衣服脱给你。"高姓城管员说。

郭梅花说："你还记得身上穿的是我的衣服呢？如果你记着，今天就不应该找麻烦。如果你想脱，你就脱，你脱光了我都不怕。"

"郭梅花，你别胡搅蛮缠，我是在依法工作。"高姓城管员说。

郭梅花说："如果你这么工作，我就去肇东县政府告你。"

"你凭什么告我？"高姓城管员说。

郭梅花说："你利用职务欺诈商户，吃拿卡要。"

高姓城管员看郭梅花恼怒，自知理亏，不想扩大事态，不声不响地悄悄离开了。

这些年郭梅花虽然挣到钱了，可承受的压力比别人多得多。上次高姓城管员和城管队长每人穿了一件进价在八百多元的衣服，都没给钱。前几天高姓城管员又看中了店里的一件衣服，还想不花钱穿走，郭梅花拒绝了，今天他就来找麻烦。她在经商中遇到的事情又何止这一件事呢？她遇到的操心事实在是太多了。她认为刘爱强不理解她，不体贴她。她没有回家吃晚饭，而是约了袁敏洁去饭店。几年来，这是她第一次跟袁敏洁单独在饭店吃饭。

袁敏洁问："今天有什么好事情，想起约我到饭店吃饭了！"

"有点闹心。"郭梅花说。

袁敏洁听郭梅花这么说笑了，她说："我希望你天天闹心，这样你就能天天请我吃饭了。"

"跟你交往这么多年，怎么没看出来你是个幸灾乐祸的人呢！"郭梅花说。

袁敏洁问："什么事让你闹心了？"

"刘三买的自行车是五千五百元钱，而他跟我说是五百五十元钱，少说了一个零。”郭梅花跟熟人说起刘爱强时用小名，不说大名。

袁敏洁也从不叫刘爱强的大名，她说：“刘三向你报假账了？”

“他在骗我。”郭梅花说。

袁敏洁说：“可能是你管他管得太严了吧！”

“刘三多幸福，你看昌五街上有哪个男人像他这么悠闲，哪个男人不是在为养家糊口奔波操劳。”郭梅花认为刘爱强身在福中不知福。

袁敏洁说：“刘三跟你在肇东做过生意，回昌五街后，怎么不让他帮你干了？如果他帮你干，你不也能休息了。”

“现在卖的是品牌货，跟肇东不同。在肇东是摆地摊，地摊货质量差，便宜，相对好卖。品牌货质量好，价格高，不会推销，有时是卖不掉的。也许一句让顾客满意的话就能卖掉，也许一句不满意的话就会让顾客不买了。”郭梅花说。

袁敏洁说：“你挣这么多钱，自己不舍得花，全给刘三和孩子花了，如果有一天突然死了，不觉得亏吗？”

“我好像是命里注定欠刘三的，都快成为他的奴隶了。”郭梅花说。

袁敏洁劝慰地说：“你两万多元的照相机都给刘三买了，还差这点买自行车的钱了？”

“这不是钱的问题，是态度问题。”郭梅花喝了一口啤酒说。

袁敏洁说：“你是怕刘三背叛你吧？刘三不会背叛你，如果刘三背叛你，我是不会答应的。”

“你能把他怎么办？”郭梅花认为如果夫妻感情出现了问题，外人是解决不了的，只能自己解决。

袁敏洁被郭梅花问住了。如果刘爱强背叛了郭梅花，作为朋友，她的做法只能是与刘爱强断绝来往，别的什么也做不了。她劝慰地说：“你多虑了，你挣那么多钱，刘三为了钱也不会感情出轨的。”

“女人钱多未必能拴住男人的心，男人不只是看重女人的钱，还看重女人的容貌。”郭梅花说。

袁敏洁说：“你对自己的相貌太没信心了。不过，说实话，刘三外貌真比你好，你看上去好像是刘三的姨妈。”

“我看中的是他的容貌，他看重的是我挣钱的能力。他消费我的钱财，我消费他的容貌，我们各求所需，取长补短，很公平。”刘梅花透彻地分析着她跟刘爱强的感情。

袁敏洁说："这种想法我是想不出来，也只有你能想出来。你想这么多累不累呀？"

"做生意这些年，我别的本事没练出来，就是练出动脑子了。你没看我头发全白了吗？如果不染发，就成白发魔女了。"郭梅花用手扒着头发给袁敏洁看。

袁敏洁目睹这位老同学的生活经历。她看了一眼郭梅花的头发，重复了自己的观点，劝解地说："你把钱财看管得这么严，为了钱，刘三也不会背叛你。"

"这就是我的高明之处。"郭梅花有三处房产，价值二三百万，但没有现金。她之所以这么做，一是为了增值，二是为了防止婚姻发生变故。

袁敏洁说："刘三的命真好，有女人养着。"

"我的命真苦，没男人呵护。"郭梅花叹息地说。

袁敏洁说："你的性格决定了你的生活。如果男人养着你，你还未必生活得开心、幸福。"

"我也这么想。我觉得我爸妈给我起这个名字起得不好，花中有牡丹、有玫瑰、有桃花，怎么能给我起个梅花呢？"郭梅花说。

袁梅洁说："你的意思是梅花意味着历经磨难呗？"

"我觉着梅花不如玫瑰、牡丹、桃花好听。"郭梅花说。

袁敏洁说："以后就叫你郭玫瑰、郭牡丹、郭桃花算了。"

郭梅花笑了。其实她只是开玩笑，她还是很喜欢自己的名字的。如果自己不经历这么多，也许不会有这么多财富。人生中收获与付出是成比例的。

袁敏洁说："刘三什么时候走？"

"我不想让他去了。"郭梅花说。她改变了主意，不同意刘爱强去旅行。刘爱强两个月前报名参加骑自行车去青岛旅行的团，在哈尔滨集合，然后经大连，乘船去烟台，抵达青岛。刘爱强没看过海，也没去过青岛的崂山，很想参加这次旅行。肇东县只有两人报名了，昌五街只有他一个人。当时刘爱强的父亲还没有生病去世，他也没买这辆运动自行车。他没想到郭梅花改变想法了。郭梅花改变想法的原因是刘爱强用谎言欺骗了她。

刘爱强这次没有听郭梅花的。在那个春光明媚的早晨，刘爱强做好了行程准备，骑着自行车出发了。他在离开家时给郭梅花发了一条深情的短信，短信是这样写的：

亲爱的梅，我上路了，在你的支持下，我路上会很开心。如果不出意外，我会按时回家的，相信不会发生意外，等我回来。你想吃的东西我全部准备好了，放在冰箱里。我不在家的日子里，你照顾好自己……

虽然天空中有淡淡阳光，可还是飘起了零碎的雪花。晴天落雪是北方冬末初春一种景观。北方冬末的雪花单薄，洋洋洒洒，如同空中花絮。

郭梅花正在那迪雅克人服装店里，店员李桢今天休息，去相亲了，店里没有顾客，只有她一个人。她站在门前，透过玻璃，看着街上来来往往的行人，还有飞舞的雪花，触景生情，心情是那么复杂，不自主地哼唱起了那首经典老歌《一剪梅》：

真情像草原广阔／层层风雨不能阻隔／总有云开日出时候／万丈阳光照耀你我

真情像梅花开过／冷冷冰雪不能掩没／就在最冷／枝头绽放／看见春天走向你我

雪花飘飘北风啸啸／天地一片苍茫／一剪寒梅／傲立雪中

只为伊人飘香／爱我所爱无怨无悔／此情长留／心间

附言：2015年2月，我和著名青年作家雨桦去东北采访。雨桦是从黑龙江黑土地上走出来的作家，出版了二十多部著作，在全国一百多家报刊发表过作品，共计八百多万字。她准备写一部关于东北故乡的作品。她的出生地与东北已故著名女作家萧红的故乡只有一小时的车程。我们从青岛出发，经大连、沈阳、哈尔滨、大庆、肇东等地，在近一个月时间里，感受东北的生活。

东北对我来说并不陌生，虽然我在那生活的时间不如在青岛时间长，但也生活过近二十年，留下了童年及少年的记忆。

我们为了重新感受黑土地的生活，刻意在那里过了春节。在这次东北之行中，我们感受到友情、亲情。非常感谢雨桦近三十年没有谋面的初中和高中同学陈彩真、勾凯飞、于欣喜、张殿友等众多友人，还有堂哥、堂姐、姐夫、嫂子等许多亲人……

我们还特意去了呼兰，参观了萧红故居，感受这位从黑土地里走出来的著名东北女作家经历。

这是一次特别旅行，感触不同，让我一气呵成，写下了《一剪梅》这部小说。

《北极光》2016 年第 9 期

《乌拉山文艺》2016 年 2 期总第 9 期

风 波

周八被老猎人用猎枪击毙的消息，像一阵旋风似的迅速在农场传开来了。这是突发案件，也是农场建成数十年里发生的唯一一起枪击命案。案件轰动农场，人们议论纷纷。

这个农场叫松阳河，地处祖国北部边陲，在松花江与黑龙江相隔的平原上。在这片广阔的平原上，从前没有村庄与城镇，只有一些临时性的盲流点。盲流点时期，在这片地域居住的人不多，人们不是以种地为生，而是以狩猎、捕鱼为主。直到二十世纪六十年代初期，国家为了巩固边防，建设边疆，吹响开拓荒原的号角，陆续在这片土地上建成生产建设兵团，也称国营农场。此后荒野成为良田，自然环境发生了改变。在荒原上生活的人多了起来，那些盲流点消失，没有以狩猎为生的人了。

国营农场是生产建设兵团的延续，也是一种行政管理方式的演变。最初的生产建设兵团是由部队转业官兵为主要成员建立的，所以在国营农场里生活的人们或多或少还有些部队情结。

国营农场诞生在新中国成立初期的二十世纪五十年代，主要分布在祖国西北地区的新疆和东北地区的黑龙江两个省份，当然海南、广西等地也有，不过那些地方的国营农场规模不大，数量没有新疆和黑龙江两个省份多，社会与经济影响力更不能跟黑龙江和新疆的国营农场相提并论。

虽然国营农场是部队建制，但已经跟部队完全不同，这里的人已经不是那些穿军装的年轻人，而是男女老少。他们过着平民百姓的生活，以生产建设，发展经济为主。

北大荒国营农场人烟稀少，社会风气充满正能量，发生这种用枪击毙人的命案，真是新闻、奇事。

农场的经济、文化、政治中心是场部，也叫团部。场部的行政级别属于县团级。虽然场部行政级别跟县级一样，但规模不如县城大。场部人口居住较为集中，常住人口数量是农场各基层生产连队的总和。

那时农场各生产队的人都羡慕在场部生活的人。农忙时，生产队天刚亮就走出家门，到田里脸朝黑土背朝天劳动，天黑才收工回家，劳动强度非常大。而生活在场部的人是八小时工作制，到点上班，到点下班，节假日休息，加班有工资补助，生活有规律，成为各基层生产队向往的地方。

那时农场职工子女高中毕业分配工作，户口是场部的，分在场部各直属单位；户口是生产队的，就分在生产队。如果家在生产队而父母有社会关系的，也可以通过社会关系把子女分配在场部工作。

那时年轻人高中毕业后把目光盯在场部，不想到生产队工作。

周八家在生产队。他一米八的大个儿，脸上有一道疤痕，瘦瘦的，眼睛很大，双眉浓黑，看上去让人有些惧怕。他中学没毕业就退学回家了。因为他是初中毕业，没读高中，不在分配工作政策之列，属于待业青年。他在家待了些日子，父母认为这样下去不是办法，托关系给他找活干。他有一个远房亲戚在场部的粮油加工厂工作，粮油加工厂有时招用临时工，所以把他介绍到粮油加工厂干临时工。

北大荒农场的企业少，生产单一，规模小，经济效益不好，场部只有那么几家小规模的企业。粮油加工厂是场部里较大的企业之一，效益不错。

场部里的年轻人进不了机关的，就被安排在几家企业中，所以粮油加工厂成为许多人争着抢着去的单位。

粮油加工厂的厂长年轻时当过兵，在部队当过连长。他年过五十，个子不高，头发花白，双眼炯炯有神，做事认真负责，对厂里工人要求严格。

周八在工作中不懂技术，也不愿意学习技术，上班没有积极性，经常是三天打鱼两天晒网的。他想来就来，想走就走，没有组织纪律性。

车间班长管他，他破口大骂，还想打人。班长反映给车间主任，车间主任看周八如此态度，知道管不了，也不敢管，把周八的事反映给厂里。

厂领导都知道周八不好管，谁都不想惹麻烦，等着老厂长处理。

老厂长是一厂之长，什么难事都得处理。他把周八叫到办公室，严肃地说：“你要干，就好好干，不干，就从哪来，回到哪里去。”

周八说：“我从天上来。”

老厂长说：“你上不了天。”

周八说：“你别管我。”

老厂长说：“你不让我管可以，马上离开厂。”

周八说：“你让我去哪？”

老厂长说：“愿意去哪是你的事。”

周八说：“我愿意在厂里。”

老厂长说：“你得遵守厂里的规章制度，还得好好工作。”

周八说：“我不遵守呢？”

老厂长严肃地说：“现在就离开。”

周八不听管，斜着眼睛，怔怔地看了看老厂长，带着威胁性，咬牙切齿地说：“这话可是你说的！别后悔。”

老厂长当过兵，上过战场，冒过枪林弹雨，出生入死过，哪能怕这种威胁。他冷冷地说：“小毛孩子，老子在朝鲜战场上打美国鬼子时，你还没出生呢。你威胁我还不够资格，你拿出本事看一看。”

周八不服气地看了看老厂长，转身摔门而去。晚上，他拎着一把杀猪刀，直奔老厂长家。

老厂长的老婆听见脚步声，知道有人来了，出了屋，借着月光，看周八手中拿着杀猪刀，她心慌地说：“你拿着刀来干什么？”

周八故意把手中的刀在月光下晃了晃，让厂长的老婆产生恐惧感。他说：“厂长不让我活，他也别想活，反正我的命没有厂长的命值钱。”

老厂长的老婆听周八这么说，知道周八是来拼命的，想同归于尽。她紧张地提高了声音说：“有什么大不了的事要拼命，有话好好说，说开了，不就没事了。”

周八说：“厂长以权压人。”

老厂长在屋里听见院落里的对话，拿起一根铁棍，迎了出来，冲着周八说：

“小崽子，我看你不想活了！你以为真没人敢管你了？老子在朝鲜战场上打过美国鬼子，我不信你比美国鬼子还厉害！”

周八没想到老厂长会这样迎战，顿时心虚，威风扫地，有些胆怯。

老厂长的老婆害怕，不想惹周八。她拉住老厂长，劝解地说：“你都这么个岁数了，还跟年轻人一样干什么。年轻人想不开，你也想不开呀！”

老厂长怒气冲天地说：“他爹、妈是怎么教育的，这是没教养的东西。”

周八看老厂长的老婆怕了，认为达到了目的。他发狠地说：“你要开除我，我就把你们全家都弄死。”

老厂长说：“有胆量，你现在把我弄死。”

老厂长的老婆说：“你跟年轻人叫什么劲。”

老厂长说：“他爹、妈不教育他，我来管。”

老厂长的老婆说：“他跟你有关系吗？”

周八说：“你如果开除我，我就让你们家人都活不了。”

老厂长打电话把警察找来了。

农场里的警察都认识周八，周八也认识警察。警察说：“你又惹事了？”

周八一挑眼眉，理直气壮地说：“我找厂长谈工作的事，这不应该算违法吧。”

警察说：“谈工作，你拿刀干什么？”

周八低头看了一眼手中明晃晃的杀猪刀，随口解释说：“我表哥在菜市场上卖猪肉，今天晚上要杀猪，让我把刀送去，我还没有来得及送。”

警察说：“你表哥是谁？”

周八说：“就是那个瘦高个，有点瘸腿的。”

警察皱了一下眉头，似乎想起来了。在场部菜市场上只有两个卖猪肉的商贩，场部里的人几乎都认识这两个卖猪肉的小商贩。

周八说：“我跟厂长已经谈完工作上的事了，得给我表哥送刀去了。”

警察说：“你以后不能拿着刀乱走。”

周八说：“不跟你们说了，我表哥等着用刀杀猪呢。他不杀猪，明天你们就吃不到猪肉了。”

警察看着周八一走三晃的背影，显得无奈，转身对老厂长说：“这人没办法，大事不犯，小事不断，抓起来拘留几天，还得放出来。”

老厂长感叹地说：“这是在农场，如果在部队就好管了。”

警察说："部队纪律严，农场不行。"

老厂长说："你们没有别的办法可以处理他？"

警察说："没有。如果有，我们一定收拾他。"

警察走了。

老厂长的老婆看警察管不了周八，害怕地说："厂子又不是咱们家的，你那么严干什么！这是在农场，又不是在部队。你如果把周八惹火了，他一冲动下死手，跟你拼命，你值得吗？"

老厂长说："我是厂长，别人不管可以，我不管能行吗。"

老厂长的老婆说："你别这么强硬，可以想点别的办法。"

老厂长说："你别怕，他不敢怎么样。"

其实，周八在学校读书时就很有名气了。他上学时不但学习不好，还经常打架，学校几次想开除他，都因为他找校长拼命，校长才没开除他。这次他采取相同的手段来吓唬老厂长。

老厂长不是怕周八，而是认为与周八拼命不值得，但他不能让周八在厂里这样散漫下去，得制止周八。工厂是生产企业，如果工人都用这种态度工作，生产任务完不成，厂子不就倒闭了。他找来周八在厂里工作的那个远房亲戚，让他处理这件事。周八是他介绍进来工作的，他就要承担责任。

周八的这个远房亲戚老实，怕事，对周八在工作中的表现非常生气。当初他不想给周八介绍工作，可周八的父母三番五次地来找他，说周八没有工作，游手好闲容易做违法事，碍于情面，才帮周八联系了在粮油加工厂的工作。但他没想到周八在工作中是这么散漫，不上进，如果知道周八这样工作，说什么也不会介绍周八在粮油加工厂工作。他多次劝说周八好好工作，学些技术……可周八当作耳旁风，不听。他只好找周八的父母，把周八在粮油加工厂工作的表现跟周八父母说了。

周八的父母都是生产队里的普通工人，憨厚，老实。他们得知周八在粮油加工厂不好好工作，给亲戚增加了麻烦，心里过意不去，不让周八到粮油加工厂上班了。

周八回到生产队，没事干，隔三岔五去场部。

熟人都说周八是二流子。

周八不是他真名，是他的绰号。他真名叫周好动，好像只有他父母这么称呼他。他不习惯人们称呼他的真名，听起来挺别扭。时间久了，人们就忘了他的真名。有一次，吃饭时周八对他父母说："你们别叫我真名了，叫周八好了。"

他父亲把筷子往桌上一摔，生气地骂道："你这个混账东西，不知好坏和美丑了。那是什么好称呼？咱们老周家的脸面让你给丢尽了，你将来还想不想娶媳妇了？还想不想成家了……就你这样，谁家的姑娘会跟你。"

周八不慌不忙地夹一口菜放到嘴里，缓缓地说："看你们起的这个名吧，还叫周好动呢，干脆叫周好色算了。"

周八的母亲说："你这孩子说啥话呢，这是你爷爷给你起的。你一出生时就不老实，好动，你爷爷就给你起了这个名字。"

周八说："我爷短命，不会我也短命吧。"

周八的母亲责备地瞪了他一眼说："你这孩子，咋说话呢！你爷爷没到五十就死了，你爸已经五十多了，不也没有事嘛，你能长寿。"

周八调侃地说："我能活到一百岁吗？"

周八的父亲生气地说："一百岁是王八。"

周八的母亲说："你们这是说话吗，谁家像你们这么说话。"

周八说："我应该像爷爷一样短命。"

周八的母亲说："你是在说傻话，好死不如赖活着，活着是人，死了成灰。"

周八说："我爷爷……"他没见过爷爷。在他还没记事的时候，他爷爷已经去世了。他爷爷当过兵，打过仗，还立过三等功呢。听说他爷爷是在战场上留下的伤，老年时复发后引发了心脏病，突然去世的。在周八心目中，他爷爷要比他父亲有能力，有尊严。

周八的母亲说："你好好工作，学门技术，过几年娶了媳妇，成了家，我就没心事了。你这么不务正业，工作吊儿郎当的，像二流子似的，谁家姑娘能嫁给你。"

周八不喜欢父母这么称呼他，心烦地说："你们别总二流子、二流子地叫，就算我不是二流子，也让你们叫成二流子了。"

周八的父亲说："你觉得难听，不想让人叫，就别做像二流子的事。"

周八不服气地说："我做什么了？"

周八的母亲说："别吵了，吃饭！"

周八把筷子往饭桌上一扔，站起身，离开饭桌。

周八的母亲说："你不吃了？"

周八边走边说："让你们气饱了，还吃什么！给你们省饭了！"

周八的母亲说："就你这样，将来能娶到媳妇吗？"

周八说："不娶行不？"

周八的母亲说："男大当婚，女大当嫁，这是生活。"

周八说："和尚就是光棍。"

周八的母亲说："好人谁当和尚。"

周八说："少林寺的和尚也是英雄。"

周八的母亲说："军人打鬼子才是英雄，和尚不是英雄。"

周八说："少林寺的和尚是武林英雄豪杰，比军人名气大。"

周八的母亲说："国家敬重军人。"

周八不说话了。他认为父母说得不对，不想跟父母理论。他跟好几个女孩关系来往密切，有建立恋爱关系的想法，只是没有表白。那几个女孩长相都不错，只是学习都不好，读书时都是学习混子。那几个女孩愿意跟周八在一起玩，她们认为周八身上有江湖义气，有男子汉风度，更像英雄。当时香港连续剧《上海滩》《射雕英雄传》风靡一时，少男少女崇拜英雄，走路的姿势、说话的表情都模仿英雄。

周八是农场年轻人心中的英雄，生活中的偶像。

那年月，男青年喜欢军人的装束。当时中国对越南自卫反击战刚结束不久，人们还沉浸在胜利的喜悦中，让人们提高了保家卫国的气势，男青年参军热情高涨。

男青年总想有一套草绿色军装或一项军帽，他们认为穿上草绿色军装，戴上草绿色军帽，就感觉有了社会地位，很光荣。当然军装和军帽上是不能有领章和帽徽的。军装和军帽一时成为男青年的最爱，他们想办法托人从当过兵的朋友那里要，因为市场上买不到正品。

周八想当兵，但他被拘留过，政审不合格，当不了兵。参军政审是关键的一项审查。虽然周八没当上兵，但他有好几套军装，好几个军帽，让一群小哥们儿羡慕。这些军装和军帽是他让那些当兵的小哥们儿从部队弄来的。

周八大方，慷慨，把军装和军帽转送给了其他小哥们儿。小哥们儿都说周八够朋友，讲义气。因为朋友多，他的军装和军帽有限，还有几个朋友没有呢。他想竖立大哥的威信，就千方百计地想办法，帮着朋友们弄军装和军帽。

那天周八领着张三、王亮等几个小哥们儿在街边的小饭店吃饭时，饭店里来了两名年轻军人，坐在饭店靠窗户的位置。周八一眼就盯上了年轻军人的军帽。张三看出周八有抢军帽的动机，对周八摇头，意思是军人的军帽不能抢。周八没把张三的暗示当回事，匆忙吃过饭，离开饭桌，快步往外走。他在经过年轻军人身边时，伸手摘下年轻军人头上的军帽，然后撒腿往外面跑。

年轻军人没想到在这么安静的场部居然有人抢军帽，立刻追出饭店，冲着飞跑的周八厉声吼道："站住！"

周八拎着军帽还在狂奔，想在最短时间内逃出军人视线。

年轻军人拔出腰间配枪举起，朝天空接连放两枪。

周八听到枪声没有停下飞奔的脚步，他认为年轻军人不敢对着他开枪。他只是抢了个军帽，没什么大不了的。他判断再过一会儿就跑出手枪射程之外，那样绝对安全了。可周八判断错了，年轻军人没有放过他的意思，拦住一辆摩托车，两名军人骑上摩托车追赶周八，周八怎么能跑过摩托车呢。

年轻军人非常恼火，如果在农场让人把军帽抢了，回到部队还不让战友笑话，又怎么对部队首长说！连军帽都保护不住，还能打敌人吗？还能保家卫国吗？愤怒的火焰在年轻军人心中生起。摩托车靠近周八时，坐在后座的年轻军人从车上扑向周八，两个人一起倒地，周八与军人打起来。另一位军人停下摩托车，挥舞着拳头也打周八。虽然周八善于打架，但打不过两名年轻军人。军人把周八打得没有还手之力，拿着军帽离开了。

周八努力地站起身，看着军人的背影，心想自己能当兵就好了。

周八那几个小哥们儿走过来说："军帽不能抢。"

周八不服气地说："他没敢对我开枪。"

周八的哥们儿说："军人有自卫权，如果对你开枪，也受法律保护。"

周八说："你们的意思是我幸运了，不然就被军人的子弹送上天堂了。"

周八的几位哥们儿都没接话。

周八没有因为被军人打了吸取教训，想事依然不考虑后果。这种心理如同狼见到了肉，得不到心里难受。那次他在场部菜市场上看见一位老猎人，老猎人腰间有一把刀，周八看见老猎人腰间的刀，羡慕得很，顿时有让它成为自己的想法。他靠近老猎人，迅速摘下腰间的刀，挤出人群，向远处跑。

老猎人追出人群喊："站住！"

周八没停止奔跑。那是一片空地，没遮挡物，周八在老猎人视线中。

老猎人认为周八触犯了他的底线，把黑色的枪口对准了周八，扣动了扳机，子弹呼啸着飞出枪膛，击中了周八。

周八抬起的腿还没有落下，整个身体猛地朝前赴去。

枪响引来许多人观望，人们看到周八倒下的场景。

老猎人拎着双管猎枪走到周八身旁，蹲下身，把手指放在周八的鼻孔前，试了试呼吸，站起身，抬头无奈地看了看天空。太阳高高地悬挂在天宇的正中，天气很热，让老猎人透不过气来。

人们围拢过来。

警察来了，做了现场取证，把老猎人带走了，又找车把周八的尸体拉走，通知周八的家人。

《当代小说》2012 年第 10 期下半月

年少不懂世间情

1

夕阳西下，余晖映在窗户上，农场公安局接警室里的三名值班警察准备下班了。这时门开了，黄晓丽走进来。虽然警察不认识黄晓丽，可出于职业习惯，知道来接警室的人十有八九是报案的。警察用审视的眼神看着黄晓丽，想洞察出黄晓丽为什么事来，也在等黄晓丽说明来意。黄晓丽站在那儿一言不发，好像在思考事情。A 警察不解地问：“你有事吗？”

黄晓丽的嘴唇动了一下，但没说话。

A 警察说：“你不要有思想顾虑，有事就说，我们会给你保密的。”

黄晓丽说：“我报警。”

A 警察问：“什么事？”

黄晓丽说：“刘戏法想强奸我。”

警察一直在观察黄晓丽的神情，没发现黄晓丽有被强奸的神情，听黄晓丽这么说有点吃惊，但相信这是真的，因为年轻姑娘不会随便说自己被人强奸。三名警察相互交换了眼色，然后 A 警察问：“你什么时间被强奸的？”

黄晓丽说："刘戏法没有得逞。"

B警察纠正性地说："这不叫强奸，应该是强奸未遂。"

黄晓丽问："强奸未遂你们管吗？"

B警察说："虽然强奸未遂与强奸性质不同，但也是犯罪，只是没强奸性质那么恶劣。只要是犯罪的事，我们就管。"

黄晓丽说："你们管就行。"

A警察问："你在什么地方被强奸的？"

黄晓丽突然对"强奸"这个词产生了厌恶，感觉这是对她的污辱，声明似的说："刘戏法没有得逞。"

A警察缓和了语气，语速很慢地问："刘戏法是在什么地方想强奸你的？"

黄晓丽说："在好几个地方。"

B警察问："好几个地方是什么地方？"

黄晓丽有些不耐烦地说："在他家、在我家、在河边的草地上……"

B警察说："你能说得详细点吗？"

黄晓丽说："你们把刘戏法抓起来，讯问他不就知道了。"

C警察年龄比A警察和B警察大，性格内向稳重，少言寡语，一般询问案情时都是由A警察和B警察负责，他负责记录，很少插话。他对黄晓丽这种态度非常反感，也有被蔑视的感觉，驳斥地说："我们是警察，又不是土匪，不能随便抓人，抓人是要有证据的。"

黄晓丽说："刘戏法想强奸我不是证据吗？"

C警察说："你说他想强奸你，这只是你一面之词，只能作为参考，不能完全当成证据。"

黄晓丽说："那什么才算证据？"

C警察说："他想强奸你时，除了你之外，还有别人在场吗？"

黄晓丽没想到警察会这么说，认为C警察不讲理，生气地说："刘戏法怎么可能当着别人面想强奸我呢。"

C警察说："你既没物证，也没人证，怎么才能证明你说的事属实呢？"

黄晓丽提高了声音，一脸窘相，不满意地说："我一不傻，二没疯，如果没发生这件事我能来报警吗？"

C警察生气地说："你如果报假警就拘留你。"

黄晓丽说："你现在就拘留我吧！你还说你不是土匪呢，我看你比土匪还厉害呢。”

C警察不想跟黄晓丽说下去了，无奈地把目光投向A警察和B警察。

A警察开始时是按照接警程序询问的，想让黄晓丽把事情说详细些，没想到会引起黄晓丽不满。他看黄晓丽不只是说不清楚，不想说，并且恼怒了，还跟C警察顶撞起来，接过话茬说：“你回去吧，案件需要时我们找你。”

黄晓丽问：“不需要时你们不找我吗？”

A警察说：“不需要找你干什么？”

黄晓丽问：“你们什么时间需要我？”

B警察说：“我们不需要你，如果案件需要你配合取证时，我们会通知你。”

黄晓丽问：“你们抓刘戏法吗？”

B警察说：“这是我们工作的事，跟你没关系。”

黄晓丽说：“你这么说不对，如果刘戏法跟我没关系，我能来报警吗？”

A警察说：“我们知道刘戏法跟你有关系，可这是你自己说的，刘戏法没这么说，你先回去，我们了解了解情况通知你。”

黄晓丽看警察不愿理她，有点失落，转身走出公安局接警办公室，骑上电动车朝公安局大院外而去。

A警察说：“我还是第一次遇见这样来报警的人。”

C警察说：“我感觉黄晓丽有问题。”

A警察说：“如果她报假案就拘留她。”

C警察说：“我刚才是吓唬她，没想到她不怕吓。”

B警察说：“咱们先去把那个强奸嫌疑犯抓来，了解了解情况再下结论。”

C警察说：“你们快去吧，回来就该下班了。”

B警察和A警察戴上警帽，拿着手铐，朝屋外走去。他俩开着警车去红三连逮捕刘戏法，C警察留在接警室值班。

2

刘戏法躺在炕上处于半睡半醒状态，听见有人在屋外拉门，还有说话声音，坐起来朝窗外看。窗外站着警察，A警察和B警察脸贴在玻璃上往屋里看。

刘戏法知道黄晓丽这次没吓唬他，真去公安局告他了。

A 警察用手拍着玻璃，用命令的口气说：“开门！”

刘戏法没跟警察打过交道，对警察有着惧怕，不敢怠慢，急忙开了门。

A 警察质疑地问：“你大白天插门干什么？”

刘戏法没回答警察的问话。从前他在家别说是白天了，就是晚上也不插门。自从跟黄晓丽闹翻脸后，为了防止黄晓丽来找他，他进屋就插门。连队里有几个人来找他时，发现他白天插门，不解地问他为什么插门，他没做任何解释，他不想让人知道他跟黄晓丽发生的事。

B 警察严肃地问：“知道为什么逮捕你吗？”

刘戏法说：“不知道。”

B 警察问：“你干什么坏事记得吧？”

刘戏法说：“我没做坏事。”

A 警察问：“黄晓丽为什么告你？”

刘戏法说：“她诬陷我。”

A 警察说：“你的意思是黄晓丽报假案了？”

刘戏法沉默了。虽然他不承认黄晓丽告他强奸的事，但不能确认黄晓丽报假案了。因为他跟黄晓丽确实发生了情感纠葛，有点说不清楚。

A 警察把手铐戴在刘戏法手上，推了他一下，让他往屋外走。刘戏法走到屋门口，锁上房门，上了警车。

刘戏法刚车上警车便传来刘戏喜的喊声。刘戏喜是刘戏法的姐姐，也是刘戏法在北大荒农场唯一的亲人。刘戏法是从河南老家投奔姐姐来农场的。刘戏喜不知道刘戏法为什么上了警车，她认为刘戏法是被警察抓走了，这不是好兆头。情急之时，她连续喊了好几声，声音很大，想让刘戏法等她走过来。刘戏法侧脸，顺着声音望去，透过车窗看见刘戏喜朝警车走来。警察虽然听见有人在喊刘戏法，但没停车，加大了油门，车轮卷起尘土快速朝前方驶去，警车拉开了刘戏法跟刘戏喜之间的距离。

连队晒场处在公路边上，这是进出连队的必经之路。警车经过晒场时，在晒场上干活的人带着新鲜感朝警车望去。因为公路与晒场之间还有些距离，人们没看见警车里的刘戏法，而刘戏法在车里能看见晒场上的人。

警车在公路转弯处遇见骑电动车的黄晓丽。警车从黄晓丽身旁驶过，黄晓丽看见坐在警车里的刘戏法，心里涌起一丝快感，证明自己说话是算数的，让刘戏法知道她是说一不二的人。

刘戏法在警车里也看见黄晓丽了。他看见黄晓丽时禁不住从内心释放出寒气，感觉很冷，意识到这个女人性格过于固执，想把他送进监狱。

黄晓丽还没到家门口就看见刘戏喜站在那儿了。她以为刘戏喜知道她跟刘戏法的事了，以为刘戏喜是在找她，心狂跳起来，如同面对仇敌似的那么紧张。她骑的电动车从刘戏喜面前驶过，在自己家院落门前停住。

刘戏喜朝黄晓丽快步走过来，不解地问警察找刘戏法是为什么事。黄晓丽阴沉着脸，不想搭理地说不知道。刘戏喜没想到黄晓丽会是这种态度，感觉意外，满脸难堪的神色。她看黄晓丽推着电动车进了院落，心想黄晓丽怎么会这样呢？她走回刘戏法家院落前，站在那儿往院落里看了看，骑着自行车去公安局了。

她用力骑着自行车，到公安局时浑身是汗，累得气喘吁吁。她在办公室门口遇见一名警察，迎上前说："请问刘戏法在哪？"

警察不认识刘戏法，也没记住刘戏法的名字，回答说："公安局没这个人。"

刘戏喜说："就是刚被警车拉来的那个人。"

警察证实性地问："是红三连那个男青年吗？"

刘戏喜说："是他。"

警察说："他犯罪了，在接受审讯呢，不能探视。"

刘戏喜没想到刘戏法犯罪了，听警察这么说着急地问："他犯什么罪了？"

警察说："现在不能告诉你。"

刘戏喜在公安局大院里停了一会儿，想着能见到刘戏法的办法。她骑上自行车去农场纪委找王书记。农场机关办公室离公安局有点远，她在去纪委的路上思量着怎么跟王书记说，判断着王书记能不能帮忙。她是第一次找王书记办事。

王书记四十多岁，是北京知青，处事随和，曾经在红三连工作过，红三连的人在农场遇到不好办的事经常找她。她在红三连工作时跟刘戏喜没有来往，甚至很陌生，在印象里只记得有这么个人。她对刘戏喜的印象还不如对刘戏法深呢，因为王书记的爱人曾经是红三连的兽医，而刘戏法曾经是红三连畜牧班的饲养员，两个人在工作中接触比较多。虽然畜牧班早不存在了，王书记的爱人调到农场当科长了，但对那段生活还有印象。王书记在刘戏喜走进办公室时没认出来，客气地问："你找谁？"

刘戏喜语速缓慢，情绪低落地说："找你。"

王书记想起来刘戏喜是红三连的人。她知道红三连的人来办公室找她都有事，没一个例外的。她站起身说："你坐吧。"

刘戏喜没有坐，往前走了两步轻声说："我想请你帮忙。"

王书记说："什么事，我能帮上吗？"

刘戏喜难以启齿地说："怎么说呢？"

王书记说："照实说。"

刘戏喜说："强奸的事。"

王书记问："谁被强奸了？"

刘戏喜说："我不知道。"

王书记说："你不知道怎么来找我呢？"

刘戏喜说："公安局把戏法抓走了，我去公安局问是怎么回事，警察说戏法犯强奸罪了，可警察没说他强奸谁了。我也从没听戏法说起过这件事。"

王书记说："你说的是刘戏法吗？"

刘戏喜说："是他，他是我弟弟。"

王书记说："虽然刘戏法与我接触不多，可知道他是本分人，怎么会做这种事呢？"

刘戏喜说："我不相信戏法能做这种违法的事。你能不能跟公安局的人说一说，别冤枉戏法了。"

王书记认为可以了解了解情况，假如刘戏法真犯罪了，她是不能帮这个忙的，如果没犯罪，她是可以说情的。她本想打电话给公安局长说这件事，又一想强奸是大案，还是去一趟公安局比较好。她说："你先回去，我问一问公安局是怎么回事。"

刘戏喜恳求地说："你得帮忙，你要是不帮忙公安局，就得把戏法关起来。"

王书记说："公安局不会随便抓人的。"

刘戏喜说："可是戏法已经被公安局关起来了。"

王书记说："我去公安局问一问是怎么回事。"

刘戏喜跟着王书记走出办公室。

王书记走到停车棚，骑上自行车朝公安局方向而去。

公安局长看王书记来了，急忙站起身，迎上前说：“欢迎书记来检查工作。”

王书记坐在公安局长对面的椅子上，环视着办公室笑着说：“你的办公室比我的采光好。”

公安局长说：“场里不是准备盖机关办公楼嘛，新办公楼盖起来后，办公条件会好得多。”

王书记说：“场里只是有这个想法，还没立项呢。”

公安局长感觉王书记来有事，但没入正题，站起身从书柜里拿出一包茶叶递给王书记说：“这是青岛崂山绿茶，你拿回去尝一尝。”

王书记说：“你老家就是青岛的吧？”

公安局长说：“我老家是青岛崂山北宅的。我父亲当兵转业来北大荒的。”

王书记说：“咱们农场山东人挺多。”

公安局长说：“山东人排第一，四川人排第二，河南人排第三。”

王书记说：“你不愧是干公安的，对农场人口比例记得这么清楚。”

公安局长说：“虽然我老家是山东的，可我是在农场长大的，我对农场的了解就如同你对北京的了解一样。虽然你来北大荒了，可你是在北京长大的，对北京依然熟悉。”

王书记说：“现在山东沿海地区发展比咱们这好，你不打算调回去吗？”

公安局长说：“我是科级，调回去只能是个办事员，再说老家亲友中也没当官的，回去工作不好安排，难开展。”

王书记说：“咱们这也不错。领导对你评价高，你还有发展空间。”

公安局长说：“谢谢你的支持。”

王书记说：“你在工作上还得多出成绩，不要让个别干警做违规的事情，影响了公安局的整体形象。”

公安局长说：“我明白。”

王书记说：“有群众向纪委反映干警在办案中有不讲理，蛮横执法的事，在警风警纪方面你还要多做工作。”

公安局长知道这是警察的习惯。他认为这不是问题，如果态度好，对犯罪分子和颜悦色，犯罪分子就不交代罪行了。虽然这个道理谁都知道，可他不能把这种观点说出来。他说：“我会加强对干警的管理。”

王书记说：“听说你们把红三连的刘戏法抓来了，他怎么了？”

公安局长马上明白王书记为什么来公安局了。刘戏法刚被抓到公安局，王书记就来了，证明王书记关注这件事。他说："有人告刘戏法强奸未遂。"

王书记说："谁告他强奸未遂？"

公安局长说："红三连的黄晓丽。"

王书记迅速在记忆中搜索黄晓丽这个人。她离开红三连时黄晓丽还在读中学，没有接触过黄晓丽，对黄晓丽没印象。因为红三连只有一家姓黄的，她想起黄晓丽的父亲了。她对黄晓丽父亲的印象不算好。她问："刘戏法承认吗？"

公安局长说："正在对刘戏法进行审讯。"

王书记说："警察审犯人是行家里手。"

公安局长说："有些案子也难办。"

王书记说："刘戏法的姐姐来找我了……我说公安局会秉公办案的。"

公安局长说："如果刘戏法不承认，黄晓丽拿不出证据，我们就放人。"

王书记知道公安局长领会了她的来意，没必要继续说下去，站起身，拿起茶叶盒说："我不客气了，茶叶拿走了。"

公安局长说："你跟我别客气，茶叶就是给你留的。如果今天你不来，明天我就给你送过去了。"

他们两个边走边说着工作和生活上的事。

公安局长把王书记送到院落门口，在王书记骑上自行车后，转身去审讯室。

三名警察在审讯刘戏法。警察对公安局长说："他不承认有意强奸黄晓丽。"

公安局长看了一眼刘戏法说："挺文静一个人，怎么能干强奸妇女的事呢。"

刘戏法说："我没强奸黄晓丽。"

公安局长说："你没有产生想强奸她的想法？"

刘戏法被公安局长问住了，没有回答。他确实萌生过想跟黄晓丽发生性关系的念头，可他没强迫过黄晓丽，也没发生两性关系。

公安局长说："如果你没想强奸她，她为什么来告你？"

刘戏法说："她找我要钱，我没给她，她恼羞成怒告我。"

公安局长说："她为什么不告别人呢？"

刘戏法没回答上来。

公安局长说："你要坦白交代，不要隐瞒事实，隐瞒事实只能把事情变得复杂化。如果你对抗法律，对你没好处。"

刘戏法想辩解，可话还没说出口，公安局长已经转身离开审讯室了。他感觉局长的态度比警察好，想跟公安局长多说话，多解释，证明自己是清白的，可局长不想听，局长走了。他失望地看着门口，看着局长离开的背影忧虑感更强烈了。

警察对刘戏法的态度更加严厉了，质问地说："如果你没对黄晓丽产生性侵害，她怎么会来告你呢？"

刘戏法说："她是自愿的，我没强迫她。"

警察听刘戏法这么说，如同找到了案件突破口，急忙接过话问："黄晓丽是自愿跟你发生性关系的？"

刘戏法说："我跟她没发生性关系。"

警察说："你不说她是自愿的吗？"

刘戏法说："她主动接近我，想找我要钱，可没跟我发生性关系。"

警察本以为刘戏法承认跟黄晓丽发生性关系的事了，没想到刘戏法绕了个圈子还是不承认，有点沮丧。警察看到下班时间了，审讯这么长时间也没进展，不审了，把刘戏法关进拘留所里。

值夜班的警察在给被拘留的犯罪嫌疑人送饭，刘以法没理会他。警察说："你小子还挺有个性的，关你几天就老实了。"

刘戏法没食欲，看了一眼饭，躺在单人木板床上想着心事。

隔壁被拘留的人问："为什么抓你？"

刘戏法没搭话。

隔壁被拘留的人说："我跟你说话，你没听见吗？"

刘戏法依然没说话。

隔壁被拘留的人生气地说："你是哑巴吗？"

刘戏法讨厌隔壁被拘留的人没完没了地说话，反击似的说："不说话能憋死你吗？"

隔壁被拘留的人被刘戏法的话激怒了，发狠话地说："你他妈的想找死了，敢跟我这么说话，等我出去后，打得你跪在地上喊爷爷。"

刘戏法说："有本事你现在过来。"

隔壁被拘留的人说："如果我现在过去，马上弄死你。"

刘戏法说："你吹吧。"

隔壁被拘留的人说："你出去打听打听我罗一腿吹过几次牛。"

刘戏法知道罗一腿这个人，但没见过。罗一腿跑得快，打架次数多，还因殴打连队领导被劳动教养过，在农场的名气很大。刘戏法不想招惹罗一腿，态度缓和下来说："别误会，我知道你的大名，但不知道你被关在这里。"

罗一腿是给台阶就下的人，更何况他现在被关在拘留所里。他语气平和地说："我被关好几天了，太寂寞了，想跟人说话。"

刘戏法开玩笑地说："你跟警察说呗。"

罗一腿说："警察是对手，尽可能少跟警察说话，说多了，万一哪句话没说好，失言了，就引火烧身了。"

刘戏法说："你对付警察挺有经验的。"

罗一腿说："你是第一次进拘留所吧？可我是这里的常客，对付警察的经验肯定比你多。"

刘戏法说："你被关几天了？"

罗一腿说："三天。"

刘戏法说："这里不是人待的地方，我连喘气都不想喘，更别说是说话了。"

罗一腿说："如果拘留所里好，不都进来了。"

刘戏法说："你又跟人打架了？"

罗一腿说："没打架，我偷连队收割机上的发动机被发现了。"

刘戏法心想盗窃是要判刑的，如果罗一腿被判了刑，一时半会是出不来的。他不想跟罗一腿说话了。

罗一腿说："为什么抓你？"

刘戏法说："我被人诬陷了。"

罗一腿说："你是被冤枉的？"

刘戏法说："是冤枉的。"

罗一腿说："你应该跟警察讲理，喊冤呢。"

刘戏法说："我跟警察讲理警察不听。"

罗一腿说："诬陷你什么？"

刘戏法说："强奸。"

罗一腿虽然犯了错误，但看不起强奸这种人，他绝不会做伤害良家妇女的事。他说："你没老婆吗？你干这种事。"

刘戏法不说话了。

罗一腿说："男人不能强迫女人发生性关系。这种男人跟畜生没什么区别，我最瞧不起这种人。"

刘戏法说："如果是女人自愿的呢？"

罗一腿说："你说这话是胡扯，鬼才相信呢，如果自愿还能告你吗？"

刘戏法听罗一腿这么说无言以对了，警察也这么问他，他也没答上来。他想不明白黄晓丽为什么这么做。黄晓丽这么做虽然毁掉了他的名声，但对黄晓丽也没任何好处。

罗一腿提醒地说："你小子得有心理准备，如果你的强奸罪成立了，就会被判刑入狱的。"

刘戏法知道罗一腿被判过刑，在监狱里服刑好多年，了解一些法律知识，便问："能判多少年？"

罗一腿说："最短也得判你三年两年的。"

刘戏法说："我没跟她发生性关系，如果被判刑了，可真成冤案了。"

罗一腿说："如果你没犯法，你得跟警察说，警察负责案件的整理、调查取证，法院负责判刑，警察这一关太重要了。你得喊冤，证明自己没有犯罪才行。"

刘戏法说："我跟警察说不清楚，到时候会跟法官说，法官不会完全听警察的。"

罗一腿说："你想错了，真是法盲，法官会根据警察搜集的证据判你刑的。如果你真是被冤枉的，赶紧喊冤，让警察把你放了。不然，真就晚了。"

刘戏法听罗一腿这么说如同掉进万丈深渊那么绝望，沉默了片刻，用尽全身力气，大声喊："冤枉啊！冤枉啊……"

3

刘戏喜站在公安局院外的街边等王书记。王书记骑着自行车从公安局大院出来没多远，就看见刘戏喜了，她没想到刘戏喜还没走。刘戏喜朝王书记快步迎过去。王书记不想跟刘戏喜说刘戏法的事，虽然她愿意帮忙，但不想多说什么，因为她知道工人素质不高，有时会把事情夸大，而她是农场纪委书记，农场党委领导班子成员，传出去容易被误解，她尽可能避免负面影响。她从自行车上下来看了一眼西下的夕阳，思量着怎么跟刘戏喜说。刘戏喜走到王书记面前迫不及待地问："公安局为什么抓戏法？"

王书记说："黄晓丽告小刘强奸未遂。"

刘戏喜没想到是黄晓丽告的刘戏法，很是意外，不自主地说："怎么会发生这种事呢？"

王书记说："警察在整理证据，还没定案。"

刘戏喜说："戏法是老实人，不会做这种丢人事。"

王书记说："如果没做最好。"

刘戏喜说："王书记，你得帮忙，让公安局把戏法放出来。"

王书记说："我跟公安局的人说了，让他们依法办案，认真处理，避免冤枉好人。"

刘戏喜说："戏法能被关几天？"

王书记说："这要看案件进展情况了。"

刘戏喜还想说什么，可是王书记不想说了，她说管局来客人了，要跟场长、工会主席一起去陪客人。刘戏喜看着王书记离开的背影有些失落，认为王书记没帮忙。她又一想王书记还是帮忙了，如果王书记不去公安局，她连戏法被公安局抓走的原因也不知道。她回头看了一眼公安局大院，抬头看了一眼天空，无奈地骑上自行车回家了。

这是场部通往红三连的沙石公路，公路两旁栽种着白杨树，树边是排水沟，排水沟那边是庄稼地。公路上没有行人，偶尔有农用机车驶过。

刘戏喜回到家时天色近黑了。她把自行车推进院落里，感觉身上出的汗越来越多，喘着粗气。她的男人何友国刚从小黄河捕鱼回来，在院落里整理着渔网，地上放着洗脸盆，盆里的鱼欢快地跳动着，溅起水花。刘戏喜站在何友国面前心事沉重，没说话。

何友国说："你干什么去了，累成这样。"

刘戏喜叹息了一声没回答。

何友国说："你去炖鱼吧。"

刘戏喜说："发生这么大的事，我哪有心思炖鱼。"

何友国问："发生什么事了？"

刘戏喜说："戏法被警察抓走了。"

何友国吃惊地说："我去捕鱼时戏法还在家呢，怎么会被警察抓走呢。"

刘戏喜说："你刚走，警察就来了。"

何友国问："警察为什么抓戏法？"

刘戏喜说："黄晓丽告戏法强奸。"

何友国吃惊地说："戏法强奸黄晓丽了？"

刘戏喜看了一眼邻居家说："你小点声音。"

何友国小声说："这是犯罪。"

刘戏喜说："我不相信戏法强奸黄晓丽了。"

何友国说："你不相信没用，只要黄晓丽告，警察找到了证据，戏法就得坐牢。"

刘戏喜说："你能不能往好处想。"

何友国问："你刚才去公安局了？"

刘戏喜说："我去公安局，警察不理我。我去纪委找王书记了，王书记去公安局后，我才知道是黄晓丽告戏法的。"

何友国说："王书记是好人，咱们连谁去找她帮忙，她都答应。"

刘戏喜说："戏法是老实人，怎么可能做强奸的事呢。"

何友国说："谁说老实人就不干坏事了。"

刘戏喜反感地说："你什么意思？"

何友国说："戏法是男人，并且是壮年男人，有性要求，这么长时间老婆不在身边……可以理解。"

刘戏喜说："照你这么说，那些没老婆的都应该犯强奸罪了。"

何友国说："畜生还有发情期呢。"

刘戏喜说："人跟畜生不同。"

何友国说："在这种事上，人与畜生是相同的。"

刘戏喜说："你的意思是我不在家，你也会强奸别的女人呗？"

何友国说："别说没用的了，你去公安局时见到戏法了吗？"

刘戏喜说："没有。"

何友国说："王书记见到戏法了吗？"

刘戏喜说："我没跟王书记一起去公安局，她应该也没见到。"

何友国说：“王书记怎么说？”

刘戏喜说：“王书记跟公安局说秉公执法，不能冤枉人。”

何友国说：“要么通过王书记找一找公安局的领导，看能不能从轻处理。”

刘戏喜说：“她是纪委书记，不会这么做。”

何友国说：“要么去找黄济仁，看能不能私了。”

刘戏喜说：“咱们直接去找黄济仁不行吧？”

何友国说：“让邹得旺去跟黄济仁说吧。”

刘戏喜说：“行。”

何友国说：“用不用等黄家来找咱们呢？”

刘戏喜说：“黄家不会来找咱们，如果黄家想找咱们，还能去公安局报警吗？”

何友国说：“你确定是黄晓丽告戏法强奸了？”

刘戏喜说：“王书记亲口跟我说的，这能有假吗？”

何友国说：“咱们找黄家私了好吗？”

刘戏喜说：“如果能私了更好，不能私了咱也尽力做了，不后悔。”

何友国说：“我去找邹得旺。”

刘戏喜说：“把这些鱼给邹得旺送去。”

何友国把鱼装在塑料袋里，拎着塑料袋往院落外走去。

4

邹得旺跟何友国是河南老乡，在河南老家，两个人住的相距不过十里路，所以来到北大荒后显得格外亲。虽然邹得旺跟何友国相差没几岁，但邹得旺跟何友国的父亲同辈分，何友国应该叫邹得旺叔叔。因为年龄没差几岁，来往又多，所以何友国习惯性地直呼邹德旺的名字。何友国来找邹得旺，让他去黄家调解，不只是他跟邹得旺是老乡，还因为邹得旺跟黄家关系好，能说上话。邹得旺坐在沙发上，手里端着碗，往嘴里放着面条。他看何友国来问：“你吃了吗？”

何友国说：“我哪有心情吃饭。”

邹得旺问：“什么事让你吃不下饭了？”

何友国说："戏法被公安局抓走了。"

邹得旺问："公安局抓戏法干什么？"

何友国说："黄晓丽告戏法强奸。"

邹得旺听何友国这么说没心情吃饭了，把碗放在茶几上说："戏法怎么会做这种事呢？"

何友国说："戏法不会强奸黄晓丽的。"

邹得旺说："如果戏法没强奸黄晓丽，黄晓丽为什么告戏法强奸呢？"

何友国被邹得旺问住了。

邹得旺说："如果戏法强奸黄晓丽会被判刑的。"

何友国说："你去跟黄济仁说一说，看能不能私了。"

邹得旺问："黄济仁找你了吗？"

何友国说："没有。"

邹得旺问："你想怎么私了？"

何友国说："让戏法赔黄家些钱，黄家别追究戏法的责任。"

邹得旺说："这么说戏法不还是强奸黄晓丽了嘛。"

何友国虽然不相信刘戏法强奸黄晓丽，但没有能证明没强奸的证据，只是个人判断。关键是戏法还被关在公安局里，他的推测难以让人信服，也没有说服力。他说："你相信戏法会强奸黄晓丽吗？"

邹得旺知道刘戏法是本分人，可刘戏法是男人，并且是年轻男人，老婆长年不在身边，没有夫妻生活，如果发生强奸的事，属于生理需要，疑虑不大。可他不想为这种事跟何友国争对错，吃了口面条，想改变话题。

何友国说："你去跟黄济仁说一说，同在一个连队住着，低头不见抬头见，别把事情做绝了。"

邹得旺不想帮这个忙，这是犯罪的事，何况是强奸案，不好开口说，更何况是强奸黄晓丽。黄晓丽在跟唐浩明谈恋爱，邹得旺是唐浩明跟黄晓丽的媒人。邹得旺跟唐家的关系比跟黄家还好。邹得旺觉得说这件事为难，推脱地说："你可以直接去跟黄济仁说。"

何友国说："我去说肯定不行。"

邹得旺说："等黄济仁找你时，再跟他说也行。"

何友国说："黄晓丽告戏法强奸，主动权在黄家，不在咱们这边。如果等公安局给戏法定罪了，事情就没法办了。"

邹得旺吃着饭，考虑去不去黄家说这件事。

何友国说：“你得帮这个忙，如果公安局真把戏法定为强奸罪，戏法这辈子不就完了。”

邹得旺说：“我去黄家看一看是什么情况。”

何友国说：“我等你的消息。”

邹得旺狼吞虎咽地把碗里的面条塞进嘴里，放下筷子，跟何友国一起出了家门。

黄济仁坐在客厅里，手里拿着烟，屋里充满烟味，他老婆在厨房做饭。他看邹得旺来了，站起身，从烟盒里抽出一支烟递给邹得旺，说泰山牌的。邹德旺说：“我吸这种烟不习惯。”没有接。他从兜里掏出纸和装烟叶的盒子，自己卷着烟。黄济仁把手里的烟放进盒里，跟邹得旺并排坐在沙发。

邹得旺麻利地卷好烟点燃后吸了一口，仔细观察着黄济仁脸上的表情，他没发现黄济仁有反常表情。他没看见黄晓丽，只看见黄晓全和黄晓星在院落和整理渔网。黄晓星是黄济仁的大儿子，黄晓全是小儿子。邹得旺跟黄济仁聊了一会儿生活中的琐事，便把话题引向刘戏法被公安局抓走的事情上了。

黄济仁不知道刘戏法被公安局抓走的事，吃惊地问：“公安局为什么抓戏法？”

邹得旺说：“你不知道公安局抓戏法的事？”

黄济仁说：“我今天去鹤岗了，刚到家一会儿。”

邹得旺说：“不是晓丽去公安局告戏法的嘛。”

黄济仁听邹得旺这么说更意外了，声音很大地说：“晓丽为什么告戏法？”

邹得旺在辨别黄济仁是不是装不知道。他认为黄济仁可能真不知道，如果知道没必要否认。

黄济仁着急地问：“你听谁说晓丽去公安局告刘戏法了？这么大的事，我怎么不知道。”

邹得旺说：“何友国刚才跟我说的。”

黄济仁说：“何友国没跟你说晓丽为什么事告戏法吗？”

邹得旺说：“晓丽告戏法想强奸她。”

黄济仁听邹得旺这么说如同五雷轰顶有些蒙了，迟疑了片刻说：“戏法是在什么时间强奸晓丽的？”

邹得旺说：“这事我哪知道。”

黄济仁火冒三丈地冲着厨房喊："老婆子，你过来！"

黄晓丽妈在炒菜，走不开，没回答。

黄济仁接着又喊："老婆子，你过来！"

黄晓丽妈说："我炒菜呢。"

黄济仁说："一会儿再炒！"

黄晓丽妈不想离开厨房，因为烧的是柴火，停了火，还得重新点火，麻烦，可又不知道是什么事，听黄济仁语气中带着愤怒，不过来又不行，急忙从厨房走过来，站在门口问："什么事？"

黄济仁质问说："刘戏法强奸晓丽的事你知道吗？"

黄晓丽妈吃惊地说："晓丽被刘戏法强奸了？"

黄济仁说："我这不问你吗！"

黄晓丽妈说："我不知道这事。"

黄济仁说："晓丽去公安局告刘戏法你知道吗？"

黄晓丽妈说："不知道。"

黄济仁说："警察把刘戏法抓走了，你知道吗？"

黄晓丽妈说："不知道。"

黄济仁责备地说："这么大的事你都不知道，有你这样当妈的吗？"

黄晓丽妈说："怎么可能发生这种事呢，你听谁说的？"

黄济仁说："你问得旺。"

黄晓丽妈说："得旺，谁跟你说晓丽被刘戏法强奸了？"

邹得旺说："何友国跟我说晓丽去公安局告戏法强奸，警察把戏法抓走了。"

黄晓丽妈说："怎么会发生这种事呢？"

邹得旺说："如果何友国不找我，我也不知道。"

黄晓丽妈说："这事跟你没关系，何友国找你干什么？"

邹得旺说："何友国不想让你们告戏法，想跟你们私下解决这件事。"

黄晓丽妈说："如果这件事是真的，警察就应该把刘戏法抓起来判刑。"

邹得旺说："何友国的意思是让戏法赔些钱给你们，你们不告戏法。"

黄晓丽妈说："钱能买来名声吗？"

邹得旺没说话。

黄晓丽妈说："刘戏法这不是把晓丽毁了吗？"

邹得旺说："我本来不想过来说这事的，可何友国非让我过来。我想同在一个连住着，事情别闹大了，如果能化解最好。"

黄济仁说："你的意思我明白。如果是别的事可以，这件事不行。"

邹得旺说："我回去了。"

黄晓丽妈闻到了煳味，急忙去厨房，锅里的菜冒着烟，要着了，锅灶下的火已经蔓延出来。她往锅里添了点水，水遇热锅生成一股烟雾。她用铲子翻动着锅里的菜，用脚往灶里踢着火。

黄济仁送邹得旺出了院落，看了一眼刘戏法家，刘戏法家锁着门。他回到厨房说："戏法家锁着门。"

黄晓丽妈生气地说："你别跟我说话，没看菜煳了吗！"

黄济仁说："菜煳跟我有什么关系！"

黄晓丽妈说："你不叫我进屋，菜能煳吗？"

黄晓丽妈说："这是柴火，不是煤气，柴火灭了不好点。"

黄济仁说："这么大的事，我叫你问一问不对吗？菜煳了可以重新做，如果晓丽真被刘戏法强奸了能挽回吗？"

黄晓丽妈说："你别跟我说强奸这两个字，这话太难听。"

黄济仁转身对刚进屋的黄晓星说："去唐浩明家把你姐叫回来。"

5

唐浩明从农机场修车回来，走到院落门前时遇见了黄晓丽。他感觉黄晓丽脸色反常，随口问了句："你怎么了？"

黄晓丽泄愤地说："我去公安局告刘戏法了。"

唐浩明反对黄晓丽告刘戏法，也不让黄晓丽告刘戏法，可是黄晓丽没听他的。他生气地说："你太固执了，不听劝。"

黄晓丽发狠地说："我要让刘戏法长点记性。"

唐浩明说："这不是赌气的事。"

黄晓丽说："你责备我也没用，反正我是报案了。"

唐浩明问："警察怎么说？"

黄晓丽说："警察已经把刘戏法抓走了。"

唐浩明在农机场修车时看见警察车来连队了，当时不知道警车是来抓刘戏法的。他说："警察把刘戏法抓走了，你能得到什么？"

黄晓丽知道什么也得不到，可她解恨了，让刘戏法知道她的厉害了。如果她不去报案，不让公安局把刘戏法抓起来就不解恨。她说："如果不让公安局把刘戏法抓走，我心里难受。"

唐浩明走进屋里，洗过脸，跟黄晓丽进了小屋。

二十世纪八九十年代，黑龙江北大荒国营农场的居民住宅是公有制，由农场统一建造，各单位统一分配给职工。房屋主要分五十四平方米和三十七平方米两种面积，屋内格局也是统一的，一个客厅兼卧室，一间小卧室及厨房，小卧室在屋的北面，见不到阳光，窗户面对房屋后面的菜园子。现在，小卧室是唐浩明跟黄晓丽在家里说悄悄话的地方。

唐浩明走进小卧室，躺在炕上，显得有些疲倦。

黄晓丽躺在唐浩明身旁，用手抚摸着唐浩明消瘦的胸脯，感受着男人的力量。唐浩明受到了刺激，侧过身，亲吻着黄晓丽的嘴唇，黄晓丽的身体往唐浩明身上贴去。

唐浩明听见有脚步声传来，推开黄晓丽坐起来，装成若无其事的样子，看着窗外的菜园子。

门开了，黄晓星站在门口，看了一眼唐浩明，然后把目光落在黄晓丽身上。黄晓丽在门开时已经坐起身了。黄晓星表情严肃地对黄晓丽说："爸让你回家。"

黄晓丽问："什么事？"

黄晓星说："回家就知道了。"

黄晓丽说："我一会儿回去。"

黄晓星说："你快点，爸等你呢。"

黄晓丽看着黄晓星转过身把门关上，埋怨地说："来得真不是时候。"

唐浩明说："晓星是很少用这种态度跟你说话的，可能你爸生气了。"

黄晓丽说："我没惹我爸生气呀。"

唐浩明说："不仅你爸生气了，晓星也生气了。"

黄晓丽说："今天我都没跟他们说几句话，怎么会惹着他们呢。"

唐浩明说："你回家看是怎么回事。"

黄晓丽说："你跟我一起去吧。"

唐浩明说："你们说家事，我在场不好。"

黄晓丽从炕上下来，抻了抻上衣，朝门口走去。她走到门口，又转过身回到唐浩明身边，倾斜着身体，在唐浩明脸上亲了一口。唐浩明不但没回应，还对黄晓丽这个做法有点反感，看了一眼黄晓丽没说话。黄晓丽感觉到唐浩明表情的变化，不解地问："你怎么了，对我心不在焉的。"

唐浩明催促地说："你快回家看一看是怎么回事吧。"

黄晓丽做了个生气的表情，转身快步走出屋。

6

刘戏喜在何友国去找邹得旺后也从家里出来了，她担心邹得旺跟黄济仁说不通，心想多几个人跟黄家说会更好。她思量来思量去想找唐浩明的母亲说一说这事，虽然她平时跟唐浩明的母亲没来往，但认为唐浩明的母亲好沟通。她想去唐浩明家，又觉得这么做不妥当。她站在门前犹豫不决时，看见唐浩明的母亲从连队外往家走，急忙迎上前去。

唐浩明的母亲左手拿着镰刀，右手拎着竹篮，从菜地回来。她打招呼地说："你去哪？"

刘戏喜说："我想跟你说点事。"

唐浩明的母亲说："什么事？"

刘戏喜说："公安局把戏法抓走了，你知道吧？"

唐浩明的母亲说："不知道。"

刘戏喜不相信地说："你真不知道吗？"

唐浩明的母亲说："我真不知道公安局抓刘戏法。"

刘戏喜说："黄晓丽没跟你说过她跟戏法的事吗？"

唐浩明的母亲不解地说："晓丽跟刘戏法能有什么事？"

刘戏喜借着暗淡的光亮看着唐浩明的母亲，想从她脸上的表情中得到答案。她感觉唐浩明的母亲真不知道这件事。她原以为唐浩明的母亲知道黄晓丽报案的事，才来找唐浩明的母亲，当她发现唐浩明的母亲不知道这事时，就不想说了。

唐浩明的母亲不明白地说："刘戏法被公安局抓走，跟晓丽有什么关系吗？”

刘戏喜本不想说了，听唐浩明的母亲这么问便说：“是晓丽到公安局告的戏法。”

唐浩明的母亲惊异地问：“晓丽为什么告戏法？”

刘戏喜说：“晓丽说戏法想强奸她。”

唐浩明的母亲听刘戏喜这么说头像炸开了，好一会儿没说出话。她是本分的家庭妇女，对女人的贞洁看得很重。如果黄晓丽被强奸了，就像烂掉的西红柿没人要了。

刘戏喜说：“事情已经发生了，晓丽告戏法也得不到好处。晓丽还不如别告了，让戏法赔些钱给她。”

唐浩明的母亲说：“虽然浩明在跟晓丽处对象，但还没结婚，你最好跟黄家人说。”

刘戏喜说：“我怕黄家不同意，才想让你去说。”

唐浩明的母亲说：“晓丽既然没把这事告诉我，就是不想让我知道，我不能插言。”

刘戏喜说：“这么大的事，黄晓丽怎么会没跟你说呢？”

唐浩明的母亲说：“现在晓丽是跟浩明处对象，还没嫁给浩明呢，就算嫁给浩明，成为我儿媳妇，可儿媳妇跟婆婆也隔心，不像闺女跟妈那么近。”

刘戏喜认为唐浩明的母亲说的话合情合理，不好强求，婉转地说：“如果黄家跟你商量这事，你劝一劝黄家别告戏法了，咱们私下解决。”

唐浩明的母亲说：“既然晓丽去公安局报案没跟我说，也不会跟我商量这事。”

刘戏喜说：“你说得也对。”

唐浩明的母亲说：“刘戏法看上去挺本分的，咋会做这种事呢。”

刘戏喜说：“还是太年轻了，头脑一热失去理智了。”

唐浩明的母亲心里乱得很，不想说下去了，便说：“我得回家做饭了。”

刘戏喜说：“我也没做饭呢。”

唐浩明的母亲说：“别想那么多了，先回家做饭吧。”

刘戏喜回到家时，何友国已经从邹得旺家回来了。何友国把跟邹得旺说的话跟刘戏喜重复了一遍，刘戏喜也把跟唐浩明母亲说的话讲了一遍。刘戏喜说：“唐浩明的母亲还不知道这事。”

何友国说："黄济仁会不会也不知道呢？"

刘戏喜说："黄晓丽不告诉唐家是怕丢人，怎么会不跟自家人说呢？"

何友国说："咱们还不知道公安局怎么处理戏法呢，就把事情张扬了出去，是不是太着急了？"

刘戏喜说："如果等公安局把案件定了，就没法改变了。"

何友国说："最好能直接去找公安局长，只要公安局能从轻处理戏法，这事就不大。"

刘戏喜犯难地说："谁认识公安局长呢？"

何友国说："认识不行，得有私人交情。"

刘戏喜说："有私人交情也不行，还得送礼。"

何友国说："你去纪委找王书记送什么了？"

刘戏喜说："我什么也没送。"

何友国说："这事你做得不对，咱们跟王书记平时没来往，无亲无故的，空手去求她办这么大的事，你认为好吗？"

刘戏喜说："当时我听警察说戏法犯强奸罪就着急了，根本没考虑给王书记送礼的事。"

何友国说："如果你给王书记送礼，也许她会跟公安局多说点好话，帮一帮戏法。你什么也不送，张嘴白求人，她能跟公安局说吗？"

刘戏喜犯难地说："送什么呢？"

何友国说："明早我捕点鱼，你给王书记送去。"

刘戏喜说："你早点回来，在上班前送去好。"

何友国说："我饿了，做饭吧。"

刘戏喜正要去做饭，邹得旺来了。她问邹得旺去黄济仁家说得怎么样。邹得旺说此前黄济仁不知道黄晓丽告刘戏法的事。刘戏喜说："会不会是装不知道呢？"邹得旺说："不像。"刘戏喜说："这么说，告戏法只是黄晓丽一个人的主意了。"

何友国催促地说："你快去做饭吧，我饿得受不了了。咱们也不能因为戏法强奸黄晓丽了，全都绝食吧。"

7

唐浩明的母亲在院落里遇见了黄晓丽。黄晓丽叫了一声："姨。"唐浩明的母亲随口嗯了一声，看着黄晓丽走出院落。她看着黄晓丽远去的背影，如同看见一片阴云心情郁闷。她走进屋问唐浩明说："你知道晓丽去公安局报案的事吗？"

唐浩明感觉到母亲生气了，没说话。

唐浩明的母亲说："刘戏喜找我说晓丽报案的事了。"

唐浩明说："刘戏喜找你干什么？"

唐浩明的母亲说："刘戏喜让我劝黄晓丽别追究刘戏法的责任，让刘戏法给黄晓丽些钱做赔偿。"

唐浩明认为黄晓丽把事情弄复杂了，深深地叹息了一声。

唐浩明的母亲说："晓丽真被刘戏法强奸了吗？"

唐浩明说："刘戏法没得逞。"

唐浩明的母亲说："你早知道这事了？"

唐浩明说："我从桦川回来知道的。"

唐浩明的母亲说："你应该早点跟我说。"

唐浩明心想虽然是刘戏法的错，但对黄晓丽名声不好，难开口。他不让黄晓丽张扬，可黄晓丽没听他的。

唐浩明的母亲说："你是怎么想的？"

唐浩明说："不是已经报案了吗，公安局也把刘戏法抓走了，看公安局怎么处理吧。"

唐浩明的母亲说："如果晓丽真被刘戏法强奸了，你还跟她处对象吗？"

8

黄晓丽回到家时全家人都在屋里，谁都没说话，鸦雀无声，这种安静是从没有过的，她知道全家人为什么这样了。她走进屋，坐在炕边低着头。

黄济仁看了一眼黄晓丽的母亲，意思是想让黄晓丽的母亲问黄晓丽。黄晓丽的母亲翕动了一下嘴，什么也没说出来。黄济仁着急地问："你去公安局干什么了？”

黄晓丽说：“去报案了。”

黄济仁问：“报什么案？”

黄晓丽本想说刘戏法想强奸她，可话到嘴边又改了，做出漫不经心的样子说：“警察已经把刘戏法抓走了。”

黄济仁问：“是你报案让警察抓刘戏法的？”

黄晓丽说：“你想问什么直接说好了。”

黄济仁问：“刘戏法强奸你了？”

黄晓丽说：“他有这个意图，没能得逞。”

黄济仁说：“这么大的事，你怎么不跟我和你妈说呢？”

黄晓丽说：“我能处理好。”

黄济仁说：“你根本处理不好。”

黄晓丽说：“公安局不是已经把刘戏法抓走了嘛。”

黄济仁说：“你认为公安局把刘戏法抓走是好事吗？你认为抓走刘戏法事情就结束了吗？”

黄晓丽说：“当然了。”

黄济仁说：“你根本不应该去公安局报案。”

黄晓丽说：“我为什么不能报案？”

黄济仁说：“刘戏法虽然有想强奸你的意图，可他没得逞，你没受到伤害，以后注意防范就行了。你把事情张扬出去，外人全知道了，影响不好，这会毁掉你的名声。”

黄晓丽感觉父亲说的话跟唐浩明说的有相似之处，有点接受这种观点了，也有点后悔没听唐浩明的劝阻。可她已经去公安局报完案了，警察已经把刘戏法抓走了，事情发展到这种程度不由她决定。

黄济仁说：“你在报案前应该跟我和你妈商量，征求我们的意见。”

黄晓丽当时不想告诉家人，心想警察来把刘戏法抓走，拘留几天，让刘戏法知道她的厉害，以后低她一等就行了。可她想简单了，没想到警察抓走刘戏法后引起的连锁反应，这种反应如同巨浪扑来，如同台风刮起，让她无处躲避。

黄晓丽妈说：“你爸说得对，这件事你做得太草率了。”

黄晓丽不吱声。

黄晓丽妈问：“浩明知道这事吗？”

黄晓丽点下头。

黄晓丽妈问："他怎么看？"

黄晓丽说："他的看法跟你们一样。"

黄晓丽妈说："唐家会不会因为这事改变了对你的看法？"

黄晓丽说："不会吧。"

黄晓丽妈说："假如浩明因为这事不跟你处对象了呢？"

黄晓丽没这么想过，听妈这么说心像被针扎了那么疼，担心起来。

黄晓丽妈担心唐家会因为这件事改变对黄晓丽的态度，解除婚约，影响黄晓丽今后的婚姻生活，情绪低落地对黄济仁说："你说唐家对这件事会是什么态度？"

黄济仁说："肯定不好。"

黄晓丽妈说："真不应该报案。"

黄济仁说："太年轻，考虑问题不周到。"

黄晓丽妈心肠软，善良，不知怎么却为刘戏法的生活担心起来，轻声说："如果刘戏法被判刑，进了监狱，他媳妇会不会跟他离婚？"

黄济仁说："跟他离婚也是自找的，谁让他产生邪念了。"

黄晓丽妈想化解矛盾地说："何友国不是想私了，刘戏法知错了，要么咱们别追究刘戏法的责任了。"

黄济仁说："如果事情没张扬开，晓丽没报案，在警察没抓刘戏法之前可以，现在公安局已经把刘戏法抓走了，咱说的不算了。"

黄晓丽妈说："如果让晓丽去公安局说刘戏法没做这种事呢？"

黄济仁说："报假案会被拘留的。"

黄晓丽看父母这么为难，这么担忧，还有意让她去公安局撤案，反对地说："你们就别在这儿瞎想了，警察既然已经把刘戏法抓走了，等公安局处理好了。"

9

早晨公安局长刚到办公室，在拘留所值夜班的警察便来汇报工作。警察诉苦似的说刘戏法昨晚不停地喊冤枉，怎么劝说都不听，如同疯了似的喊了一夜。公安局长说："真冤枉他了吗？"警察说："看他那样如同上了刑场，要被枪毙那么绝望。"

公安局长把负责审讯刘戏法的警察找来了解案情。警察说："刘戏法不承认强奸黄晓丽的事。"公安局长问："黄晓丽有什么证据能证明刘戏法想强奸她。"

警察说："黄晓丽没有证据。"公安局推测地说："黄晓丽会诬告刘戏法吗？"警察说："这不太可能，因为刘戏法承认跟黄晓丽有暧昧关系，只是不承认想强奸的事。"

公安局长问："你的意见呢？"

警察说："这事不好办。"

公安局长问："不好办在哪？"

警察说："没证据。"

公安局长说："没证据案件就不成立。"

警察说："可刘戏法承认跟黄晓丽有暧昧关系。"

公安局长说："暧昧关系属于道德方面的事，跟犯罪区别大着呢。"

警察揣摩着公安局长的心思。

公安局长认为这件事可大可小，大了可以拘留刘戏法，小了可以走个形势，让刘戏法写份检查，算是处理完了。他有意往小处理。昨天纪委王书记来公安局时，虽然没有明说刘戏法的事，但已经表明王书记在给刘戏法说情了。领导说情很少有直接说的，只是在暗示，他得考虑王书记的想法。他在王书记走后没有急着过问刘戏法的案情，也是在看刘戏法是不是真的存在想强奸黄晓丽的事，如果事情属实，真的存在，他也不会从轻处理的。现在从审讯情况来判断，刘戏法想强奸黄晓丽的事可能性极小，黄晓丽讲述的事件过程中存在疑点，事件可以慢慢调查取证。最主要的是刘戏法不承认有意强奸黄晓丽，黄晓丽又没有证据能证明刘戏法想强奸她，这给从轻处理刘戏法提供了机会和理由。公安局长说："如果没有证据，就先把刘戏法放了，让他写份检查，等有了证据再做处理。"

警察说："如果黄晓丽来追问为什么释放刘戏法呢？"公安局长说："这还不好解释吗，就说在寻找证据，如果有证据立刻抓人。"警察从公安局长办公室出来，直接去拘留所把刘戏法带出来。

刘戏法以为警察还要审讯他呢，见到警察就说："你们别关我了，我没强奸黄晓丽。"

警察说："你没强奸黄晓丽，你强奸谁了？"

刘戏法没想到警察这么问，以为有人也告他强奸了呢，急忙说："我谁也没强奸。”

警察说：“谁能证明你没这种想法呢？”

刘戏法看了警察一眼，认为警察不讲理，在故意刁难他，心生愤怒，可他找不到能证明自己没有强奸的证人，也不能全怨警察。他迟缓了一下说：“可谁又能证明我有这种想法呢？”

警察说：“黄晓丽不是来报案了，不然我们能抓你吗？”

刘戏法说：“你们不能听她的，她精神有问题，她说我杀人我就杀人了？”

警察说：“你小子嘴还挺硬。”

刘戏法说：“我不想进监狱。”

警察说：“那你就别干犯罪的事。”

刘戏法说：“我没犯罪。”

警察把刘戏法带到办公室时，A警察和B警察也在办公室。

A警察说：“这小子肯定没干好事，如果干好事，大男人不会大白天在屋里插门。”

刘戏法说：“你这是什么理论！”

A警察说：“只有做了坏事的人心里有鬼，才胆小怕事。如果你没做坏事，白天插门干什么？”

刘戏法本想解释插门是为了防止黄晓丽去骚扰他，可又一想警察在追问他跟黄晓丽的事呢，解释也解释不清楚，还是少说黄晓丽好，看了一眼A警察什么也没说。

B警察说：“这小子看上去挺老实的，怎么会做强奸的事呢！”

刘戏法说：“我没强奸。”

B警察说：“你想强奸。”

刘戏法说：“想跟做是两回事。”

A警察说：“你这不是承认有想强奸黄晓丽的想法吗！”

刘戏法无奈地说：“我都让你们问蒙了，如果你们再这么问，我没罪也变成有罪了。真应该听罗一腿的，不跟你们警察多说话，说多了真没好处。”

A警察说：“你最好别听罗一腿的，罗一腿这次得判刑入狱。如果你听他的，也得判刑、入狱。”

刘戏法说：“我不听罗一腿的，只听你们的。”

B警察说：“你没老婆吗？”

刘戏法说：“有。”

B警察说：“你有老婆还做这种事，有劲往老婆身上用，累死了也没人管你。”

刘戏法知道警察是在戏弄他，心里产生强烈不满，可不能反驳，如果反驳激怒了警察，吃亏的是自己。警察把一张纸递给刘戏法，让他签字。刘戏法以为是让他承认强奸黄晓丽的事呢，拒绝地把纸往桌上一放说：“我不签字。”

警察说：“你不想回家了？”

刘戏法说：“想。”

警察说：“你不签字能回家吗？”

刘戏法说：“我签上字就可以回家了？”

警察说：“你是白痴吗？你不在释放证上签字，能放你回家嘛。”

刘戏法看了一眼纸上的字，是释放证，他拿起笔利落地写上名字后说：“我可以走了吗？”

警察说：“你写的字歪歪扭扭，太难看了。”

刘戏法说：“我上学不多。”

警察说：“你干的坏事却不少。”

刘戏法本想质问警察他干什么坏事了，可话到嘴边却没说出来。他还没离开公安局呢，如果警察生气了不放他走，更麻烦了。他急着想离开公安局，急着回家，又问：“我可以走了吗？”

警察说：“如果有了证据，我们还会抓你。”

刘戏法说：“我没强奸，哪来的证据。”

警察说：“你回去写份查检送来，不能应付，要写得深刻点，不深刻就把你送到管局看守所去。”

刘戏法从公安局出来往场部商店走去。农场只有一家国营商店，商店处在场部中心，位于人流集中的地方。他想搭车回红三连。商店刚开门，除了工作人员，没顾客。他朝红三连方向看去，看见刘戏喜骑着自行车来了。

刘戏喜从自行车上下来说：“公安局把你放了？”

刘戏法说：“让我回去写检查。”

刘戏喜说：“你跟我去纪委见王书记吧。”

刘戏法说：“哪个王书记？”

刘戏喜说：“就是从红三连调来的那个。”

刘戏法说：“找她干什么？”

刘戏喜说："昨天我去找她了。她去找公安局的领导，要么公安局能这么快放你出来吗？"

刘戏法这才明白公安局为什么放他出来了。他跟着刘戏喜朝农场机关办公室走去。

刘戏喜原本想早点给王书记送鱼，可是早晨何友国去取渔网时，路上自行车坏了，所以这么晚才来。她走进机关办公室，刘戏法在外面等着。

王书记知道刘戏喜来还是为了刘戏法的事。她已经跟公安局长说过了，局长会认真处理的。刘戏喜追得这么急，她心里不高兴。她正要对刘戏喜说"你别这么急"，可话还没说出口，办公桌上的电话响了，她转过身拿起听筒。电话是公安局长打来的，公安局说刘戏法承认跟黄晓丽有暧昧关系，但不承认有对黄晓丽强奸的意图，黄晓丽也没有人证和物证能证明刘戏法想强奸她。目前不能把刘戏法定为犯罪嫌疑人，先按照治安事件处理。

王书记说："虽然我在红三连工作过，但你别违反工作规定，要依法办案。"公安局长说："在纪委书记面前，我怎么敢违反工作纪律呢。"王书记说："刘戏法还在公安局关着吗？"

公安局长说："已经把刘戏法放了，让他回去写份查检送来，算是处理过了。"王书记说："有你这么秉公执法的公安局长，肯定不会有冤假错案。"公安局长说："谢谢书记褒奖。"

王书记说："我这还有事。"公安局长说："你先忙。"王书记放下电话转过身对刘戏喜说："公安局已经把刘戏法放了。"刘戏喜说："我知道了。"王书记不明白地看着刘戏喜，心想刘戏喜怎么知道的消息比她还早呢。

刘戏喜说："我在路上遇见戏法了，他在办公室外面呢。"王书记说："虽然公安局把刘戏法释放了，可案件还没结束，让他尽快把检查写好送到公安局去。"刘戏喜说："回家就让他写。"

王书记说："我得去开会了。"刘戏喜看周围没别人，轻声说："我给你带点鱼，你看放在哪儿？"王书记说："你的心意我领了，你把鱼拿回去。"

刘戏喜说："是早晨刚捕的，还活着呢，既然拿来了，怎么能拿回去呢。"王书记说："这次我收下，下次可不能往这拿东西了。"刘戏喜说："我去把鱼拿进来。"

王书记说："我开完会还得跟场长去管局，你把鱼送到我家吧。"刘戏喜说："好。"王书记说："我去开会了。"话音没落，她已经转身走了。

10

刘戏喜不知道王书记家住的地方，但刘戏法知道。王书记从红三连搬往场部时，刘戏法帮着搬家了。刘戏法骑上自行车，刘戏喜拎着装鱼的袋子坐在后面。

王书记的母亲前些日子从北京来农场看女儿，一个人在院落里浇花呢。虽然老人六十多岁了，但精神矍铄，面带慈善，说话客气。她不认识刘戏喜和刘戏法，拒绝收鱼，让他们把鱼拿回去。

刘戏喜说是王书记让送来的。老人没听女儿说有人来送鱼，担心收下鱼会影响女儿工作，无论刘戏喜怎么解释，老人坚决不收。刘戏喜索性把鱼放下转身就走。

刘戏法和刘戏喜回到红三连时，天近中午了。刘戏法在自家门前下了自行车，刘戏喜骑上自行车回了家。

何友国早晨三点钟就去取放在河里的渔网了。他在刘戏喜走后，吃过饭，整理好渔网就睡觉了。刘戏喜进屋时他刚醒，脸上带着睡意。他坐起身问：“王书记把鱼收下了？”

刘戏喜说：“收下了。”

何友国说：“王书记收了鱼，就会帮戏法说话。”

刘戏喜说：“戏法回来了。”

何友国说：“没事了？”

刘戏喜说：“公安局让写检查。”

何友国说：“写检查是走过场，把人放出来就没事了。”

刘戏喜说：“公安局是看在王书记面子上放戏法的，要么戏法今天出不来。”

何友国说：“戏法可能真没强奸黄晓丽，如果真有这事，王书记说情也不行。”

刘戏喜说：“就算没强奸，如果弄个调戏妇女的罪，还不关十天半个月的？咱们连老武家的大儿子因为五元钱被判刑五年，谁不知道是冤枉的，可有啥用。王书记帮戏法大忙了。”

何友国说：“老武当时没找王书记吗？”

刘戏喜说：“可能找了，没办成。当时王书记没当这么大官。”

何友国说："你没问戏法强奸黄晓丽没有？"

刘戏喜说："这种事怎么问。"

何友国说："警察能问，你是他姐，怎么不能问！"

刘戏喜说："别的事我可以问，这件事不问。"

何友国自言自语地说了句："强奸。"

刘戏喜看着何友国说："你也有这种想法吗？"

何友国说："我想，可能行吗？"

刘戏喜听何友国这么说愧疚感涌上心头，感觉对不住何友国，也对不起自己。前些年农场对计划生育工作管理得严，凡是生了一个孩子的家庭中，夫妻二人中必须有一个做结扎手术的。多数家庭是女的做结扎手术，只有少数是男的做。红三连只有三个家庭是男的做结扎手术，何友国是其中之一。另外两人做过结扎手术后没影响性功能，而何友国做了结扎手术后生殖器却挺不起来了，从此失去性功能，夫妻间没了性生活，生理规律打乱了，如同失去了调解器，很是苦恼。当时刘戏喜没去做结扎手术是怕手术刀，现在她后悔了，不如自己去挨那一刀。那一刀改变了何友国的性功能，也影响了他们的夫妻生活。

何友国站起身往屋外走。

刘戏喜问："你去哪儿？"

何友国说："我去戏法那。"

刘戏喜说："一会儿回来吃饭。"

何友国家住在刘戏法家东边，相隔不远，几分钟就走到了。

虽然刘戏法只有一天没在家住，感觉如同隔了一年似的，他觉得家是那么温馨。昨晚他被关在拘留所里，以为再也回不了家了，喊了一夜，嗓子喊哑了，心力交瘁。他饿了，去做饭。他从后窗户跳进菜园里，割了一绺韭菜，又到鸡窝里取了几个鸡蛋，韭菜炒鸡蛋，吃过水面条。他刚把菜和面条端上桌，何友国就来了。刘戏法说："你来得正巧，咱们喝点酒。"

何友国说："我回家拿几条鱼来。"

刘戏法说："你今天捕的鱼不是给王书记送去了吗？"

何友国说："给王书记送去的是挑大的，活的，死的，还有小点的没送。"

刘戏法说："别拿了，我饿了，你拿来我也没心情做，鸡蛋炒韭菜就挺好，我再弄个西红柿拌白糖。"

何友国也饿了，炖鱼时长，等不及了，便说："晚上让你姐做鱼，你过去吃。”

刘戏法麻利地把西红柿弄好，放在桌上，倒上两杯酒。

何友国吃了口菜，喝了口酒，观察着刘戏法的表情，试探性地问：“你怎么了？我和你姐都蒙了。”

刘戏法吃了口面条说：“可别提了，我遇见鬼了。”

何友国问：“公安局那边没事了吧。”

刘戏法说：“让我写检查。”

何友国说：“检查好写。”

刘戏法说：“我小学没毕业，不会写检查。警察说如果写得不深刻，还把我抓回去。”

何友国说：“警察是在吓唬你，不会因为你检查写得不好就拘留你。”

刘戏法说：“还是听警察的吧，认真写，写好点。拘留所不是人待的地方，我不想再进去了。”

何友国说：“邹云路在《农垦报》上发表过文章，你找他写。”

刘戏法也是这么想的。现在他没心情，也没精神，得调整好情绪才能去找邹云路。

刘戏喜拉开门走进来对何友国说：“我在家等你吃饭呢，你却在这儿喝上酒了。”

何友国说：“在戏法这，又不是在别人家。”

刘戏喜说：“你喝酒就不能去捕鱼了。”

何友国说：“昨天我把所有的网都用上了，才捕那么点鱼。如果不是为了戏法的事，昨天就不去了。”

刘戏法说：“我知道有个地方鱼多，哪天我领你去。”

何友国说：“你多捕点鱼，给公安局长和王书记送去，争取从轻处理。”

刘戏喜说：“黄晓丽会不会还去公安局告你？”

刘戏法说：“让这个骚货告吧。早知道她这么整我，还不如操了她。”

刘戏喜没想到刘戏法说这么脏的话，一时无言了。

何友国说：“你不能赌气，现在是黄晓丽告你，你得想办法让黄晓丽别告才行。”

刘戏法说：“她非要告，我能想什么办法？”

何友国说：“找人调解。我找过邹得旺，让他去找黄济仁说和、私了，可黄济仁不同意。”

刘戏法说："那就是一窝黄鼠狼子。"

刘戏喜说："小点声，别让黄家听见。"

何友国喝了几杯酒，没吃饭，跟着刘戏喜回家了。

刘戏法一个人回屋里，没插门。事情弄到公安局那儿了，就不怕黄晓丽来找他。假如黄晓丽现在来找他，就有理由说黄晓丽故意诬告他。

他又喝了点酒，带着醉意，吃了几口面条后睡觉了。

11

黄晓丽妈一个人在家，透过窗户看见刘戏法和刘戏喜从门前经过，心想公安局怎么把刘戏法放出来了呢？她认为这不是好兆头，注意着刘戏法家的动向。

黄济仁进屋时，黄晓丽妈迫不及待地把刘戏法回来的事说了。他站在屋里朝刘戏法家院落里看，刘戏法家静静的，没声音。他不相信地说："你没看错吧？"

黄晓丽妈说："那么一个大活人，能看错吗！"

黄济仁说："刘戏法没在家吗？"

黄晓丽妈说："应该在家，没看见他出去。"

黄济仁原本认为黄晓丽是有理的，如果公安局这么快把刘戏法放了，证明刘戏法问题不大，对黄晓丽不利。他怀疑黄晓丽说的话不是真的，隐瞒了实情。

黄晓丽妈的心情比黄济仁还糟糕，她连续说了好几遍公安局为什么会释放刘戏法，如同着魔了似的重复着。黄济仁听得心烦了，便说："你去做饭吧。"

黄晓丽妈去做饭了。

这时黄晓丽和黄晓星及黄晓全回家了。黄晓丽看黄济仁不高兴，转身去厨房帮着做饭。

黄晓星对黄济仁说："你们能不能别整天阴着脸，好像谁欠了你们很多钱似的。"

黄济仁说："刘戏法回来了。"

黄晓星愤怒地说："狗娘养的，他怎么能这么快从公安局出来呢？"

12

刘戏法醒来时屋里黑黑的，他坐起身，定了定神，看了一眼墙上的挂钟，已经是二十三点十分了。他觉着肚子饿了，走过去把门插上，拉上窗帘，开了灯。灯光让他产生不安全感，又立刻把灯关掉。他用手电筒照亮在厨房做饭，如同特工在寻找机密文件似的，他怕让黄济仁家看见。白天他不怕黄济仁家，晚上怕。如果他一个人在家发生什么事，没人给他证明的。他不想引起更多麻烦，在保护自己。

他把剩面条热了，趴在灶台前吃了。回到客厅后，他坐在窗前看着屋外的夜色，情丝翻动，想着心事。他知道这件事做错了，有些后怕，但想不明白黄晓丽为什么这样做。

那是十多天前的下午，他在睡午觉，迷迷糊糊听见有人叫他，他睁开眼一看是黄晓丽站在炕前。他如同被浇了凉水似的坐起身，问黄晓丽有什么事。黄晓丽说闲着没事，想跟他去河边玩。他看了一眼时间，说过会才去捕鱼。

黄晓丽骑着电动车跟着刘戏法去河边捕鱼了。

红三连南边是松花江，松花江与红三连之间隔着十多里路宽的荒草地。松花江有许多支流纵横交错分布在荒草地里，这些支流成为连队职工捕鱼的场所。

这是干旱的季节，河水不深，鱼不多，如果捕到的鱼多了拿到场部卖，如果少了自己家吃，改善生活。

捕鱼者多数是没有机车的职工。有机车的职工忙着维修机车，为秋收工作准备着。刘戏法没机车，麦收过后农活少了，开始捕鱼。他捕鱼是为了挣钱寄给河南老家的妻子。

他妻子回老家生孩子这件事在连队没几个人知道的。他生了一个女儿，想生第二个孩子，农场计划生育工作管得严，如果违反计划生育政策，不但罚款，还会被开除公职。刘戏法的妻子不是职工，工作上连队基本不管。他让妻子回河南老家生第二个孩子了。

他妻子回老家一年多了，他一个人过日子确实寂寞，无聊……发生了跟黄晓丽这件事。此刻他想起在河南老家的妻子和孩子，仿佛听到了婴儿的哭声……不觉中困倦涌来，移动几步，躺在炕上睡着了。

他醒来时天光放亮，按照往日的判断应该天刚亮。他看了一眼墙上的挂钟，发现已经快八点了。他知道是阴天，光线不好。昨天闷热，今天可能要下雨。他听见卞祥林在大喇叭里通知职工去连队会议室开会，他急忙起身去找邹云路。他不想让邹云路去开会，想让邹云路帮他写检查，所以他必须在邹云路开会前找到邹云路。他刚走出院落，黄晓星和黄晓全便追过来挡在他面前，摆出打架的姿势。他质问地说："你们想干什么？"

黄晓星说："我想揍你这个流氓。"

刘戏法说："我跟谁流氓了？"

黄晓星说："你连畜生还不如呢。"

刘戏法说："闪开，我还有事呢。"

黄晓全说："兔子还不吃窝边草呢，咱们是邻居，你居然能对我姐使坏。"

刘戏法临危不惧地说："你们两个想打架是不是？"

刘戏喜还没走到刘戏法家呢，就看见黄晓星和黄晓全围住了刘戏法，远远地大声喊："你们不能打架，谁先动手我就报警，让警察抓你们。"

虽然黄晓全和黄晓星有要揍刘戏法的冲动，但胜算不大，不敢轻易动手。他俩听见刘戏喜这么喊后，更加胆怯，更不敢动手了。

刘戏喜喘着粗气跑到他们三个人面前说："有事找连领导去说，如果连领导说不清，解决不了，可以去找场领导说。不管什么原因，你们不能打架。"

黄晓星说："你好好管一管你这个不要脸的弟弟吧。"

刘戏法急着去找邹云路，没时间多说什么，快步朝邹得旺家走去。

13

天还没亮，阴云笼罩着天空。虽然天阴沉沉的，有下大雨的迹象，但只飘着雨丝，没下大。邹云路站在窗前看着外面，判断着是否需要带雨伞去开会。他迟缓了片刻，没拿雨伞走出屋。时断时续的雨丝飘落在身上，如同纱网笼罩着他。他视线模糊，感觉身上有点冷，穿的衣服少了点，加快了脚步。

北大荒初秋季节的阴雨天凉意渐浓，给人夏季远去秋天走近的感觉。他出了院落转身朝西方向走去，刚转过身就听见身后有人喊他。声音他熟悉，知道是刘戏法喊他。他止住步，转过身看见刘戏法远远走来。他以为刘戏法也去开会呢，站在那儿等刘戏法走近。

刘戏法用恳求的语气说："你别去开会了，在家帮我写检查吧。"

邹云路看了一眼天空，脸露难色，犹豫着。因为无故不去开会，连长会点名批评的，还会罚款。他说：“开完会再写呗。”

刘戏法说：“公安局急着要检查，如果检查写不好就拘留我。”

邹云路说：“我还没写过检查呢，担心写不好。”

刘戏法说：“你能在《农垦报》上发表文章，就能写好检查。”

邹云路说：“写检查跟写文章不同。”

刘戏法说：“我相信你能写好。”

邹云路说：“我得找连长请假。”

刘戏法直言地说：“我去找卞祥林给你请假，你在家帮我写检查。”

邹云路认为让刘戏法找卞祥林请假，不如自己去请假好，便说：“我自己去请假吧。”

刘戏法知道卞祥林会同意的，脸露喜色，高兴地说：“你跟卞祥林说我有事，不去开会了。”

电线杆顶上的大喇叭再次响起来，卞祥林浑厚的声音第三次从喇叭里传出来，催促职工去连队会议室开会。大喇叭安放在电线杆顶上，声音大，传播远，不只覆盖了整个连队生活区，还传到连队以外更远的地方。

邹云路知道卞祥林每次开会只通知三遍，第三遍过后就开会了，他加快了行走速度。

这是一条南北方向的主路，从连队生活区穿过，把生活区一分为二，分割成东西两部分，路南端直通松花江边，路北端通往连队办公室及农场场部。

这是进出连队唯一的主路。

连队办公室在连队生活区北面，离生活区有一里多路的距离。沙石路面在下雨时变得泥泞，难走，走过后留下深深的脚印。邹云路走在路中间，路中间地面硬，泥不沾鞋，相对好走。

卞祥林正准备关会议室门，看邹云路走来，手拉着门，笑着说：“你快点，马上开会了。”

邹云路说：“我来请假，戏法让我帮他写检查。”

卞祥林三十多岁，一米七六的个子，胖胖的身材，戴着近视镜，说话风趣、幽默。十多年前，他从山东菏泽老家投奔亲戚来到红三连工作。因为他年轻，好学，有上进心，连队重点培养他。他从工人到班长，又从班长到排长，随后被提拔为副连长，农场又保送他在宝泉岭管理局农机校学习两年。一年前，他中专毕业后回到红三连当了连长。公安局打电话把刘戏法和黄晓丽的事告诉了他。他认为刘戏法做了不该做的事，笑着说：“戏法这小子怎么能干出这种事呢。”

邹云路说：“戏法说不来开会了。”

卞祥林说：“他哪有心情开会。你帮他好好写，别让公安局把他关起来。”

邹云路说：“我尽量往好了写，可是公安局关不关他，这要看他的运气了。”

卞祥林关上会议室门开会了。

雨下大了，邹云路跑着回家了。

刘戏法在屋里等他。邹得旺是家属，没去开会。他把刘戏法被公安局抓走后何友国找他去黄济仁家的事告诉刘戏法了。刘戏法认为公安局把他放了，就不会有大问题，不想跟黄济仁私下解决，更不想给黄晓丽钱，懊恼地说：“那就是个婊子，主动接近我就是想要钱。我没强奸她，我不会给她钱。”

邹得旺说：“你姐夫和你姐怕公安局给你定罪。”

刘戏法说：“我急着把检查写好送到公安局去，就是想让公安局尽快处理，要么心里总像有块石头似的。”

邹云路回到家时雨下得又小了，又是细雨如丝，可是身上的衣服和鞋被雨淋湿了。他洗了脚，换上衣服说：“如果不是回来给你写检查，我也不会被淋着。”

刘戏法说：“你不去请假，事后跟卞祥林解释一下也行。”

邹云路说：“先请假是对领导的尊重。”

刘戏法问：“你请假，卞祥林没说什么吧？”

邹云路说：“他让我好好帮你写，别让公安局把你关起来。”

刘戏法说：“卞祥林还有点哥们儿情意。你真得帮我好好写，不然警察那我过不去。”

邹得旺不想让邹云路帮刘戏法写检查，因为他跟老唐家关系好，跟黄济仁家来往也多，如果邹云路帮刘戏法写检查了，担心会引起唐家和黄家的不满。刘戏法在面前他没有机会和理由阻止邹云路写检查，他对刘戏法说：“云路帮你写检查，公安局能同意吗？”

刘戏法说：“我跟警察说是自己写的。”

邹得旺说：“你想好了，别云路帮你写了，公安局那过不去。”

刘戏法说：“我小学没毕业，哪会写检查，就算我写了，也写得不深刻，公安局那也过不去，还是让云路写吧。”

邹云路刚参加工作，没社会经验，没明白邹得旺的意思，也没想那么多。他拿着笔和纸趴在炕上做记录，刘戏法侧身讲着他跟黄晓丽的事。

刘戏法把跟黄晓丽的事从头到尾讲了一遍。邹云路还没谈过恋爱，更没性经历，在刘戏法讲到深夜从自家菜园里去黄晓丽的小屋时，听得邹云路阴茎勃起，情绪激动，身上的血都沸腾了。邹云路手中的笔在纸上停住了，没写下去。刘戏法不解地问："你怎么不写了？"

邹云路不相信地说："你的阴茎已经触碰到黄晓丽的内裤了，你又退却了，这是真的吗？"

刘戏法说："当然是真的了。"

邹云路说："这么写警察会相信吗？"

刘戏法说："这是事实，我没说谎。"

邹云路把刘戏法讲述的全部记下来。

如果说邹云路写的是检查，不如说是记录刘戏法与黄晓丽发生的事情经过准确。邹云路工工整整记下刘戏法说的每一句话，生怕落下了哪句话，影响了公安局对刘戏法的处理决定。他感觉写这份检查比给报纸写稿还累，放下笔时手酸痛，身子麻了，在屋里踱步，如同完成了任务。

刘戏法看邹云路写的字迹整洁，满意地说："不错。"

邹云路说："不知道公安局那能不能过关。"

刘戏法说："反正比我写得好，我也写不出来。"

邹云路说："你给警察看一看，如果不行再重写。"

刘戏法把检查折叠好，放进兜里去公安局了。

雨停了，虽然天还阴着，但不影响刘戏法去公安局送检查。雨后沙石路有些泥泞，自行车轮胎上粘着泥，骑自行车要比平时多费力气。刘戏法到公安局时接近中午下班时间了，那位负责审讯他的警察坐在办公室里看美国作家西德尼·谢尔顿写的小说《假若明天要来临》。警察在刘戏法走进屋时把书放在办公桌上，审视着刘戏法。刘戏法走到警察面前说："我把检查写好了。"

警察伸手接过检查扫视了一眼问："是自己写的吗？"

刘戏法在警察面前不敢说谎，坦白地说："我找人代笔写的。"

警察问："事情是真的吧？"

刘戏法保证地说："上面写的百分之百是真的。"

警察说："字写得不错。"

刘戏法说："邹云路写的。他经常在报纸上发表文章，农场里没有人不知道他的。"

警察也爱好文学创作，只是没发表过作品。他在《农垦报》《鹤岗日报》《佳木斯日报》等报纸上读过邹云路写的文章，敬重邹云路。他说："你跟邹云路关系很好吗？"

刘戏法说："我们是河南老乡，亲如兄弟。"

警察说："你把检查读一遍，我听一听。"

刘戏法没想到警察会让读检查。虽然他不愿意读，但不想引起警察的反感，如同上学时当着老师面读课文那样读起检查来：

检　　查

尊敬的公安局领导：

我是红三连职工刘戏法。因为我思想不坚定，跟黄晓丽发生作风问题，给农场治安工作带来了不良影响，我十分愧疚。现在我郑重对犯过的错误行为进行深刻反思，认真检讨自身问题，改过自新，确保以后绝不再犯类似错误。

那天我正要去捕鱼，黄晓丽说跟我去河边散心。她跟我一起去了河边，让我背她过河，当她趴在我的后背上时，我感觉到了她的乳房，受到了刺激……我跟她亲吻了……但我克制住了感情，控制住了欲望……我没跟她发生性关系。

黄晓丽还约我晚上去她住的小后屋。我去了，当阴茎触碰到她的内裤时，我退缩了……我没跟她发生性关系。有一次我想跟她发生性关系，可阴茎刚碰到的她短裤，却被她拒绝了。我从没强迫她……我犯了这样错误，想来十分后悔。现在我十分内疚，可是错误已经铸就，我除了自责、忏悔，更重要的是思考如何改正错误。我会努力反省、认真自查，深刻反思自身问题与不足，保证不再犯下类似错误。

请对我宽大处理，提供悔过自新机会。

刘戏法

1987 年 8 月 18 日

警察饿了，也到下班时间了，更受不了检查中提到的两性话题，挥了下手说："你别念了，我把检查交给领导，让领导做决定吧。"

刘戏法把检查交给警察后离开了公安局。

14

黄晓丽没想到公安局这么快把刘戏法放了，很郁闷，如同掉进悬崖那么绝望。她去公安局讨说法，想问为什么释放刘戏法。她在公安局大院门口遇见A警察了。A警察不想理黄晓丽，有意避开。黄晓丽却挡住了A警察，质问地说："你们为什么把刘戏法放了？"

A警察说："刘戏法不承认有意强奸你，你又没证据能证明他想强奸你，没证据是不能逮捕他的。"

黄晓丽在电视和电影里看警察审讯犯罪嫌疑人时，对方不承认就用刑，认为警察没对刘戏法用刑，如果对刘戏法用刑，刘戏法就会承认，便问："你们审讯刘戏法了吗？"

A警察说："当然审了。"

黄晓丽问："怎么审的？"

A警察有点恼火地说："怎么审的还用向你汇报吗？"

黄晓丽说："我只是问一下。"

A警察说："不是我审的，你去问别人吧。"

黄晓丽看A警察生气了，没有继续问。A警察也不想说下去了，从黄晓丽身边走过去。黄晓丽看了一眼A警察的背影，没了底气，但还是走进公安局办公室。

负责审讯刘戏法的警察在黄晓丽说明来意后，把刘戏法送来的检查往黄晓丽面前一扔，求证地说："你自己看一看事情是不是属实。"

黄晓丽在唐浩明家看过邹云路写的手稿，认识邹云路的字体，知道检查是邹云路写的，被邹云路帮刘戏法写检查的做法激怒了。她说："检查不是刘戏法写的。"

警察说："谁写的不重要，重要的是不是属实。"

黄晓丽说："检查也可以代写吗？"

警察说："别说是检查了，告状信还可以代写呢。"

黄晓丽不吱声了。

警察说："如果事情属实，你自己也有问题。"

黄晓丽没有争辩，转身走了。她满脑子是邹云路为刘戏法写检查的样子。她认为邹云路不应该帮刘戏法写检查，她要质问邹云路为什么帮刘戏法写检查。

邹云路和邹德旺正在屋里吃饭，黄晓丽气冲冲地闯进来了。邹云路看着黄晓丽愤怒的表情，预感到邹德旺担心的事发生了。

黄晓丽说："显你会写文章怎么的，你帮刘戏法写检查！"

邹云路说："是他找我写的。"

黄晓丽说："他找你写你就写！我找你写，你是不是也写？"

邹云路突然感觉黄晓丽说的在理，他帮刘戏法写检查了，如果黄晓丽来找他帮写申诉材料，他能帮写吗？假如他帮黄晓丽写了，刘戏法又会怎么想呢？他左右为难。

黄晓丽说："你们家跟唐家关系那么好，你跟浩明像亲兄弟似的，你居然帮刘戏法对付我，你做得对吗？"

邹云路说："我没帮戏法对付你。"

黄晓丽说："你不用辩解，你帮刘戏法写检查就是在帮他对付我。"

邹云路说："我是帮戏法写检查了，可我没有帮他对付你的意思。"

黄晓丽说："你可以不承认，但你这么做了，浩明会生你气的。"

邹云路还想解释，但黄晓丽不听，转身走了。邹云路感觉到事情的严重性，有点苦恼，郁闷了。

邹得旺说："你帮戏法写检查时我就认为不妥当，可戏法在面前，我没法阻挡。"

邹云路说："我不就是帮戏法写检查了嘛，别的事我也没做呀！"

邹得旺说："你还太年轻，想得过于简单了。这件事看上去是戏法和黄济仁家的事，可黄晓丽在跟浩明处对象，也关系到唐家的事。你帮戏法写检查，无意中就得罪了浩明。"

邹云路说："怎么会这么复杂呢！"

邹得旺说："你刚接触社会，经历的事少，想得简单，不懂怎么处理人与人之间的关系，以后遇事多动脑筋，要么会吃亏的。"

邹云路没心情吃饭了，去向唐浩明解释。

唐家人看邹云路表情跟平时不同，情绪反常，问怎么回事。邹云路解释他帮助刘戏法写检查不是帮刘戏法对付黄晓丽，当时没考虑那么多，如果考虑到了，就不帮刘戏法写检查了。唐家人对邹云路印象好，也知道刘戏法跟邹家关系好，刘戏法找邹云路帮写检查，邹云路没办法拒绝，再说写检查不是这件事的根源，也起不到处理结果的作用，不生邹云路的气。可唐家在意检查中写的事，因为这件事公开后唐家只听黄晓丽一个人在说，不知道黄晓丽说的是否属实。刘戏法找邹云路写检查，邹云路肯定知道刘戏法跟黄晓丽发生的事。唐家想知道刘戏法是怎么说的，询问检查里写了什么。

如果说邹云路没想到帮刘戏法写检查会激怒黄晓丽，那么让他更没想到的是唐家让他说检查的内容，他十分不想说检查里的内容。唐家人在等他说，如果他不说会引起唐家的不满意，影响交往与关系，不得不说起检查的内容。虽然他在讲述刘戏法跟黄晓丽在夜里交往时隐去了阴茎碰到黄晓丽的短裤、触摸到了黄晓丽的乳房等部分细节，但也激起了唐家人对黄晓丽的不满与怨气。

唐家人认为黄晓丽在这件事上是有问题的，有失女人的道德。唐浩明的弟弟唐浩龙意见最大，在这件事发生后，他就让唐浩明终止跟黄晓丽的恋爱关系。他说："这种女人咱家不能要！"

唐浩明开始时不同意跟黄晓丽断绝关系，可现在没有不断绝的理由了。

邹云路心情很不好，在唐家待了一会儿离开了。他从唐家出来时遇见黄晓丽了，黄晓丽瞪了邹云路一眼，邹云路情绪低落地走了。

黄晓丽走进屋时唐家没一个人说话，谁都没理她。她指责地说："邹云路好坏不分，以后别理他了。"

唐浩龙说："为什么？"

黄晓丽说："他跟咱们关系这么好，还帮刘戏法写检查。"

唐浩龙说："检查里写的是假的吗？"

黄晓丽没说话。

唐明的母亲说："云路这孩子不错，咱们了解他。"

唐浩明感觉气氛不对，起身从屋里走出来，黄晓丽也跟了出来。唐浩明显得无奈地说："以后你别来找我了。"

黄晓丽听唐浩明说这句话如同晴空霹雳似的蒙了，语气颤抖地问："你什么意思？"

唐浩明反问地说："你不清楚吗？"

黄晓丽表白地说："浩明，你别听他们的，我爱你，我喜欢你，我对你是真心的。"

唐浩明说："你走吧，以后别来找我了。"

黄晓丽扑通跪在地上，发誓地说："浩明，我真爱你，你要相信我，我对你没二心。"

唐浩明没想到黄晓丽会下跪，有点不知所措，心突然软了，有点动摇，可是唐浩龙走过来了。

唐浩龙说："哥，这种女人你不能娶，这是什么东西，为了达到目的说下跪就下跪，如果让她脱裤子，她是不是也脱，让她跪着吧。"

黄晓丽用渴求的眼神看着唐浩明。

唐浩明把目光移开。

唐浩龙拉着唐浩明朝院落外走去，边走边说："世上还有这么不要脸的女人。"

黄晓丽站起身回家了。

15

虽然黄家人对黄晓丽有意见，责备她处事轻率，欠考虑，可事情已经发生了，弄成这种局面，责备也没用，还得想办法尽力挽回，努力往对黄晓丽有利的方向发展。黄家人对唐浩明的印象好，更主要的是黄晓丽在跟唐浩明处对象期间两人发生过多次两性关系，所以不想失去唐家这门亲家。黄家找邹得旺去跟唐家说和。

虽然邹得旺是唐浩明和黄晓丽的媒人，但他不想再去说这件事。一年前黄家来找他去唐家提亲，他二话没说就答应了。当时黄晓丽高中毕业刚回到连队工作，黄家找邹得旺去唐家提亲，邹得旺认为这门亲事能成。唐家虽然对黄济仁印象一般，但对黄晓丽是满意的。唐浩明二十四岁，黄晓丽十九岁，两人相差五岁。现在黄晓丽弄出这件事，惊动了公安局，影响太坏。唐家对她印象不好，毁婚约了。邹得旺认为去唐家说，也改变不了唐家对黄晓丽的态度。

黄家看邹得旺不愿意去唐家说这事，不好勉强，又找别人去唐家说。唐浩明的父母说这是两个孩子之间的事，大人不好插言。唐浩明承受着家人的压力，也接受不了黄晓丽这么做，决定不跟黄晓丽来往了，黄家很失望。

有一次黄济仁喝醉了酒，失口地说：“唐浩明这小子太不地道了，他跟我闺女发生了二十多次性关系，说断就断了……”

在场人听得瞠目结舌。

唐浩明听到这个传言后毫不介意地说：“每次都是黄晓丽主动要求的，我是男人，能拒绝得了吗！”

黄晓丽承认自己做错了事，也承认自己固执，不然事情不会发展成这样。当初她主动接触刘戏法，是在唐浩明开着收割机去桦川县干活后。桦川县与农场隔着松花江，在江南岸。桦川县收割机少，麦收工作进展慢，每年农场麦收工作结束后，收割机主便去桦川县干活。唐浩明走后，黄晓丽觉得无聊，找刘戏法一起去河边玩。前几天两个人玩得开心，黄晓丽也没别的想法。她看见电视里有女人找男人要钱的，也萌生了找刘戏法要钱的念头，可刘戏法没给她。她为了自尊，为了脸面，赌气去公安局报案，说刘戏法想强奸她。她想让刘戏法在连里抬不起头，永远怕她。可她没能把刘戏法的名声弄坏，却毁掉了自己，她在红三连没脸面见人了。

她酿的苦酒只能自己喝。她没脸继续在红三连生活下去了，也不想在这个农场生活了，红三连不会有男人娶她，这个农场也没有哪个男人能娶她。她为了不让自己剩在家里，更想早点忘掉这段不光彩的生活，抹去伤痛，在当年冬季，农忙过后便嫁到很远的一个农场。那个男人不如唐浩明好，那个农场也不如这个农场好。那个男人配不上她，可她想用远距离遮掩这段不光彩的生活。在她出嫁的日子，母亲叮嘱地说：“你嫁人了，自己成家了，不是小孩子了，遇事不能任性，要学会忍耐。”

黄晓丽点着头。

黄晓丽的母亲说：“女人要守住道德底线，不能随意做超出夫妻间的事。”

黄晓丽知道母亲早就想这么说她了，可一直没说出口。她理解母亲的心情，知道母亲担心她在以后的生活中再做错事。她说：“妈，我知道了，你放心……”

《江河文学》2017 年第 4 期

《文学天地》2017 年第 3 期双月

《北大门》2017 年第 2 期

出租院落的故事

1

这是一个大杂院。在这个大杂院里，居住着两家异地的乡下人，他们是两对夫妇，四口人，互不相识，没有往来。事有凑巧，这两家人中，又都只有一个人常在大杂院落里居住，而另外一个都不常回来。一家是女人在家，而另一家是男人在家，不知情的人会误认为他们是夫妻。这就使这个大杂院里的生活有点与众不同，多了几分男女婚外情的色彩。

在这种色彩的笼罩下，便发生了这样不同寻常的事情。

李东和自己的女人是来自菏泽的乡下。他们来青岛有一年多了，日子过得平稳，有序。他们一来青岛，就租住在这个院落里的东头那三间正房。而徐菊花与她的男人是才来青岛不久的，他们也租住在这个院落中。徐菊花租住在西端的两间正房。李东与徐菊花家之间没有隔墙或是栏杆，也没有其他障碍物。两家同住在一个院子里，来往畅通无阻。两家房屋与房屋之间有一个厨房，这是两家公用的厨房。他们两家人进出院落时，共同走一个院落大门，还共用一个厕所。这样一来，两家人在生活中就有些亲密接触了。

徐菊花家做饭的炊具放在厨房东墙的西侧，而李东家的炊具却放在东侧。厨房的面积只有一间房屋那么大，两家人共用不是太宽敞，显得有点拥挤。如果遇上两家在同一个时间做饭，就会发生背靠背，脸对脸，身体之间偶尔还会发生摩擦的现象。这样一来，就会引起彼此的关注。

最初因为陌生，他们之间很少说话，也都尽量错开做饭的时间，这样大家都不会觉着紧张。

李东从徐菊花的肢体动作上判断出这是一个来自乡下的女人。徐菊花的上身只穿着一件半白半黄的衬衫，松松垮垮的，几乎没有第二件可换洗的上衣。这种着装着实让李东认定她是一个来自很穷的乡下。徐菊花不但没有得体的衣服，还没有穿乳罩。她不习惯穿乳罩，她认为穿上乳罩会让乳房不见风，没了凉爽的感觉，对身体不好。这样一来就发生了一次让她记忆深刻的事情。那次她和李东同时在厨房做饭，李东的胳膊偶然碰到了徐菊花的乳峰。虽然那是发生在如同流星急驶的瞬间，可两个人心里都有了感觉，脸唰地都红了。后来李东就常想起那软绵绵的感觉，这让他产生一种幻想。

那时李东还不知道徐菊花的名字。

徐菊花曾经告诉过李东她姓徐。她认为两个人只是住在同一个院落里，没有过多来往，告诉不告诉全称都无关紧要。

当时徐菊花也不知李东姓李，她没有问，也不想问。她认为这个男人与她的生活无关，就不想多嘴了。

徐菊花出来打工前的那个夜晚，她男人刘为阳在被窝里唠叨了一个晚上。刘为阳说的话题都是关于跟城里男人打交道方面的事情，刘为阳生怕徐菊花跟城里的男人跑了。徐菊花听出刘为阳话中的意思，她很烦心，一裹被子，翻了个身，就到炕的另一边去了。

刘为阳看徐菊花不理他，眉毛拧在了一起，趴在被窝中吸起旱烟来。不一会儿，屋里就烟雾缭绕了。他有点生气地说："我这是为了你好，王二的老婆能不能？没到城里几天，不就被城里的男人弄大肚子了。"

徐菊花反驳地说："她是她，我是我。你说这话不对，就好像我一到城里，就被城里的男人把我弄大了肚子似的。"

刘为阳说："我这不是为你担心吗？如果走到那个地步，不就晚了嘛。"

徐菊花把身子一转说："我不去城里也行，有本事你挣钱，盖个新房子。如果你能挣到钱，我当然不去城里了。你不能挣钱，我只好出去打工了。你看咱住的房子，跟狗窝有什么区别，也不能总住在这种破房子里呀。我如果真的让城里男人睡了，也是因为你没本事，你也不能怨我。”

刘为阳顿时无语了。他是一个不求上进的男人，还胆小怕事。村子里的年轻夫妇几乎都盖了新房，只有他们很少的几户人家没有盖新房了。他家成为村里的贫困户。村里的人过去都没有钱，日子过得也都不好。可这几年他们有的去上海，有的去北京，还有去深圳打工的，每次从外面回来都带好多钱，改变了家中的生活面貌。徐菊花也让刘为阳去城里打工，可刘为阳像是有城市恐惧症似的，就是不肯去。徐菊花话说多了，刘为阳就会把眼睛一瞪，理直气壮地说：“去城里做啥？扫大街呀！那不是糟蹋自己吗？”

徐菊花说：“靠出力气挣钱有什么不好？你怕丢面子是不是？你的面子就那么重要吗？你想没有想过是面子重要呢，还是生活重要？”

刘为阳说：“我总觉着到城里打工不踏实，没有安全感。”

徐菊花说：“就你怕。城里又不是狼窝，你怕什么？胆小鬼。”

刘为阳不说话了。无论徐菊花怎么劝他去城里打工，依旧是无动于衷，他仍然是每天去田里，早出晚归。田里根本也没有那么多农活，他在田里坐着看风景，不到点不回家。他把收入都寄托在那几亩地上。

徐菊花忍不住了，决定自己到城里去打工挣钱，改变生活，过上好日子。

刘为阳看徐菊花决心已定，非去城里打工不可，想了一个晚上，第二天早晨改变了态度，也跟徐菊花一起去城里打工了。

徐菊花带着刘为阳来到沿海城市青岛，开始了打工的新生活。

2

徐菊花领着刘为阳一路风尘地来到了青岛，面对大城市的繁华与喧嚣，有点不知所措。他们还是第一次来青岛呢，这座城市让他们很陌生。他们看着座座高楼发愁了。刘为阳在一个老乡的引荐下到建筑工地上做力工了。徐菊花暂时没有找到工作，便也跟着去了建筑工地。当时工地才开工，工人还没有完全到岗，宿舍有地方，他们就住到了工地上。可没过多久，工地上陆续来了好多工人，住的地方满了，徐菊花不得不另外找地方住。其实，工头也给他们找了个住的地方，可刘为阳没同意住，他执意让徐菊花到城里租房子住。他发现工头看徐菊花的眼神不怀好意，他怕工头霸占了自己的女人。徐菊花没有住楼的习惯，更不舍得花那么多钱去租楼房，她认为能住就行了，就这样她住进了贫民区的院落里。

青岛虽然好，可人与人的收入还是有区别的，并且差距很大，生活中穷人总比富人多。徐菊花在楼群中的一个角落，找到了一个大杂院。这里不仅是一个大杂院，而是很多，一个连着一个，连成了一片，院落与院落之间相通的是又阴又潮湿的小巷子。因通风不好，巷子中散发着刺鼻的气味。这种现象与现代化城市建设极不协调，政府正在对这种住宅区进行逐步改造。这里的居民有的已经搬到新买的楼房里去了，有的还住在这里，等着政府拆迁。搬走的居民就把闲置的屋子出租给来城市打工的异乡人。来城市打工的异乡人都是为了挣钱而来，他们在生活中非常节约，为了少花钱，通常是几家人同租住在一个院落里。

徐菊花和李东就是租住在同一个院子里的外乡人。

他们来青岛都是为了一个梦想，那就是为挣钱而来。

徐菊花租住的院落很大，她住进去时才知道院落里还住着李东家。房东事先没有告诉她，她有一种上当受骗的感觉。她已经交完房屋的租金了，如果不住，房东老太婆也不会退给她，她只好忍气吞声地住进这个院落里。

房东老太婆看徐菊花不高兴，翻着白眼珠，嘲讽地说："你花这么少的钱，还想独自占用这么大的院落，这可能吗？再说，你一家人那么少，也住得太空了。城里人杂，事多，治安也不如你们乡下好，晚上你不害怕吗？"

徐菊花说："这不是钱多钱少的事，也不是与另外人家同住在一起的事，而是你应该提前告诉我，让我有个准备，关于我怎么想，那是我的事，跟你没有关系。"

房东老太婆解释说："我当时忙忘了，要么肯定会跟你说的。"

徐菊花认为房东老太婆在说谎话，老太婆说的还像真的一样。看来城里人与乡下人就是不同，就是有区别。

老太婆说："这房子租给你多便宜呀，你跑遍青岛也租不到这么便宜的房子了。你要是不想住，我也不拦你。"

徐菊花说："房租钱你退不？"

房东老太婆坚决地说："这还用问吗，钱肯定是不退了。我为你忙活了这么长时间，咱们两个人无亲无故的，总不能白让我忙活吧。"

徐菊花冷冷一笑，嘲讽地说："你真挺会做生意的，不愧是城里人。"

房东老太婆说："你也别说这说那的了，你就安心地住下吧。你来青岛不就是为了生活得好一点吗？不就是想多挣点钱拿回家吗？房子住得好与不好有什么关系，能省点钱才是正事。这多便宜，省下钱拿回家干什么不好。如果实在想不通，你就去租楼房。楼房好，可租金也多。"

徐菊花没有心思跟房东老太婆继续说下去，她很是无奈，就这样住进这个院落里，与李东成为邻居。

李东抱着双肩站在自己的门口，看了一眼走进院落里的徐菊花没有说话，稍停一会儿，转身进屋了。

徐菊花也看到了李东。她不知道与自己同住在这个院落里的男人是干什么的，也不知他姓什么。她看这个男人穿得干净利落，皮鞋也有光泽，就觉着他有较好的工作和稳定的收入。

李东觉着徐菊花是个初到城市的女人，这个女人住到这个院落里让他有些不安。他是男人，进来的是个女人，一男一女住在同一个院落里，这成什么事了。他想去找房东老太婆，又一想，这样做好吗？他拿不定主意。他认为这样去有点冲动，太直接了。他认为还是找个适当的时机，对房东老太婆说这件事比较好。

徐菊花是有男人的女人，她不应该想那么多。可她的男人刘为阳在建筑工地上干活，建筑工地的活累，工作时间长，还管吃住，这样他才没跟徐菊花一起来租房子。

除了阴雨天时，工地不能施工可以回家外，刘为阳每周只有一个晚上可以回到徐菊花租住的院落里。工头平时不允许建筑工人随意离开工地，因为建筑工人大部分都来自乡下，素质差，城市环境复杂，工头怕出意外，引起不必要的麻烦。这样一来，实际上徐菊花租的房子只有她一个人住。

李东看几天来就徐菊花一个人住，有些不解。他想这个女人不会没有男人吧？他与这个女人共用一个厕所，一个厨房，实在是不方便。那天他遇到房东老太婆说："你换一个男租户好不好，女的太不方便了。"

房东老太婆一笑，不以为然地说："人家女的都没说不方便呢，你一个男人倒有事了。你是不是打她的主意了，心里有鬼了？你别想美事了，人家有男人。她男人同她一起来青岛打工的，只是她男人在建筑工地工活，不常回来而已。"

李东恍然大悟地说：“她有男人呀！这就好。”

房东老太婆说：“当然有了，就算是没有，还能怎么着你吗？你是个男人，又有老婆，你怕什么呢？”

李东说：“不是怕，我什么也不怕，主要是我在意名声。我的名声好着呢，这要传出去我和一个单身女人住在一起，那多不好。”

房东老太婆说：“有什么不好的！不做亏心事，不怕鬼叫门。这都是什么年代了，你的思想还这么守旧。再说，你也是有老婆的男人，又不是光棍。你要有想法，让你老婆知道了，她能放过你吗？你就别瞎想没有用的了，安心住着吧。”

李东有点无话可说。房东老太婆的手机响了，她一边接手机，一边朝远处走去。李东是有老婆的人，他老婆叫邱月。他岳母生病了，一个月前邱月就回乡下老家护理老人了，家中平时就李东一个人住。

刘为阳在徐菊花住进这个院落的第四天来了。那天下了雨，建筑工地不能正常开工，他披着一块黑色塑料布，小跑着冲进院落里。

李东透过窗户看到从院门外进来的刘为阳，觉着刘为阳配不上徐菊花。刘为阳与徐菊花差距太大，他想不通徐菊花为什么会嫁给刘为阳，他认为徐菊花嫁给刘为阳是一个错误的选择。

徐菊花已经找到在一家银行餐厅做饭的工作。虽然只是做饭，可她的思想发生了变化，这与她接触新的工作环境有关。银行是服务性行业，工作人员在着装与说话方面都有着严格要求。徐菊花用仅有的一点钱，买了一套不上档次的衣服。可就是这件衣服把她打扮得风情味十足，引起李东的注意。

李东有些心动，总想多看几眼徐菊花，他总在徐菊花做饭的时候，去厨房与徐菊花挤在一起做饭。

徐菊花从李东碰到她的乳房后，就有意错开做饭的时间，就算错不开了，在厨房尽量保持距离。如果李东洗菜，她就去炒菜，如果李东炒菜，她就去做饭。可她总能闻到李东身上的香水味，这要比刘为阳身上的汗水味好闻得多，刘为阳身上除了总是散发着汗水味外，还带着烟味与臭脚气，这都是她不愿意闻到的。他们都是男人，却有着不同的味道。她怎么能把自己的男人与陌生男人相做比较呢！

她不知道自己为什么会这样想，可她竟在不知不觉中这么做了。她发现自己的思想正朝着极端方向发展，她为这种发现焦虑不安，心神不宁。她甚至在内心深处有着隐约的期待。

3

徐菊花对在银行做饭这份工作是比较满意的，她每个月能挣七百多元，中午饭还在单位吃，除去花销，还能剩下一半，她知足了。她毕竟是乡下来的女人，没有见过这么多钱，也没有享受过这么好的工作环境。银行是讲究整体工作环境与形象的，其他工作人员穿着都很得体，她也不能例外。她才从乡下来到城里，还不适应，有许多事做的还不能与同事合上拍，所以必须尽快改变自己，不然，她会被辞退的。她做的饭也不合城里人的胃口，人家吃的不习惯，不愿意吃，她只能给餐厅的大厨师当下手，做些洗菜、切菜之类的活儿。

大厨师是一位中年男人，胖胖的，个子不高，一双大眼睛放出的目光锐利无比，不过他对徐菊花还是很好的。他是烟台人。烟台也是沿海城市，城市经济发展也不错，可他怎么会来青岛打工呢？实际上说他是烟台人，他也不是烟台市里的，还不在县里，而是在一个镇下面的村子里。那个村子离烟台远，跟青岛接壤。村子这边是烟台，村子那边就是青岛。从他家到烟台的路程要比到青岛还远，这样他就来青岛打工了。

徐菊花的直接领导就是大厨师。大厨师下面管着两个女人，另外一个是青岛本地人。她是一名下岗职工，不像徐菊花和大厨师那么胖，长得小巧玲珑，皮肤白净，说话也快言快语的，大家都叫她小喇叭。小喇叭这人挺好，别看是青岛本地人，可不像其他人那样欺负外来的异乡人，非常尊重异乡人。她对徐菊花不错，同大厨师的关系也很融洽，这样他们三个人很团结，工作起来也顺心。

人熟悉了，总要开玩笑的，平时哪有那么多一本正经的话可说，如果只说正经话，死气沉沉的。小喇叭得知徐菊花的男人在工地上干活，她和一个男人同租住在一个院落里，就开玩笑说：“那个男人晚上没有去敲你的门吗？”

徐菊花的脸红了，不好意思地说：“你胡说些什么呀。”

小喇叭说：“这怎么是胡说呢！你看现在有多少离婚的，又有多少发生婚外情的。你没看那天的报纸吗，一个七十岁的老头与一个二十多岁的打工妹，两个人生了一个孩子。那孩子都十多岁了，老头的老伴还不知道呢，保密工作做得好吧。”

徐菊花也看过那天的报纸。她说：“那是个别现象，不是到城里打工的女人都这样。”

小喇叭说：“这也没有什么，感情这东西看缘分。城里女人更想得开，家里是老公，外面是情夫，家里一个，外面一个，白天夜里两不误。”

徐菊花笑着说：“你也是吧？”

小喇叭一摇头说：“我倒是想，可长得这么丑，没人要。”

徐菊花说：“你长得挺好看的。”

小喇叭说：“男人不喜欢我这样的，喜欢你那样的。我身上没肉，不性感，你多性感，男人一看你，就会想入非非。”

徐菊花说：“去你的吧！你可别把我想得那么坏。”

小喇叭说：“这怎么是坏呢？这是人的本性。你看白天人穿上衣服一本正经的，到了晚上，脱下衣服，上了床，无论是男人，还是女人，你看哪个是正经的，哪个能离开那种事，离开了，反而就不正常了。你正经，你还嫁给男人，有本事你别嫁男人。你这是假正经，装正经。”

徐菊花上过几年学，在乡下时，村子里人都认为她能说会道的，可她在小喇叭面前说不上话。这可能是城里人与乡下人的差别，不是一朝一夕能改变的。她听得心里热热的。

徐菊花领到第一个月工资的时候，要请大厨师和小喇叭吃饭。小喇叭说：“你要请，就请大厨师吧，他是咱们的领导，我就不用了。”大厨师推辞地说：“你挣的钱也不多，咱们又天天为人家做饭，还自己掏钱去吃什么饭呢！你留着用吧。你才来城里，家里是不是置办什么东西，省下钱购置一些生活用品吧。”徐菊花认为小喇叭和大厨师说的在理，也是真心话，没有强请。她给小喇叭买了一条好看的纱巾，给大厨师买了一条香烟。她还想给自己买一个电饭锅。她想买电饭锅的想法早就有了，一直没舍得花钱，发工资了，她就想买了。

刘为阳听说买电饭锅要花一百多元钱，不想让她买。他说：“这不是糟蹋钱吗？”

徐菊花说：“这怎么是糟蹋钱呢？这是做饭用，你不吃饭呀！吃饭是大事，吃不好，身体怎么能好。没有好身体，怎么去挣钱。”

刘为阳说："我平常都是在工地上吃，你多数也在单位吃，花一百多元买个电饭锅，有这个必要吗？"

徐菊花说："有，当然有。这是个物品，就算将来咱们不在青岛打工了，也能拿回老家用。"

刘为阳不作声了。

徐菊花想了想，认为不在商场买新的能省一些钱，便想到旧货市场去买旧的。第二天，她下班后就去旧货市场。经过一番讨价还价，她用六十元钱买了个旧电饭锅回来。她把电饭锅拿回家，便焖上了米饭。电饭锅做的米饭香，还好吃。几天后，她在煮米饭时插电源被电了一下，她想拔掉电源，胳膊麻麻的，被弹了回来，尖叫着跑出屋找李东。

李东穿着短裤，光着上身，正对着镜子梳头发呢。他看徐菊花一脸惊恐地推开房门闯进来，也有点惊慌。他问："怎么了？"

徐菊花说："漏电。"

李东急忙跑出屋，来到徐菊花的屋里。他看到电饭锅还在冒着烟，拉下了电源的开关，转过身又拔下电饭锅的插头，重新推上电源开关，这一连串动作是那么快与利落。

这场虚惊过后，徐菊花才注意到失礼了，她怎么能随便跑到李东的房里去呢。李东也感觉自己穿得这么少。他感到空气的流动。徐菊花无意看到李东的下身，还有短裤中挺挺的东西，她脸唰地红了。

李东说："你买的是旧的吧？电器不能买旧的，电器用到年限，就不能再用了，这样太危险。你要用，就用我的吧，反正我一个人，也总是闲着。"

徐菊花没有反应，她又看了一眼李东的短裤。李东也意识到自己下身勃起的东西，没有多说什么，急匆匆地离开，回自己屋中了。徐菊花关上房门，没有心情做饭，便躺到床上休息。

这一夜，她总想着李东穿短裤的样子。她希望刘为阳能在这时回来，可刘为阳没有回来。难道正如小喇叭说的，她想男人了吗？

4

刘为阳是在一个漆黑的夜晚回来的。那天他发了工资，回来给徐菊花送钱。

建筑公司发工资不及时，也不定日子，好几个月没有发工资了，这次发工资让刘为阳赶上了，工友们都说他的运气好。他的心情也不错，一路上兴高采烈地哼着小曲。

徐菊花还没吃饭，她问刘为阳想吃什么，好给他做。刘为阳说在工地上吃过饭回来的。他每次尽量在工地上吃过饭回来，这样能省下饭钱。他回来除了送钱外，还有另一个目的，那就是和徐菊花睡觉。徐菊花想了想说：“咱们把李东叫过来，请他吃顿饭吧。”

刘为阳想不起李东是谁，便问：“哪个李东？干什么的？”

徐菊花说：“就是同住在这个院子里的那个男人。”

刘为阳知道这个院落里还住着另外一户人家，可他根本没见过这家人，让他请吃饭，总得有个理由吧，饭是白吃的吗？那是要花钱买东西的。

徐菊花看刘为阳没有表态，就一五一十地把那天电饭锅漏电的事情讲述了一遍。刘为阳听过后说：“早知这样，还不如到商城里买个新的呢。”徐菊花说：“已经发生了，说那也没意义，还是说眼前的事情吧。”

刘为阳说：“眼前还有什么事情？”

徐菊花说：“请李东吃饭的事情呀。你说请，还是不请？”

刘为阳看了看徐菊花的表情，认为这饭徐菊花是想请的，他如果不同意，就会发生不愉快，可能晚上连那种事也做不上了。他想做那种事，现在他都有些心急火燎了。他答应着说：“请吧。可怎么请呢？总不能去饭店吧？饭店里的东西太贵，花钱太多了，有那个必要吗？”

徐菊花胸有成竹地说：“这你就不用管了，咱不去饭店，就在家。”

刘为阳看徐菊花请李东吃饭这么高兴，心里犯嘀咕，心想自己的女人与那个男人之间不会发生见不得人的事情吧？想到这方面，心里就不快。

徐菊花兴冲冲地出了屋，不一会儿就回来了。她手中拿着酒，还拎着几个小塑料袋，塑料袋中是小凉菜。她把东西往桌子上一放，摆弄着说：“你去叫李东吧。”

刘为阳说：“你让我去叫？”

徐菊花一转脸说：“你不去叫，难道说让我去叫吗？”

刘为阳天生就不爱同陌生人说话，他生性内向，跟陌生人找不到话题。家中的大事小情，露脸的事都落在徐菊花的身上。这次他不出面也不行了，他不能让自己的女人去请一个陌生男人来家中喝酒，那不是等于把自己的女人往陌生男人的怀里送吗？他站起身，拖着两条沉重的腿，朝李东住的屋走去。

李东还真就没有吃晚饭，他不知道刘为阳来有什么事。他客气地说：“来，屋里坐。”

刘为阳站在门口，没有进去。他说：“不了。”

李东问：“你来有事吗？”

刘为阳说：“就是想请你过去喝两口。”

李东笑着说：“请我喝什么酒呀！如果请，也得我请你呀。你比我年长，哪能让你请我呢。”

刘为阳看李东没有去的意思，便说：“听菊花说，那天电饭锅漏电时，多亏你过去帮忙了。过去喝两口，让我们表示一下谢意。”

李东本想推脱，可一听菊花这个名字，就动心了，就想过去，并且有点急切。他答应着说：“好吧，今晚咱就喝两口。同住在一个院里，相互认识一下，也是好事，要不走到大街上，还不认识呢。那就我请你们吧。”

刘为阳没有接着说。他看李东拿起桌上的一个小瓶，朝门口走来，便转过身先回屋了。徐菊花已经把菜摆到桌子上了，虽然不算上档次，但品种不少，算是很丰盛的。徐菊花看刘为阳一个人回来，就说他怎么没有来呢。刘为阳说：“在后面呢。”

李东进来说：“这么多菜，真是麻烦大哥大嫂了。”

刘为阳说：“坐吧。”

李东把手中的小瓶递给徐菊花说：“这个是给你的。”

徐菊花看了看小瓶，不解地问：“这是什么？”

李东说：“香水。”

徐菊花没想到李东会送香水给她。她说：“我不用香水。”

李东说：“你拿着吧，城里女人都用这个。这是有身份的女人必用的东西。香水能去掉身上的汗味。身上有汗味，让人烦。”

徐菊花知道使用香水的好处。每天她都能闻到小喇叭身上的香水味，让她羡慕得不得了。她也想有，就是不舍得花钱去买，也没人送给她。现在李东送给她，她嘴里说是不要，心中还真就想要。她没有推辞，爽快地接下了。

刘为阳没想到李东会送礼物给自己的女人，他心里不高兴，他担心李东会跟自己的女人有不轨行为。他不能喝酒，还是强迫喝着，可喝了没几杯，就醉了。

徐菊花非常高兴，就陪着李东喝。李东的酒量也不是太大，两个人喝得都有些醉了。李东站起身，晃悠悠地回自己的屋去了。徐菊花把李东送到门口，看着夜色中离开的李东，心里有着异样的感觉。这种感觉在她人生中第一次出现，她自己也说不清楚。

李东在一家星级宾馆做客房保洁。他有时就把客人还没有用完而又不要的物品带回家，这样一来，他不用花钱，还能让身上散发着香味。这是他与别的打工者不一样之处。他脸上总是光彩照人，吸引着徐菊花的目光。

徐菊花通过这晚得知李东是有女人的，他的女人回老家去了。这让徐菊花有点失落，她想要是李东没有女人就好了。她为什么会有这样的想法呢?连自己也说不清楚。

刘为阳睡了一觉，不觉中醒了。他睁眼看徐菊花还没有睡，就伸手去摸她。徐菊花不知为什么没有心情，轻轻地把刘为阳伸过来的手推开。可刘为阳来了兴趣，起身扑向徐菊花。徐菊花没有反应，慢慢地接受了刘为阳。刘为阳完成了这晚回来的使命。

5

李东这一夜没有睡好，几次醒来几次睡去，徐菊花的面孔总浮在他的眼前，不觉中天就亮了。他起来时刘为阳正好出门去建筑工地上班，他透过玻璃窗看着刘为阳离开的背影，心想这么一个没本事的男人，却找了那么好的女人，太不公道。

徐菊花起来后，洗过内衣内裤往院子里晾。她用手甩了甩衣服，把衣服展开。这时她无意中看到李东在看她，四目相视，如同放电一样，激情四射，她急忙收回目光。

李东从屋里走出来说：“女人就是干净。”

徐菊花说：“你比女人还干净呢。”

李东说：“这是被工作逼的，都是没法子的事情。”

徐菊花说：“你那工作不错，太阳晒不着，雨淋不着的，多好。”

李东说：“你的活儿也不错。”

徐菊花说：“我的运气好。说真的，我来青岛之前，没想到能找这么好的活儿，我挺满足的。”

李东说：“只是你家大哥的活儿不好。”

徐菊花不想听李东说刘为阳，她认为提起刘为阳有丢脸面的感觉。她说：“他一没技术，二没文化，三长得也不出色，只能这样了。”

李东的手机响了，他看了看没接。徐菊花说：“你的手机多少钱？”李东说：“不贵。”徐菊花说：“也不便宜吧。”李东把手机往徐菊花面前一递说：“你要是不在意，送给你好了。”徐菊花哪能要人家的手机呢，一个劲儿地摇头。李东正要转身走，徐菊花喊他。他身上的衣服破了，徐菊花说要给他缝一下。李东看了一下手机上的时间，去上班还来得及，便把衣服脱掉，递给徐菊花。徐菊花认为李东不应该当着她的面脱衣服，这是对她的不尊重。李东看出徐菊花的意思，便解释说：“我穿短裤的样子你都看了，还怕这个。”

这时院门开了，房东老太婆走进来。她一看到眼前这种情景，有点不知所措，可她是个机敏的人，马上转变过来。她说：“你们都忙着呢。”

徐菊花脸很红，没有说话。

李东说：“我的衣服坏了，让她给我补一补。”

房东老太婆说：“这挺好的。”

李东明白房东老太婆是来找他的，他的房租金到期了。他从裤兜里掏出钱说：“我把房屋的租金给你。”房东老太婆嘴里说着“不急不急”，却伸出手接过钱，数了数，不多也不少，就说还有事，走了。李东看房东老太婆走了，便说：“这老太婆，就认钱。”

徐菊花说不认钱认什么。她把李东的衣服缝好了，还给李东，看上班的时间到了，就上班去了。不过，她到单位时还是晚了几分钟。小喇叭开玩笑地说：“你老公是不是回家了，夜里，累着了吧？”徐菊花想辩解，但没有找到适合的词汇，就没有辩解。

刘为阳昨晚与她做那事，她并没有感觉累，让她不安的是她与李东的事。她跟李东也没有什么事，可她就好像有事似的。

徐菊花心不在焉常走神，她生怕房东老太婆把早晨的事说出去。她认为那不是什么好事，更怕房东老太婆添油加醋，那就更麻烦了。她也没做什么出格的事，可她怎么就那么害怕呢。

这一天徐菊花是在惊慌中度过的。

下班时，她有点不想回家，她怕见到李东，更怕见到房东。她在街上转了好一会儿，觉着实在没事可做，无处可去，无奈地回到院落里。

李东已经回来了。他看徐菊花回来了，就到厨房去做饭了。徐菊花没有去做饭，她不是想躲李东，确实是不饿。她只是身子有点沉，想休息一下，躺到床上就睡着了。她听到有人叫她，睁眼看是李东。她起身说："你呀。"李东说："吃饭去。"她说："不想吃。"李东说："不吃饭怎么行呢，走吧。"

徐菊花来到李东的房间，饭菜已经摆好了，好多种，这让徐菊花产生了食欲。她说："你还会做菜呢。"李东说："当然了。人活着不会做吃的，那活着多没意思。"徐菊花认为李东是个多情的男人，她还是第一次遇到这种男人。她说："你怎么想起请我吃饭了呢？"李东说："昨天你请我，今天我请你，这没有错呀。"徐菊花说："这不同，昨天是我们夫妻请你，今天是你一个人请我，这是不同的。"

李东不这么认为。

两个人往屋里一坐，不像是同院落租屋的异乡人，像是一家人。他们都是从外地来城市寻找梦想的人，可这种梦想又在何时能实现呢？他们孤独的灵魂在此时赤裸展现，这一夜，徐菊花没有回到自己的屋里。

李东身体内的热量得到了放射，有了快感，这是男人的本能。男人有了这种甜头，就不想收手了。徐菊花在李东身上也得到了与刘为阳不同的感觉。多年来虽然她不缺少这种生活，可总是不能满足，她在李东身上找到了这种感觉。现在她不回避这种男女生活了。他们的生理是得到了满足，可心理是不安的，因为他们违背了道德。

开始的时候他们还有点躲闪，时间一长，就疏忽了，认为那种担心是不必要的，刘为阳定期回来，李东的女人还在老家，没有回青岛，房东老太婆除了收房租金时来，平时也不来，这个院落就是他们两个人的世界。

那天他们还没有起来，反锁着的门就被打开了，李东的女人邱月站在门口。邱月看他们赤裸地躺在一起，气得眼珠都要冒出来了。他们慌张地找着衣服，从床上下来。邱月没有跟李东吵，转身出了院落。

徐菊花担心地说："她会不会是去公安局了？"李东满不在乎地说："去也没事，咱们是自愿的。"徐菊花说："那不是丢人丢大了吗？"李东说："丢什么人，现在这种事是普遍现象，没什么，只有你把这事看得重。"徐菊花说："我可不希望弄得满城风雨。"

邱月找房东老太婆去了，她指责房东老太婆没安好心，让一个女人租这那个院。房东老太婆也不示弱，“我家的房子，我想租给谁就租给谁。”邱月说：“那你不是在租房子，而是在开窑子。”房东老太婆说：“我就是开窑子了，你也管不着。”邱月说：“你这人也太不是东西了。”房东老太婆说：“你管不住你男人，你跑到我这儿撒什么野！”邱月看在房东老太婆这儿说不出个理来，就走了。

房东老太婆早就猜测到徐菊花和李东会做这种事，可没想到两个人这么笨，能让邱月抓住。她来到院里，找到李东，李东不承认有这种事。她又去找徐菊花，徐菊花也不承认有这事。这样她也就没多说什么。可她刚走出门，就遇到刘为阳。

刘为阳是在一个工友的搀扶下回来的。刘为阳朝她笑了笑，打了个招呼。她看刘为阳一瘸一拐的样子，知道刘为阳受伤了。她惊异地问：“怎么了？”刘为阳说没事，便朝院落中走去。

徐菊花看刘为阳受伤了，责备地说：“怎么不小心点呢。”刘为阳说：“只是摔了一下，没什么，休息一晚上就好了。”徐菊花帮着工友把刘为阳搀扶到床上。

那位工友叮嘱刘为阳在家好好休养，便回工地了。

房东老太婆停了一会儿，转过身，也跟着进了院里。刚才她本想把事情跟刘为阳说一下，看刘为阳的工友在场没有说。

徐菊花看房东来了，拉过椅子让她坐。

房东老太婆没有坐。她关心地问了几句，就问：“邱月没有去找你吧？”

刘为阳搬到这个院时邱月不在，他不认识邱月，也不知道邱月。他说：“邱月是谁？她找我干什么？我不认识她。”

徐菊花不想让房东老太婆说这件事情，她脸很红。她说：“大姨，你还说呀！”

房东老太婆得知邱月没有去找刘为阳反而有点急了，她担忧地说：“这事就麻烦了，她会不会是去派出所了呢？”

徐菊花毕竟心中有鬼，听房东老太婆这么一说，差点瘫倒在地上。她真就怕邱月把警察找来，她不知道警察会怎么处理这件事情。

刘为阳看了一眼房东老太婆，又看了看徐菊花，不知发生了什么事。他说：“怎么了？”

房东老太婆说：“刘为阳，你信你的女人会跟别的男人做那种事吗？”

刘为阳有点火了，他说：“谁在胡说八道！这是在胡说。”

房东老太婆说：“你真不信吗？”

刘为阳说：“我当然不信了。”

房东老太婆说：“那就好，那就好。”

刘为阳又问是谁说的。房东老太婆说是邱月说的。刘为阳说她是在胡说。他说这话时有些恼怒，他是不可能承认自己的女人跟别的男人发生那种事情的。这种戴绿帽子的事，只能体现出自己的无能，他不想证明自己是个无能的男人。

徐菊花没有想到刘为阳会这么袒护她、信任她。这出乎她的意料，让她感动。她与刘为阳结婚这么多年，还没有几件能让她感动的事呢。

房东老太婆看刘为阳态度这么坚决，放心多了。她也不想多待，就安心地走了。她才出了院落，迎面遇到邱月领着两个警察和一名协警员走过来。她不想上前搭话，可邱月却对警察说：“这就是房东。”老太婆不怕警察。她冲着邱月说：“我是房东怎么了？”

瘦高个警察对房东老太婆说：“你先别走，一会儿我们要找你核实一下事件的真实性。”房东老太婆便跟着警察和邱月又回到院落里。邱月把警察直接领到徐菊花的屋中。警察看一男一女两个人在屋中，还认为刘为阳就是李东呢。瘦高个警察便说：“谁让你们在一起的？”

房东好太婆说：“他们是夫妻。”

警察不明白是怎么回事，转过脸用疑惑的眼神看着邱月。邱月没有见过刘为阳，一时无话可说。警察看邱月不说话，就问：“他不是你男人吗？”

房东老太婆抢过话说：“这不是她男人，她男人在她的屋里呢。”

警察觉着房东老太婆说的话太多，便说：“你先别插话，问你时，你说。”

房东老太婆白了邱月一眼，不出声了。

警察对徐菊花说：“你跟那个屋的男人是不是有不正当关系？”

刘为阳抢在徐菊花之前说：“你们怎么能这样说呢？这么说是不对的，也是不尊重人。她不是那种人。我的女人我知道，我的女人我了解。”

邱月这时有点后悔了，不应该去派出所找警察。警察来了能怎么处理这种事呢！像这种事一般都是处理男人，女人很少有被处理的。可这时她想这些已经没有用了。

警察转过脸对邱月说："你说的是实情吗？你报假案是不行的。你男人在哪？"邱月没有说话，便往自己的屋中走去。警察跟着邱月来到屋中，看李东一个人坐在床边发呆。警察说："你跟那个屋的女人发生了不正当关系吗？"

李东否认："没有。"

警察看着邱月。邱月没有说话，她不想说，她怕警察处理李东。警察让邱月说，邱月也不作声。警察说："没有最好，有了你的麻烦就大了。你从乡下老家跑到青岛是来挣钱的，不是干那种事的。"

李东说："我明白。"

房东老太婆又接过话说："警察说得对，就是要做一个遵守法律的人。谁不遵守法律都不行。"

警察转过身对房东老太婆说："你也是，这个院落租一家不行嘛，非要租两家。钱你是挣到了，却留下了治安隐患。如果真出了事，你的名声也不好听。"

房东老太婆说："那是那是。"

警察又转过身对邱月说："你弄清楚了再去找我们。你这样做属于报假案，那样你会受到处罚的。"

邱月没说话，眼泪流了出来。警察看邱月哭了，就离开了。邱月一个劲儿地流泪。

晚上，徐菊花找来一辆出租车，利落地搬了家，悄然地离开了这个院落，没有同任何人打招呼，在城市中寻找新的住处。

《雷雨文学》2013 年第 4 期

《五女山》2016 年第 2 期

《江河文学》2015 年第 6 期

山村情事

1

邹一麻子睡醒时，太阳已经滑过天空的中心了，开始缓缓朝西山沉去。他用手撸了一下脸，伸个懒腰，提了提神，坐起来，转过脸朝院落里看去，院落里静静的，没有一点杂音，有两只鸡在院落里的水井边徘徊着，时而喝着沟里的水，时而仰脖朝四周看。他移到炕边，穿上黄色帆布胶鞋，从炕上下来。他脚刚着地，欠起身子，身体还没站直，感觉腿麻了，不敢走路，屁股又落在炕沿边上。他心想腿怎么会麻了呢？从前是没有发生过这种事情的。过了片刻，他在麻劲过后，系上裤腰带，穿上白色的确良衬衫，从墙上摘下半尺长棕色烟袋锅子，把棕色烟袋锅子别在腰带上，拿着塑料壶出了屋。

这是东北夏末初秋的季节，白天屋外气温比屋里高。他感觉热，口渴，走到院落里的水井旁边，握着井把，倒入引水，不停地压，随着吱呀吱呀的声音，清凉井水出来了。他的嘴对着出水管喝了几口，把塑料壶灌满水，直了直腰，拿起放在木栅栏旁边的镐头，哼着小曲，晃悠悠地走出了院落，朝北山走去。

北山在宝山村庄的北面，有六七路的距离。宝山村周围是高岗山地，高岗地与山脉相连。因为村庄东面、西面和北面全是山地，人们就称为西山、北山和东山。

这是处在小兴安岭南面的村庄。

宝山村农田少，集体制，以种植玉米和大豆为主，生产单一，产量低，人均年收入不多，属于贫困村，人们生活拮据。一年前邹一麻子私自在北山开了一片荒地，悄悄地种上了庄稼。去年他在北山种的庄稼长得不错，增加了收入，喂了三头大肥猪，日子过得相对比往年富裕。今年他在北山种的庄稼长得比去年还好，日子过得会更轻松。他尝到了开荒种地的甜头，想再多开垦点荒地，准备明年扩大种地面积。

他家屋后是荒草地，荒草地与北山树林相连，有一条小路通往去北山的大路上。如果他走大路去北山，得穿过半个村子，多走很多路不说，还会引起村里人的注意。他尽可能不让村里人看见他去北山，基本上都是走小路。这条小路有一里多长，路两边杂草丛生，过了腰深。

他走上大路，看见前面走着一个人。那人离他距离有点远，并且是背对着他。那个人他太熟悉了，前面走着的人是刘雪春。

刘雪春是邹一麻子的邻居，李蔫巴的老婆。她手中拎着锄头缓缓地走着，边走边回头张望着，感觉后边有人跟着她似的。开始她没看见身后有人，觉得是心理作用。她一个人去北山时，心里不踏实，发慌。当她看见邹一麻子出现在身后时，悬着的心落下来，不自主地放慢了脚步，有意等邹一麻子赶上来。

邹一麻子看见刘雪春后，停止哼唱小曲，把手里的镐扛在肩上，加快了脚步，有意追赶刘雪春。刘雪春看见邹五麻子后没再回头，行走的速度放慢了，把耳朵竖立起来，听着身后的脚步声，在辨别邹一麻子离她还有多远。邹一麻子追上刘雪春后说："你也去北山吗？"

刘雪春认为邹一麻子说的是废话，语气生硬地说："朝这个方向走，不去北山还能去哪！"

邹一麻子朝刘雪春脸看去，笑着说："今天有伴了。"刘雪春长相白净，身材苗条，有点不像东北乡下女人。可她是纯正的东北乡下女人，她一开口说话就能证明是哪里人了。她说："如果你想跟我一起来北山，可以叫我一声。"邹一麻子说："我去找你来北山，怕蔫巴知道了生气。"

刘雪春说："我家蔫巴心眼才没那么小呢。"邹一麻子说："下次我喊你一起来北山。"刘雪春说："那可不行，两个人走在一起目标大，会引起村里人注意的。"

邹一麻子说："咱们在北山种地的事不能让村里人知道，如果让村里人知道会坏事的。"刘雪春说："村里人知道我不怕，就怕让林场的人发现了，如果被林场人发现了，麻烦就大了。"邹一麻子说："咱们小心点，林场人是发现不了的。"

刘雪春说："这几天我做梦，在梦里咱们被林场人抓起来了。"邹一麻子说："你胆子不是挺大嘛，怎么会害怕呢？"刘雪春说："政府对森林看管得这么严，如果被抓住了，会怎么处理咱俩？"

邹一麻子说："如果你害怕就别种了。"刘雪春说："如果不私自种点地，日子过得也太紧巴了。"邹一麻子调侃地说："梦哪有真的，我还梦见我当村长了呢，还有一个相好的女人呢。可我哪有相好的女人，更别说是当村长了。你就别自己吓唬自己了。"

刘雪春看了一眼邹一麻子肩上扛的镐说："现在已经过了种地时节，你拿镐干什么？"邹一麻子说："再开垦一块荒地，明年多种点。"刘雪春说："你还想多种呀，面积大了容易被发现，如果被护林员发现，全都完了。"

邹一麻子说："种少了也是种，还不如多种点呢。那地方没人去，一般情况下是不会被发现的。如果被护林员发现了，给他点钱，让他别声张就没事了。"刘雪春说："你不让护林员说，护林员就不说了？护林员能听你的吗？"邹一麻子说："虽然护林员不听我的，可我给他好处，他就会改变态度。"

刘雪春听邹一麻子这么说增加了开荒种地的信心，有点兴奋地说："你多开点，如果种不了，给我一块地种。"邹一麻子说："你就不怕被林场的护林员发现了？"刘雪春说："有你在我不怕，如果让护林员发现了，我陪你一起蹲笆篱子（拘留）。"

邹一麻子调侃地说："有你陪着，我蹲笆篱子也值得。"刘雪春说："我没那么好。"邹一麻子说："我看你挺好的。"

刘雪春说："荒地不好开垦，你得下功夫，如果你给我一块地，到时候收了粮食我给你一半。"邹一麻子说："我不要你的粮食。"刘雪春说："你出力气开垦荒地，我怎么好意思白种呢。"

邹一麻子说："你也可以把你的地给我种呀。"刘雪春没明白邹一麻子话里的意思，便说："我就那么点荒地，位置还不好，怎么给你种呢？"邹一麻子说："我不要你北山上的地，你把身上的两亩地让我种就行。"

刘雪春脸红了，警告似的说："邹一你说什么呢？"她当面从不叫邹一麻子，而是叫邹一，实际上背地里她也没叫过邹一麻子。她对邹一麻子的印象比村里其他人好，尊重邹一麻子。

邹一麻子看刘雪春变了脸色，急忙改口说：“跟你开玩笑呢，别当真。”刘雪春说：“让你种，你也没那个胆量。”邹一麻子本来不想顺着这个话题说下去，听刘雪春这么说又来了兴致，提高了声音说：“你如果愿意，我肯定敢。”

刘雪春说：“你的种不好使，种不上。”邹一麻子说：“没种你的地，你咋知道不好使呢。”刘雪春说：“你种冯巧巧的地那么多年，也没见冯巧巧的肚子大起来。”

邹一麻子说：“那是她的地不好，荒了，不长庄稼。”刘雪春说：“如果冯巧巧的地不好，不长庄稼，她怎么能跟别的男人生出两个孩子，而跟你咋就一个也生不出来呢？”邹一麻子说：“那时她年轻，生育能力强，容易怀孕，现在她老了，跟哪个男人睡觉都生不出孩子。”

刘雪春说：“还是你的种不好使，发不了芽，你就别给自己找借口了。”邹一麻子说：“不相信你可以试一试，如果你跟我睡觉，现在我都能让你生出孩子。”刘雪春说：“你可别吹了，咱们村真就没有几头牛了，如果让你把牛吹死了，地真就没法种了。”

邹一麻子说：“只说没用，得实践，不相信咱们可以试一试。”刘雪春拒绝地说：“你去跟别的女人试吧，我不行。”邹一麻子说：“别的女人看不上我。”

两个人说着话，不觉中已经来到北山了。他们绕过一个山头，转了两个弯，朝山坡南面走去。这个山坡靠边的树林树木密，往里走树木越来越少，野草开始多了，走了一会儿地势不那么陡峭了，渐渐平缓。

2

一年前邹一麻子上山采草药发现了这个地方，感觉在这里种庄稼应该能行，开垦了一块地。他在地里种了土豆和玉米，当年收获了十多麻袋玉米和土豆。他往家运玉米棒子时，在路上遇见了刘雪春。刘雪春走到邹一麻子身前，看着金黄色玉米棒子，问邹一麻子在哪种的地。邹一麻子说是在八连捡的。

刘雪春看了一眼邹一麻子，指责地说：“你骗小孩子呢？八连的玉米能让你捡吗？”邹一麻子知道找的这个借口不合适。可是在北山里面只有北大荒农垦局六十三团的八连，没有别的村庄。八连是以养鹿为主，种地少，没有粮食捡。刘雪春察言观色地说："你跟我还不说实话吗？"

邹一麻子不想隐瞒刘雪春，也知道隐瞒不了，说出了在北山开垦荒地种庄稼的事。刘雪春也产生了开垦荒地种庄稼的想法。虽然那片地是邹一麻子发现的，但邹一麻子不能拒绝刘雪春的要求。

在山上开垦地，种庄稼，国家政策不允许，如果让十三林场的护林员发现，肯定要受到处罚的，重则判刑，蹲笆篱子，轻则开大会批评、罚款。如果想开垦荒地，只能冒险，背地里，偷偷摸摸在山上种庄稼。

邹一麻子让刘雪春帮着保守秘密，就算他不帮刘雪春开垦荒地，刘雪春也不会告发邹一麻子。邹一麻子也不想让李蔫巴知道，李蔫巴是刘雪春男人，两口子过日子，整天在一起，想隐瞒这种事不容易。刘雪春觉得不让李蔫巴知道太难做到了。邹一麻子说冯巧巧也不知道。

刘雪春不相信地看着邹一麻子。邹一麻子说冯巧巧知道他在北山种庄稼，但不知道具体位置。刘雪春说："冯巧巧是你的女人，她还会坏你吗？并且你也是为了让家人过上好日子。"

邹一麻子说："不是说她坏我，我是不想连累她，万一被林场护林员发现了，她知道了，不告发我，不是在包庇我吗？不就把她牵连上了嘛。"

刘雪春笑着说："你早些年出生就好了，如果是在抗日战争时期，你肯定是合格的地下党员。"邹一麻子说："反正不能走漏风声，不能有叛徒。"刘雪春说："你连我也不相信吗？"邹一麻子说："我相信你，但不相信李蔫巴，更不相信李蔫巴那个快言快语的妹妹。"

刘雪春也不相信李蔫巴的妹妹，所以没有把在北山种庄稼的事跟李蔫巴说。

在这片树林里，在这个山坡上，邹一麻子和刘雪春，一个男人和一个女人，偷偷种着庄稼，向往着幸福生活。

3

刘雪春是第一年在北山种地，只开垦出了一小片地，种的是萝卜和白菜，没种庄稼。她有些日子没来北山了，不知道萝卜和白菜长得怎么样了，来看一看。她种的地跟邹一麻子种的地之间隔着树林，这片树林有二十多米远。

邹一麻子想再开垦一块地，准备来年种绿豆和黄豆。山坡的荒地有的适合开垦出来种庄稼，有的不适合种庄稼。这片开垦出来的庄稼地周围面积只有这么大，四周是密密的树林，石块多，没法扩大开垦面积，如果想开垦必须走出三十多米远才行。那块荒地阳光充足，地势低，还有一条小溪经过，如果种庄稼准能长得好。邹一麻子在玉米地里看了看，朝那块荒地走去。

他走到地方，放下手里的镐和斧头，用脖子上的毛巾擦着脸上的汗珠。他口渴了，拧开塑料壶盖，嘴对着壶口喝起来。喝过水后，他把塑料水壶放在树下面，用斧头砍断几棵距离稀松的树，一块荒草地呈现在眼前。他挥起镐，用力刨着，每一镐下去就会翻出一块黑土。他想不明白这么肥沃的土地怎么不让种庄稼呢？在这里种树一年两年都成不了材，种树不顶吃不顶喝，有啥用呢？

当他刨出几平方米地时，感觉有些累了，停下来休息。这时他听见刘雪春在喊他的名字。他答应地喊：“在这边呢！”

一男一女，一粗一细，两种声音如同呼朋引伴似的在山间回响。

刘雪春在邹一麻子的声音引导下走过来。她对邹一麻子说：“你怎么跑到这边来了，还挺难找的？”邹一麻子带着得意的表情说：“你看这片地怎么样？”刘雪春四处看了看说：“这片地比现在种的地好。”

邹一麻子畅想地说：“来年多种点地，多养几头猪，日子就过富裕了。”刘雪春说：“别想那么远了，先把眼前的活干出来，再打算明年的事。”邹一麻子说：“眼前的活要干，明年的日子也得有打算，过日子没打算怎么行呢。”

刘雪春是用绿色军用铝水壶装的水，这种水壶容量小，装水少，她一口气就把带来的水喝完了，她还口渴，过来找水喝。

邹一麻子拎着镐，深一脚、浅一脚朝放着塑料水壶的树下走去，刘雪春也跟了过去。邹一麻子说：“你带这点水还没有尿多呢，能管啥用。”刘雪春平时跟男人在一起时什么玩笑话都说，习惯了，随口说：“如果你能把壶尿满，我全喝了。”邹一麻子较真地说：“我尿满了，你得真喝。”

刘雪春说：“你尿满了我喝，尿不满你喝。”邹一麻子做出解腰带撒尿的样子说：“我脱裤子了？”刘雪春说：“你脱裤子还问我。”邹一麻子说：“你把脸转过去。”

刘雪春不以为然地说：“都这个年龄了，跟男人睡了这么多年觉，啥没见过。”邹一麻子说：“你真没看见过我撒尿，你看着，我尿不出来。”刘雪春说：“你没有尿，你喝点水再尿也尿不满。”

邹一麻子说：“我喝的水可不少，都出汗出没了。”刘雪春为自己的判断正确流露出兴奋的表情，得意地说：“所以你尿不满壶。”邹一麻子说：“还是算了吧，我尿满了你也不能喝。”

刘雪春说：“你尿满了我就喝。”邹一麻子说：“你想喝我的尿，我还真不能让你喝。”刘雪春说你：“以为你是皇帝呀，尿也值钱？你的尿只能浇玉米，种土豆，一分钱不值。”

邹一麻子自我感觉良好地说：“我在你心中比皇帝还重要呢。”

刘雪春本想说什么反驳的话，可没有说出来。她刚才喝水喝多了，喝得急了，想撒尿。她朝旁边草丛走去，边走边解腰带，没走几步就蹲下去了。

邹一麻子朝刘雪春那边看着，紧接着走过去。他听到了刘雪春撒尿的声音，不知是什么力量在推动他，他健步如飞，两人之间没了距离，身体朝刘雪春压了下去。

刘雪春侧了一下身子，闪出了撒尿的中心地带，但没能闪过邹一麻子的身体，她被邹一麻子压在了草地上。两个人如同两张合在一起的面饼，摊平在荒草地上，温暖的阳光照着他们赤裸的身体。

邹一麻子像剁肉馅似的在刘雪春身体上起伏着，喘息的声音由细变粗，似乎还带着节奏，如同生命旋律。刘雪春不但没有拒绝，反而还随着邹一麻子身体的起伏发出幸福的呻吟声。这声音对邹一麻子来说太熟悉了，每次他在家里和自己的女人做这种事时，自己的女人都会发出同样的声音。他想所有的女人在这个时候的反应或许都是相同的。此时女人发出的声音更加刺激男人神经，激发男人的动力与勇猛。

刘雪春幸福的呻吟声随着邹一麻子在她身上起伏节奏减慢而停止了，世界恢复了平静，如同什么也没发生过似的。过了一会儿，她问邹一麻子说：“冯巧巧也会发出这样的呻吟吗？”

邹一麻子说：“可能天下女人在这种时候，发出的声音是相同的，如同怀孕生孩子一样千篇一律。”刘雪春感触地说：“不是所有女人都能生出孩子。”邹一麻子知道刘雪春是说她自己，刘雪春一直把不能生孩子当成缺点来看。邹一麻子说：“女人不能生孩子也没关系，只要会跟男人睡觉就行了。”

刘雪春说：“我感觉男人跟男人的想法是不同的。”邹一麻子问：“我和你家李蔫巴有什么不同？”刘雪春说：“你比他力气大。”

邹一麻子说：“所以你跟李蔫巴在一起睡觉生不出来孩子，这不怨你，怨李蔫巴，李蔫巴身体单薄，没力气，怎么能造出孩子呢。”刘雪春说：“虽然你健壮，可你跟巧巧也没生出孩子来。”邹一麻子说：“可能巧巧身体不行，不能生了。”

刘雪春说：“巧巧不能生孩子，她还能带两个孩子嫁给你吗？孩子又不是天上掉下来的。”邹一麻子说：“从前巧巧年轻，生育能力强，现在老了，没生育能力了。”刘雪春说：“我不相信巧巧不能生了。”

邹一麻子说：“你真不相信是巧巧不能生孩子了。”刘雪春说：“我真不相信。”邹一麻子说：“我能让你怀孕生孩子，你相信吗？”

刘雪春说：“你就使劲儿吹吧，反正太阳渐渐落山了，看明天能不能从西边出来。”邹一麻子若有所思地说：“有的人也怪，两口子在一起干了一辈子这种事，也不怀孕，生不出来孩子，有的干了一次就怀孕了。”刘雪春说：“你说人和畜生是不是一样？”

邹一麻子说：“人就是畜生，只不过是高级畜生。”刘雪春说：“畜生分公母，人分男女，真是一个道理。”邹一麻子说：“这是老天爷安排的，不可能改变，男人和女人在一起干了这种事，就得生孩子，要么就断子绝孙了。”

刘雪春说：“我就没有生出孩子，我让蔫巴断子绝孙了。”邹一麻子说：“这次你就能生孩子了，给我们邹家传宗接代了。”刘雪春说：“你是在做梦吧。”

邹一麻子说：“大白天的做什么梦呢。”刘雪春说：“你说的不是梦话吗？”邹一麻子说：“看来我说的话你是不相信。”

刘雪春说：“你跟巧巧没能生出孩子，我跟蔫巴也没生出孩子，咱们俩都不好使，不可能生出孩子来的。”邹一麻子说：“那是没找对路子，品种搭配不当，种水稻的地里是长不出玉米的，玉米地里也长不出水稻。”刘雪春说：“就算咱俩都好使，在一起发生一次这种事，也不可能怀孕，也不会生出孩子，更何况咱们已经过了生孩子的最好年龄。”

邹一麻子说：“如果你嫌一次少了，咱们以后可以经常在一起，天天做这事我愿意。”刘雪春说：“你想得美，也就这一次了，不会有第二次了。”邹一麻子问：“为什么？”

刘雪春说：“我得对得起蔫巴，你得对得起巧巧。”邹一麻子说：“如果你怀孕了，敢把孩子生出来吗？”刘雪春说：“如果怀孕，就生出来养着。”

邹一麻子说：“如果你生了我的孩子，村里人会怎么看？”刘雪春说：“没想过。”邹一麻子说：“孩子姓什么？”

刘雪春说：“当然姓邹了。”邹一麻子说：“孩子姓邹，蔫巴能愿意吗？”

刘雪春说：“我不可能生孩子的，你还当真事了。”

邹一麻子说：“看老天爷睁不睁眼睛了，如果老天爷睁眼睛，你就会给我们邹家留一个后人。”刘雪春说：“都到这个年龄了，你咋还这么想呢。”邹一麻子说：“你不想有自己的孩子吗？”

刘雪春叹息地说：“想也想不来，还是别想了，也少些烦恼。”邹一麻子说：“人就是在烦恼中活着。”刘雪春说：“我不想这么活着。”

邹一麻子说：“男人跟女人的想法不同。”刘雪春说：“你是不是想让我给你生个孩子？”邹一麻子说：“你真跟我想到一起了。”

刘雪春说：“你还在做梦呢，清醒点吧，这辈子是不可能了，下辈子也许能。”邹一麻子说：“怎么会是做梦呢，没准哪天李蔫巴死了，我还娶你了呢。”刘雪春说：“你别说缺德话了，你娶我冯巧巧咋办？”

邹一麻子说：“你们两个我都要，咱们三个一起生活。”刘雪春说：“两个女人一个男人住在一间屋里，睡在同一个炕上，那是不可能的。”邹一麻子说：“李蔫巴比我有福气。”

刘雪春说：“冯巧巧对你不错，鲁一达和邹石头跟你也亲，爹长爹短地叫你，知足吧。”邹一麻子说：“那两个崽子不是我的血脉。”刘雪春说：“虽然你没有自己亲生的孩子，但比我强，我连不是亲生的还没有呢。”

邹一麻子感慨地说：“从你嫁给李蔫巴那天起，我就喜欢上你了，心想如果你嫁给我就好了。”刘雪春说：“你跟我在一起做这事，不怕让巧巧知道吗？”邹一麻子说：“在这个树林深处，神秘地方，你不说，我不说，谁会知道呢。”

刘雪春问：“你心里一直想着我吗？”邹一麻子说：“一直有想和你在一起生活的想法。”刘雪春说：“我也有这种想法。”

邹一麻子泄气地说：“这辈子是不行了，下辈子我一定娶你。”刘雪春说：“我还不想嫁给你呢。”邹一麻子说：“我能看出来你心里是有我的，刚才你那么投入，痴迷……”

刘雪春问：“你是怎么想的？”邹一麻子说：“和老婆在一起久了，没新鲜感觉，有点厌倦了。”刘雪春问：“你在我这儿找到新鲜感觉了？”

邹一麻子说：“新鲜感觉倒是没有，不过很激动，状态好，如同吃一种菜吃腻了，想换一种菜吃。”刘雪春问：“我跟巧巧谁好？”邹一麻子说：“让我说实话吗？”

刘雪春说：“照实说。”邹一麻子说：“当然是巧巧好了。”刘雪春说：

“既然她好，你还和我做这事，你能对得起她吗？”

邹一麻子说：“男人和女干这种事是人的本性，有了生理欲望就得释放，不能憋着，憋时间长了，身体会出毛病的。”刘雪春知道邹一麻子是在给自己找理由，便说：“如果你知道巧巧跟别的男人做这种事，你还会这么想吗？”邹一麻子说：“她不会这么做。”

刘雪春问：“你怎么敢肯定她不会做呢？”邹一麻子说：“不是所有女人都会背着自己的男人跟别的男人做这种事的。”刘雪春问：“为什么？”

邹一麻子说：“男人能满足自己的女人，能让自己的女人舒服，得到快感，女人就不会背着男人做这事了。”刘雪春说：“你的意思是冯巧巧被你弄得舒服了呗？”邹一麻子说：“当然了。”

刘雪春相信邹一麻子说的这句话，她刚才领略到了邹一麻子的勇猛。

邹一麻子说：“蔫巴满足不了你吧！”刘雪春问：“你咋知道？”邹一麻子说：“如果蔫巴能满足你，刚才你就不会像新娘那么陶醉了。”

刘雪春刚才全身如同通了电似的，确实得到了快感，这是结婚以来第一次有这种感觉。她还沉浸在这种感觉中，她有点累了，疲倦涌上来，闭上眼睛想好好休息一会儿。

草丛中有声音响动，邹一麻子急忙爬起来，刘雪春也跟着站起来，一边穿裤子，一边朝响声的地方看去。他们知道山林中有蛇，虽然这里的蛇不是太多，但村里有人被蛇咬伤过，并且伤势重，送县医院没能治好，转院去佳木斯治的。如果不及时转院治疗，人就死了。他们的目光在草丛中搜寻着，看见不是蛇，而是一只灰色野兔。邹一麻子悄悄朝兔子走过去。兔子发现了邹一麻子，机警地看了看，蹦蹦跳跳钻进了洞里。邹一麻子搬过来一块大约二十多斤重的石头堵住洞口，转身拿镐去了。他拎着镐小跑着返回兔子藏身的洞口，判断了兔子藏身的具体位置，目标确定后，挥起镐刨起来。

刘雪春走过来问：“能刨出来吗？”邹一麻子说：“应该能刨出来。”刘雪春用欣赏的眼神看着邹一麻子挥镐的样子。

邹一麻子把兔子刨死了，兔子身上沾染着血。他拎起兔子的腿看了看递给刘雪春说：“你拿回家炖着吃吧。”刘雪春没有客气，伸手接过兔子。邹一麻子这时发现裤子没系好，生殖器露在裤子外面。

刘雪春看了一眼邹一麻子，转身又去撒尿了。她喝的水有点多了，也可能是得了尿频的病。

天色渐渐黑，他们朝村庄里走去。

邹一麻子扛着镐，塑料壶是空的，塑料壶挂在镐柄上来回晃动。刘雪春问：“你怎么拿这么大的塑料壶装水呢？”邹一麻子说：“壶小了装的水不够喝，如果水多了还可以浇庄稼。”刘雪春说：“把你的塑料壶给我吧，我再来时也装一大塑料壶水。”

邹一麻子说：“我这壶不只是装水的，有时还装白酒呢。”刘雪春知道邹一麻子的酒量在村里是出了名的大。她看见过村庄里的男人去县城买散白酒时都是用塑料壶。她说：“你再找个塑料壶装酒吧。”邹一麻子说：“蔫巴不喝酒，如果你只用这个壶装水有点浪费了。”

刘雪春说：“你是不舍得给我吧？”邹一麻子说：“怎么会呢，不就是一个塑料壶嘛，如果你每天能满足我一次，每天我给你一个塑料壶。”刘雪春说：“那你得问巧巧同意不，如果她同意，我就去你家过夜，和你睡在同一个炕上。”

他们怕被村里人看见一起上了山，邹一麻子把塑料壶递给刘雪春，停下来抽烟，有意拉开两个人之间的距离。刘雪春加快脚步走在前面，邹一麻子放慢脚步走在后面，先后进了村里。

4

冯巧巧从县城回到家，院门关着，房门锁着。她渴得很，拿起碗从水桶里舀了一碗凉水，一口气喝进肚里。她用手在下巴上抹了一下，从竹筐里拿出一袋面包和一袋奶粉朝李蔫巴家走去。李蔫巴家在她家的西面，中间是两家菜园子，离的有五十多米远。她走进李蔫巴家院落时，李蔫巴躺在炕上处在似睡非睡的状态。李蔫巴听见有脚步声从院落传来，坐起身，透过窗户朝外面看去。冯巧巧走进屋，在门口停了片刻，让眼睛适应屋里的光线，然后走到炕前关心地问：“腿好点了吗？”

李蔫巴说：“能活动了，也不那么疼了。”冯巧巧说：“多吃点补品，营养跟上了，心情好点，很快就好了。”李蔫巴问：“你去县城了？”

冯巧巧说：“早晨安葬了老村长后，村里集体放假一天，我去县城卖鸡蛋了。”李蔫巴叹息地说：“我本想去看老村长最后一眼，可腿不敢着地，去了会给别人添麻烦。”冯巧巧说：“村里人知道你腿伤没好，这是特殊情况，你不去没人埋怨你。”

李蔫巴说：“去给老村长送葬的人多吧？”冯巧巧说：“全村人差不多都去了。”李蔫巴说：“老村长在村里威望高，人缘好。”

冯巧巧说：“老村长死了，村里人很难受。”李蔫巴回忆地说：“抗日战争时期老村长参加过抗联，好像还跟赵尚志在一起打过游击呢。”冯巧巧虽然是后嫁到村里来的，但跟村里人聊天时听人们说起过关于老村长的故事。她说：“老村长心好，挺善良的，还愿意帮助人。”

李蔫巴说：“有一次日本鬼子进村准备抓捕抗联人员，老村长在县城得到消息后，冒着生命危险回村报信，村里人及时躲进山里，要么还不知道死多少人呢。”冯巧巧说：“听说县里还准备给老村长立碑呢。”李蔫巴说：“县里应该给老村长立碑，老村长是老革命，应该得到这种待遇。”

冯巧巧说：“老村长的家里人说他今年七十九周岁，我怎么看老村长没这么大年龄呢。”李蔫巴想了想说：“应该差不多，如果差，上下也差不了几岁。”冯巧巧说：“咱们村活到这个年纪的老人不多。”

李蔫巴说：“几乎没有，好人应该有好报，老村长应该活得更长点。”冯巧巧思量地说：“今年是1979年，跟老村长年龄有点相近。”李蔫巴说：“今天还是9月7号，年月日都跟老村长的生日有关。”

冯巧巧说：“咱们能活到老村长这个年龄就行。”李蔫巴说：“我身体不好，活不到，邹一身体好，他活的时间长。”冯巧巧说：“你也能。”

李蔫巴说：“生活一年比一年好，日子一年比一年好过了，咱们应该好好活着。”

冯巧巧问：“雪春呢？”李蔫巴说：“可能去自留地了。”冯巧巧说：“雪春挺能干的。”

李蔫巴说：“我有点配不上她。”冯巧巧说：“两口子过日子，不能说谁配不上谁，只要安心过日子，心往一块想就行。”李蔫巴本想说连个孩子都没有，话到嘴边却改了口问：“邹一没在家吗？”

冯巧巧说：“没在家。”李蔫巴叮嘱地说：“你让石头和一达对邹一亲近点。”冯巧巧说：“这我知道。”

李蔫巴说：“邹一那人不错，就是性子急了点。”冯巧巧说：“你是我们家的恩人，这辈子也忘不了你。”李蔫巴说：“我什么忙也没帮上你们，哪来的恩情。”

冯巧巧看了一眼窗外，天色暗了，得回家做饭，还得喂猪，站起身说：“我回去了。”李蔫巴说：“你把面包和奶粉拿回去，我不吃这东西。”冯巧巧说：

“这是专门给你买的。”

李蔫巴说：“你跑了一趟县城，买了这些东西，一筐鸡蛋不是白卖了。”冯巧巧说：“怎么会白卖呢，这不换回来面包和奶粉了。”李蔫巴看着冯巧巧出了屋，走出院落，才收回目光。

冯巧巧回到家洗了几个西红柿，打了半碗鸡蛋，切好了葱花，把做汤的食料准备好，就开始和面烙油饼。她烙油饼的手艺在村里是数一数二，名气大着呢，邹一麻子最爱吃她烙的油饼。

邹一麻子走进院落，还没进屋就闻到飘散出来的香味了。他进了屋，看见冯巧巧在锅灶前烙油饼，探过头往锅里看了一眼，嗅了嗅鼻子说：“真香。”

冯巧巧的脸被锅烘烤得通红，汗珠子时不时掉下来。她扭过头看了一眼邹一麻子说：“洗手吧，饭马上好了。”

邹一麻子走到院落里，脱下身上白的确良衬衫，把衬衫搭在晾衣服的铁丝绳上，光着膀子走到水井边。水井边的石头上放着洗衣盆，洗衣盆里装着水。他每天晒一盆水，用晒过的水洗身子。秋天不如夏天晒得热，水温热。邹一麻子弯下腰，往身上撩了撩水，感觉舒服，用毛巾擦过身子后回到屋里。

冯巧巧已经烙好油饼，她把菜汤端到饭桌上，给邹一麻子倒了杯酒，把酒瓶放在桌上。做饭时热，她满脸是汗，到院落里用刚打上来的凉水洗了脸。她回到屋里看见邹一麻子用筷子夹着油饼津津有味地吃着。邹一麻子喝了一口酒，夸赞地说：“你烙的油饼比县城街上卖的好吃。”冯巧巧说：“等生活条件好了，日子富裕了，白面随便吃了，我天天给你烙油饼吃。”

邹一麻子说：“过一会儿给蔫巴送去几张饼。”冯巧巧说：“不用了，我去县城给他买了一袋奶粉和一袋面包，送过去了。”邹一麻子问：“他的腿好些了吧？”

冯巧巧说：“好点了，可还下不了地。”邹一麻子说：“骨头断了，哪能这么快好呢。”冯巧巧说：“他没能去给老村长送葬，心里挺过意不去的。”

邹一麻子说：“老村长救过蔫巴他爹，抗日战争时期，有一次日本鬼子进村扫荡，如果不是老村长回来送信，李蔫巴他爹和村里的人就全死了。”冯巧巧说：“人就应该重视恩情。”邹一麻子吃了口油饼说：“不讲恩情的心人不应该活着。”

冯巧巧问：“你今天去北山了？”邹一麻子点了一下头，不想说这件事。冯巧巧叮嘱地说：“你多留意点，别让林场的护林员发现了。”

邹一麻子说：“不会被护林员发现的。”冯巧巧说：“哪天你带我去北山看一看，我还能帮你干点活呢。”邹一麻子说：“你不能去，万一让护林员发现了，会连累你。”

冯巧巧说：“你不是说护林员发现不了嘛。”邹一麻子说：“什么事也没有绝对的。”冯巧巧说：“你不怕我怕什么。”

邹一麻子说：“这不是怕与不怕的问题，万一咱俩都被抓起来了，家里的猪谁喂？谁给咱们送饭呢？”冯巧巧说：“没这么危险吧？如果这么担惊受怕，你还是别去北山开荒种地了。”邹一麻子说：“不开垦荒地，咱家能养三头大肥猪吗？”

冯巧巧说：“自从过春节给村书记和村长送去猪肉后，见了面书记、村长离很远就主动打招呼。”邹一麻子说：“所以北山的荒地还得继续种，猪肉还得继续给村长和书记送。”冯巧巧说：“那你多受累了，也得多加小心。”

邹一麻子说：“我去北山就像侦察敌情那么小心。”

冯巧巧说：“吃过饭你去蔫巴家坐一坐。”邹一麻子咬了一口饼没说话，他有好一段时间没去李蔫巴家了。今天他跟刘雪春发生了关系，心里有点抵触情绪，不想去了。他说：“你不是刚给蔫巴送去面包和奶粉嘛，我不用去了。”冯巧巧说：“我去和你去不一样。”

邹一麻子说：“咱们不是一家人嘛，你去就代替我了。”冯巧巧说：“你是家里掌柜的，我代替不了你。”邹一麻子不语。

冯巧巧说：“当年如果没有李蔫巴，我来到村里还不知道找谁呢。”邹一麻子说：“你的意思是没有李蔫巴，我就娶不到你了，就得打光棍呗！”冯巧巧说：“你这是说的什么话。”

邹一麻子吃过饭，来到院落里，吸着烟，看着西边李蔫巴家。

5

刘雪春回到家里把兔子扔在院落的地上，弯下腰把塑料壶放在水井边，推开门走进屋。李蔫巴坐在炕上，身子靠着被子，看着刘雪春。刘雪春走到炕边，看了一眼放在炕上的奶粉和面包问：“是谁送来的？”

李蔫巴说：“巧巧拿来的。”

刘雪春知道冯巧巧去县城卖鸡蛋了，但她没想到冯巧巧会送来奶粉和面包。自从李蔫巴腿断了后，她还没有给李蔫巴买过奶粉和面包呢，可冯巧巧却买了。冯巧巧很关心李蔫巴，也记着从前的恩情。她对冯巧巧印象好过邹一，觉得今天不应该跟邹一麻子发生两性关系，这么做对不住冯巧巧。

李蔫巴问：“下午你去哪了？”刘雪春听李蔫巴这么问，心一惊，随意应付说：“还能去哪，去自留地了呗。”李蔫巴问：“今天咋回来这么晚？”刘雪春说：“想多干点活。”李蔫巴发现刘雪春神情反常，本想说什么，还没等他开口，刘雪春已经弯腰拿起放在炕边的尿壶朝屋外走去。

刘雪春把尿倒在院落里的葱地里，放下尿壶，拿着刀蹲在地上开始剥兔子皮。这种活一般女人不敢干，也不会干。从前她也不会干，不敢沾血，见到血就怕，自从李蔫巴腿断了后，她就会干了，也不怕血了。她认为人做某些事是被逼出来的，如同女人跟男人在一起睡觉，第一次不敢，睡过一次后就不怕了。虽然她没给李蔫巴买过奶粉和面包，但家中的鸡、鸭、鹅宰杀了好几只，给李蔫巴增加营养，补身体。她利落地剥下兔子皮，把兔子扔进水盆里，拎着兔子皮朝房东头走去。房东头有一根铁丝，上面挂着几串辣椒和大蒜，她把兔子皮挂在房东头的铁丝上。

东北夏季热，做饭烧炕时间长了，炕太热，晚上没法睡觉。她在院落里搭个棚子，棚子下面有锅灶。虽然进入秋天了，天气凉了，可炖肉烧火时间长，炕也很热。她点燃院落的锅灶，把兔子肉剁成块放在大铁锅里，慢火炖着。她又到菜地里拔出几个土豆，土豆嫩不用削皮，用水洗干净，切成块，在兔子肉快要炖熟的时候放进锅里。

她又点着屋里的锅灶热上玉米饼子。

李蔫巴喜欢吃兔子肉，身体好时有用兔子套去山上套兔子的习惯。虽然这种方法抓住兔子的概率低，但偶尔也会套住兔子。他躺在炕上闻到了飘进屋里的肉香味，馋得想流口水，饥饿感增强。他看着刘雪春端上土豆块和兔子肉时，脸带笑容地问：“你是怎么抓住兔子的？”

刘雪春躲避着李蔫巴的目光，漫不经心地说：“这只兔子受伤了，跑不动了，就被我用锄头砸死了。”李蔫巴说：“今天你运气好，能遇见受伤兔子，这是第一次，希望能有第二次。”刘雪春往李蔫巴碗里夹了几块兔子肉说：“你多吃点肉，身体恢复快。”

李蔫巴说：“这么好的菜，如果有酒就好了。”刘雪春说：“酒能活血，你腿上有伤，不能喝酒。”李蔫巴说：“虽然酒能活血，但少喝点不会影响伤口愈合的。”

刘雪春问：“你真这么馋酒吗？”李蔫巴说：“主要是你做的兔子肉太

香了，这么香的兔子肉不喝点酒好像有点扫兴。”刘雪春把筷子往桌上一放，站起身说：“你等一会儿再吃。”她话音没落，人已经出了屋。她出了院落，朝村里小商店走去。

村里只有这一家小商店。她家离商店不算远，有二百多米的距离。商店是仇寡妇开的。仇寡妇四十多岁，瓜子脸，身材苗条，读过初中，是村里数一数二的漂亮妇女。她是从外村嫁到宝山村的。她男人王鲁民从前是村里民兵连长，两个人一见钟情，情投意合，生了一个女儿，日子过得幸福美满。天有不测风云，人有旦夕祸福。几年前村里组织施工队去浩良河化肥厂修水渠，王鲁民是施工队长。有一次埋设炸药时，因地势险峻，他没让工友上前，而自己引爆了炸药。他没来得及跑开，被飞溅起来的石头砸死了。他的女儿王莹莹一年前嫁给了鲁一达。仇寡妇和邹一麻子成了儿女亲家。

邹一麻子和冯巧巧看仇寡妇这么年轻，一个人过日子不容易，劝说仇寡妇改嫁。仇寡妇犹豫不决，她不是不想改嫁，只是有些顾虑。她一是考虑王鲁顺和王鲁真的脸面，二是没有称心如意的男人可嫁。

王鲁民兄弟三人，王鲁顺排行老二，王鲁真排行老三。在王鲁民因工身亡后，上级组织部门在处理赔偿事情时征求王家意见。王家提出想让王鲁顺到村委工作。王鲁顺读过高中，身材好，英俊，当年差八分没考上大学，是村里的文化人。他在家务农种地，村里人对他印象好，上级组织部门研究后，安排王鲁顺当上了村里的会计。

王鲁顺的媳妇是他初中同学，同村人，两人婚后生了一男一女。虽然这些年王鲁顺以种地为生，可他是村里读书最多的人，看上去与其他村民是不同的。他特别看重在村委的工作。国家政策规定在村委工作十五年以上，六十岁后可以领取退休金。他感谢嫂子，如果不是嫂子向上级组织部门提出让他到村委工作，他是没有机会进村委工作的。他在哥哥离世后经常帮助嫂子干些活，还叮嘱弟弟王鲁真帮助大嫂干活。

王鲁真年过三十还没结婚，不务正业，整天混日子。他在县城有一帮哥们儿，隔三岔五骑着自行车去一趟县城，酒足饭饱后回村。虽然他不尊重别人，但尊重仇寡妇，对仇寡妇言听计从。

仇寡妇对王鲁顺和王鲁真很好，如同娘家兄弟似的。因为王鲁真是一个人过日子，生活无规律，仇寡妇平时做好吃的饭菜会叫王鲁真来吃。生活中，她与王鲁真的接触要比王鲁顺多。

王鲁顺劝仇寡妇改嫁。

王鲁真反对仇寡妇改嫁。

仇寡妇感觉兄弟二人出发点不同。

仇寡妇种着几亩地，还经营着小商店，商店里人来人往，日子过得充实，在个人情感上需求不急切。她在屋里吃饭，刘雪春匆匆走进来。她放下筷子，站起身，走到柜台前。刘雪春看着货柜说：“给我拿一瓶小兴安岭白酒。”仇寡妇转身拿酒，把酒递给刘雪春时问：“家中来客人了？”

刘雪春说：“没有，是蔫巴想喝酒了。”仇寡妇问：“蔫巴的腿好了吗？”刘雪春说：“好多了，可还不能着地。”

仇寡妇问：“记账吗？”

刘雪春说：“先记账吧，过些天我全还上。”

仇寡妇打开账本，记上金额和日期，把笔递给刘雪春，刘雪春接过笔，在本上签上名字，拿着酒往外走，她在院落门口遇见了王鲁真。

王鲁真看见刘雪春手里拿着酒，笑着问：“请谁喝酒？”刘雪春说：“谁也不请，自己喝。”王鲁真走进了仇寡妇家的院子。

李蔫巴没想到刘雪春去买酒了。虽然他说出了心里的想法，但没有非要喝酒的意思。刘雪春给李蔫巴倒上酒，然后坐在桌前继续吃饭。李蔫巴说：“不过年不过节的买什么酒呀！”

刘雪春说：“你不是想喝嘛。”李蔫巴说：“我只是随口说的，没有就不喝呗。”刘雪春说：“今天有兔子肉，如果没有兔子肉就不给你买酒了。”

李蔫巴说：“你真是我的好老婆。”刘雪春说：“我给你买酒就是好老婆了？”李蔫巴说：“为了给我补充营养，咱家的鸡、鸭、鹅都快让你杀光了，到哪找这么好的老婆。”

刘雪春听李蔫巴这么说，心里有点发酸，觉得今天在北山和邹一麻子做的事违背良心，愧对李蔫巴，愧疚地叹息了一声。李蔫巴以为刘雪春是在为没有生出孩子失落呢，转移了话题说：“你今天做的兔子肉特别好吃。”刘雪春手里的筷子停了片刻，然后夹起一块兔子肉放在李蔫巴碗里说：“好吃就多吃点。”

李蔫巴说：“等我病好了，就能去山上抓兔子了。”刘雪春说：“等你病好了，还是多挣点工分吧。”李蔫巴说：“工分不值钱。”刘雪春说：“不值钱也得挣，兔子也不是那么好抓。”李蔫巴自言自语地说：“咱们这儿咋会这么穷呢。”

刘雪春说：“村庄周围全是山，地又少，还不肥沃，庄稼产量低，能不穷嘛。”李蔫巴说：“邹一麻子家养了三头大肥猪，他是拿什么喂的？”李雪春说：“他挣的工分多，分的粮食也多。”

虽然李蔫巴知道邹一麻子挣的工分多，但不相信邹一麻子家养的三头猪全是用村里分的粮食喂的。他没生病前也没耽误过工，虽然没邹一麻子挣的工分多，可也差不了多少，分到的粮食也基本一样，可只能喂一头猪。他说：“我怀疑邹一麻子在外面开垦荒地了。”

刘雪春说：“他开不开荒地跟咱没关系，别人家的事咱不管，自己把日子过好就行。”李蔫巴说：“等我病好了，我也找一块荒地，到时候咱们多养几头猪，日子会富裕得多。”刘雪春说：“你可别往这方面想，国家不让私自在山上开垦荒地，如果被林场护林员抓住了，麻烦就大了。”

李蔫巴说：“邹一麻子不怕，我怕什么。”刘雪春遮掩地说：“你怎么知道邹一麻子开垦荒地了？空口无凭，这种话不能随便说。”李蔫巴说：“如果邹一麻子不开垦荒地，怎么会养得起三头大肥猪呢。”

刘雪春说：“你没邹一麻子那个本事，不要看人家日子过得好眼红。”李蔫巴不服气地说：“邹一麻子有什么本事？当年如果不是我把冯巧巧送给他，他不还得打光棍嘛。”刘雪春说：“冯巧巧怎么会是你送的呢？”

李蔫巴还想说什么，看邹一麻子走进来了，把到嘴边的话咽了回去。邹一麻子说：“怎么刚吃饭呢？”李蔫巴说：“今天雪春抓住一只兔子，又给我买了一瓶酒，所以吃饭晚了点。”

邹一麻子看了一眼刘雪春说：“好饭不怕晚，兔子肉真香，我在院落外就闻到了。”刘雪春没想到邹一麻子会来，更没想到邹一麻子能赶上吃饭，有点尴尬，脸色不自然，神色慌张，故作镇静，客气地问：“你吃过了吗？”邹一麻子说：“吃过了。”

李蔫巴说：“再吃点兔子肉，喝点酒。”邹一麻子推脱地说：“我吃了四张油饼，喝了两碗汤，肚子里没地方了。”李蔫巴说：“巧巧烙的油饼是好吃。”

邹一麻子说：“雪春做饭手艺比巧巧还好呢，得让巧巧跟雪春学做饭了。”两个男人夸奖着对方的老婆。李蔫巴说：“你尝尝雪春做的兔子肉，味道好着呢。”邹一麻子说：“你多吃点肉，伤好得快。”

李蔫巴对刘雪春说：“拿一双筷子来。”刘雪春拿来一双筷子和一个酒杯，放在桌子上，转身离开了。李蔫巴边倒酒边对邹一麻子说：“咱们俩可有些日子没在一起喝酒了。”

邹一麻子坐在饭桌前说：“这些天活忙，没过来。”李蔫巴说：“我这样出不去，只有你过来了。”邹一麻子问：“你感觉好些了吧？”

李蔫巴说：“再有十天半个月应该好了。”邹一麻子说：“好了也别干重活。”李蔫巴端起酒杯，举到邹一麻子面前说：“碰个杯。”

邹一麻子跟李蔫巴碰了杯，喝下杯中酒，评价地说：“瓶装酒是比散装酒好喝。”李蔫巴说：“散装酒里面可能掺水了。”邹一麻子说：“奸商奸商，无商不奸，能不掺水嘛。”

李蔫巴说：“你吃点兔子肉。”邹一麻子夹了一块兔子肉放进嘴里嚼着说：“是好吃。”李蔫巴说：“没想到雪春一个女人还能抓住兔子。”

刘雪春回到屋里，看着眼前这两个男人，心里说不上是什么滋味。

6

仇寡妇问王鲁真：“你吃饭了吗？”王鲁真回答说：“没有。”仇寡妇说：“你想吃点什么，我给你做。”

王鲁真说：“没胃口，什么也不想吃。”仇寡妇说：“不吃饭怎么行。”王鲁真看了一眼仇寡妇，叹息了一声，心事重重的样子。

仇寡妇说：“有什么烦心事吗？如果有你说出来，别闷在心里，看我能不能帮你出个主意，找到解决办法。”王鲁真说：“你肯定有解决办法，只看你愿意不愿意了。”仇寡妇说：“只要你高兴，我就愿意做。”

王鲁真说：“这话是你自己说的，不能反悔。”仇寡妇说：“没错，是我说的，不反悔。”王鲁真说：“我喜欢你，想娶你，你能答应嫁给我吗？”

仇寡妇万万没想到王鲁真能说这种话，能有这样的想法，如同五雷轰顶，一时蒙了，怔怔地看着王鲁真。王鲁真目不转睛地看着仇寡妇，他目光中带着火舌，如同想融化仇寡妇似的。仇寡妇不敢正视王鲁真，把脸侧了过去。王鲁真把想法说出来后，如同炸药被点着了引线，燃烧只是过程，炸开了挡在仇寡妇心口的石头。他求证似的说：“刚才你可是答应我了，只要能让我开心，你就会做。”仇寡妇脸热热的，心在狂跳。

王鲁真动情地说：“阿莲，我喜欢上你了，想娶你，让你成为我生命中的女人。”仇寡妇惊住了，她已经很久没听见有人这么称呼她了。她原名叫仇阿莲。当初跟王鲁民谈恋爱时，王鲁民这么称呼她。自从王鲁民离世后，这个称呼也随着消失了，好像被王鲁民带去了天堂。王鲁真这句深情的话再次唤起了她对往事的回忆，她在回忆中寻找着答案。虽然她对王鲁真有情有意，可那是亲情，不是男女之情，更不是爱情。她做梦也想不到王鲁真会把这种亲情当成爱情，当成男女两性之情。她提醒地说：“鲁真，我是你嫂子，你不能跟我开这种玩笑。”王鲁真执拗地说：“从前你是我嫂子，现在不是，我哥去世了，现在你应该是我的女人，我不是开玩笑，我是认真的。”

仇寡妇说：“我比你大好几岁，还有莹莹呢！”王鲁真说：“自从我哥离世后，我就想娶你，一直没敢说出口。”仇寡妇否定地说：“这怎么可能呢？”

王鲁真说：“这怎么不可能，你是女人，我是男人，男人娶女人是天经地义的事，很正常。”仇寡妇说：“你娶别的女人正常，娶我就不正常了。”王鲁真说：“你与别的女人还有区别吗？”

仇寡妇说：“因为我是你嫂子，我嫁给过你哥，如果我再嫁给你，外人怎么看？”王鲁真说：“你能嫁给我哥，怎么就不能嫁给我呢？”仇寡妇说：“当初与现在不同。”

王鲁真说：“我哥已经离世了，你嫁给我也是正常的。”仇寡妇说：“在咱们这里哪有这种婚姻？”王鲁真说：“没有不等于不可以，这是合法的。”

仇寡妇说：“这是不可能的，这种话你以后不要再说了，当我没听见。”王鲁真坚持地说：“我非说不可。”仇寡妇说：“你说出来不怕让外人笑话吗？”

王鲁真说：“我做事坦坦荡荡，光明磊落，别人愿意说什么就说什么好了，我不在乎。”仇寡妇说：“你别冲动，你不在乎我在乎，我觉得没脸见人。”王鲁真说：“我没冲动，我非常理智，怎么会没脸见人呢。”

仇寡妇再次加重语气提醒地说：“你别忘了我是你嫂子。”王鲁真说：“没错，从前你是我嫂子，但现在你应该是我的女人。”仇寡妇说：“我已经生过孩子了，并且不能再生孩子了，你应该娶能给你生孩子的女人。”

王鲁真说：“能不能生孩子我不在乎，孩子对我来说没你重要。”仇寡妇说：“比我好的女人有很多，你这是何必呢！”王鲁真固执地说：“我喜欢你，就想娶你。如果你不答应，我就去村里的大喇叭上说，让全村人都知道我喜欢你。”

仇寡妇说：“你不怕让人笑话吗？”王鲁真说：“不怕。”仇寡妇说：“你走吧。”

王鲁真说：“我非得娶你。”仇寡妇说：“你别说疯话了，快走吧。”王鲁真说：“你好好考虑考虑，我等你回话。”

仇寡妇在王鲁真走后呆呆地坐在饭桌前，一点食欲都没有，回想着王鲁真的话。她知道王鲁真对她好，可她没想到王鲁真会产生娶她的想法。虽然她有改嫁的想法，但绝对没想过要嫁给王鲁真。

王莹莹和鲁一达走进屋，屋里没开灯，黑黑的。王莹莹开了灯，看母亲坐在那里发呆，不解地问："妈，你怎么了？"

仇寡妇说："没怎么。"王莹莹说："你发什么呆呀？"仇寡妇看了一眼鲁一达，又看了一眼王莹莹叹息了一声。

王莹莹感觉母亲遇到不开心的事了，而她又不想当着鲁一达的面说出来，王莹莹对鲁一达说："今天我不去你妈家了，你一个人去吧。"鲁一达明白王莹莹的意思，随口说："我一个人去，你早点回家。"王莹莹说："过一会儿我就回去。"

鲁一达走了。

王莹莹对仇寡妇说："你遇到什么不开心的事了吗？说出来我帮你出个主意。"仇敌寡妇无奈地说："是你小叔呗。"王莹莹没想到母亲的烦恼是小叔引起的。她知道小叔关心母亲，对母亲挺好的，母亲对小叔也不错，小叔怎么会让母亲不高兴呢？她问："我小叔怎么了？"

仇寡妇看了一眼王莹莹，又叹息了一声，低着头没说话。王莹莹看母亲一脸愁容，接二连三地叹息，着急了，催促地说："妈，你别总叹气好不好，有事就说出来，不要放在心里。"仇寡妇难启齿地说："让我怎么说呀？"

王莹莹说："我小叔怎么了？我小叔怎么让你不开心了？"仇寡妇说："你小叔疯了。"王莹莹没想到母亲会说出这种话，不解地说："怎么会呢？今天下午我在村委办公室还遇见他了呢，他说话很正常，怎么会疯了呢？"

仇寡妇说："他的想法比疯子还可怕。"王莹莹说："我小叔对你说什么了？"仇寡妇说："让我怎么跟你说呢。"

王莹莹说："如实说呗，我是你闺女，又不是外人，不用隐瞒吧。"仇寡妇说："你小叔让我嫁给他。"王莹莹听母亲这么说吃了一惊，不相信地说："不会吧？"

仇寡妇说："这是你小叔站在我面前亲口说的，还说得那么坚定。"王莹莹没想到王鲁真会有这种想法。虽然她同意母亲改嫁，但没想过让母亲嫁给王鲁真。这不是观念问题，而是她认为王鲁真配不上母亲，更主要的是王鲁真是她的小叔，如果母亲嫁给了小叔，村里人会怎么看她呢？她说："你不能嫁给我小叔。"仇寡妇说："我怎么会嫁给他呢。"

王莹莹说："我小叔游手好闲不说，你嫁给他关系没法理顺。"仇寡妇说："我也是这么想的，可是你小叔很坚持。"王莹莹说："他坚持你也不能答应嫁给他。"

仇寡妇说："男人到了你小叔这个年龄，如果不结婚真不行。"王莹莹说："我小叔好吃懒做，吊儿郎当，哪个女人会嫁给他。"仇寡妇说："你小叔本质不坏，你爷爷和奶奶去世早，没人管他，如果有人管着，那些坏毛病是可以改掉的。"

王莹莹察言观色地说："妈，你这是什么意思？"仇寡妇说："我说错了吗？"王莹莹表明态度地说："反正我不同意你嫁给我小叔。"

仇寡妇说："你急什么呢，我也没答应嫁给你小叔呀。"王莹莹说："我觉得你有这个意思。"仇寡妇说："我在考虑怎么拒绝你小叔，怎么会有意嫁给他呢。"

王莹莹认为应该想个对策才行，如果母亲生硬回绝了小叔，跟小叔就没法相处了。可这种事不能将就，也不能顾及面子，得果断对待，冷静处理。她说："要么找人劝一劝我小叔，让他放弃这种想法。"仇寡妇说："就怕你小叔不听劝。"王莹莹说："要么找我二叔商量商量，我二叔肯定反对这件事。"

仇寡妇难为情地说："让我怎么跟你二叔说呢？"王莹莹说："我去说。"仇寡妇问："你怎么跟你二叔说？"

王莹莹说："这事又不能藏着，照实说呗。"仇寡妇叮嘱说："你态度好点，不要说过头话。"王莹莹去王鲁顺家了。

王鲁顺正准备睡觉呢，听见外面有人叫门，出了屋，看王莹莹站在院落外，心想可能有事情，不然王莹莹不会这么晚来，他打开院落门。王莹莹边往屋里走边说："二叔，你得说一说我小叔。"王鲁顺问："你小叔怎么了？"

王莹莹走进屋里，看了一眼在炕上坐着的吕秀梅说："我小叔想娶我妈。"王鲁顺不相信地说："不会吧？"王莹莹说："我刚从我妈那过来，是我妈亲口告诉我的。"

王鲁顺说："这不是胡闹嘛。"

吕秀梅说："如果这件事传出去，还不成为村里的笑话。"王莹莹说："我妈蒙了，不知道怎么办。"吕秀梅说："你小叔怎么会往这方面想呢。"

王鲁顺说："明天我去找你小叔。"

吕秀梅知道王鲁真不听王鲁顺的，更何况这种男欢女爱的事情呢。她说："你去说也不管用。"王鲁顺说："不听我也得管。"吕秀梅出主意地说："解决这件事，最好的办法就是找个适合的男人把嫂子嫁了。"

王鲁顺说："我跟嫂子说过多次了，嫂子也有意改嫁，一直没遇见合适的人，在这么短时间内，到哪找合适的男人嫁。"吕秀梅说："要么就给鲁真找个媳妇，男人到了年龄没有女人不行。"王鲁顺说："他整天吊儿郎当，游手好闲，谁家姑娘愿意嫁给他。”

吕秀梅为难地说：“鲁真眼光挺高，一般姑娘他还看不上呢。”王鲁顺说：“他不知道自己是半斤还是八两，不知天高地厚。”吕秀梅说：“寡妇门前是非多，这件事不能张扬出去，传出去影响坏，对你在村委工作不利。”

王鲁顺说：“鲁真这不是疯了吗？”吕秀梅说：“他没有疯，而是想女人了。”王鲁顺说：“他一个人过日子也不是办法。”

王莹莹说：“不管什么原因，我小叔也不能打我妈的主意呀。”王鲁顺说：“我现在就去找你小叔。”王莹莹说：“可能睡觉了，还是明天去吧。”

王鲁顺说：“如果今晚不去找他，我都没法睡觉。”吕秀梅责备地说：“你还是村干部呢，怎么这么没肚量呢。”王鲁顺说：“多大的肚量也让这件事气炸了。”

吕秀梅看王鲁顺在气头上，言语过于激烈，尖刻，担心兄弟俩打起来，急忙出了屋，跟着王鲁顺去了。

王鲁真一个人住在父母生前留下的老屋里。虽然屋子破旧了，但位置好，处在村子中心地段。他躺在炕上听着广播，回想着跟仇寡妇说的话，广播中播放着刘兰芳讲的评书《岳飞传》。他喜欢听刘兰芳讲的评书。听见外面有人敲门，他懒洋洋地从炕上下来，趿拉着鞋去开门。

王鲁顺走进屋斥责地说：“你还要脸吗？”王鲁真反驳地说：“我怎么不要脸了？”王鲁顺问：“你跟大嫂说什么了？”

王鲁真明白王鲁顺来找他的原因了。今天他对大嫂说的话，二哥可能知道了。他跟大嫂说那些话是琢磨了好多天，不是一时冲动。他跟二哥是第一次谈到这种事，有点不好意思开口。他认为这件事跟二哥没关系，没想过要跟二哥商量，知道商量也可能商量不通。

王鲁顺说：“你就是打一辈子光棍，一辈子没有女人，也不能打大嫂主意。”王鲁真认为二哥误解他了，话语中有污辱的意思，反驳地说：“我怎么打大嫂的主意了？”王鲁顺说：“你让大嫂嫁给你，你不觉得丢人吗？”

王鲁真本不想捅破这层纸，既然二哥说出来了，只能迎风而上，争辩地说：“我喜欢大嫂有错吗？”王鲁顺说：“你娶不到媳妇就想娶大嫂，你还要脸吗？有你这种人吗？让外人怎么看？”王鲁真说：“我是真心喜欢大嫂，又不是心血来潮戏弄她。”

王鲁顺说：“你真不要脸。”王鲁真说：“我的事我自己做主，用不着你来教训我。”王鲁顺说：“我不同意。”

王鲁真质问地说：“这件事跟你有关系吗？”王鲁顺说：“她是我嫂子，

你是我弟弟，你说能没关系吗？”王鲁真说：“我们有自己选择婚姻权利。”

王鲁顺说：“有本事你选择别的女人，不要选择大嫂，大嫂压根没看上你，她不会选择你的。”王鲁真说：“选择谁是我的权利，你没权利干涉。”王鲁顺说：“你不把心思用在大嫂身上，我就不干涉。”

王鲁真说：“我用在谁身上你管不着！”

吕秀梅走进屋劝解地说：“你们兄弟俩有话好好说，别吵架，深更半夜的，声音传得远，让左邻右舍听见了不好。”

王鲁顺说：“他不能再跟大嫂说这件事了，到此为止。”王鲁真说：“你管不着，这是我的事。”王鲁顺较真地说：“这件事我非得管。”

王鲁真说：“你算老几呀？”王鲁顺说：“我是你哥，在王家排行老二。”王鲁真露出无奈的表情，转过脸对吕秀梅说：“二嫂，大哥去世已经这么多年了，我喜欢大嫂有错吗？”

吕秀梅处事圆滑，不想激怒王鲁真，温和地说：“你跟大嫂年龄差得有点大了。”王鲁真说：“我不在乎。”吕秀梅问：“大嫂是什么意思？”

王鲁真被问住了，没有回答。他把自己想的说出来了，但仇阿莲没有答应他。仇阿莲有可能拒绝他，不然，二哥和二嫂怎么会这么快来找他呢。吕秀梅看说到王鲁真要害处了，接着说：“你二哥是为你好，如果大嫂不同意，拒绝你了，你多丢面子。”王鲁真说：“你们放心，如果仇阿莲不同意，我不会强求。”

王鲁顺和吕秀梅听王鲁真叫仇阿莲的名字很意外，愣了一下。自从仇阿莲嫁给王鲁民后，王家人很少直接称呼她本名。

吕秀梅认为仇阿莲不会同意嫁给王鲁真的，便说：“只要大嫂同意嫁给你，我们没意见，谁也挡不住你娶她。”王鲁真说：“如果大嫂不同意，就当我没说这件事。”吕秀梅说：“如果你这么想，事情就好办了。”

王鲁顺说：“你以为大嫂能看上你吗？”王鲁真说：“仇阿莲能不能看上我是我的事，跟你没关系。”王鲁顺说：“如果你不是我弟弟，她不是我嫂子，我才不管呢。”

吕秀梅拉着王鲁顺的胳膊说：“这么晚了，咱们走吧，有事明天再说。”

7

鲁一达来到邹一麻子家时，邹一麻子刚从李蔫巴家回来。邹一麻子在自己家喝了酒，到李蔫巴家又喝了，酒喝得有点多，脸通红，带着醉意问："怎么你一个人来了？莹莹呢？"鲁一达说："去她妈家了。"

冯巧巧问："你怎么没去？"鲁一达说："我去了，她妈好像有心事，在我面前不想说。"冯巧巧同情地说："一个女人过日子不容易，让莹莹劝她妈改嫁吧。"

鲁一达说："莹莹跟她妈说过好多次了，她妈说没有适合的男人。"冯巧巧说："她不会是看上王鲁真了吧？"鲁一达说："这怎么可能呢，没影儿的事，你可别乱说。"

冯巧巧说："王鲁真已经是三十好几的人了，还没娶媳妇，又经常去仇阿莲那里，还听仇阿莲的话，如果仇阿莲嫁给他也行。"

邹一麻子说："行什么呀，不管怎么说王鲁真还是个小伙子，没碰过女人的身体，而仇阿莲是个寡妇，生过孩子，让小伙子娶寡妇不妥当。"冯巧巧说："仇阿莲虽然生过孩子，但身材不难看，脸面俊俏。"邹一麻子说："毕竟不是原装女人了。"

冯巧巧说："寡妇不寡妇的倒不是主要问题，主要是两个人关系没法理。"

鲁一达说："你们别瞎操心了，这是不可能的。"

冯巧巧说："这不是闲着聊天嘛。"鲁一达说："聊什么不好，咋非得聊这个呢。"冯巧巧看了一眼鲁一达，不满意地说："聊天你也管呀。"

鲁一达站起身朝院落外走去。他回到家时，门锁着，王莹莹还没回来。他躺在炕上吸了一支烟，吸完烟困倦涌上来，睡着了。

王莹莹进屋的脚步声把鲁一达惊醒了。鲁一达睁开眼睛看着王莹莹问："你怎么才回来？"王莹莹坐在炕边叹息了一声没说话。

鲁一达看王莹莹不高兴，有些郁闷，关心地问："怎么了？"王莹莹又叹息了一声。鲁一达性子急，不喜欢王莹莹愁眉苦脸的样子，责怪地说："有事说事，总叹什么气呢？这不跟你妈一样了吗？你家不会是遗传吧？"

王莹莹白了鲁一达一眼说："这事没放在你身上，如果放在你身上你也头痛。"鲁一达问："什么事？"王莹莹说："我妈的事。"

鲁一达说："这话你说的有毛病，你跟我不是一家人吗？你的事不是我的事吗？"王莹莹说："可我妈跟你妈在你心里还是有区别的。"鲁一达说："我妈没生你，你妈也没生我，肯定不同。"

王莹莹说："有些事发生得莫名其妙，做梦都想不到。"鲁一达说："你妈干啥事了，让你放心不下。"王莹莹说："我妈什么事也没干，是我小叔向我妈求婚了。"

鲁一达猛地坐起身问："你说什么？"王莹莹侧过脸看了一眼鲁一达说："我小叔向我妈求婚了，听明白了。"鲁一达说："这怎么可能呢？"

王莹莹说："这怎么不可能呢？"鲁一达问："这是你妈告诉你的？"王莹莹说："当然了。"

鲁一达问："你小叔是什么时候向你妈求婚的？"王莹莹说："今天下午。"鲁一达问："你妈的意思呢？"

王莹莹说："我妈不同意。"鲁一达说："你妈就是为这件事发愁吗？"王莹莹点着头说："把我妈愁住了。"

鲁一达有点兴奋地说："我妈太高明了。"王莹莹不明白鲁一达为什么说出这种话，不解地问："什么意思？"鲁一达说："刚才我妈说你小叔可能要娶你妈，我妈说得太准了。"

王莹莹问："你妈为什么这么说？"鲁一达说："这还不简单，一个是单身男人，一个是单身女人，两个人还经常在一起，交往频繁，能不产生感情嘛。"王莹莹说："你告诉你妈，这种造谣话不要乱说。"

鲁一达开玩笑地说："让你妈嫁给你小叔算了。"王莹莹说："你疯了，一个是我妈，一个是我叔，怎么处理关系？"鲁一达说："亲上加亲呗。"

王莹莹说："你别幸灾乐祸了，快想个办法。"鲁一达说："这件事挺难办的。"王莹莹说："明天你去劝一劝我小叔，让他放弃这种想法。"

鲁一达虽然叫王鲁真为叔丈人，可两个人性格相同，经常在一起玩，相处没有隔阂，让他劝王鲁真放弃娶岳母的想法也难开口，并且有可能会伤害两个人的关系。仇阿莲是他岳母，他必须为岳母着想。他说："你小叔想女人想得着魔了吧。"

8

赵力峰是十三林场护林员，北山属于他管辖的范围。夕阳西落的时候，他骑在枣红色马上来到一个山头，拿着望远镜环视着四周，如果没有发现可疑情况，准备下班回家。他发现有两个人背着东西从树林里钻出来，距离远，看不清背的是什么东西。那两个人把东西放在山间小路的人力拉车上，又返回树林中，不一会儿，又从树林里背了些东西出来。他感觉不是上山采草药的村民，他们一次性是采不到这么多草药的。不是采药，又会是什么呢？山货虽然成熟了，但不是采摘的最佳时节，他静静观望着。那两个人在第三次从树林里背出东西后，各自拉着一辆人力车朝宝山村走去。他抖了一下马的缰绳，枣红马朝那两个人进出的树林奔去。

他工作五年了，五年来的主要工作职责是在山林里寻找盗伐树木可疑人员，避免发生火灾。他对北山的每一片树林都很熟悉。从前他发现这片树林外的脚印比别的地方脚印多，但树木是完好的，所以没在意。他来到树林边，把缰绳系在一棵树上，摘下猎枪，警觉地朝树林里走去。

树林里有好几处脚印，如同采山货人走的。他在树林里走了好长一段路，发现了白菜地和萝卜地，又往里走了一会儿，发现了玉米地和土豆地。他怎么也没想到会有人在这里开荒种田。他朝四处看了看，发现这片地非常适合庄稼生长，庄稼长得很好，认为种地人挺有眼光。天渐渐黑了，他拔掉两棵萝卜和一棵白菜走出树林。

他把白菜和萝卜放进马背上的袋子里，快马加鞭回了林场。

十三林场在宝山村西南方向，离宝山村有二十多里山路，处在一片山谷地带，与北大荒国营农场六十三团五连不到三里路，两个村庄隐约可以看见。

因为这是山区，林场给每位护林员配发了望远镜、砍刀和猎枪，还配了马。这些马是从军马场买来的退役军马，训练有素，听从指令，奔跑速度快。

他回到林场已经过了下班时间。他把马放回林场畜牧圈里，跟值夜班的饲养员说了几句话后回了家。

他的父母已经把饭做好，在等他回来吃饭呢。他母亲问："今天怎么回来得这么晚？"他把猎枪、砍刀和望远镜挂在墙上，脱掉外衣说："发现有人在山里种田了。"他母亲说："这事你别太认真了，农村贫困，老百姓生活不容易，如果不影响你工作，能不管就不管。"

他说："明天我向领导汇报后，看领导的意见吧。"

9

早晨场长刚走进办公室，赵力峰就进来了。场长问："你昨天几点回来的？"赵力峰说："我回来时天已经黑透了。"场长说："以后别回来这么晚，万一出点啥事，我这个场长就当不成了。"

赵力峰说："我发现有人在北山种庄稼了。"场长四十出头的年龄，对工作认真，有邀功想法，也想升职，去县城林业局工作。他问："面积大吗？"赵力峰说："差不多有住家户两块菜地那么大。"

场长说："你去把栾庆军和刘猛子找来。"赵力峰转身走出场长办公室，去找栾庆军和刘猛子。

栾庆军和刘猛子是负责西山的护林员。他俩牵出马正准备进山呢，赵力峰在后面喊："庆军、猛子，场长找你们。"他们俩把马拴在树干上，跟着赵力峰来到场长办公室。

场长说："你们三个人把在北山开荒种庄稼的人抓来，如果他们人多，就回来一个人报信，注意安全，不能动手打人，也不能被人打。"刘猛子说："谁要敢跟我动手，我就一枪崩了他。"场长眼睛一瞪说："你活够了是不是？"

刘猛子说："开玩笑。"场长说给："你们配枪、配砍刀是防身用的，防止野兽伤着你们，不是对付人的。"刘猛子说："我打只野猪回来给场长做下酒菜。"

刘猛子和栾庆军是林场里出了名的愣头青，只要领导交给的任务，总是冲锋在前。三个人骑上马，背着猎枪，从林场出来，直奔北山而去。

山路弯弯，三个骑马的年轻人策马扬鞭，你追我赶，狂奔着。

栾庆军兴奋地放声唱起《高高的兴安岭》这首歌：

高高的兴安岭一片大森林，森林里住着勇敢的鄂伦春，
一呀一匹猎马一呀一杆枪，獐狍野鹿满山遍野打也打不尽。
高高的兴安岭一片大森林，森林里住着勇敢的鄂伦春……

他们在北山等了一天也没等来开荒种田的人。刘猛子和栾庆军性子急，不想等下去了，想回林场，改天再来。赵力峰昨天是在傍晚看见开荒种田人的，感觉应该快出现了，说："再等一等。"他举起望远镜沿着山路看去，果然发现了目标，两个人朝北山走来。

他们骑着马钻进了远处的山林中。

邹一麻子和刘雪春是在村里收工后来北山的。他们一是不想误工，二是白天引人注目，容易被人发现。刘雪春心细，发现有人拔了她种的白菜和萝卜，四处看了看，心提到嗓子眼上，担心起来。邹一麻子背着东西往外走时，经过刘雪春的菜地。刘雪春说："有人来过这里，偷了我的白菜和萝卜。"邹一麻子不相信地说："咱们昨天离开时天快黑了，谁会来呢？你记错了吧。"刘雪春说："我没记错，肯定有人来过。"邹一麻子说："来就来吧，只要不是林场护林员就行。"他们俩刚把背的东西放在人力拉车上时，就被赵力峰、栾庆军和刘猛子三个人围住了。

赵力峰、栾庆军和刘猛子骑在马上，围着邹一麻子和刘雪春不停转圈。

邹一麻子和刘雪春如同遇到了土匪似的惊恐，他们知道被林场护林员抓住的严重性。邹一麻子商量地说："这些东西都给你们，你们别抓我们行吗？"

刘猛子说："你们砍伐国家树木，私自在山上开荒种田，这是违法的。"

刘雪春说："我们错了，以后不种了。"

栾庆军说："以后不种了，现在种的地怎么办？"

邹一麻子说："明年春天我栽上树。"

刘猛子说："你说得轻松，砍了国家树木，栽上就完事了吗？"

邹一麻子说："你说怎么办都行。"

栾庆军说："你们跟我们去林场，到林场后你们跟我们领导说。"

邹一麻子知道林场对开荒种田者处罚重，不想去林场，急忙说："我家有三头大肥猪，给你们每人一头肥猪，你们放了我们吧。"

刘猛子说："你家猪是用在山上种的粮食喂的吧？"

邹一麻子否认地说："不是，我家猪主要是吃野菜。"

栾庆军说："别说你给我们猪了，就算你把老婆给我们，我们也不要。如果要了你们东西，我们不成土匪了吗？我们是国家护林员，坚持原则，你用金钱是收买不了的。"

刘雪春说："我们错了，以后保证不上山种田了。"

栾庆军说："你跟我们领导说去，跟我们说没用。"

赵力峰对邹一麻子说："你们跟我们去林场吧。"

邹一麻子看眼前这三个年轻护林员工作认真，态度严肃，知道解释没用，他说："我一个人跟你们去林场行吗？让刘雪春回家，这事跟她没关系，地是我种的。"

刘雪春没想到邹一麻子在关键时刻能这么护着她，很是感动，她说："地不全是他种的，也有我种的。"

赵力峰没想到眼前这一男一女会说出这种话，诧异地问："你们两个人不是一家吗？"

刘雪春说："不是。"

刘猛子不耐烦地说："天黑了，还啰嗦什么，你们两个全跟我们去林场。"

邹一麻子和刘雪春拉着人力车跟着三个护林员朝林场方向走去。从北山去林场这条路距离有点远不说，还是忽上忽下的山坡路，邹一麻子和刘雪春走得比较慢。他们走走停停，还没出北山呢，就遇到五六个骑马的护林员，这些人是林场派来接迎他们的。林场护林员有时会同当地村民发生纠纷。他们回到林场时月亮已经爬上树梢了，邹一麻子和刘雪春被带到林场办公室。

虽然过了下班时间，但场长没回家，等着赵力峰他们呢。他看了一眼邹一麻子和刘雪春，发现邹一麻子腰上有烟袋，让工作人员搜了邹一麻子的身，搜出了打火机。场长批评地说：“你带着烟和打火机上山，如果引发火灾怎么办？”

邹一麻子说：“我在路上抽烟，没有在树林里抽。”场长说：“秋天草干了，如果路边野草被点着了，也会引发山火的。”邹一麻子认错地说：“领导说得对，以后我不带打火机上山了。”

场长听邹一麻子说这句话生气地质问：“以后你还准备去山上种地呀？”邹一麻子急忙改口说：“我以后肯定不去山上种庄稼了。”场长说：“这次得狠狠处理你们，不然，你们不长记性，屡教不改。”

邹一麻子说：“场长，你不处理我，我也不会去山上种庄稼了。”场长对赵力峰说：“把他们关在西面那个屋子里。”赵力峰把邹一麻子和刘雪春带出场长办公室。

场长走到办公室门口叮嘱说：“把他俩分开，不能把男人和女人关在一个屋里。”

赵力峰回答说：“知道了。”

场长回到办公室拨通了上级主管部门电话，汇报这件事。上级主管部门让林场根据具体情况处理。场长安排四个年轻工作人员值班，看着邹一麻子和刘雪春，自己回家了，打算第二天处理这件事。

10

冯巧巧知道邹一麻子去北山收庄稼了。她看月亮出来了邹一麻子还没回家，拎着镰刀，拿着手电筒，朝北山走去。她走到北山下也没遇见邹一麻子，望着夜色中的北山，不知怎么办。她面前有好几个岔路，岔路是从主路分开的，这些岔路通向北山的几个山坡。虽然她知道邹一麻子在北山种庄稼，可庄稼地具体位置在哪不清楚。她停了一会儿，放开嗓子喊：“邹一，邹一，你在哪儿？”

声音在山林中回荡，然而，没有邹一麻子的回声。

冯巧巧感觉这么等是等不到邹一麻子的，她回家了。她在屋里坐了一会儿，去李蔫巴家。

天黑时李蔫巴扶着炕沿下了地，扶着墙走到门口，看着满天星光一脸茫然，很是焦急。他问冯巧巧："你看见雪春了吗？"冯巧巧问："雪春去哪儿了？"李蔫巴说："可能去北山了。"

冯巧巧问："雪春去北山干什么？"李蔫巴说："可能她在北山开了荒地。"冯巧巧说："我怎么没听你说起过呢？"

李蔫巴说："前些天她从北山拉回萝卜和白菜我才知道的。"冯巧巧问："她没跟你说在北山种地的事？"李蔫巴说："没跟我说过。"

冯巧巧心想邹一麻子去北山没回来，刘雪春去北山也没回来，这两个人可能是一起去的北山，不然不会都没回来。李蔫巴不知道邹一麻子去北山没回来，也没把邹一麻子跟刘雪春联系在一起。冯巧巧没有把邹一麻子去北山没回来的事告诉李蔫巴，不想让李蔫巴跟着担心，更不想引起他的多虑与猜疑。她原本找李蔫巴是商量邹一麻子没回家这件事的，得知刘雪春去北山没回来，临时改变了想法，没有说邹一麻子去北山的事。她说："外面凉了，我扶你进屋吧。"

李蔫巴担心地说："这么晚了，雪春怎么还不回来呢？"冯巧巧安慰地说："过一会儿就回来了，进屋等吧。"李蔫巴说："如果我腿好了，就可以跟雪春一起去北山了。"

冯巧巧心想在北山种地不是一天两天的事情，李蔫巴腿没伤，刘雪春也不会让他跟着去，如同邹一麻子不让她去一样。她感觉刘雪春跟邹一麻子想法相同，她跟李蔫巴想法相同。她扶着李蔫巴往屋里走，屋里漆黑，她拉亮了灯，光线暗淡。她把李蔫巴扶到炕上，安慰了几句，去找鲁一达。

鲁一达问："是一个人去的吗？"冯巧巧说："可能是跟刘雪春一起去的。"鲁一达问："他们两个人去北山干什么？"

冯巧巧叹息一声没说话。鲁一达说："还有什么事不能跟我说吗？"冯巧巧说："在北山种庄稼了。"

鲁一达早就猜测邹一麻子在北山种庄稼了，但没想到李蔫巴也在北山种庄稼。他说："李叔也在北山种庄稼了？"冯巧巧说："可能是你雪春阿姨种的。"鲁一达没明白刘雪春跟李蔫巴有什么区别，他们俩是一家人，怎么像是做的两家事。他问："种庄稼的事你不知道吗？"

冯巧巧没回答。

邹一麻子和刘雪春都让鲁一达牵挂。邹一麻子是他继父，虽然他对邹一麻子感情不算深，可还是牵挂的。刘雪春是李蔫巴的媳妇，李蔫巴救过他们母子三人的命。他想找几个村里人一起去北山寻找邹一麻子和刘雪春。

冯巧巧担心把邹一麻子和刘雪春一起去北山的事张扬出去，怕村里人知道风言风语，没让鲁一达去找村里人。鲁一达说："不去找，这么等着也不是办法。"冯巧巧怀疑邹一麻子跟刘雪春有说不清的男女关系，可她又不能把这种想法告诉鲁一达。

鲁一达送冯巧巧回家，陪到午夜还没见邹一麻子回来。冯巧巧看鲁一达困了，让他回家休息。鲁一达经过李蔫巴家院落门前时，李蔫巴家屋里的灯还亮着。

王莹莹对鲁一达说："邹一麻子不会跟刘雪春私奔了吧？"鲁一达说："这怎么可能呢？私奔得去县城或佳木斯和哈尔滨，也不能去北山。"王莹莹说："还能让狼吃了？"

鲁一达说："困死了，快睡觉吧，明天再说。"王莹莹说："今天你妈可睡不着了。"鲁一达没搭腔，躺下就睡着了。

王莹莹睡得不踏实，感觉院落外有人在走动。她起身，摸黑下了炕，走到窗前朝外看，在月光下有一个人在走动。她仔细看了一会儿，也看不出是谁在院落外面，转身回到炕边推鲁一达。

鲁一达睡得正香，懒得起来。王莹莹说："咱家院落外有人。"鲁一达不相信地说："你是在做梦吧。"王莹莹说："不是做梦，是真有人。"鲁一达从炕上下来，看见有人在院落外徘徊，推开房门，出了屋。

冯巧巧看门开了，站在院子门口，看着鲁一达走过来。

鲁一达责备地说："妈，深更半夜的你不睡觉，在这来回走什么？"冯巧巧说："我有心事，睡不着。"鲁一达说："进屋吧。"

冯巧巧不想进屋，可又不能不进屋。她坐了一会儿说："我还是回家吧。"鲁一达说："天快亮了，天亮了你再回去。"冯巧巧说："你再睡一会儿，要么白天干活没精神。"

鲁一达一觉睡到天光大亮，王莹莹做好了早饭才叫醒他。他吃过饭去村委办公室，他想把邹一麻子昨晚去北山没回来的事告诉村长，让村长派人去北人找邹一麻子。

王鲁顺看鲁一达来了，急忙迎上前，连珠炮似的说："你来得正巧，我正准备去找你呢，十三林场打来电话说邹一麻子和刘雪春被抓去了，让家里去人呢。”鲁一达说：“村委是什么意见？”王鲁顺说：“这是个人行为，村委一般是不会出面的。”

鲁一达去找冯巧巧商量。

昨天夜里冯巧巧已经猜测到邹一麻子可能被十三林场的人抓去了。她不想让李蔫巴担心，没有通知李蔫巴，她去找邹一麻子的父亲邹水晨。

邹水晨年近七十，身板硬朗，精神好。他跟村长家来往密切，关系好，冯巧巧想让邹水晨找村长去十三林场说情，把邹一麻子和刘雪春放回来。邹水晨听冯巧巧把话说完，朝地上吐了口痰，一句话没说，生气地去找村长。

村长四十多岁，年轻时当过兵。他有一位战友在十三林场开拖拉机。他本不想帮忙，可又不好不给邹水晨面子。他说：“我的战友在林场只是一名普通工人，没权，能不能帮上忙说不准。”

邹水晨说：“咱们村只有你能帮上忙了，试试看吧，如果能行更好，如果不行，就没办法了。”村长说：“下班后我先去战友家打听一下情况，看林场是什么态度。”邹水晨说：“你是村长，你出面好办得多。”

村长说：“不能空手去求人吧，带什么礼物呢？”邹水晨说：“礼物你不用管，我准备。”村长说：“你跟我一起去吧。”

邹水晨说：“我这个老头子去好吗？”村长说：“你儿子被抓去了，就当去看儿子。”邹水晨说：“我跟你一起去。”

村长知道李蔫巴会找他，可他不想在村委办公室说这事，所以处理完村里的事情回家了。他刚到家，李蔫巴和李玉翠来了。

李玉翠是李蔫巴的妹妹。她听人说刘雪春被十三林场护林员抓去了，急忙告诉李蔫巴。李蔫巴让李玉翠用车推着他来找村长。

村长同情地对李蔫巴说：“我去林场打听一下情况，看能不能把人要出来。”李玉翠说：“谢谢村长。”村长说：“先别说感谢话，人能不能要出来还难说呢。”

李玉翠说：“要不出来也应该感谢。”村长说：“国家禁止私自在山上开荒种庄稼，林场管得这么严，刘雪春怎么还敢去北山开荒种地呢？”李玉翠说：“是邹一麻子带我嫂子去的，不然，我嫂子一个女人怎么敢去北山种地。”

村长说：“如果是邹一麻子带刘雪春去的北山，你们更应该阻止了，你们想一想，一个男人和一个女人去北山，会有人说闲话，影响不好。”

李蔫巴听村长这么说脸发热，郁闷，一时没话说。

李玉翠说："邹一麻子相貌那么丑，我嫂子不会看上邹一麻子的。"村长说："你想得太简单，人言可畏，就算没发生这种事，传出去也不好听。"李玉翠认为村长说得有道理，说："以后不会让我嫂子跟邹一麻子进山了。"

村长说："刘雪春看上去挺精明的，怎么会办傻事呢？"李玉翠说："我嫂子可能一时没想那么多。"村长说："刘雪春在北山开荒种庄稼这么大的事，你们能不知道吗？"

李玉翠没听哥嫂说过这件事，把目光落在李蔫巴脸上。

李蔫巴回想起那天刘雪春给他做兔子肉的事情，也想起刘雪春说跟他离婚的话，心里不是滋味，改变了主意说："村长，你不用去林场要人了。"村长被李蔫巴这突如其来的态度弄糊涂了，看着李蔫巴说："我刚才说的话只是提醒你们，没有说不帮忙。"李蔫巴说："村长，你想多了，你是一村之长，怎么能低三下四去求林场的人呢，林场想怎么处理就怎么处理吧。"

村长本想要个人情，没想到李蔫巴能说出这种泄气话，李蔫巴的消极态度让村长左右为难。村长去十三林场不只是为了刘雪春，主要是为了邹一麻子。他答应邹水晨了，就算李蔫巴不来找他，他也会去十三林场。他说："你放心，只要能帮忙，我一定帮，不管怎么说咱们是一个村的乡亲。"

李玉翠不想让李蔫巴说泄气话，抢先插话说："村长，你去找林场要人，林场肯定会给你面子，咱们是自家人，林场是外人。"村长说："林场领导给不给面子不知道，去试试看吧。"李玉翠说："村长，你多费心，我们回去了。"

村长说："有消息我告诉你们。"

李玉翠推着车送李蔫巴回家。李蔫巴后悔地说："咱们不来找村长就好了。"李玉翠说："你怎么能这么想呢？"

李蔫巴说："你没听村长说嘛，你嫂子是跟邹一麻子去的北山，这事让我多丢脸。"李玉翠说："村长是提醒咱们，没说别的，你别想那么多。"李蔫巴说："邹一麻子把你嫂子带坏了。"

李玉翠说："你跟村长说的都是泄气话，如果知道你这么说，我就不让你来了。"李蔫巴说："你不是说了客气话。"李玉翠说："我能代替你吗？"

他们刚走出村长家院落没多远，在转弯处遇见邹水晨。李玉翠本想跟邹水晨打招呼，商量这件事，可邹水晨把脸一沉，没搭理她，仰头快步走过去了。李玉翠没想到邹水晨会这样。

李蔫巴诅咒地说：“这个老不死的，不知好坏。”李玉翠说：“你没把事情办好，还怪他生气。”李蔫巴说：“如果不是我，没准现在邹一麻子还打光棍呢。”

邹水晨对李蔫巴有仇恨情绪。虽然当年李蔫巴把冯巧巧介绍给邹一麻子，让邹一麻子有了女人，结束了光棍生活，可冯巧巧没能给邹一麻子生出孩子，延续家族香火。邹水晨为这件事耿耿于怀，想不通，记恨在心里。

邹水晨走进屋里，村长转过脸看了一眼天色说：“现在去时间有点早。”邹水晨说：“我先把东西拿过来。”邹水晨把酒放在炕上，转身朝屋外走去。

村长舒舒服服睡了一觉，刚醒来，邹水晨又来了，村长感觉到邹水晨着急去林场的心情。邹水晨自行车前把上挂着两只大红公鸡。村长换上过节时穿的衣服，喝了杯水，骑上自行车和邹水晨一起去十三林场。

十三林场在宝山村西南方向，有十多里路，中间是一片高岗地，下坡处有一片松树林，松树林与北山连接着，过了松树林就到了。

马德旺下班回家没走进院落，看见院落里停放着两辆自行车。他知道宝山村村长是为什么事来的。他说：“那两个人是你们村的吧？”

村长说：“我就是为这事来的。”马德旺说：“你应该好好管一管村里人，国家不让在山上毁林种地。”村长说：“我大会小会反反复复地强调国家护林政策，可村民毕竟是农民，文化低，思想觉悟没那么高，法律意识淡薄，做了事也不跟村里说。”

马德旺问：“你来是想要人吗？”村长说：“是有这个想法，你得帮忙。”马德旺说：“我只是林场一名工人，无职无权，能帮什么忙。”

村长说：“你是林场的人，俗话说朝里有人好办事，你了解情况，你看怎么办好？”马德旺说：“这两个人如果只是村民，你就别管了，如果跟你有关系，咱们再想办法。”村长说：“我知道挺让你为难，如果没关系，我能来找你吗？”

邹水晨插话说：“这件事你得帮忙，你是林场的人，比我们好说话。”马德旺看了一眼邹水晨问：“抓起来的是你什么人？”邹水晨说：“是我儿子。”

马德旺说：“那个女的是你儿媳妇吗？”邹水晨说：“不是。”马德旺说：“还抓来一个女的呢。”

村长说：“刚才忘给你介绍了，他儿子被你们抓来了。他年龄大了，担心儿子出事，就跟着我来了。”马德旺说：“别着急，应该没大问题。”村长说：

“怎么处理还不是林场说了算。”

马德旺问：“你是怎么想的？”村长说：“要么请林场领导吃饭？”马德旺说：“这么着吧，我先把这两只大红公鸡送给场长，看一看场长的态度。”

村长说：“鸡是给你的，不是给场长的。”马德旺说：“咱们之间好说。”村长说：“也行。”

马德旺的爱人在炒菜，做饭。他拎着两只大红公鸡去场长家了。场长正要吃饭呢，看马德旺拎着鸡来，明白是怎么回事。他明知故问地说：“老马，拿鸡来干什么？”马德旺说：“这不快过中秋节了嘛。”

场长说：“是不是你那位在宝山村当村长的战友来找你要人了？”马德旺说：“还是场长了解我，我都不好意思跟你说。”场长说：“你得让村长好好管理村民，让村民遵守国家法律，支持林场护林工作，村民不能一而再，再而三地在山上毁树种庄稼，偷砍国家树木。”

马德旺说：“我跟他说了，他大会小会跟村民讲好多次了，可村民素质低，难免会有个别村民不守法律，私自干这种事情。”场长说：“既然村民不服从管理，就拘留几个在山上毁树种庄稼的村民，杀一儆百。”马德旺说：“这次就别拘留他们了，再给他们一次改错机会，如果还不听，下次咱们就杀一儆百。”

场长有点生气地说：“你说了算，还是我说了算？”马德旺笑着说：“当然是你说了算了。”场长没有拘留邹一麻子和刘雪春的意思，但得让他们明白在山上开荒种庄稼这种事是违法的，违反护林政策，得引起宝山村领导重视。他说：“照你说的办，这次算了，下不为例。”

马德旺说：“他们在我家呢，你去我家喝点酒吧。”场长说：“这时候我怎么能跟他们在一起喝酒呢。你告诉他们明天早晨上班时间来领人。”马德旺说：“找个机会我请你喝酒。”

场长说：“告诉他们明天把罚款带来，不交罚款不放人。”马德旺说：“钱他们必须交。”场长说：“你把鸡拿回去吧。”

马德旺说：“鸡是我家的，跟他们没关系。”

村长和邹水晨看马德旺空着手回来了，心中有了点把握。他们知道只要场长收下鸡，事情就好办的多。马德旺说：“人可以放，但得交罚款。”村长说：“只要放人就行。”

村长问：“需要交多少钱？”

马德旺说：“场长没说，我也没问。”

邹水晨说：“多少都交。”

村长和邹水晨在马德旺家喝了酒，吃过饭，踏着夜色回了宝山村。村长回家休息了，邹水晨告诉冯巧巧准备罚金。虽然邹一麻子是他儿子，可他不想出这笔钱。

冯巧巧在邹水晨离开后去李蔫巴家。李蔫巴不想交罚款，生气地说：“我没有钱交罚款，林场想怎么处理就怎么处理吧。”冯巧巧不知道要交多少罚款，想多准备点钱，第二天早晨起来，她就去找乡亲们借钱了。

11

邹一麻子和刘雪春分别关在林场的两个小屋里，两个屋隔着墙，吃饭时在一起，只是睡觉时分开。白天他们在林场办公室院落里可以自由活动，但不能私自离开。因为不知道怎么处理他们，他们挺焦虑。

邹一麻子问刘雪春：“去北山种地后悔吗？”刘雪春说：“不后悔。”邹一麻子说：“我不应该让你去北山种地。”

刘雪春说：“是我自己去的，跟你没关系。”邹一麻子说：“我当时让他们放你走，你为什么不想走？”刘雪春说：“我不能让他们抓你自己。”

邹一麻子说：“如果让村里人知道咱们俩一起去了北山，又一起被林场抓起来，会有人说闲话的。”刘雪春说：“事情已经这样了，就别想那么多了。”邹一麻子抬头，无意中看见冯巧巧和王鲁顺来了。

冯巧巧看了一眼邹一麻子和刘雪春没说话。王鲁顺说：“交上罚款，你们就可以回家了。”邹一麻子无话可说，看着冯巧巧和王鲁顺走进林场办公室。

林场领导班子成员开了临时工作会议，研究对邹一麻子和冯巧巧的处理。上级主管部门让林场处理，林场不想把事情扩大，影响与宝山村的关系，以警告、罚款、教育为主，做出每人各罚款两百元钱的决定。

冯巧巧在来林场之前担心钱不够，去找村长和书记。村长和书记商量后，让王鲁顺跟着她一起来，说如果钱不够村里先付上，先把人领回村。冯巧巧交上罚款，谁也没理，一个人骑着自行车回家了。

王鲁顺跟邹一麻子、刘雪春说了一会儿话，骑着自行车走了。

邹一麻子和刘雪春看出冯巧巧生气了。他们拉着人力车往宝山村走去。天近中午的时候，他们才走进村里，有几个村民远远地看着他们。他们俩心情不好，谁都没说话，在村口分开，各自回了家。

12

李蔫巴在刘雪春走进屋时把脸侧了过去，看着窗外的院落。刘雪春知道李蔫巴为什么生气，她不想解释，也没法解释，因为她确实做了对不起李蔫巴的事情。她感觉很累，想躺在炕上睡觉，好像炕不是她能躺的地方。虽然她离开家只有一天两夜，但家里陌生了许多。她坐在炕边没说话。李蔫巴转过脸无奈地说："咱们离婚吧。"这句话从前刘雪春对李蔫巴说过，刘雪春说时是半真半假，带着歉意，因为她没能给李蔫巴生出孩子，没有起到女人传宗接代的作用，觉得失去了当老婆的职责，才产生这种想法的。此刻，李蔫巴认为刘雪春在感情上背叛了自己，失去了妇道，他不想跟这种女人生活下去了，才这么说的。他说得坚定认真。刘雪春看了一眼李蔫巴没有回答，起身到做饭的屋里，躺在柴火上睡了一觉。

刘雪春在林场被关了一天两夜，没有休息好，情绪低落，浑身没力气。她一觉睡到天黑，醒来时满天星光，肚子饿了，做了饭，端给李蔫巴。李蔫巴没有吃刘雪春做的饭，他在用这种方式表达离婚的决心。刘雪春知道日子没法继续过下去了，离婚只是时间问题。

李玉翠送来饭，李蔫巴吃得狼吞虎咽。李玉翠没说什么，在李蔫巴吃过饭后拎着空碗走了。

刘雪春坐在院落里看着东面邹一麻子家，想着心事，盘算着今后的日子。

邹一麻子回到家，冯巧巧问他："你怎么会跟刘雪春一起被护林员抓走了呢。"邹一麻子看种地的事已经公开了，不隐瞒地说："她也在北山种地了。"冯巧巧说："你和刘雪春真行，这么保密，弄得我跟李蔫巴如同外人似的。"邹一麻子说："主要不想牵连你们。"

冯巧巧说："你和刘雪春一男一女，年龄相当，私自去北山，会有人说闲话的。"邹一麻子说："嘴长在别人头上，咱管不着，愿意咋说就咋说吧。"冯巧巧说："你没做亏心事吧？"

邹一麻子知道冯巧巧话里的意思，装糊涂地说："什么亏心事？"冯巧巧说："我是没什么，可李蔫巴会对你跟刘雪春去北山有想法的。"邹一麻子说："李蔫巴小心眼。"

冯巧巧开始时对邹一麻子和刘雪春去北山有想法，生气，怀疑两个人在北山干了不正经的事。她又一想，这么多年来两家关系这么好，如同亲戚似的来往，如果想发生这种事，不一定非得在北山，随便找个时间就可以发生。她想可能正如邹一麻子说的，不告诉她和李蔫巴是为了保护她。她认为邹一麻子去北山种地不是为了和刘雪春偷情，而是为了家里能过上富裕日子。邹一麻子在十三林场被关了一天两夜，她感觉委屈了邹一麻子，炒了两个菜，倒上酒，如同接待有功劳的人。

邹一麻子津津有味地吃着，在吃饭时排解心里的郁闷。他吃过饭，喝了杯水，去邹水晨家。

邹水晨说："你怎么能去北山开荒种庄稼呢？这种事说大就大，说小就小，如果关你十天半个月的咋办？"邹一麻子认错地说："以后不种了。"邹水晨说："咱们村是穷了些，可日子能过下去，没到生活不下去饿肚子的地步，你不能为了自己的目的铤而走险。"

邹一麻子沉默着，接受着父亲的批评。邹水晨说："你去村长家说点客气话，如果村长不去林场找关系，你今天回不来。"邹一麻子朝村长家走去。

王鲁顺在村长家正跟村长说王鲁真和仇阿莲的事呢。王鲁顺看邹一麻子来了，起身说还有事，离开了。

村长对邹一麻子说："回来就好。"邹一麻子说："给你添麻烦了。"村长说："这是我应该做的，以后你不能再去山上种庄稼了。"

邹一麻子说："我没砍树，那是一片空地。"村长说："没砍树也不行，国家不允许。"邹一麻子说："有点倒霉。"

村长说："我开会没少讲这件事，你们就是不听。"邹一麻子说："以后肯定听。"村长说："林场不能总给我面子，没准哪次就认真了，关你十天半个月的犯不上。"

邹一麻子说："晚上去我家喝酒吧。"村长说："昨天在林场喝得有点多了，还没缓过酒劲呢，不喝了。"邹一麻子下命令地说："今天这酒必须喝。"

村长说："叫上王鲁顺吧，今天他去接你了。"邹一麻子说："我去找他。"村长说："我一会儿过去。"

王鲁顺本来不想去邹一麻子家喝酒，可村长去了，不好不去，算是陪村长喝酒，他在邹一麻子走后又去村长家。

村长劝王鲁顺说："仇阿莲和王鲁真的事你就别管了，管也管不了，一个是你嫂子，一个是你弟弟，男欢女爱，愿者上钩，你管谁？顺其自然吧。"王鲁真说："怎么会发生这种事呢。"村长说："人活着什么事都会发生，我还没想到邹一麻子会和刘雪春一起去北山开荒种地呢，如果不是被林场护林员抓住，咱们谁能知道他们俩在一起的事。"

王鲁顺说："这件事我也没想到。"村长说："所以嘛，你弟弟和你嫂子的事，你就别管了。"王鲁顺说："那就听村长的。"

村长说："这就对了，男人和女人感情上的事，最好是自己决定，外人少插嘴。"王鲁顺说："是这么个理。"村长说："顺其自然吧。"

冯巧巧没想到邹一麻子请村长喝酒，急忙炒菜。

邹一麻子放开喝起来，把村长和王鲁顺全喝醉了。村长和王鲁顺是摇摇晃晃离开邹一麻子家的。邹一麻子躺在炕上，没有脱衣服就睡着了。

冯巧巧本想脱掉邹一麻子身上的衣服，因为担心弄醒邹一麻子，所以没有脱，轻轻地把被子盖在邹一麻子身上。深夜时，她被尿憋醒了，去厕所时开了灯，看了一眼熟睡中的邹一麻子，发现邹一麻子神情反常，伸手去摸邹一麻子额头，邹一麻子额头发热，冯巧巧以为是酒喝多了，酒精起的作用，没当回事，关灯继续睡觉。公鸡打鸣时，她起了床，可邹一麻子喘着粗气，眼睛发直，说不出话，她急忙去找刘雪春。

刘雪春昨晚没跟李蔫巴说话，分开睡了。她睡得正香时被冯巧巧叫醒了，她不知道邹一麻子怎么了，慌忙跟着冯巧巧跑出去。她被邹一麻子死人般的表情被吓住了，催促地说："快去县医院吧。"

冯巧巧急忙去找鲁一达，还有韩宗明。

韩宗明家半年前买了一辆小货车，村里谁家去县城拉点什么东西都是用他的车。韩宗明把车开到邹一麻子家院落外时，鲁一达背着邹一麻子从屋里出来，把邹一麻子放在车厢里。

冯巧巧带上家里所有的积蓄，抱着被子，锁上屋门，上了车。她把被子铺垫在邹一麻子身体下面，韩宗明开车朝县城驶去。

刘雪春站在院落里感受着天放亮的过程，不明白邹一麻子这是怎么了。她回到屋里时，李蔫巴问："发生什么事情了？"刘雪春说："邹一麻子生病了，巧巧送他去县医院了。”

13

县城离宝山村有三十多里路。这是一条泥土路，刚下过雨，坑坑洼洼，颠簸感强。为了赶时间，韩宗明加大油门，车飞速行驶着。他们来到县医院时，上夜班的医护人员正准备下班前交接工作，上白班的医护人员还没到岗。鲁一达风风火火地把邹一麻子背进急救室时，邹一麻子已经停止了呼吸。

值班医生摸了摸邹一麻子的脉搏，扒开眼睛看了看，断定已经死了，没有抢救的必要了，淡然地说：“拉回家料理后事吧。”冯巧巧不相信邹一麻子这么快就死了，死得这么突然，死得这么离奇，她拉住医生的胳膊恳请医生对邹一麻子进行抢救。医生遇见这种情况太多了，泰然处之地说：“你冷静点，已经停止呼吸了，抢救也活不过来。”

鲁一达看冯巧巧哭个没完没了，烦心地说：“别哭了，人已经死了，哭也活不过来。”冯巧巧认为鲁一达这么说过于冷漠，没有良心，不管怎么说她跟邹一麻子在同一个炕上睡了这么多年，夫妻间没有感情，还有恩情呢。邹一麻子在她领着两个孩子走投无路时收留了她，她感恩邹一麻子。她斥责地说：“你继父死了，你一点也不难过吗？”鲁一达反驳地说：“难过能起什么作用？如果难过能让人活过来还行。”

冯巧巧哭了一阵子后，没力气了，身体虚脱，抽泣着。鲁一达把冯巧巧扶上车，跟韩宗明把邹一麻子的尸体抬上车，在公用电话亭给邹石头打了电话，让邹石头尽快回家。他担心邹石头着急，没跟邹石头说邹一麻子死了，而是说病危。他带着哀伤回了家。

他们回到村里时已经有人去田间干活了。鲁一达把邹一麻子死的事通知了亲友，乡亲们来到邹一麻子家帮着料理丧事。

邹石头在大连皇冠酒店当领班，因为是秋天，正是旅游旺季，工作比较忙。她走向经理室，经理室的门半开着，经理正在打电话。邹石头听出来电话那边是一个小姐的声音，话语很暧昧很缠绵。

经理看邹石头站在面前，挂断电话问：“有事吗？”

邹石头说：“我继父病危，我想请假回家看他。”

经理不想给邹石头假，问：“你继父多大年龄？”

邹石头说："五十多岁。"

经理说："这个年龄不算老，应该不会有事。"

邹石头对经理这句话不满意，心想人生病还会分年龄和时间。

经理说："继父不是生父，继父生病了，这么远的路程，来回好多天，花钱劳神，你用得着跑回去吗？"

邹石头说："因为是我继父，我更应该回家看他，如果不回去，人们会指责我没孝心，不讲感情。"

经理说："你说得有道理，快去快回。"

邹石头买了当天的火车票，踏上了回家的路。家中事情要比她想象的糟糕，很是混乱，主要来自邹水晨。

邹水晨没想到唯一的儿子一句话没留下不明不白突然离世了，精神遭到致命打击。他问冯巧巧邹一麻子是怎么死的，冯巧巧说不清楚。邹水晨不相信地说："你能不清楚吗？"

鲁一达在旁边插话说："我妈又不是医生，怎么会知道死因呢。"邹水晨说："你们不是去县医院了吗？"鲁一达说："医生也没说是怎么死的。"

邹水晨说："医生没说，你们不会问吗？"鲁一达心想还真忘了问医生邹一麻子是怎么死的了，不是邹水晨找事，是事情做得不细致，应该问一问死因。邹水晨愤然地说："家里死头猪、死条狗、死只鸡还得知道是怎么死的呢，何况是人死了呢？人命还不如畜生命值钱吗？"

村长不想事情闹大，想平息邹水晨的怒气，解围地说："你别着急，我现在就让人去县医院问个明白，来回也就一个多小时。"邹水晨说："没有他们这么处理事情的，没把我儿子当亲人看，不当亲人也不能这么草率呀。"村长说："你想多了，事情发生的突然，他们慌乱了，没考虑这些。"

邹水晨说："我儿子不能不明不白地死了。"村长说："我这就让人去县医院问医生。"邹水晨说："白天人还好好的呢，怎么在夜里会死了呢。"

村长晚饭时还跟邹一麻子一起喝酒呢，没想到夜里邹一麻子就死了。他也觉得奇怪，但态度冷静，能理智处理事情。他立刻派两个人骑着两轮摩托车去县医院。那两个人到县医院时，上夜班的医护人员已经下班回家了。虽然上白班的医护人员知道清晨有一名送来的病人到医院时已经死了，但没在现场，不了解细节情况。医院工作人员解释说像这种突发性死亡，如果想知道死因，从外表是看不出来的，必须对尸体进行解剖，有的时候对尸体进行解剖也不知道死因。那两个人回村把医院工人员说的话向村长和邹水晨讲述了一遍。

邹水晨发牢骚地说："国家养着这些医生没用，连病人是怎么死的都弄不明白。"村长说："人死不能复生，知道死因也没用，把后事处理好行了。"邹水晨说："邹石头不回家不能出殡，不管怎么说我儿子也是邹石头的继父。"

鲁一达听邹水晨这么说着急了，有点后悔，因为他没跟邹石头说邹一麻子死了，只说病危，担心邹石头不回来或不能及时回来。他急忙去村委办公室给邹石头再次打电话。村委办公室的电话不是全国联网的，只是地区网络，得通过省总机转。他打了好多次，用了近一个多小时的时间才拨通了大连皇冠酒店的电话。邹石头的同事说邹石头已经请假回家了。

邹石头还没走到家门口，远远地看见院落外人进出，知道出大事了。东北秋天的气温还高，中午有点炎热，没有冷藏的地方，不能放的时间长了。邹石头回来了，披麻戴孝。邹水晨担心儿子尸体腐烂，要求立刻出殡。

远处的屋角聚集了几个女人，这些人跟邹一麻子家关系不好，没有来往，观望着。有人议论地说冯巧巧命硬，如果邹一麻子不娶她，或许不会死得这么早。也有人推测说可能是林场人打伤了邹一麻子，有了内伤，没被发现，要么不可能从林场回来的当天夜里就突然死了。

人们为邹一麻子的早逝惋惜。

出殡的人走过了养猪场，转向西面田间小道，这是缓坡地带，在坡顶处有几棵松树，松树下面是条小河，河水是从北山流淌下来的。虽然河水流速不急，但清澈，冬季不封冻，村里妇女经常来河边洗衣服。邹一麻子的墓地选在离河边不远处的一棵大松树下。

村里有人反对把邹一麻子的墓地安放在这里，这样会影响来河边洗衣服人的心情。如果邹一麻子的墓地安放在这里，胆小的妇女不敢再来河边洗衣服了。邹水晨坚持要把邹一麻子的尸体安葬在这里，谁反对他就跟谁吵架。他年龄大了，处在悲伤期，心情不好，反对的人怕把他气坏了，有个三长两短的或气死了，惹上麻烦事，只能让了步。

这地方是邹水晨花了一百元钱在县城找风水先生算出来的。风水先生说这是块福地，把邹一麻子安葬在这里，日后邹家会有人物出现。

邹水晨心想看上去鲁一达是块料，可鲁一达不是邹一麻子的亲生儿子，不是自己的孙子。邹石头虽然跟邹一麻子姓了，但也不是亲生的，也没有血缘关系。既然邹石头和鲁一达都不是邹家的血脉，那么还会是谁呢?

他问风水先生人物何处来，风水先生说，这不好说，但肯定会有后人出现。

邹水晨将信将疑，如同云中雾里。

14

冯巧巧二十五岁那年春天来到宝山村，嫁给了邹一麻子。

那时邹一麻子已经过了而立之年，还没娶到媳妇，也没跟父母生活在一起，一个人住在村东头三间泥土房里。邹水晨在邹一麻子二十八岁那年，在村东头盖了三间泥土房，让儿子单独生活。他想这样或许能让儿子早点娶到媳妇，生孩子，为邹家延续香火。

邹一麻子一个人生活自在没了约束，经常睡到太阳升得很高。邹水晨叫他去田里干活，他有时醒了，看邹水晨走了，接着睡觉。邹水晨骂他是个废物，房子盖好了还娶不到女人，更别指望生孩子了。

有一次邹一麻子实在忍受不了邹水晨的指责，反驳地说："你把麻子遗传给我，我长相这么难看，哪个女人愿意嫁给我。"邹水晨听儿子这么说愣住了，无言以对。邹一麻子接着又说："你把麻子传给了我，还想让我把麻子传给下一代吗？"

这句话触动了邹水晨的心，不自主地用手摸了摸脸，心想长相不好就娶不到女人了吗？可并没有影响他娶妻生子呀，轮到儿子这辈咋就影响娶女人生孩子了呢？他认为儿子是强词夺理，在为娶不到女人找借口。

邹一麻子认为女人不是想来的，得有缘分才行，如果没有缘分，想疯了也想不来女人。

那年秋天一个黄昏，李蔫巴赶着枣红马车从田间归来，发现路边柳树林中有一个年轻女人领着两个年幼的孩子。母子三人蹲坐在那里，脸色苍白，可怜巴巴的。他问女人去哪里。

女人说是从山东来东北要饭的，孩子走不动了，能不能坐马车去村里。

李蔫巴让母子三人上了马车，把他们拉到了村里。当时李蔫巴跟刘雪春刚结婚，不能领回家。他想邹一麻子一个人住，房子大，就领到了邹一麻子家。

邹一麻子看母子三人无家可归，动了恻隐之心，收留了他们。这个女人就是冯巧巧，冯巧巧后来成了他的女人。

有人开玩笑地说邹一麻子得感谢李蔫巴，是李蔫巴在路上给邹一麻子捡到的媳妇，还带了两个崽子，真是娶一带二，便宜死了。

邹一麻子眯缝着眼睛似笑非笑地说："有本事你也让李蔫巴在路边捡个媳妇，要么捡个男人。"

冯巧巧在嫁给邹一麻子前，在山东结过两次婚。那两个男人短命，已经死了。她分别为前两个男人各生了一个孩子，鲁一达是她第一个男人的儿子，邹石头是她第二个男人的女儿。她嫁给邹一麻子时，鲁一达懂事了，不愿意改姓，也没强迫改姓，没跟邹一麻子的姓。女儿年龄小，改了姓，跟了邹一麻子的姓，改成邹石头。不知道是邹一麻子的原因，还是冯巧巧的原因，两个人结婚后没有生出孩子。

邹水晨想有自己的亲生孙子，延缓血脉，为这事一直记在心里，郁郁寡欢。他把儿子的死因推在了冯巧巧身上，处处为难冯巧巧。

邹石头是宝山村里唯一读过高中的女人，也是第一个外出打工谋生的人。她性子直爽，快言快语，看不惯邹水晨这么对待母亲，不理邹水晨。她想带母亲离开宝山村去大连生活，就像多年前他们来宝山村那么随意。

当然大连跟宝山村是不同的，一个是山村，一个是城市，一个在山下，一个在海边。换个生活环境简单，但得有生存本领才行。

冯巧巧问邹石头去大连她能干什么活，邹石头说找个保洁工作还是可以的。冯巧巧在离开宝山村时去看望了邹水晨。邹水晨说人在哪都是生活，城市比山村好。冯巧巧认为人生如同落地的种子，落在哪里就会在哪里生根发芽，延续生命。

15

刘雪春在邹一麻子离世后跟李蔫巴离了婚，李蔫巴一个人生活。刘雪春离开宝山村，搬回娘家村里。

一年后的春天宝山村发生了两件大事，一是取消了土地集体制，实行包产到户，自己种自己的地；二是仇阿莲跟王顺真结婚了。把土地承包给个人是响应国家改革开放政策，为了激发农民种地的积极性，提倡多劳多得。仇阿莲嫁给王顺真是人的思想观念转变。这两件事如同春风吹来，让这一年宝山村的春天多了生活的气息。

仇阿莲心想人生的好时光不多，生命脆弱，像邹一麻子那么好的身体说死就死了，谁能预测自己能活到哪天，谁能预测自己不生病，谁能预测生活中不发生意外。她从邹一麻子的死得到了启迪，认为活一天就应该开心一天。她改变了对生活的看法与认知，认为自己没必要继续守活寡，过独守空房的日子。一个人生活孤单、寂寞，不如有个关心、疼爱自己的人相伴相随，度过余生。既然没有更适合的男人嫁，王鲁真也可以。王鲁真对她好不说，在这一年多的时间里为她改掉了许多恶习，变得非常勤劳，生活节俭，成为村里的好男人。

仇阿莲和王鲁真办婚礼那天，让人没想到的是刘雪春抱着孩子回宝山村了。她不是来参加婚礼的，而是为给孩子起名字和落户口的事。起名字和落户口是人生活之根。她回宝山村是在为孩子今后的生活和成长扎根。她出现在仇阿莲和王鲁真举办婚礼这天是巧合。她经过仇阿莲家门前时没停下，朝院落里看了看，继续向前走着。人们把目光落在了刘雪春身上。

村里人早就听说刘雪春在离开宝山村后，在娘家生了一个男孩。刘雪春跟李蔫巴离婚后没再嫁人，一个女人生了孩子，引起许多人的猜测。人们猜测这孩子是李蔫巴的种，还是邹一麻子的。可是邹一麻子跟冯巧巧在一起生活那么多年也没生出孩子，而冯巧巧是有生育能力的。邹一麻子就算跟刘雪春发生了两性关系，生出孩子的可能性也不大。如果说这孩子是李蔫巴的种，可是刘雪春嫁给李蔫巴那么多年，睡了那么多年觉，也没怀过孕，更不用说生孩子了。这孩子也不可能是李蔫巴的。刘雪春生的孩子成为人们猜测的对象，谈论的话题。

刘雪春抱着孩子走进村里，如同演绎一个故事，人们远远地望着刘雪春，看她去找李蔫巴，还是去找邹水晨。

人们在刘雪春走进邹水晨家时，猜测刘雪春怀中的孩子可能是邹一麻子的。知情人想起了邹一麻子离世后风水先生说的话："邹家会有人物出现。"这个人物莫非就是刘雪春怀中的男孩吗?

《漳河文学》2018 年第 2 期

《好花红》2016 年第 1 期

《祁连风》2017 年第 6 期

迷途者

1

刘劲松接连卖出好几个首饰，顾客走后，热闹的首饰店里静下来。刚才他一个劲儿地向顾客推销货品，连水都没顾上喝，说得口干舌燥。他抓起放在柜台上的一个崂山矿泉水瓶，拧开盖，嘴对着瓶口，一口气就把瓶子里的矿泉水喝尽了。他把空矿泉水瓶扔到垃圾筐里，扭了扭腰，活动了一会儿身体，走进柜台里面。他坐在椅子上，用计算器算着当天收入。他非常开心，这是他开店以来收入最多的一天，挣钱多，兴奋淹没劳累，心情好。他整理完当天账目，拿起放在柜台上的手机，看了一眼时间，目光转向店门外，店门外是人行街，街上行人稀少。他判断不会有顾客来了，准备关上店门回家。这时李小刚来了。

李小刚经营着面积较小的手机店。他的手机店与刘劲松的首饰店相隔不过三百米远距离。他做生意时间要比刘劲松早几年。前些年刚兴起使用手机，还没普及时，销售需求量大，手机销售处于兴旺期，那时他生意红火，挣钱多。近年来因为手机普及了，需求量减少，加上经营手机店的人多了，竞争激烈，利润小，生意每况愈下。反而随着人们生活水平的提高，消费理念的改变，刘劲松首饰店的生意却越来越好。李小刚羡慕地说：“你今天赚发了吧？”

“还行，创历史新高了。”刘劲松脸上流露出得意的神色。

李小刚说：“这就好，这样哥们儿就有后援了。”

“怎么，又转不开了？”刘劲松知道李小刚在资金周转方面有点紧张，时不时来借钱解燃眉之急。

李小刚说：“这几天周转还行。”

“如果缺钱就吱声。”刘劲松说。

李小刚说：“那当然。你以为我跟你客气呀，缺钱就得找你帮忙。”

“这么想就对了。我刚开店时，生意不好，缺钱不也找你嘛。”刘劲松坦荡地说。

李小刚说：“什么叫朋友，这才叫朋友，困难面前伸援手。”

“今天是情人节，你准备怎么过？”刘劲松说起了当天的主要话题。

李小刚感叹地说：“一个人还能怎么过？光棍的夜晚不好过。”

“你已经是三十好几岁的人了，还耗个什么劲，差不多找个女人结婚算了。”刘劲松说。

李小刚说：“我也这么想，可连差不多的女人也找不到。”

“你眼光太高了，如果你把眼光放低点，降低标准就找到了。”刘劲松知道李小刚在找对象方面不顺利，找了好几个女朋友也没成，劝李小刚别挑剔，放低标准。

李小刚说：“眼光我可以放低，但绝对不能低到是个女人就结婚的程度。”

“让我看是女人就行了。”刘劲松说。

李小刚说：“不是这么回事。”

“你的想法还挺多。”刘劲松说。

李小刚叹息地说：“你说找个看着不顺眼的女人结婚，跟这样的女人做爱生孩子，在一起生活一辈子，那得多郁闷。”

“你如果这么想，这么挑剔，可能要打一辈子光棍了。”刘劲松说。

李小刚说：“如果老天爷真让我打光棍，我没办法，我抗争不过老天爷，只能认命了。”

“你看一看哪家两口子是特别般配的，大多数婚姻是将就的。”刘劲松说。

李小刚问：“你也是吗？”

“当然了。”刘劲松说。

李小刚说：“可算了吧。海珍已经很好了，你还不满意，那你想找什么样的女人？”

“年轻的，漂亮的，有钱的，智慧的……”刘劲松脱口而出说了一连串择偶标准。

李小刚说：“你比我的眼光高多了。”

“你眼光低，却在打光棍。我眼光高，老婆孩子都有了。”刘劲松有意嘲笑李小刚地说。

李小刚说：“因为你运气好。”

“你相信运气吗？”刘劲松说。

李小刚说：“信。”

“你这么想就不用主动找女人了，等着女人来找你吧，等走时运了，女人会蜂拥而至，向你主动投怀送抱，到那时你就结束光棍生活了。”刘劲松说。

李小刚笑着说：“其实光棍有光棍的好处，一个人吃饱全家不饿，走到哪都无牵无挂。”

“如果打光棍好，男人还结婚干什么？干脆都打光棍算了。”刘劲松反驳地说。

李小刚说：“我是说打光棍有好的一面，并不是说打光棍好，如果所有男人都打光棍，如果所有女人都独身，不生育后代，人类不就灭亡了嘛。”

“人类的事用不着你操心，你还是快点找个女人结婚吧。”刘劲松说。

李小刚说：“我总不能跑到大街上拉过来一个女人就结婚吧。”

“如果有这样的女人愿意嫁给你，这么做也可以。”刘劲松说。

李小刚说：“除非我疯了。”

“你没疯，但神经有点问题。”刘劲松准备关店门。

李小刚问：“你晚上有事吗？”

“回家过节。”刘劲松说。

李小刚说：“咱们去歌厅唱歌吧？”

“我跟海珍说好了，晚上回家过情人节。”刘劲松不想去歌厅。

李小刚说：“你整天围着老婆转，没转够吗？”

“老婆是女人，我是男人，异性吸引，越吸越紧。”刘劲松说。

李小刚说：“你别刺激我，如果我犯了强奸罪，你就是诱导者。”

“我会去监狱看你。”刘劲松说。

李小刚说：“你是幸灾乐祸吗？”

“抚慰你受伤的心灵。”刘劲松说。

李小刚说：“既然你心肠这么好，今晚就别回家了，跟我去歌厅唱歌。”

“海珍在家等我呢。”刘劲松说。

李小刚说：“情人节是陪情人过的，不是陪老婆过的。如果陪老婆过就不叫情人节了，应该改成老婆节。”

“可惜我没情人，只有老婆，我把老婆当情人。”刘劲松自嘲地说。

李小刚说：“老婆是老婆，情人是情人，这是两回事。男人不能总围着老婆转，总围着老婆转的男人不是好男人。”

“你是好男人，好男人都应该成为光棍。”刘劲松嘲笑地说。

李小刚说：“你别嘲笑我，我不是好男人。可如果男人整天围着老婆转，没独自的生活空间，生活也会失去色彩，也缺少滋味。”

“这句话有点道理，但不像卖手机的小商贩说的话，而像哲学家说的。”刘劲松说。

李小刚诱惑地说：“今晚我领你去一家刚开业的歌厅，歌厅里不但音响效果好，小姐服务更好。”

“小姐服务好到什么程度？”刘劲松不相信地看着李小刚。

李小刚说：“你不去肯定后悔。”

“让我后悔的事多了，不差这一次了。”刘劲松说。

李小刚说：“为了不让你后悔，你今晚必须跟我去歌厅过情人节。”

“你的意思是在那里有个情人等我呢呗？”刘劲松说。

李小刚说：“这要看你的运气了。”

“这么一小会儿你说了两次运气，看来你想在运气中找老婆。”刘劲松说。

李小刚说：“你说到我心里了，真有这种想法。”

“听你的，我也去碰一碰运气。”刘劲松说。他给妻子张海珍打电话说晚上跟李小刚去办点事，不回家吃饭了。张海珍叮嘱他早点回来，没问什么事。刘劲松挂断电话，转过脸对李小刚说：“批准了。”

“结婚真麻烦，不回家吃饭还得向老婆请假。”李小刚说。

刘劲松说：“你最好一辈子别结婚，也就不用向老婆请假了。”

“没老婆不行，不结婚可以。”李小刚说。

刘劲松说："老婆跟结婚是相连的。"

"我是说不结婚可以，没女人不行。"李小刚纠正性地说。

刘劲松锁上店门，跟李小刚走进熙熙攘攘的步行街。他们沿着步行街走了一会儿，刘劲松感觉不是朝大时代歌舞厅方向走，问李小刚去哪家歌厅。李小刚说："你只管跟着我走，别的不用问，到地方就知道了。"他们来到主街，上了出租车。

出租车司机问去什么地方。李小刚说去高新区。高新区是海湾市扩建不久的新区，离主城区远，处于兴建阶段，人口少，所以出租车回市区时经常拉不到客，跑空车，出租车司机不愿意去，可是车已经停下了。刘劲松和李小刚上了车，如果司机不去，属于拒载。拒载是违反出租车管理规定的，如果受到投诉将被处罚。

刘劲松没料到李小刚领他去高新区。高新区与他们居住的李阳区有六十多里路，他感觉路远了，有点不开心。

2

绿岛歌舞厅里的音响设备不但是海湾市一流的，歌舞厅里的装饰也上档次，服务小姐是经过专业培训后上岗的。这是海湾市最好的歌舞厅之一。

那次李小刚来高新区看望表弟时，表弟约上几位同乡来绿岛歌舞厅唱歌，李小刚在那次唱歌时认识了歌舞厅里的服务小姐秦洪敏。秦洪敏是来自淄博市乡下的女孩。她俊俏的模样吸引住了李小刚，所以这段时间李小刚经常来绿岛歌舞厅唱歌。如果说他是来绿岛歌舞厅唱歌，还不如说是来看秦洪敏。他答应秦洪敏在情人节这天来陪她。

虽然秦洪敏是歌舞厅的陪唱小姐，陪同客人唱歌喝酒是她的本职工作，但她对李小刚跟其他客人不同。她第一次接触李小刚时就喜欢上了李小刚的气质，几次接触后对李小刚产生了依赖感。她在等李小刚。

李小刚拿出一百元钱付了出租车费，司机给他找钱时，刘劲松已经先下车了。李小刚把出租车司机递过来的零钱攥在手里，随后下了车。

刘劲松看着眼前的绿岛歌舞厅对李小刚说："你小子可真行，能跑到这么远的地方玩。"

“还有比这远的地方呢。”李小刚快步朝歌舞厅走去。

刘劲松说：“打车钱花了好几十吧。”

“这钱花得值。”李小刚说。

刘劲松感觉李小刚话中有话，因为走到歌舞厅门口了，没时间继续问。

歌舞厅门口站着几个身穿黑色西装，手拿对讲机，二十岁左右的服务小伙。他们名义上是服务员，实际是保安，着装衬托出了他们职业的特殊性。天气有些寒冷，穿西装不符合这个季节。虽然他们年轻，有活力，抗寒力强，但还是感觉冷，不停地来回走动，做着热身动作。一名服务小伙迎面走来，礼貌地问李小刚说：“先生，预订房间了吗？”

“订过了。”李小刚回答。

服务小伙问：“几号房间？”

“我还不知道。”李小刚让秦洪敏订的房间。虽然绿岛歌舞厅刚开业不久，可在高新区歌舞厅行业里生意是最好的，客人多，房间不够用，许多时候需要提前预订房间。秦洪敏还没告诉他预订的是几号房间。

服务小伙不相信地看着李小刚。

李小刚说：“秦洪敏订的。”

服务小伙用对讲机与歌舞厅里面的工作人员联系说，有客人找秦洪敏。

秦洪敏在大厅内，工作人员说有客人找她，她就知道是李小刚来了。前些天李小刚来歌舞厅玩时说来陪秦洪敏过情人节。李小刚考虑到情人节来歌舞厅消费的客人多，担心来晚了订不到房间，让秦洪敏提前预留了房间。秦洪敏快步走出来。

李小刚上前拥抱了一下秦洪敏，秦洪敏脸上涌出了一丝羞涩。虽然她心里有这种情感需求，但还有点不适应。李小刚和秦洪敏勾肩搭背地走在前面，刘劲松跟在后面进了歌舞厅包间。

刘劲松看见李小刚跟秦洪敏如此亲热就知道感情不一般，他没想到李小刚会在绿岛歌舞厅交女朋友。走进房间，他在秦洪敏去开音响时低声问李小刚说：“你小子真行，能在这地方找到相好的。”

“这地方不行吗？”李小刚说。

刘劲松说：“你保密工作做得真好，连我都不知道。”

“这是金屋藏娇。”李小刚得意地说。

刘劲松说：“这是歌舞厅，怎么能跟金屋相比，太夸张了。”

“我知道你思想偏见，所以没提前告诉你。”李小刚说。

刘劲松说：“你跟我都不说实话了，这世界还有人可以相信吗？”

“我跟世界无关，跟你有关，对不起，失礼了。”李小刚说。

刘劲松说：“今晚你不应该约我来。”

“为什么不应该约你来？”李小刚说。

刘劲松说：“我在碍事，碍眼，你不方便。”

“你可以把眼睛闭上。”李小刚说。

刘劲松说：“我是在当灯泡。”

“如果世界上没有灯泡，所有的夜晚不是太黑暗了。”李小刚说。

刘劲松说：“应该黑暗的时候必须黑暗。”

“不让你白来，我帮你找个相好的，让你这个灯泡也发光。”李小刚说。

刘劲松说：“我只能照亮自己，照不亮别人。”

“男人的世界是靠女人照亮的。如果没女人，男人就生锈了。”李小刚说。

刘劲松说：“我可没你这种艳福。”

“事情还没开始，先别下定论。”李小刚说。

虽然刘劲松是第一次来绿岛歌舞厅，但不是第一次到歌舞厅消费，他了解歌舞厅里的环境。他坐在沙发上，点着烟，看着秦洪敏挑选歌曲。

李小刚冲着站在门口的服务生说：“选个陪唱小姐。”

服务生转身出去了，不一会儿七八位陪唱小姐走进房间。

陪唱小姐进屋后排成一排，故作放松，低着头嘻嘻哈哈地小声说着话，等着被选定。这是她们每天工作中最看重的事情，希望能被客人选中。她们的工资是与接待客人多少相关联的，不被客人选定就没提成工资。

刘劲松在歌厅唱歌很少点陪唱小姐，点陪唱小姐是按时间付费的，玩是玩，可他不想多花钱，推脱地说：“不要陪唱小姐。”

“如果放在平时不点就算了，今天是情人节，我约你来唱歌，你没回家陪海珍，不点陪唱小姐我心里过不去。”李小刚坚持给刘劲松点陪唱小姐。

刘劲松知道李小刚近期生意不好，资金周转不开，没打算让李小刚付账，便说：“今晚我付账。”

“说好我付账，就我付账。你如果再跟我说这个，就跟你翻脸。”李小刚认真地说。

刘劲松看李小刚有点生气了，没再说什么。

李小刚扫视着眼前的几位陪唱小姐，然后转过脸问刘劲松说："看中哪个了？"

"哪个都行，这个权交给你了。"刘劲松喝了口啤酒说。

李小刚抬手指着左边第二个陪唱小姐说："你过来。"

那个陪唱小姐朝刘劲松走过来，其余的陪唱小姐离开包间。

虽然刘劲松嘴上说不点陪唱小姐，眼睛却在观察屋中的陪唱小姐。实际上在歌舞厅唱歌没小姐陪唱缺少氛围，有些失兴。他心里也选中了这位陪唱小姐，李小刚跟他不谋而合，选的是同一个人。陪唱小姐走到他身边，静静坐下，用手挽着他的胳膊，带来了女人的气息与温存。

女人的气息在男人身上如同雨水浇灌在干裂的土地上，能生长出生命需要的物质。男人的生活中不能没有女人。

秦洪敏选好了歌曲，音乐的旋律已经响起，五彩灯光转动，包间里充满激情。秦洪敏和李小刚在音乐的旋律中跳着舞，唱着歌。秦洪敏说："你怎么来这么晚，我还以为你不来了呢。"

"怎么会不来呢，我在等他呢。"李小刚扭过头看了一眼刘劲松。

刘劲松平时喜欢在歌厅唱歌，放松心情，但今天晚上不知为什么好像没找到感觉，兴致不浓。他坐在沙发上看着李小刚和秦洪敏。

李小刚找到了爱情归属地，感情非常投入。

秦洪敏在李小刚耳边说："你那位朋友太老实了。"

"你看他老实呀？"李小刚说。

秦洪敏说："他比你老实多了。"

"你看错了，他才不老实呢。"李小刚了解刘劲松。

刘劲松到陌生场所玩，适应得比较慢，一旦适应了，就非常活跃。他看了一眼身边的陪唱小姐问："你叫什么名字？"

"吕思微。"陪唱小姐干脆地说。

刘劲松说："你的名字挺有意思，好像有位歌星也叫这个名字。"

"你记住歌星，不用记我。"吕思微说。

刘劲松说："歌星远在天边，你在眼前，我得记着你。"

"怎么称呼你？"吕思微问。

刘劲松说："怎么称呼都行。"

吕思微没想到刘劲松这么说。刘劲松这么说让吕思微没了话题，无法说下去。她开玩笑地说："我叫你放荡不羁行吗？"

"没问题。"刘劲松满不在乎地说。

吕思微说："你的名字保密吗？"

"名字有什么可保密的。国家主席的名字都是公开的，何况我是小老百姓呢。"刘劲松说。

吕思微说："逃犯一般是不会把名字告诉别人的。"

"你看我像逃犯吗？"刘劲松知道吕思微是开玩笑。他是第一次遇到这么说话的陪唱小姐。歌舞厅里的陪唱小姐为了得到服务小费，让客人满意，对客人都是毕恭毕敬，讨好顺从。歌舞厅是娱乐场所，客人身份复杂，陪唱小姐出于对自身保护，一般不说出自己的真实姓名，只说工作代号或假名。吕思微不但说出了名字，还显得漫不经心，这跟歌舞厅其他陪唱小姐不同。刘劲松感觉吕思微性格直爽，社会经验少，缺少自我保护意识。

吕思微说："逃犯从外表是看不出来的。"

"照你说我真是逃犯了。"刘劲松说。

吕思微说："有这种可能。"

"那你就把我当成逃犯吧。"刘劲松说。

吕思微说："我想报警？"

"逃犯是不允许你报警的。"刘劲松说。

吕思微笑着，扭过脸朝秦洪敏和李小刚看去。

李小刚和秦洪敏在音乐的旋律中有点陶醉了。他们俩的感情确实不一般，欲火在燃烧，动了真感情。音乐响起的时候李小刚还留意旁边坐着的刘劲松，当陷入感情的缠绵里就把刘劲松忘到脑后。

刘劲松从吕思微的话语中感觉到他带着东北口音，东北人在海湾市打工多。他问："你是东北人？"

"我父母曾经去了黑龙江的牡丹江林场，前几年又回老家临沂了。"吕思微说。

刘劲松说："我也是黑龙江的。"

"你是黑龙江什么地方的？"吕思微说。

刘劲松说："我是阿城的。"

"阿城归哈尔滨管辖吧。"吕思微说。

刘劲松点下头说："你去过阿城吗？"

“没有。”吕思微说。

刘劲松说：“我也没去过牡丹江。”

“你来海湾几年了？”吕思微问。

刘劲松说：“好多年了。”

“你是给别人干吗？”吕思微问。

刘劲松说：“自己养活自己。”

“自己做生意好。”吕思微说。

刘劲松说：“哪好？”

“自由，不受别人管。”吕思微说。

刘劲松说：“自己管自己更难，并且还操心。”

“挣钱多，操心是理所当然的。”吕思微说。

刘劲松说：“挣不了多少钱，对付活着吧。”

“你做什么生意？”吕思微问。

刘劲松说：“卖首饰。”

“卖首饰很挣钱吧？”吕思微问。

刘劲松有点自满地说：“谈不上挣钱，可车和房都有了。”

“有车有房还不行呀……咱们是老乡，你以后多关照我。”吕思微说。

刘劲松说：“怎么关照？”

“多来这里。”吕思微说。

刘劲松说：“不收费吧？”

“如果我是老板就不收你钱，可我只是打工的。”吕思微说。

刘劲松说：“你说话挺幽默。”

“你喜欢唱哪首歌，我给你选。”吕思微说。

刘劲松找到了感觉，站起来，跟吕思微边唱边跳舞。李小刚和秦洪敏有些玩累了，停下来，坐在旁边沙发上休息。他们看着吕思微和刘劲松感觉不协调。但在歌舞厅里陪唱小姐是客人选的，如同选择购买商品。陪唱小姐是服务客人的，是被动的，没有选择余地。刘劲松扭过脸冲着李小刚说：“别停下，接着跳。”

3

张海珍在厨房里准备晚饭，她手里握着一条一斤多重的活鲤鱼，正要宰鱼，鱼在垂死挣扎，此时放在客厅的手机响了。在客厅写作业的儿子刘安安拿起手机快步走进厨房，把手机递给张海珍。张海珍的双手紧紧攥着鱼，没接手机，侧过脸看了一眼显示屏，她看电话是刘劲松打来的说："你接。"

"今天是情人节，没准我爸是想对你说情话呢，我不接。"刘安安调皮地说。

张海珍说："你这孩子，怎么能想这些乱七八糟的事呢。"

"今天在学校里同学都在说回家给老爸老妈过情人节的事。"刘安安说。

张海珍本想对儿子说些什么，可手机在不停地响，没时间说，松开手，鱼落到洗菜池里。鱼逃生了，在洗菜池里跳跃着，扑腾出了水花。她迅速在围裙上擦了擦手，接过手机说："我在做饭呢，你还得多长时间回来？"

"小刚让我陪他去办点事，晚上我不回家吃饭了。"刘劲松说。

张海珍没想到刘劲松临时有事，不回家吃饭，这是出乎意料的。她原本准备做一顿丰盛晚餐，好好享受情人节的夜晚，可刘劲松不回家吃晚饭了，张海珍有点失落地说："你几点回来？我等你。"

"说不准几点，不用等我，你和安安吃吧。"刘劲松说。

张海珍感觉被轻视了，心里不是滋味。她想男人就是这么粗心，没往心里去，也没多说什么。她放下手机，看了看准备做的菜，没了做饭的兴致，把菜放进冰箱里，鲤鱼也不杀了，只做了儿子爱吃的西红柿炒鸡蛋。

刘安安扫兴地说："那么多菜怎么都不做了？看来老爸在老妈心中的位置太重要了。老爸不回家，老妈吃饭的心情都没了。"

"你这孩子，哪来这么多歪想法。你爸不在家，就咱们两个人，菜做多了吃不完，吃剩菜剩饭对身体不好。"张海珍说。

刘安安笑着说："我爸不回来，你失落了吧。"

"你爸又不是第一次不在家吃饭，我怎么会失落呢。"张海珍虽然嘴上否认，可心里承认被儿子说中了。

刘安安说："今天是情人节，跟平时不同。"

"怎么不同了？"张海珍看着儿子调皮的样子，产生一丝快意。

刘安安说："不同就是不同，如果相同就不叫情人节了。"

“你小小年纪，少想这些大人的事，你应该把心思用在学习上。”张海珍认为儿子不应该想这种事。

刘安安强调性地说：“我已经是初中生了，学人的生理课程了，懂这些。”

“你才是初一学生，还没到懂成年人的事的时候。”张海珍说。

刘安安说：“那我应该什么时候懂？”

“怎么也得上大学时吧。”张海珍说。

刘安安说：“如果到读大学才懂这些，我就成白痴了。我们班里已经有人谈恋爱了，还有一个女生怀孕了，做流产手术。”

“这还是学校吗？你可不能胡思乱想，一定要把心思用在学习上，学习好了才能考上好大学，考上好大学，将来才能有好工作。”张海珍叮嘱地说。

刘安安说：“我学习挺好的。”

“你学习成绩在班里排第几名？能排第一吗？”张海珍知道儿子学习成绩属于中上等，故意灭儿子的锐气。

刘安安笑着说：“你对我的期望值太低了，应该再高些。”

“你得好好学习，考虑别的没用。我和你爸就因为没好好读书，文化低，找不到好工作才自己开店的。”张海珍想用自己的经历告诉儿子学习的重要性。

刘安安的看法与张海珍相反，刘安安认为眼前的生活好，便说：“自己做生意比上班好。现在有车，有房，还不受别人管，这么好的生活，你还不知足吗？”

“你忘了你多大才来海湾市的吗？”张海珍说。

刘安安说：“我什么时间来海湾跟你们做生意没关系。”

“哪个父母不希望孩子在身边，又有哪个孩子不想在父母身边生活。我为了赚钱，把你放在东北，你那么多年没在我身边……”张海珍说起那段往事有些心酸。

刘安安说：“我没埋怨你们。”

“你不知道我和你爸当时做生意有多辛苦，起早贪黑，操心劳神，生意做得还行，如果生意不好，做不下去，我们没文化，又没技术，能干什么？”张海珍说。

刘安安是在上初中后从东北来海湾市的。他来到这座城市还不到半年，此前他在东北乡下跟爷爷奶奶一起生活。刘劲松和张海珍每年只有春节时才回东北看儿子。刘劲松和张海珍在刘安安没上学时，就离开东北到海湾市闯荡了。虽然刘安安不了解父母的辛苦，可来海湾后感觉到城市与乡下的不同，东北乡下与山东沿海生活的不同。刘安安认为过去的已经过去了，应该往前看，不赞成张海珍的观点，反驳地说：“妈，你是杞人忧天。过去的事情已经过去了，现在的生活不是很好吗？你不要用悲观的态度面对新生活。”

“我不是悲观，我是不想让你吃我和你爸吃过的苦。”张海珍说。

刘安安说：“都是我爸惹的祸。”

“你怎么埋怨起你爸了呢？”张海珍没想到儿子这么说。

刘安安说：“如果我爸有本事，能挣大钱，你们结婚后就能过上好日子，你也就不用这么辛苦了。如果你不辛苦，也就不会隔三岔五用忆苦思甜的方式来教育我了。”

“是我自己不行，不能埋怨你爸，如果我能挣钱，有本事，日子也会过得很好。”张海珍说。

刘安安感觉母亲情绪反常，察言观色地说：“今天晚上我爸没回家吃饭你不开心，这是你不对。我爸是去办事，你要理解他。他是男人，应该以事业为主。他又不是去陪别的女人过情人节，你失落什么。”

“我不跟你说了，你快吃饭，吃过饭去学习。”张海珍看着儿子吃饭，自己却没食欲。她在儿子吃过饭后，洗过碗筷，回卧室了。

虽然她疲倦，有些累，可躺在床上翻来覆去睡不着。如果放在往日，她躺在床上就会入睡，今晚她没有睡意，儿子说她情绪反常是正确的，可她不清楚反常原因在哪里。她在等着刘劲松回家。

刘劲松几次想离开歌舞厅回家，因为李小刚不愿意离开，碍于情面，不好意思一个人走，只能陪着玩下去。李小刚和秦洪敏聊得浓情蜜意，想玩个通宵。刘劲松提醒李小刚明天还得做生意，不能过度透支体力。李小刚认为自己开店做生意，晚点早点开门营业没关系，没接受刘劲松的建议。刘劲松认为自己做生意更应该按时开门营业。

李小刚玩累了，天也放亮了，歌舞厅工作人员到了交接班时间，夜班的人收工，白班的人上岗。秦洪敏交了班，跟李小刚拥抱着。李小刚来了个深深吻别。他这个吻别有点过于动情了，让秦洪敏产生了窘相，也感染了站在旁边的刘劲松。

刘劲松看了一眼吕思微，轻轻拥抱了一下，然后和李小刚一起离开绿岛歌舞厅。

吕思微看着刘劲松的背影想着心事。开始时她觉得刘劲松长相难看，有点讨厌情绪，因为这是工作，勉强应付着，但她在得知刘劲松经营首饰店，有车、有房时，改变了看法。

李小刚看了一眼刘劲松讨要人情地说：“你好像跟吕思微聊得很投缘，入情了，应该感谢我吧。”

“你别对海珍说咱们在歌舞厅玩了一夜，她知道了会生气。”刘劲松叮嘱李小刚。

李小刚调侃地说：“你妻管严这么严重？”

“你没结婚，不了解夫妻感情的事，为这种事犯不着发生家庭战争。”刘劲松说。

李小刚说：“你这不把我当成弱智了嘛，没结婚我就不懂男女之间的事了？你别忘了我是成年男人，七情六欲我都有。”

“你现在知道的是皮毛，结婚之后才有体会。”刘劲松说。

李小刚不服气地说：“你别总把结婚当成炫耀的资本，如果想结婚还不简单嘛。”

“既然简单，你已经三十好几了，怎么还不结婚？”刘劲松说。

李小刚说：“为了证明简单，我过几天就结婚。”

“你跟谁结婚？”刘劲松不相信地问。

李小刚说：“你这话问得太没水平，跟女人结婚呗。”

“你跟哪个女人结婚？”刘劲松问。

李小刚说：“跟秦洪敏不行吗？”

“你感情用事，冲昏头了吧，别忘了秦洪敏是歌舞厅里的陪唱小姐。”刘劲松不赞成李小刚娶歌舞厅里的陪唱小姐。他认为歌舞厅里的陪唱小姐不是正经人，也没正经工作，更没发展前途。虽然他来歌舞厅消遣，但看不起这里的打工妹。

李小刚知道刘劲松是好意，为他着想，但不接受这种观念，风趣地说：“荷花出淤泥而不染，应该看荷花，而不是淤泥。”

“但愿秦洪敏这株荷花没染上淤泥。”刘劲松看出来李小刚对秦洪敏是动了真情，不想坚持自己的观点。

他们回到李阳区时离开门营业还有些时间，各回各的住处了。

张海珍在床上躺着，听见开门的声音知道是刘劲松回来了。她下了床，从卧室走出来，看着刘劲松生气地说：“你们去办什么事了，办一个通宵？你们不睡觉，人家还不睡觉吗？”

刘劲松虽然在回家的路上考虑着怎么解释一夜未归，但没想出合适的理由，他没说话，有意敷衍过去。

张海珍一夜没脱衣服，睡得不踏实，不解乏，觉得疲惫，打了个哈欠说：“你们去歌舞厅了吧？”

“小刚让我陪他办事去了。”刘劲松否认地说。

张海珍认定刘劲松去歌舞厅玩了，有些恼火，贬低地说：“你们精力可真充沛，能玩一个通宵。如果把这种精力用在生意上，生意能做得非常好，应该能成为千万富翁。”

“我是陪小刚去的，小刚不走，我怎么好意思离开。”刘劲松解释说。

张海珍说：“你别拿小刚做挡箭牌！他去杀人，你也杀人吗？”

“你这么说就不讲理了。”刘劲松说。

张海珍说：“既然你不承认去玩了，你说小刚干什么去了，你和他一夜未归？”

“他去跟客户谈生意了。”刘劲松狡辩地说。

张海珍问：“什么客户？”

“我说你不相信，你去问小刚吧。”刘劲松不想回答，也没法回答。虽然他没做出轨的事，但在歌舞厅玩了一个通宵，觉得理亏。他困了，也累了，疲倦如阴云般在体内涌动，没一丝精神。他想在没营业前睡一会儿觉，缓解疲劳，打着哈欠往卧室走。

张海珍问：“你还去店里吗？”

“当然去了，肯定照常开门营业。”刘劲松看了一眼时间，认为还能睡两个小时，上了床。

张海珍在儿子吃过饭上学后才叫醒刘劲松。刘劲松没睡醒，困得要命，不想起来，可不愿意推迟营业时间，伸着懒腰起来。他跟张海珍一起去了店里。张海珍担心刘劲松注意力不集中，防止发生意外，没让刘劲松开车，她开车。

早晨客人少，张海珍在店里待了一会儿，去李小刚的手机店。李小刚还没来，店门关着。张海珍在街上转了一圈，闲逛一会儿，李小刚来了。张海珍问：“你们昨天夜里干什么去了？”

“嫂子，你放心，我们没做违法的事。”李小刚笑着，绕弯地说。

张海珍说："什么事能让你们夜不归宿？"

"你猜？"李小刚说。

张海珍说："我如果有这本事就不卖首饰了。"

"嫂子，你是这山望着那山高，开首饰店卖首饰，这么好的生活你不满意，你还想过什么样的生活？"李小刚说。

张海珍说："我没说对生活不满意，我是说猜不出你们昨天夜里干什么去了。"

"我去谈对象了。"李小刚说。

张海珍不相信地说："你又不说正经话了。"

"我真是谈对象去了。你如果不相信，我也没办法。"李小刚说。

张海珍说："你谈对象还让人陪呀。"

"一个人不好意思去。"李小刚说。

张海真说："你是大男人，又不是小姑娘，这么害羞吗？"

"我昨夜没归，如果是小姑娘就坏事了。"李小刚说。

张海珍说："谈对象能谈一个通宵吗？"

"情人节的夜晚是放纵的夜晚，你一个人在家寂寞了吧。"李小刚说。

张海珍说："没有男人，女人还不活了吗？"

"你放心，我跟劲松没做出轨的事。"李小刚做了一个保证的表情。

4

吕思微陪刘劲松唱了一夜歌，跳了一夜舞，又累又困，体力透支。这是她到绿岛歌舞厅工作后第一次陪客人玩通宵。下班后她在街边小饭馆吃了早饭，回到租住的小屋，洗漱过后，拉上窗帘睡觉了。

她从早晨睡到下午，如果不是被急促的敲门声吵醒，还会接着睡。她不愿意动，躺在床上听着屋外的声音。她意识到这种敲门方式不正常，不是好预兆，没马上开门，静静听着，用感觉辨别是谁敲门。敲门声停止了很长时间，她以为屋外人离开了，才缓缓从床上下来，蹑手蹑脚走过去开门。为了自身安全，她把门裂开缝，露出半个脸朝外看。顾成林的背影在她眼前晃动，她有些害怕，心狂跳起来，立刻把门关上了。

顾成林是吕思微以前的男朋友，他家在临沂市乡下。他初次遇见吕思微时是在临沂市一家服装店，当时吕思微在服装店打工。吕思微在跟顾成林确定恋爱关系后打算开服装店，做生意。顾成林赞成这么做，打工毕竟不是长久之计，想尽办法借钱，支持吕思微开服装店。虽然吕思微在服装店当过售货员，有点卖货经验，但不懂进货，对质量把握不好，不善经营，做生意赔了钱。他们的感情在生意赔钱后出现了裂痕，吕思微想放弃这段感情，可顾成林不同意。

顾成林敲了敲门，看屋里没动静，转身离开了。他走了没几步停住了，回头看，看见门关上了，他知道吕思微在屋里，转过身又走到门前，推开门。吕思微没想到顾成林突然转身返回来，她坐在床边如同没看见顾成林似的把脸侧了过去。顾成林站在门口，没往屋中走，语速缓慢地说："你睡觉了？"

吕思微没接话。

顾成林说："你现在干什么活呢？"

"这跟你有关系吗？"吕思微语气生硬地说。

顾成林说："在这里打工挣钱少，生活消费高，还不如回临沂。"

"回临沂能干什么？还跟你卖服装吗？赔了钱让我还？"吕思微带着情绪说。

顾成林说："欠下的债我还，不用你还。"

"那怎么行，两个人欠下的债务应该一人一半。你放心，过些日子我就把钱还给你。"吕思微不让顾成林来找她。

顾成林说："我从来没说让你还债。"

"你是没说，可你不还债，债主找我要钱，我不还行吗？"吕思微说。

顾成林说："你可以跟债主说让他们找我要钱，我跟他们说债务跟你没关系。"

"钱是咱们一起借的，我不能这么说。"吕思微说。

顾成林说："借的钱我一定能还上。"

"你用什么还？能在什么时间还上？"吕思微认为顾成林靠打工挣钱是很难还上债务的。

虽然顾成林在想办法挣钱，可是还没想出挣钱的好办法。他想跟吕思微维系恋爱关系，却没有信心。

吕思微问："你还没找到工作吗？"

“找到了，在印刷厂上班。今天是来海湾送货。”顾成林说。

吕思微问：“你怎么知道我住在这里？”

“何友佳告诉我的。”顾成林说。

吕思微已经猜测出是何友佳把住处告诉顾成林的，要么顾成林不可能找到她。她说：“你还有事吗？如果没事我睡觉了。”

“你工作别太辛苦了。如果在海湾生活的不好，就回临沂吧。”顾成林离开时说。

吕思微听顾成林这么说心里酸酸的，想落泪。她虽然想跟顾成林分手，可下不了决心。她知道顾成林除了不能挣钱外，没有别的坏毛病，生活中非常关心她。这种关心如同冬天的暖阳温暖着她，让她留恋。她的困意被顾成林搅散了，肚子饿了，想吃东西，屋里只有几袋方便面。她胃有些不舒服，不想吃方便面，想吃热饭，她看了一眼时间，洗漱过后，化了妆，锁上门去吃饭。

她住在高家村的一间平房里，平房区离村中心有一里多远的路。她在小巷里走了一会儿，上了大街。小巷被建筑物遮挡着，阳光照射不进来，只有在大街上才能感受到光线的明亮与温暖。此时正是夕阳西下的时候，晚霞给万物披上迷人的彩装。上班的人下班了，学生放学了，出夜市的小商贩开始上街卖东西，街上的行人渐渐多了，人流缓缓移动，增加了生活的气息。她看离何友佳下班不到半小时，想等何友佳一起吃晚饭。可她饿了，为了缓解饥饿感，走到街边卖水果的摊位前买了一块哈密瓜。哈密瓜三元钱一块，用塑料袋包裹着，下面插着筷子那么长的竹签。她拿着竹签，吃着哈密瓜。哈密瓜有点凉，她喜欢这种凉爽感，像是在东北冬天吃冻梨的感觉，冬天吃冻梨，只有在东北有。她回想起来脸上呈现出甜蜜的微笑。她在街上走了一会儿，哈密瓜进到了肚子里，有点着急，看了一眼时间，已经到何友佳下班时间了，拨通了何友佳的手机问：“下班了吗？”

“刚出厂门口。”何友佳一边骑自行车一边说。

吕思微说：“我在荒原饭馆等你。”

“是顾成林请客吗？”何友佳问。

吕思微有点生气地说：“是！”

“我一会儿就到。”何友佳挂断了电话。

荒原饭馆是东北人开的，老板来自吉林省通化市乡下。当初他起这个店名有两种考虑，其一是想起个有特点的店名，让客人能立刻记住；其二是想吸引来自东北的打工者，让他们看到店名就产生亲近感。东北人在高家村打工的比较多。因为荒原饭馆老板说话幽默，为人厚道，饭菜质好价优，所以顾客多，其中东北顾客占多数。

吕思微从第一次在荒原饭馆吃过饭后，就很少去别的饭馆吃饭，所以荒原饭馆的老板全家人都熟悉她。她在饭馆门口遇见了老板娘，老板娘热情地跟她打招呼。她跟老板娘聊了几句后，习惯性地坐在靠窗户的位置，看着窗外的街景。

何友佳在荒原饭馆门前下了自行车，就看见坐在窗前的吕思微，吕思微也看见她了。她把自行车锁上，朝吕思微挥了挥手，快步走进店里。她来到吕思微面前把随身小包放在餐桌上，环视着屋里问："怎么是你一个人呢？"

"不是一个，还会是几个？"吕思微说。

何友佳说："应该是两个。"

"加上你不是两个。"吕思微说。

何友佳说："顾成林没找你吗？"

"你怎么这么关心他。"吕思微说。

何友佳从吕思微的语气和神情中得知吕思微与顾成林之间的矛盾还没化解，劝解地说："顾成林已经认错了，你就别较真了。他对你那么好，你如果跟他断了，假如以后找不到像他这么关心你的男人，你会后悔的。"

"我做过的事没有后悔的。"吕思微说。

何友佳说："你这么较真没好处。"

"这不是较真，我也没较真，而是我还没从被伤害的阴影中走出来。"吕思微说。

何友佳解释说："我本来不想把你住的地方告诉顾成林，可他总找我。他对你的真情感动了我，我才告诉他的。不过，我没说你在歌舞厅上班。"

"你告诉他我在歌舞厅上班更好，如果他反对，也许会死心。"吕思微说。

何友佳说："如果知道是你叫我来吃饭，我就不来了。"

"你当官了，还是发财了，请你吃饭还请不动，挺能装呗。"吕思微说。

何友佳说："你挣到大钱了，到饭店吃饭，自己做饭不行吗？"

"这算什么饭店，也就是小餐馆。大饭店我去不起，你想去我也不去。"吕思微小声说。

何友佳说："为什么来饭馆吃饭？"

"每次叫你来饭馆吃饭，你总问为什么，哪来那么多为什么，你应该写一本十万个为什么的书，那样你能挣到好多稿费，可以请我去大饭店吃饭。"吕思微说。

何友佳说："我如果有写书的本事，就不在工厂打工了。如果我真有钱了，也不会轻易请你在五星级饭店吃饭。"

"我怎么结交了你这么小气的朋友呢。"吕思微做出无奈的表情说。

何友佳说："如果你跟顾成林聊得不开心，而又想来饭馆吃饭，这是反常做法。我猜测可能你昨晚工作中遇到好事了，不然你不会这么做。"

"我的命没那么好，哪来那么多好事让我遇见。昨晚我工作了一个通宵，虽然小费多，可也累。"吕思微说。

何友佳说："歌舞厅的工作你不能长期干，长期干容易出事，你找份别的工作吧。"

"能出什么事？我只是陪唱歌，陪喝酒，又不是陪男人睡觉。"吕思微说。

何友佳说："去歌舞厅玩的人复杂，虽然你不想惹事，但不等于事不找你。咱们在这里没根基，遇到麻烦事处理不了。"

"我不喜欢在工厂里干活。我挣到钱后，还想自己做生意。"吕思微说。

何友佳说："还想开服装店？"

"服装店是不想开了，但想开茶馆。"吕思微说。

何友佳说："你想错了，谁会花钱去茶馆喝茶。"

"茶馆不如歌舞厅消费高，能有这么多人到歌舞厅玩，就会有人到茶馆喝茶。"吕思微分析地说。

何友佳说："虽然这个生意高雅，可是风险大。"

"做生意本身就有风险，需要胆量，没风险就全当老板了。"吕思微说。

何友佳说："如果再赔了钱呢？"

"应该不会赔，如果赔了，是我命不好，证明我不是做生意的料，我这辈子再也不做生意了。"吕思微认为不会那么倒霉，干什么赔什么。

何友佳转移了话题问："你跟同屋女孩相处得怎么样？"

"没深交，也没矛盾，见面只是礼节性地打招呼。"吕思微说。

何友佳说："要么把她也叫来？"

"下次吧。"吕思微说。她感觉山东人不如东北人豪爽，不太喜欢山东人。

她跟何友佳是在临沂认识的，两个人住在相邻的村子里，是老乡。她认为何友佳跟别的山东女人不同。何友佳先来海湾的，她是奔何友佳来海湾打工的。

何友佳在服装厂上班，近期厂里订单多，晚上经常加班，吃过饭她又去加班了，吕思微去歌舞厅上班。

刚过完情人节，集中性消费高峰过去，这个夜晚来歌舞厅的客人少，没有客人点吕思微陪唱。不陪唱就没小费，工资底薪少，收入全寄托在客人给的小费上，她有些烦躁，希望刘劲松还能来歌舞厅。虽然她不喜欢刘劲松的相貌，却喜欢刘劲松的钱。

5

刘劲松喜欢用唱歌的方式排解生活中的寂寞，生意上的压力，养成了去歌舞厅唱歌的习惯，隔几天不去歌舞厅，就如同吸毒者的毒瘾发作似的那么难受。

自从他跟李小刚去了绿岛歌舞厅后，脑子里时常会出现吕思微的影子。他遇见过许多陪唱小姐，但没有这么让他动心的，吕思微搅得他心神不定。他想去绿岛歌舞厅，但他这些天比较忙，没去找李小刚，李小刚也没来找他。吃过中午饭，店里没顾客，他看了一眼张海珍，一声不响地从店里出来，快步朝李小刚的手机店走去。

李小刚正在为客户维修手机，看刘劲松走进来，开玩笑地说："是不是想去绿岛歌舞厅了？"

"没这个意思，不过你要是请我去，我也不拒绝。"刘劲松说。

李小刚说："你想去就直说，别含糊其辞的。"

"跟你用得着绕弯嘛。"刘劲松说。

李小刚说："今晚咱们去唱歌。"

"还是去绿岛歌舞厅吗？"刘劲松说。

李小刚说："看来你是对绿岛歌舞厅产生了感情。"

"我没这种感觉。"刘劲松说。

李小刚说："口是心非。"

"去高新区有点远了，咱们不玩那么长时间，早点去，早点回来。"刘劲松不想回家太晚。

李小刚说："这次你想玩时间长我都不干，我还得挣钱娶媳妇呢。"

"是娶秦洪敏吗？"刘劲松说。

李小刚说："当然了。"

"没想到你跟秦洪敏的感情发展这么快，如同火箭上天似的。"刘劲松说。

李小刚说："恋人之间的感情不能用时间衡量。有的恋人交往多长时间也不会有进展，有的见一次面就能产生感觉，并且能达到上床睡觉的程度。"

"这叫一见钟情，不过一见钟情也不可能初次见面就产生上床的感觉。"刘劲松笑着说。

李小刚把手机修好，交给身边的顾客，收了维修费。他洗过手，端起放在旁边的盒饭吃着，自言自语地说："这种没人疼没人爱的日子快到头了。"

"快有女人给你做饭生孩子了。"刘劲松说。

李小刚说："我给她做饭也行。正如你说的，光棍日子不好过。从前我没感觉到光棍的日子寂寞，但在遇到秦洪敏后感觉到了。"

"这叫百听不如一试。"刘劲松说。

刘劲松的手机响了，电话是张海珍打来的。他知道店里有事，边往外走边对李小刚说："晚上去绿岛歌舞厅不会变吧？"

"肯定去。"李小刚说。如果刘劲松不来找他，晚上他也准备去绿岛歌舞厅。秦洪敏刚从淄博老家回高新区，李小刚想接秦洪敏来他这里住。

刘劲松快步走回店里，看见两位顾客在买货。他觉得这两个人面熟，笑着说："前几天你们买过我的货。"

"上周买的玉菩萨。"一位顾客说。

刘劲松说："货真价实吧？"

"我朋友看见了，要走了，我再来买一个。"那个顾客说。

张海珍对刘劲松说："你放在哪了，我没找到。"

"在柜子上呢。"刘劲松拿过板凳，站在凳子上把货拿下来。

张海珍已经谈好了价钱，收了钱，客气地说："如果需要什么，你们再来，我给你们优惠。"

两位顾客离开了。

张海珍说："你去哪了？"

"我去小刚那了。"刘劲松说。

张海珍说：“这么一会儿你也走，不想做生意了。”

“中午人少，你在还不行嘛。”刘劲松说。

张海珍说：“有的东西我找不着，让我怎么卖。”

“中午顾客少，可以慢慢找。”刘劲松说。

张海珍说：“你知道什么时间来顾客……做生意不能三心二意，得守摊才行。”

“我还一会儿也不能离开了。”刘劲松有点生气了。

张海珍说：“有正经事可以离开，没正经事就不要离开。你跟小刚整天见面，有什么可说的。”

“这么说我不在店里你不能卖货了？”刘劲松说。

张海珍说：“自从安安来海湾后，我整天围着他转，哪有心思在店里卖货。”

“安安已经读初中了，有生活能力，应该让他学会照顾自己。”刘劲松说。

张海珍说：“海湾是大城市，不像是在东北小县城和乡下，这里哪的人都有，万一出点事，后悔都来不及。”

“生活这么太平，能出什么事。”刘劲松说。

张海珍说：“要么咱俩换一下，你负责照看安安，我负责在店里卖货。”

“他不听我的，还是你照看吧。”刘劲松知道儿子不听他的，认为管教儿子比在店里操心。

早晨张海珍在儿子去学校后才来店里，晚上得提前回家做饭，看着儿子写作业。儿子在读初中，刚从东北来海湾，正处在叛逆期，这个时期对儿子的培养非常重要。

刘劲松在张海珍回家时想说晚上不回家吃饭了，可话到嘴边没说出口，他找不到适当的理由，有点心虚。他关上店门去找李小刚。

李小刚说：“没想到今天你会这么积极。”

“每次都是你等我，今天我等你。”刘劲松说。

他们一起来到高新区，出租车在绿岛歌舞厅门前停住，刘劲松下了车，李小刚没下车。李小刚说：“你唱完歌自己回去吧。”

“你呢？”刘劲松没料到李小刚不是来唱歌的，并且没下车，很诧异。

李小刚笑着说：“我去找秦洪敏。”

“她没在歌舞厅吗？”刘劲松说。

李小刚说：“她辞职了。”

出租车司机不想耽误时间，开动了车。

刘劲松疑惑，没弄明白李小刚的意思，看着远去的出租车心里犯着嘀咕。

6

秦洪敏在情人节那天陪李小刚玩了一个通宵后，第二天请假回淄博了。虽然淄博距离海湾市只有三个小时车程，可两地经济差距大。淄博没海湾市发达，工作没海湾市好找，薪水也没海湾市高，许多淄博人都到海湾市工作，寻求事业发展。她回到家把跟李小刚谈恋爱的事告诉了父母。

她父母这才明白前些日子她领李小刚回家的原因。当时她母亲怀疑她跟李小刚谈恋爱，她没承认，她说是同事，一起出差路过淄博，顺路回家。现在她主动跟父母说起这件事，因为她准备离开高新区到李阳区帮李小刚做生意。虽然她对维修手机一窍不通，是外行，但可以卖手机，照顾李小刚的生活。她有跟李小刚同居的想法，也有结婚的计划。这毕竟是人生中的大事，她在跟李小刚同居前必须把谈恋爱的事告诉父母，不管父母同意还是反对，必须告诉父母。她父母努力回想着李小刚来时的一言一行，在记忆中判断着人品。他们对李小刚的外表还算满意，但坚决反对女儿嫁给李小刚。他们反对的理由主要有两点，其一是东北人，他们对东北人印象不好；其二是年龄比秦洪敏大了七八岁。东北人这个因素可以放宽，不计较，因为哪里都有好人，哪里都有坏人，不是绝对性的，可年龄差距大是不能接受的。秦洪敏又不是嫁不出去的老姑娘，还没谈过恋爱呢，第一次谈恋爱怎么可以找年龄这么大的对象呢？她父母理解不了，强烈反对。

秦洪敏劝说父母接受李小刚。她父母不听，反对的态度非常强硬。她跟父母闹得不欢而散。

李小刚坐出租车来到秦洪敏租住的楼房前下了车，小跑着上了楼。

秦洪敏听到门铃声，开了门，看着李小刚问："你怎么喘粗气呢？"

"我是跑着上楼的。"李小刚看秦洪敏一个人在屋里，迅速关上房门，把秦洪敏抱在怀里狂吻着。

秦洪敏跟李小刚发生过这种事，已经体验过两情相悦的美好感觉，再次重温男欢女爱的事是轻车熟路。他们激情来得快，尽情放纵身体里的能量，发泄着情感。

他们还在床上时，传来了开门声，惊慌时，双方迅速穿衣服，穿衣服的速度跟开门的速度如同在赛跑，结果是相差无几。门开了，屋外的人走进来。李小刚反应灵活，应付能力强，抢先开口说："下班了。"

"没打扰你们吧。"肖春天看着李小刚穿衣服的样子就知道发生了什么。

秦洪敏满脸羞涩地说："我正等你回来呢。"

"今晚就搬走吗？"肖春天看了一眼放在地上的几提包东西说。

秦洪敏说："在等你回来呢。"

"我请你和李哥吃饭。"肖春天说。

秦洪敏说："不用了，搬过去还得收拾。"

"不用走得这么急吧。"肖春天说。

秦洪敏说："你休息时去找我玩，我请你吃饭。"

李小刚拎着东西出了屋。

秦洪敏来到李小刚的住处，看屋里又脏又乱，责备地说："这么乱，你也不收拾，还能住吗？"

"等你来收拾。"李小刚说。

秦洪敏说："如果我不来呢？"

"那就这样。"李小刚说。

秦洪敏说："没想到你这么窝囊。"

"我是想让你感受当女主人的心情与职责。"李小刚说。

秦洪敏说："你的意思是房产证上应该写我的名字呗。"

"咱们生了孩子后，把你和孩子的名全写上。"李小刚说。

李小刚买房子已经好几年了，当时房价低，他的生意好，收入稳定，就买了房子。近几年海湾市的房价连年上涨，成倍增值。

秦洪敏收拾着屋子，李小刚说先出去吃晚饭，吃过晚饭再收拾。秦洪敏让李小刚先洗澡，然后换上干净衣服出去吃饭。

傍晚街上人多，热闹，他们走进街边的水饺店。李小刚的手机响了，电话是张海珍打来的。李小刚猜测可能是找刘劲松，接着电话。

张海珍问："劲松在你那吗？"

"我没看见他。"李小刚说。

张海珍问："你知道他干什么去了吗？"

“我不清楚。”李小刚说。

张海珍说：“劲松能去哪呢？”

“你没给他打电话吗？”李小刚说。

张海珍说：“他手机关机了。”

“怎么会关机呢？”李小刚说。

张海珍说：“平时他手机不关机，今天不知道怎么关机了。”

“也可能是没电了。”李小刚说。

张海珍不相信地问：“劲松真没和你在一起吗？”

“真没有。”李小刚说。

张海珍还是有点不相信地问：“你跟谁在一起呢？”

“我跟洪敏吃饭呢。”李小刚说。

张海珍第一次听到这个名字，便问：“洪敏是谁？”

“我女朋友，你不认识她。”李小刚说。

张海珍不相信地问：“你女朋友？”

“我让她跟你说话。”李小刚把手机递给秦洪敏。

秦洪敏听李小刚说起过张海珍，知道她跟李小刚关系好，但秦洪敏没跟张海珍见过面，也没通过电话，有点腼腆，生分，不想跟张海珍通电话。李小刚把手机递给秦洪敏了，秦洪敏接过电话轻声说：“姐，我听小刚说起过你。”

“让小刚领你过来玩。”张海珍说。

秦洪敏说：“行。”

“找个时间我请你吃饭。”张海珍说。

秦洪敏说：“不用那么客气。”

“我不打扰你们了。”张海珍挂断了电话。

秦洪敏把手机递给李小刚说：“你真没看见刘劲松吗？”

“他去绿岛歌舞厅了，我能说嘛。”李小刚说。

秦洪敏说：“她不让刘劲松去歌舞厅吗？”

“让，但次数不能太多。”李小刚说。

秦洪敏说：“你把刘劲松带坏了。”

“歌舞厅又不是赌场，我没学坏，他怎么能学坏呢。”李小刚说。

秦洪敏说：“虽然歌舞厅不是赌场，但也不是好地方。”

“我如果不去歌舞厅，能认识你吗？”李小刚说。

秦洪敏说："我觉得刘劲松对吕思微动了真感情。"

"不会吧。"李小刚不相信地说。

7

吕思微站在服务台旁边，看见刘劲松走进歌舞厅，立刻把脸转了过去，看着别处，如同没看见刘劲松似的。虽然她希望刘劲松点她陪唱，但不愿意主动接近，这是她与别的陪唱小姐不同的地方。

刘劲松在服务台前办理完包间手续，在服务生的引导下进了房间。服务生问他点不点陪唱小姐，他说找几个进来看一看。服务生用对讲机说客人点陪唱，没过一会儿走进房间七八位陪唱小姐。小姐们站成一排，虽然目光没看着刘劲松，但都希望能点到自己。刘劲松如同在商场购物似的看着陪唱小姐，做出选择性的样子。他静静看了一会儿，才抬起手指向吕思微。

吕思微看出来刘劲松是故意这么做，有意让她感觉到。她朝刘劲松走过去，其余的陪唱小姐离开了包间。刘劲松上前把吕思微揽在怀中，吕思微没拒绝，但不是很顺从，半推半就应付着。如果她顺从了，会让刘劲松做出更出格的行为，伤害到自己。如果她拒绝了，会让刘劲松讨厌她，此后不再找她陪唱，她想把握好分寸确实挺难。

邓丽君的歌曲一首接着一首在包房里播放着，屏幕上的画面在闪动，甜美的歌声，缠绵的情意，迷人的灯光，形成醉人的氛围。男人在这种氛围下情欲会高涨，女人会陶醉，容易产生情绪冲动。

刘劲松拿着啤酒瓶，如同想了一会儿心事，然后跟吕思微碰瓶，碰一次喝半瓶，不一会儿就喝了好几瓶。吕思微防止酒喝多，每次只喝一口。刘劲松说："你怎么不喝呢？"

"这里酒贵，价钱是饭店的好几倍，少喝点吧。你如果想喝酒，到饭店去喝，比这省钱。"吕思微说。

刘劲松笑着说："我还是第一次听陪唱小姐这么劝酒呢。别的陪唱小姐是劝客人多喝酒，多消费，客人多消费，陪唱小姐才可以多拿提成奖金。你这么劝酒，能拿到歌舞厅的提成吗？"

"别的客人我也劝多喝，咱们不是老乡嘛，想让你少花点钱。"吕思微说。

刘劲松说："来歌舞玩就是花钱，如果怕花钱就不来了。"

"花钱是花钱，能少花就少花。"吕思微说。

刘劲松说："喝酒花不了多少钱。你使劲喝，你喝越多越好，反正我结账。"

"你很有钱呗。"吕思微试探性地说。

刘劲松虽然有点醉意，但思维清晰，自傲地说："没钱就不来歌舞厅消磨时间了。"

"来歌舞厅玩的人，不一定全是有钱的大老板，打工仔、打工妹也来这里玩。"吕思微说。

刘劲松说："你笑话我没钱呗？"

"我没这个意思。"吕思微说。

刘劲松说："那你是什么意思？"

"如果你有钱想喝就喝，反正歌舞厅酒有的是，如果喝没了，还可以让商场送酒来。"吕思微有些生气地说。

刘劲松说："我来了就不怕花钱。"

"看样子你真挺有钱。"吕思微说。

刘劲松说："我钱不多，你出个价钱，看我能不能包得起你。"

吕思微的手机响了，电话是安文生打来的。她不想当着刘劲松的面接听安文生的电话，拿起手机准备往房间外走。刘劲松拽住她，不让她走。她说："我接电话。"

"当着我面接。现在是你工作时间，你不能擅自离岗。你的工作就是陪我，你的这个时间我买下了，我说了算。"刘劲松说。

吕思微虽然感觉刘劲松说的话霸道，让人反感，但合乎情理，没有说错。她确实是在工作，她的工作是陪刘劲松。这跟在工厂的性质相同，不能擅自离开工作岗位。她挂断了安文生的电话，但安文生不停打来电话，她手机响个不停，心绪不安，无奈地接了电话。

安文生是顾成林的朋友，他在吕思微开服装店时借给顾成林两万块钱，钱吕思微用了。过了还款日期，顾成林没还安文生，他找不到顾成林，便找吕思微要钱。吕思微理解安文生的心情，安文生如果不是开车撞伤人，这么急着用钱，也不会追着她要钱。顾成林没钱还，她也没钱还。安文生着急地说："又过去半个月了，你能还吧？"

"还得再等一等。"吕思微缓缓地说。

安文生说："当初借钱时你跟顾成林承诺半年还钱，还给利息，到了还钱时间就变了，你们还讲信用吗？以后不跟人交往处事了吗？不想做人了吗？"

"我做生意赔钱了，如果有钱早就还你了。"吕思微说。

安文生说："你们做生意赔钱了，我理解，可你们也得为我想一想，如果我不着急用钱，也不找你们要，我这不是遇到事了嘛。"

"我想想办法，尽快还你。"吕思微说。

安文生说："你现在有多少先还我多少吧。"

"我只能先还你两千。"吕思微说。

安文生说："七八千没有吗？"

"没有。"吕思微说。

虽然安文生觉得两千少，又一想能要回多少是多少，要么两千也要不到了，叹息地说："两千就两千吧，算我交错人了。"

"人没交错，只是没办法，明天我把钱给你打到银行卡上。"吕思微说。

安文生说："这次不会变卦吧？"

"不会。"吕思微说。

安文生说："我一会儿把银行卡号发给你，收到钱我打电话告诉你。"

吕思微放下手机看了一眼刘劲松，低下头。刘劲松在静静听着吕思微跟安文生通电话，他看出来吕思微情绪低落。吕思微突然拿起啤酒瓶咕嘟咕嘟地喝起来。她把瓶里酒喝光了，甩了一下披肩长发说："跳舞吧。"

"你酒量不错。"刘劲松说完，站起身跟吕思微跳舞。

吕思微身上散发着女人的气味，这种气味干扰着刘劲松的心情。吕思微说："还是你们有钱人好。"

"我是贫民，别把我当成有钱人。"刘劲松说。

吕思微说："反正你比我有钱。"

"你心情不好，舞步有点乱，休息一会再跳吧。"刘劲松说。

吕思微没心情跳舞，坐在沙发上，拿起啤酒瓶喝起来。

刘劲松说："把那个人的银行卡号给我。"

"你想帮我还钱吗？"吕思微说。

刘劲松说："我没这个义务。"

"你不是男人。"吕思微说。

刘劲松拿起吕思微的手机，查看着通话记录和短信。刚才他听到安文生的名字，找到发有卡号的短信，求证地说："是这个人吗？"

"你真没礼貌，随便动别人的手机。"吕思微说。

刘劲松在自己的手机上摆弄着，过了一会儿说："钱转过去了。"

"我没让你转钱，你的钱我还不上。"吕思微说。

刘劲松说："我也没说让你还，你紧张什么。"

吕思微的手机响了，电话是安文生打来的。安文生说："刚才手机提示银行卡上到账两万块钱，是你打的吗？"吕思微说："谁打的钱不重要，你收到钱就行。"

安文生解释说："如果不是急着用，也不会催得这么急。"吕思微说："欠债还钱是理所当然的事情。"安文生说："你比顾成林讲信用。"

吕思微知道不是顾成林不讲信用，而是顾成林没钱，如果刘劲松不把钱打到安文生的银行卡上，安文生也会说她不讲诚信。她说："对不起，耽误你用了。"安文生解释说："我说话有点过了，你别介意。"吕思微说："怎么会呢。"

安文生挂断了电话。

虽然吕思微还上了安文生的钱，可又欠了刘劲松的账，这两万块钱带来的压力一点也没减小。她不知道怎么面对，怎么处理跟刘劲松的关系。

音响正播放着邓丽君唱的《美酒加咖啡》老歌：

美酒加咖啡，我只要喝一杯，想起了过去，又喝了第二杯，
明知道爱情像流水，管他去爱谁，我要美酒加咖啡，一杯再一杯。
我并没有醉，我只是心儿碎，开放的花蕊，你怎么也流泪，
如果你也是心儿碎，陪你就喝一杯，我要美酒加咖啡。

吕思微酒喝得多了，醉意袭来，倒在了沙发上。

刘劲松看着躺在长条沙发上的吕思微感情发生了冲动，如同浪水涌来，撞击着理智的岸堤，难以克制，他解开了自己的衣服，喘着粗气，朝吕思微身上压去。

8

张海珍想去学校参加儿子的家长会，可刘劲松没来，手机打不通，联系不上，着急了。她看着店里的顾客，没心情卖货，关上店门，开车去学校的。

学校每个月开一次学生家长会，跟学生家长面对面谈学生在学校情况。刘安安是刚转到学校的新生，老师对他特别关注。最近老师发现刘安安的学习成绩在下降，经了解知道刘安安在跟同学展晓琳谈恋爱。初中生早恋是大事，这是违反学校规定的。老师给张海珍打电话，让张海珍必须来学校开家长会。

张海珍到学校时家长会已经开始了，她悄悄走进屋，坐在后排的椅子上，听着老师介绍学生的学习情况。家长会结束时，老师单独跟张海珍说了刘安安谈恋爱的事。张海珍没想到儿子在谈恋爱，很生气。她回到首饰店时刘劲松在店里，首饰店里没顾客。张海珍问："你去哪了，夜不归宿，不会又是跟李小刚去谈生意了吧。"

"跟朋友在一起喝酒喝多了，住在朋友那了。"刘劲松说。

张海珍说："你还有心情喝酒呢，你儿子早恋了，学习成绩一落千丈，你知道不？"

"安安早恋了？"刘劲松没想到儿子谈恋爱了。

张海珍说："那个女生叫展晓琳，跟安安在同一年级，不在同班。她是海湾本地人，父母离异，跟母亲一起生活。"

"父母离婚的孩子成熟早。"刘劲松说。

张海珍说："你没离婚，可你儿子却早恋了。"

"学校是什么意见？"刘劲松说。

张海珍说："学校不让学生谈恋爱。"

"上初中谈恋爱不行，你跟安安说吧。"刘劲松说。

张海珍说："以后我得把精力用在安安身上，店里的事你自己弄吧。"

"学校不会让安安退学吧？"刘劲松说。

张海珍说："应该不会，学校没权不让安安读书。"

"安安违反学校规定，学校有权处理。"刘劲松说。

张海珍说："安安这么小，不读书能做什么。"

"咱们没有海湾市户口，属于外来人口，学校如果以安安违反校规，影响学校名誉为由让安安退学，回原籍读书，这是有可能的。”刘劲松忧虑地说。

张海珍说：“安安转学时找的是黄校长，要么你买点礼品给黄校长送去。”

“必须给黄校长送礼，可让安安跟那个女学生断了交往才行。”刘劲松说。

张海珍说：“你跟安安说吧。”

“你先跟安安说，如果他不听，我再跟他说。”刘劲松说。

张海珍说：“安安早恋像你吧？”

“不像我，应该像你。”刘劲松说。

张海珍说：“我二十五岁认识你后，就跟你结婚了，没有早恋史。你有早恋史吧？”

“我虽然二十岁开始谈恋爱，先后谈了好几个，可那时我离开学校了，不读书，不属于早恋。”刘劲松说。

张海珍说：“安安早恋像你，男人在性方面比女人成熟早。”

“女人也有这种要求，如果女人没这种要求，男人跟谁谈恋爱。”刘劲松说。

张海珍想说什么，这时进来几位顾客，话被顾客打断了。这天来买货的顾客比较多，一直忙碌到晚上。

刘安安在东北老家时学习成绩中等，转学到海湾市后成绩明显下降，排名倒数，跟不上课，产生了厌学情绪。他在电脑上看着《追捕》电影，同学们都说他像电影里的男主角高仓健。他的相貌确实很好，这不像刘劲松，而像张海珍的哥哥。他相貌随舅舅，但比舅舅的相貌更好。

张海珍说：“你怎么又看电影了，你学习成绩跟不上，还不抓紧时间学习。”

“学也跟不上。”刘安安说。

张海珍说：“跟不上你应该找原因。”

“老家教学质量差，海湾教学质量高，我当然跟不上了。”刘安安说。

张海珍说：“这不是理由，在咱们老家也有考上名牌大学的。”

“那是个别人，我不属于那种个别人。反正我是跟不上。”刘安安说。

张海珍说：“你跟不上怎么办？还把你送回东北老家吗？”

“东北不如海湾生活环境好，我不回去。”刘安安说。

张海珍说：“你不想回东北老家，在海湾学习成绩又跟不上，你说怎么办？”

“我不愁，你愁什么。”刘安安说。

张海珍说：“你学习不好，将来考不上大学，能干什么？”

“能干什么不完全取决于学习成绩，学习成绩只是一方面。成龙和周润发读的书都不多，可事业成功了。”刘安安说。

张海珍说：“他们是演员，演员是特殊职业，你是演员吗？”

“我长得不像演员吗？同学们都说我像《追捕》里的男主角高仓健。”刘安安说。

张海珍说：“像不等于是。过去当演员没文化可以，现在不行了，现在演员多数也是大学毕业。”

“你想得太多了，活得也太累了。”刘安安说。

张海珍感觉跟儿子聊得放松，便说：“展晓琳是你同学吗？”

刘安安没说话，在等张海珍说下去。

张海珍说：“你现在不能谈恋爱，现在谈恋爱会影响学习，也会影响她的生活。”

刘安安沉默着。

张海珍说：“你喜欢她什么？”

刘安安没回答。

张海珍说：“她喜欢你什么？”

刘安安没说话。

张海珍说：“她喜欢你的相貌，因为你的相貌确实好。可在生活中相貌不是绝对优势，只是一部分，绝对优势是要有事业，没事业的男人不会让女人喜欢的。”

刘安安把目光移向电脑屏幕，他想当演员，但这只是理想，说不出口。

张海珍的手机响了，去接电话，电话是刘劲松打来的。刘劲松说晚上不回家吃饭了。张海珍生气地说：“你经常不回家，外面是不是有小三了？”

9

吕思微醒来时知道自己失去了女人的纯真，她不再是没经历过男人的纯净女人，可她没有哭，没有喊，而是静静地想着如何面对今后的生活。虽然她年龄不大，但知道女人早晚是要经历性生活的。这是人生的一部分，不经历反而不正常了。她在跟顾成林谈恋爱时顾成林有过这种性要求，但被她拒绝了，顾成林没强迫她。她没想到刘劲松成了她的第一个男人。她不恨刘劲松，因为刘劲松帮她还了两万块钱的债务，债务让她重新认识了自己的生活。刘劲松为什么帮她还钱？她得为刘劲松做点什么吧。她是打工妹，工资不多，能做什么呢？也许这就是她应该做的，也许这就是刘劲松想得到的。她认为刘劲松给两万块钱少了，她想得到更多钱。她在经过理智思考后，慢慢地拨通了刘劲松的手机。

刘劲松毕竟做了违背吕思微意愿的事，揣测吕思微会不会报案，万一吕思微报案呢？他一整天提心吊胆，心神不定，如同有只兔子在心里动。当他接到吕思微晚上让他去的电话后，知道吕思微没报案，有机会。他尽可能安慰吕思微，抚平吕思微的伤痛，让吕思微接受这个事实，接受他。他关上首饰店门，开车去高新区。平时他去歌舞厅不开车是因为喝酒，如果被交警发现喝酒开车麻烦。今天是特殊情况，他不打算喝酒。

吕思微没上班，也不想上班，燃起重新当老板的梦想。她想从刘劲松这拿到更多钱，回临沂做生意。她对刘劲松说："你说我是处女吗？"

刘劲松知道吕思微从前是处女，现在不是。他跟吕思微发生了性关系，他沉默着。

吕思微说："你回答我。"

刘劲松依然没说话。

吕思微说："你知道处女对女人意味着什么吗？"

刘劲松认为吕思微是有思想的打工妹，处事成熟而实际。

吕思微说："你知道女人不是处女意味着什么吗？"

刘劲松听着吕思微一反一正说的两句话，知道后面还有话要说，一言不发，静静听着。

吕思微说："既然你占有了我，肯定是喜欢我的。这么着，咱们合伙做生意怎么样？"

"你想做什么生意？"刘劲松说。

吕思微说："我想回临沂开茶馆，你投资，我管理，你看行不？"

"开茶馆能挣钱吗？"刘劲松知道在海湾有开茶馆的，因为开茶馆的少，生意还是不错的。可他认为在临沂开茶馆不行，因为茶馆是高消费场所，没有消费人群是要赔钱的。临沂的经济不如海湾市好，高消费者少，茶馆生意不会太好。

吕思微说："虽然临沂经济不如海湾好，但有钱的人也不少，临沂开茶馆的少，应该可以。”

“我得考虑一下。”刘劲松说。

吕思微说：“我也得考虑是不是应该报警。”

刘劲松看出来吕思微没有报警的意思，是在有意警告他。他喜欢吕思微，他认为开茶馆花不了多少钱，能承受得了，答应开茶馆。他跟着吕思微来到临沂市租了店面。这处房子上下楼，约一百二十平方米，在街的拐角处，虽然不是在主街上，但附近有居民生活区，适合开茶馆。以前这处房子是开饺子馆的，茶馆与饺子馆经营方式不同，面对的服务顾客不同，所以得重新装修。

10

刘劲松睡着后，张海珍拿着刘劲松的手机蹑手蹑脚去了厨房，翻看刘劲松的手机记录。她查到了刘劲松跟吕思微的通话记录，确定刘劲松有了外遇。这是意料中的事。她问过刘劲松好几次，刘劲松不承认在外面有女人，不承认感情出轨。刘劲松去临沂开茶馆后很少回海湾市，基本是放弃了对首饰店的经营，首饰店进货、卖货全由张海珍一个人做。张海珍卖货还行，但进货不行。她进了几次货因质量不好，成本高，没顾客买，成了滞销货，赔钱处理了。首饰店生意明显下滑，资金周转不开。张海珍以前不管钱，生意方面的钱由刘劲松管，她不清楚家里有多少钱。她知道这件事做错了。她已经好几个月没见到刘劲松，她给刘劲松打电话也打不通。刘劲松这次回海湾市没在家吃饭，是跟几位朋友在饭店喝酒，后来被朋友送回家。刘劲松回家倒头就睡。张海珍情欲涌动，想过性生活。他们已经好几个月没过性生活了，此前他们每周都会有一两次性生活，有规律地交流，这是生理本能的需要。在刘劲松去临沂开茶馆后，这种夫妻生活发生了改变。张海珍渴望，而刘劲松不配合，这种事一厢情愿是没用的。张海珍蹑手蹑脚地回到卧室，躺在床上翻来覆去无法入睡，想着吕思微这个名字。

刘劲松醒来时天已经大亮了。张海珍不想起床，也没有去首饰店的意思，这是少有的反常情绪。刘劲松这次回海湾市是讨要一笔卖首饰的欠款，想用这笔钱补贴茶馆经营的亏空。虽然这几年他的生意还行，但生活开销大，也没多少存款。如果首饰店正常经营是不会发生资金周转问题的，但他把钱用在茶馆上就不够了。虽然临沂这几年经济建设与城市建设发展比较快，有钱人也多，但人们消费理念比较守旧，不像海湾市那么超前，茶馆开业后客人不多。为了让茶馆经营下去，刘劲松还往茶馆里投钱，但不见收益。

张海珍在刘劲松准备离开时说："你去哪？"

"做生意。"刘劲松说。

张海珍说："你做什么生意？"

"明知故问。"刘劲松说。

张海珍说："我在你眼里是白痴吗？"

"虽然不是白痴，可你的想法守旧。"刘劲松说。

张海珍说："你别在茶馆上瞎忙活了，开茶馆是不能挣钱的，还是安心经营首饰店吧。"

"当初我开首饰店时，你也是不同意的，我是借钱开的，如果听你的全完了。"刘劲松话语中带着责备。

张海珍说："我承认当时不同意开首饰店做得不对，可开茶馆与首饰店不同，你开茶馆做得更不对。"

刘劲松知道理亏，不说话。

张海珍无奈地说："你这么多天不回家，首饰店的生意不好，安安也不管……你是想干什么呢？"

"首饰店你管就行。"刘劲松说。

张海珍说："安安学习不好，跟不上，将来考不上大学怎么办？"

"考不上大学做生意。"刘劲松说。

张海珍说："店里的生意不好，这些天都在赔钱，这么下去得关门。"

"你不是说你能行吗？"刘劲松说。

张海珍说："我要照顾安安，还得管着店，哪有这么多精力。"

"我的精力也有限。"刘劲松说。

张海珍说："你外面有女人了吧？"

"大街上女人多着呢。"刘劲松说。

张海珍说："吕思微是谁？"

刘劲松推开门走了。

张海珍的手机响了，电话是学校教务处打来的，教务处主任让她去学校。她知道是为了儿子的事，讨好似的答应着。

刘安安向学校递交退学申请。他学习成绩不好，还早恋，容易给学生造成负面影响，学校不愿意留他继续读书。教务处主任让刘安安当着张海珍的面把退学想法说了一遍。

张海珍虽然生气，但在学校不能发火，她说："你初中还没毕业，不读书能干什么？"

"干什么都行。"刘安安说。

张海珍说："社会发展这么快，干什么都得有文化。"

"认识字就行。"刘安安说。

张海珍说："你不读书以后要后悔的。"

"我不后悔。"刘安安说。

教务处主任说："既然孩子不想读书，家长也别勉强，自学也能成材，学校尊重学生的选择。"

张海珍把刘安安领回了家。

刘安安退学是想当演员，想要像电影《追捕》中的男主角高仓健那么受人崇拜。这是部过时的电影，不知怎么近期却成为年轻人热议的话题。刘安安去面试《青春年华》电视剧的配角。这部电视剧组是从北京来的，在海湾拍摄时配角因故离开了，剧组急迫招聘配角。导演在刘安安试镜后同意让刘安安演，刘安安想把握住这次发展机会，决定退学专心拍戏。

张海珍担心刘安安学坏，把首饰店转让出去，每天陪着刘安安去剧组拍戏。

11

顾成林知道吕思微开茶馆的钱是刘劲松出的，也知道吕思微跟刘劲松住在一起，但他不相信吕思微是真心爱刘劲松。从前吕思微曾经跟他说过对东北人印象不好，何况刘劲松的相貌又那么难看。他不在乎吕思微跟刘劲松发生的事，他心里放不下吕思微，想跟吕思微和好如初。这天他看刘劲松不在茶馆，去找吕思微。

吕思微原本以为开茶馆能挣钱，没想到开业不久就证明她是错的，来茶馆消费的客人少，连基本费用都挣不出来。茶馆生意不好影响了她的心情，也让刘劲松不高兴，她跟刘劲松产生了矛盾。

吕思微在顾成林第一次来茶馆时心慌，怕让刘劲松知道，催促顾成林离开。顾成林不多说什么，磨磨蹭蹭在茶馆里待一会儿，不情愿地走了。顾成林隔几天就会来茶馆一次，每次待的时间不长，好像只为看吕思微一眼，了却心愿。他来茶馆的次数多了，习惯成自然，吕思微有些适应，不再说什么。

有一次顾成林还没走，刘劲松就从外面办事回来了。刘劲松以为顾成林是顾客，没在意，忙自己的事，此后顾成林就装成顾客来茶馆。

吕思微对顾成林的态度发生了转变，从厌烦到接受，两个人时常会探讨些生活上的事情。

这天下雨，顾成林没上班，在出租屋里睡了一上午觉，过了中午才起来，吃过饭，玩一会儿手机，去茶馆找吕思微。吕思微一个人在茶馆里无聊，看色情片。这个光盘是刘劲松的，她和刘劲松看过多次，沉迷其中。顾成林走进茶馆时吕思微正在兴头上，没收起来，继续看。顾成林产生了冲动，上前把吕思微抱在怀里狂吻着。

吕思微没有拒绝，接受了。

刘劲松进屋看见吕思微跟顾成林躺在一起，惊异得一时没说出话。吕思微和顾成林慌乱地穿着衣服，刘劲松缓过神，冲上前狠狠地打了吕思微一耳光。吕思微被打倒在地。

虽然顾成林腰带系好了，可上衣扣子还没扣好，他来不及系扣子，上前挡住了刘劲松踢向吕思微的脚。刘劲松用力过猛，踢得顾成林叫了一声。刘劲松感到脚疼，但又踢了一脚。顾成林用力一推，把刘劲松推出好几步远。刘劲松认为自己有理，而顾成林做了见不得人的事，想用正义战胜邪恶的勇气打败顾成林。顾成林知道吕思微对他有感情，为了保护吕思微，也为了阻止刘劲松继续跟吕思微来往，有意狠狠打刘劲松，猛烈地朝刘劲松砸去。

刘劲松个矮，力小，被顾成林打倒在地。他用双手护着头，防止伤到脸和头，没有还手的机会。顾成林看刘劲松躺在地上不动，拖着刘劲松的腿，如同拖死猪似的把刘劲松扯到门外。刘劲松趴在地上听到了关门声。

吕思微从地上爬起来，穿着衣服说："他不会报警吧？"

"他不敢。"顾成林说。

吕思微说："茶馆是他出钱开的。"

"你们有合同吗？"顾成林说。

吕思微说："没有。"

“有证据是他出钱开的吗？”顾成林说。

吕思微说：“当然有了，如果他不出钱，我哪有钱开茶馆。”

“房子是租的，屋里的东西买时值钱，卖时就不值钱了。如果他要茶馆，咱就给他。”顾成林说。

吕思微说：“他肯定要。”

12

刘劲松在地上躺了好一会儿才缓慢爬起来，他每动一下身体都有疼痛感。周围站着好几个人，不解地看着他。他转身上了车，然后开着车上了街，不知道去哪。他对临沂陌生，是跟着吕思微来临沂开茶馆的，平时交往的人中没有知己，只是生意往来。他在一座小桥旁边停了车，看着远处，想着心事。

他郁闷，一脸愁容。茶馆是他出钱开的，现在却成为情人与别的男人发生奸情的地方。他认为吕思微跟顾成林在合伙骗他的钱。他在车上待了一天，天黑的时候回到茶馆。

顾成林为了防止刘劲松报复，做了应对性准备。刘劲松刚走进屋，就被顾成林用木棍挡住了。顾成林手中的木棍有一米多长。刘劲松低头看了一眼胸脯前的木棍，又看了一眼顾成林说：“你们不是第一次做这种见不得人的事了吧？”

“见不得人的是你，不是我。”顾成林说。

刘劲松说：“你跟这个不要脸的女人是什么关系？”

“她是我对象，如果不是你，我们可能已经结婚了。”顾成林说。

刘劲松明白顾成林与吕思微的关系，嘲讽地说：“你就是那个欠账不还的人吧！她不要脸，你比她更不要脸。你不还债务，让她还。她还不上，让我帮着还，你说你们是不是男盗女娼？”

“你认为你很有钱吗？”顾成林说。

刘劲松说：“虽然我钱不多，可不欠别人的钱。”

“虽然你不欠我的钱，但你欠我的情，情比钱更重要。你出去，不要让我再看见你。”顾成林说。

刘劲松说：“我来找吕思微，不是找你，跟你没关系。”

“你以后别来找我了。”吕思微坐在椅子上，不看刘劲松，转动着身子说。

刘劲松说：“茶馆是我出钱开的，你没出一分钱，你不应该留在这里，应该把茶馆给我。”

“我会给你，但不是现在。”吕思微说。

刘劲松说：“茶馆是我出钱开的，你让我等？你真不要脸。”

“你冷静点，冲动是解决不了问题的。”吕思微说。

刘劲松说：“现在你就离开这里，这不是你待的地方。”

“你过两天来吧。”吕思微说。

刘劲松骂着说：“你真是婊子养的。”

吕思微沉默了一会儿，站起身上了二楼。这个茶馆是二层楼，一层是营业场所，招待客人的；二层是吕思微和刘劲松生活的地方。

顾成林说：“你走吧，两天后再来。”

“我跟你们没完。”刘劲松不肯离开。

顾成林不说话，瞪着双目，用木棍顶着刘劲松的前胸，把刘劲松顶到门外，关上了防盗门。防盗门是刘劲松安的，原本是用来防范别人的，现在却防范了自己，事情的转变是让他绝对没想到的。刘劲松在车里坐了一会儿，看着车外，看着茶馆。夜的脚步往更深处走去，万家灯火，茶馆里的灯关了，刘劲松想着顾成林和吕思微在干什么。他感觉累，想找个地方休息，然而却无处可去。他突然想回海湾市，想回家，想看儿子刘安安，还有妻子张海珍。早晨他才从海湾市来，刚到这里怎么就想家了呢？他说不出为什么想家，但回家的心情是迫切的，他开着车上了通往海湾市的路。

经过日照时车没油了，加了油，然后开了没多远，车胎坏了，他又更换了车胎。他回到海湾市天已经放亮了，回到家，家里没人。他给刘安安打电话，刘安安没接，又拨通了张海珍的手机。

张海珍走出病房接电话。刘劲松得知刘安安住院了，问：“发生什么事了？”张海珍说：“孩子受伤了。”刘劲松问：“住在哪家医院。”张海珍说：“在市立医院。”刘劲松说：“我去医院。”张海珍说：“你不是在临沂吗？这么远，不用回来了。”

刘劲松没有回答张海珍。他走进病房时刘安安把脸转了过去，不看他。刘安安已经很长时间不理他了。他说：“怎么受的伤？”

“这跟你有关系吗？”刘安安说。

刘劲松说："不重吧？"

"不用你管。"刘安安说。

刘劲松突然感觉刘安安长大了，他面对的是青年，不是孩子。他已经没了那种父亲教育儿子的威严，在病房中待了一会儿，无话可说，走出去。

张海珍跟着刘劲松走出病房说："你脸好像肿了。"

"安安怎么受的伤？"刘劲松不想把发生在临沂的事告诉别人，转移了话题。

张海珍说："拍摄跳海的镜头时，水中有块石头，脚碰在石头上了。"

"没想到安安去当演员。"刘劲松不解地说。

张海珍说："我还没想到你去临沂开茶馆呢。"

"住院的钱有吧？"刘劲松说。

张海珍说："虽然剧组负责全部医疗费用，可生活费不承担，家里也没余钱，你拿点钱来吧。"

"转让首饰店的钱用完了？"刘劲松不相信家中没钱。

张海珍说："那笔钱我存定期了，留着以后做事用。"

刘劲松没钱了，再次意识到钱的重要性，表情凝重，沉默着。

张海珍说："茶馆生意不好吧？"

"明天我拿钱来。"刘劲松说。他在医院待了一会儿，照顾不上儿子，回家了。他往返于海湾市与临沂市之间，开了好几个小时车，非常累，心情还不好，心力交瘁，躺下就睡着了。天光大亮时他醒来，拿起手机，发现手机没电了，充上电，又在床上躺了好一会儿才起来。他感觉很失落，去找李小刚。

13

李小刚跟秦洪敏同居后，秦洪敏帮他料理生活上的事，他全身心投入在生意上，生意大有好转。现在他不只是修手机，还修电脑、洗衣机、电视，业务扩大了，收入多了，干劲十足，精神特别好。他看着刘劲松不解地说："你早晨不是说去临沂吗？"

"去了，又回来了。"刘劲松坐在李小刚对面的椅子上说。

李小刚说："你刚去怎么就回来了？"

"安安住院了。"刘劲松说。

李小刚说："安安怎么了？"

"拍戏时受伤了。"刘劲松说。

李小刚说："不重吧？"

"没大事。"刘劲松说。

李小刚说："我晚上去医院看安安。"

"茶馆周转不开了，你能借我些钱吗？"刘劲松说。

李小刚说："你在临沂开茶馆是决策上的失误，长期下去会赔得底朝天，把茶馆卖了吧。"

"上贼船了，轻易下不来。"刘劲松说。

李小刚说："如果船沉了呢？"

"我想办法逃生。"刘劲松说。

李小刚说："你现在就得逃生。"

"我需要准备一下，能借我两万吗？"刘劲松说。

李小刚说："我这儿有一万，另一万得跟洪敏说。"

"你这么快就把财政大权交出去了。"刘劲松说。

李小刚说："我们年底结婚，她心细，精打细算，比我会过日子。"

"那就先借我一万吧。"刘劲松说。

李小刚打开抽屉拿出一万块钱递给刘劲松。刘劲松看了一眼，把钱揣进兜里。李小刚说："晚上咱们一起去看安安。"

"不用了。"刘劲松转过身说。

李小刚说："你脸好像肿了。"

"能看出来吗？"刘劲松说。

李小刚说："不明显，不仔细看看不出来。"

刘劲松去医院把一万块钱交给张海珍后，叮嘱儿子好好养伤，黯然伤神地离开了。他没回家，开车去临沂找吕思微。

吕思微感觉身体不舒服，在顾成林上班后想去医院检查身体。她刚走到门口，刘劲松迎面走来了。吕思微不想把事情张扬出去，看刘劲松表情淡定，没过激表现，回到屋里。

刘劲松说："那个男人叫顾成林对吧？"

吕思微没说话。

刘劲松说："顾成林欠别人的债务不还，债主找你要钱，你还不上，我帮你还了钱，你怎么还跟顾成林藕断丝连呢？"

吕思微依然没说话。

刘劲松说："开茶馆是你提出来的，你没钱，钱全是我出的。茶馆开一天赔一天钱，你知道我的心情吗？"

"我没想到生意这么差，我也不想茶馆赔钱。"吕思微说。

刘劲松说："我当时说茶馆的生意不能做，你非要做，现在赔了这么多钱，你说怎么办？"

"虽然是我提出来开茶馆的，可我并没强迫你，你是自愿的。"吕思微说。

刘劲松火冒三丈地说："你真是个婊子，提上裤子就不认账了。"

"如果我是婊子，绝对不会接你这种嫖客。"吕思微反驳地说。

刘劲松说："你连婊子都不如。你花了我的钱，转眼不认账不说，还跟别的男人偷情，婊子也不会这么做。"

"你自愿的，没人强迫你。"吕思微说。

刘劲松说："我自愿的事情多了，我还想弄死你呢！"

"你没这个胆量，如果你有这个胆量，你就不是刘劲松说了。"吕思微说。

刘劲松说："我听你的开茶馆……首饰店关了，儿子辍学了，你弄得我倾家荡产……你想找死了。"

"你的首饰店跟我没任何关系，你儿子更与我无关。"吕思微说。

刘劲松说："你跟我也没关系吗？"

"你出去，我不想看见你。"吕思微从心里瞧不起刘劲松，她跟刘劲松是出于无奈，只是一时被钱迷惑了。刘劲松说的话污辱了她的人格，她恼怒了。

刘劲松看吕思微站起身想离开，冲上前抓住吕思微的头发不让她走。吕思微没想到刘劲松产生了过激行为，本能地急忙呼救。她的呼喊让刘劲松慌乱了，刘劲松的手卡住了她的脖子，不让她发出声音。

吕思微多么渴望有人来茶馆，但茶馆停业了，来茶馆的人太少了，她的渴望变成绝望。她在闭上眼睛时好像看见顾成林了，这是幻觉，还是最后告别，没人知道。

顾成林拨打吕思微的手机，吕思微的手机关机。他认为吕思微不应该关机，感觉情况反常，心慌不安，在送货的途中绕路回到茶馆，可茶馆的门关着。

早晨吕思微跟他说去医院看病。他看着防盗门情绪低落，好像发生了什么事，拿出钥匙打开了防盗门。房门钥匙是早晨吕思微给他的。吕思微让顾成林在方便的时候把她的东西搬走，把茶馆给刘劲松。顾成林走进茶馆，看着空落落的屋子，静静环视着，一把椅子倒在屋中间。他上二楼，打开电脑，看着监控录像惊住了，立刻打了110报警电话。

几分钟后警车停在了茶馆门前，几名警察迅速下了车，勘察案发现场。有两名警察回局里调看街上的监控录像，用手机指挥警车上的警察沿着刘劲松离开的路线追去。

刘劲松把车开到河边，看四处有人，没下车。他想把吕思微的尸体投到河里，在河边寻找机会。两辆警车把刘劲松的车夹在中间，警察把刘劲松围住。刘劲松没想到警察来得这么快。

警察把刘劲松关在看守所，问他有什么想说的。刘劲松说想见李小刚。警察问李小刚是他什么人。刘劲松说没回答。他不想说是老乡，也没说是朋友。他恨李小刚，如果一年前李小刚在情人节那天不约他去绿岛歌舞厅，他是不会走到这一步的。警察把刘劲松想见李小刚的想法告诉张海珍。

虽然张海珍对刘劲松有怨气，但此时已经化为难过与悲伤，还有同情，夫妻一场，在刘劲松落难时，她想尽可能帮助刘劲松。

李小刚答应张海珍去拘留所看望刘劲松。

秦洪敏在张海珍走后说："你真去看望刘劲松吗？"

"当然得去了。"李小刚说。

秦洪敏说："你最好别去，他会恨你的。"

"他为什么恨我？"李小刚不相信地说。

秦洪敏说："你如果不领他去绿岛歌舞厅，他是不会落到现在这个地步的。"

"去歌舞厅的人多了，还全成杀人犯了？"李小刚说。

秦洪敏说："你去时离刘劲松远点，防止他做出过激举动。"

"你考虑这个就多余，他是杀人犯，随时都戴着手铐脚镣，根本不可能自由行动。"李小刚说。

秦洪敏说："吕思微人挺好的，怎么会看上刘劲松呢？"

"贪财呗。"李小刚说。

李小刚准备了些东西，跟张海珍和刘安安一起去拘留所看刘劲松。

刘劲松看着他们，沉默了一会儿对李小刚说：“我恨死你了。”

在场的人谁也没想到刘劲松能说出这样的话，惊异的目光在刘劲松与李小刚之间转换着，似乎是在寻找答案。

《漳河文学》2020 年第 1 期
《鲁北文学》2018 年第 4 期
《长河》2018 年第 4 期
《文学天地》2019 年第 1 期双月

水到渠成

如果从作家出版作品的程序讲，我是有违常规的。作家出版作品一般是先出版短篇，然后是中篇，再是长篇，然而我是先出版长篇，然后是短篇，再是中篇。我在文学创作方面似乎不讲规则，没走常规路，选择了适合自己出版作品的方式。

我的想法也许与别的作家不同。

记得在二十世纪九十年代初期，我在祖国北部边疆国营农场工作时，是厂工会宣传委员，负责单位新闻报道宣传工作。每年我发表的新闻报道作品数量都在农场前几名。那是个县级行政级别的国营农场，重视新闻宣传工作。每年农场宣传部、农场工会等部门都有考核和培训，给予发表的作品进行表彰。有一年，因我成绩突出，领导让我上台发言，讲写作体会与计划。我信心满怀地说：“我计划写三部长篇小说……”我讲这话时还没发表短篇小说，稍微长点的散文作品也没发表过，只是在当地报纸上发表了些豆腐块似的新闻报道，计划写长篇小说简直就是做梦。在别人眼里，我这个想法是不切实际的。

有一次我在商场见到一位在其他单位工作的女作者，她年龄跟我相仿，也是写新闻报道。我只知道她的名字，平时没跟她说过话。她问我：“你的长篇小说写得怎么样了？”

我说：“还没写好。”

我从她的表情中感觉到了轻视与不相信，或是嘲笑之意。

那时我就想超越看不起我的人。

那时我青春年少，激情无限，敢想也敢做。我踏上征程，在辽阔的荒原上开始为实现梦想努力。

农场人烟稀少，地域广阔，生活单一，许多年轻人的心灵是寂寞的，而我却非常充实，感觉时间不够用。当时我写了数十万字的长篇小说。稿件谁都可以写，但那不是作品，社会不承认，只是自己的寄托与希望。

文学是人学。

一位优秀的作家首先应该懂得人的生活，心理变化，情绪及处事方式。这是文学作品的内涵，也是支架。

因为我有生活积累，也勤劳，所以 2003 年我在群众出版社发行了《爱的旅程》长篇小说，出版社付了我较高的版税。

那时我只发表了少量的几个不成形的短篇，中篇好像一部也没写，更不用说发表了。其实在写《爱的旅程》长篇小说时，我同时在写三部长篇小说，这么大的勇气与自信，应该是与众不同的创作方式。

我是在出版和发表长篇小说后，才开始写中篇的。我认为出版《年少不懂世间情》中篇小说集，完全是水到渠成的事，没费过多心思。

生活中有些事特别想做却做不成，有些却在不经意间实现了。我想《年少不懂世间情》这部书的出版，就是证明。这是我行进在理想征程中的又一个终点。

有了终点，就有新的起点。

新的起点就是高度与远方。

我踏上了新的征程，那目标或许我一生也无法抵达，不管路途中有沼泽，还是荆棘，我都会用热血穿越。

谢谢关心我的朋友们。

愿友人顺心顺意，幸福满怀。

吴新财

2019 年 11 月 28 日于青岛